PHILIP GWYNNE JONES stammt aus Wales, lebt aber seit 2011 mit seiner Frau Caroline in Venedig, wo er anfing, als Lehrer und Übersetzer zu arbeiten. Inzwischen schreibt er Romane, in denen seine Liebe zu Venedig deutlich mitschwingt. Er liebt die italienische Küche, Kunst, klassische Musik und die Oper, und bisweilen singt er als Bass bei den Cantori Veneziani und dem Ensemble Vocale di Venezia.

BIRGIT SALZMANN studierte Deutsche Sprache und Literatur, Anglistik und Romanistik und übersetzt englischsprachige Literatur ins Deutsche. Nach Venedig zieht es sie seit über 25 Jahren immer wieder. Sie lebt mit ihrer Familie in Marburg.

Die Presse über Philip Gwynne Jones:

«Knorrige Charaktere, launige Dialoge und britischer Humor.»
Focus Online

«Eine unwiderstehliche Mischung aus Krimi und Kultur.»
Daily Mail

«Clever und ein großes Lesevergnügen!»
The Times

Philip Gwynne Jones **DAS VENEZIANISCHE GRAB** KRIMINALROMAN

Aus dem Englischen von
Birgit Salzmann

Rowohlt Taschenbuch Verlag

Die Originalausgabe erschien 2020
unter dem Titel «Venetian Gothic»
bei Constable/Little, Brown Book Group, London.

Deutsche Erstausgabe
Veröffentlicht im Rowohlt Taschenbuch Verlag, Hamburg, März 2023
Copyright © 2023 by Rowohlt Verlag GmbH, Hamburg
«Venetian Gothic» Copyright © 2020 by Philip Gwynne Jones
Redaktion Tobias Schumacher-Hernández
Covergestaltung FAVORITBUERO, München
Coverabbildung Alfons Hauke/imageBROKER/mauritius images
Satz aus der Calluna, InDesign,
bei Pinkuin Satz und Datentechnik, Berlin
Druck und Bindung GGP Media GmbH, Pößneck
ISBN 978-3-499-01016-3

Für Peter und Lou.
Mit euch ist Venedig immer schöner.

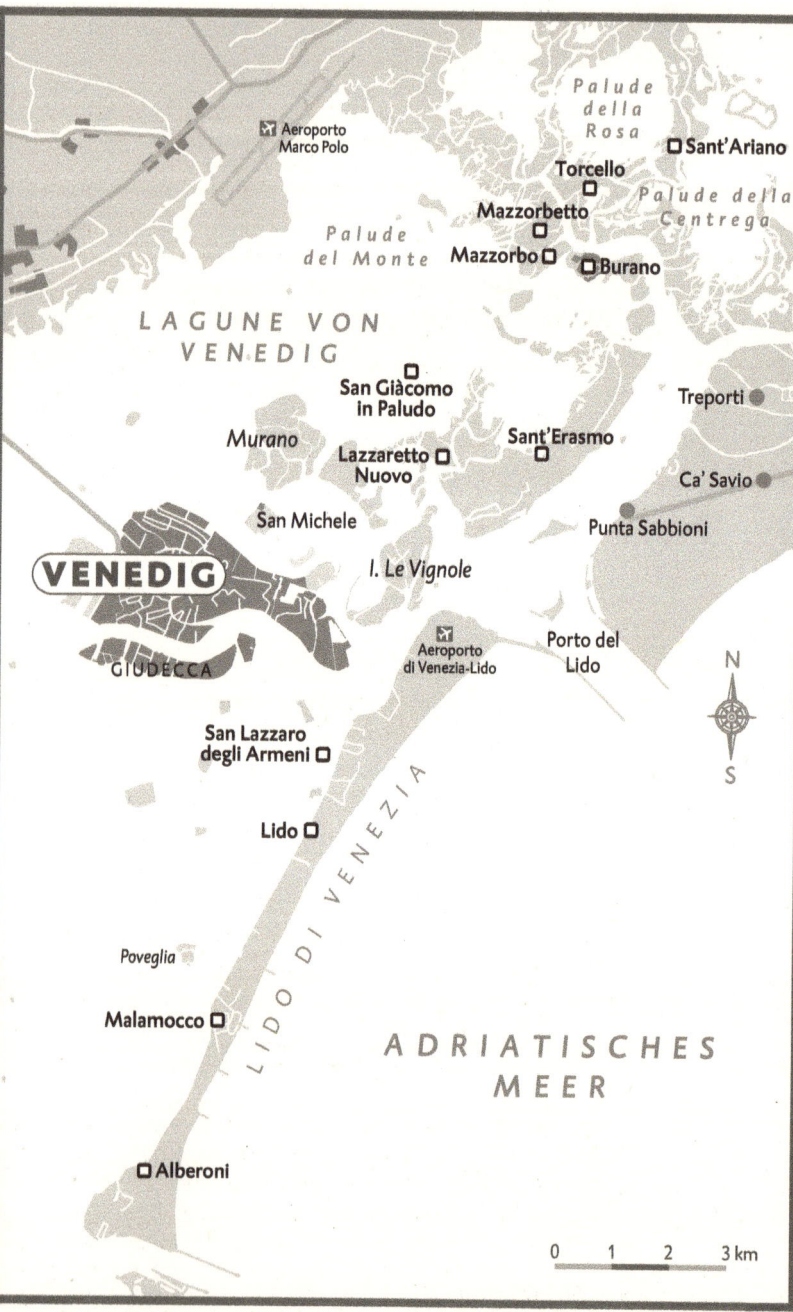

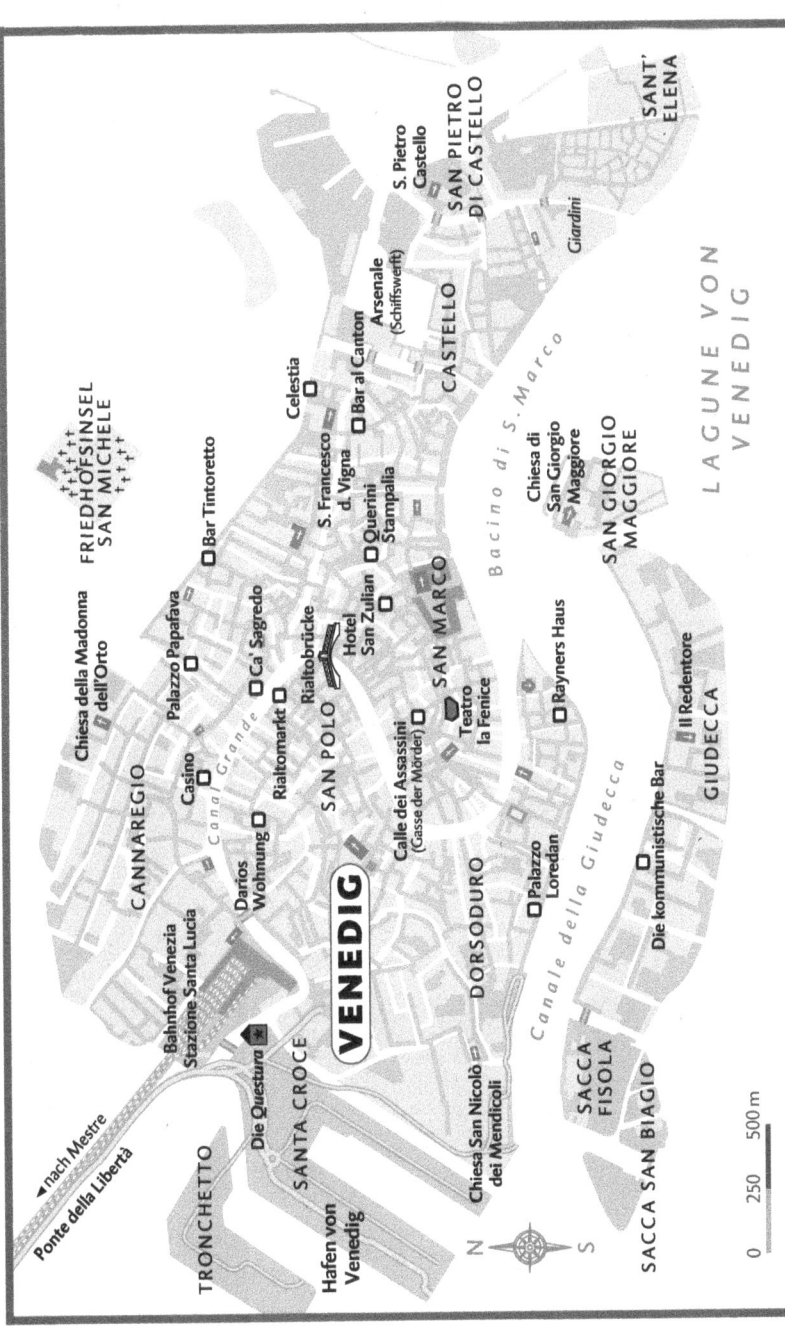

There are some secrets
which do not permit themselves to be told.

Edgar Allan Poe

- PROLOG -

Der Traum ist immer derselbe.

Mutter und Vater streiten. Sie sagen nichts zu mir, aber ich weiß, dass es meine Schuld ist. Mal wieder.

Ich bin in der Küche. Ich stehe vor dem Kühlschrank und habe etwas in der Hand. Vielleicht ein Glas Milch oder Limonade. Ich weiß es nicht mehr. Aber ich weiß, dass ich diese Szene schon hundertmal erlebt habe.

Sie schreien sich an, ihre Worte überschlagen sich vor Zorn. Erwachsenen-Worte, die für mich zu schwierig zu verstehen sind. Mein Vater flucht, und meine Mutter faucht ihn an. Nicht vor dem Jungen.

Sie hören auf, sich schlimme Dinge an den Kopf zu werfen, und drehen sich zu mir um.

Es herrscht Schweigen. Nur einen Moment.

Ich stehe jetzt im Flur und sehe sie an. Ich versuche, tapfer zu sein, ein großer Junge, aber ich will nur, dass sie aufhören zu streiten. Ich will zu ihnen rennen. Ich will, dass meine Mutter mich in ihre Arme zieht, festhält, aber es liegt etwas in ihrem Blick, das mich daran hindert.

Ich fange an zu weinen. Ich versuche, die Tränen zu unterdrücken, aber sie beginnen zu fließen, erst zögerlich, dann verbunden mit tiefen, zitternden Schluchzern. Bestimmt, denke ich, bestimmt kommen sie jetzt zu mir. Sie hören auf zu streiten und nehmen mich in den Arm, um mich zu trösten. Und dann gibt es warme Milch und noch mehr Umarmungen, und dann geht es wieder ins Bett. Und alles ist gut und wieder normal.

Mein Vater sieht mich an und wendet sich ab. Dann sieht er meine

9

Mutter an und schüttelt den Kopf. «Ich geb's auf», sagt er. «Ich geb's auf.» Er klingt nicht mehr zornig. Nur erschöpft.

Nach diesem Tag habe ich nur noch selten geweint. Denn ich hatte gelernt, dass es nichts bringt.

– 1 –

Sergio Cardazzo neigte den Kopf und murmelte ein paar unverständliche Worte, während er sich über Paolo Magris Grab beugte. Links neben ihm stützte Lorenzo Bonzio, größer und dünner als er, sich auf seinen Stock und klopfte seinem Freund mit der freien Hand auf die Schulter.

Sergio sagte wieder etwas, lauter dieses Mal. «*Ciao, compagno.*» Dann bückte er sich, um den Kranz zurechtzurücken, der die Form von Hammer und Sichel hatte und am Grabstein lehnte. Ich fragte mich, ob es irgendwo in Venedig womöglich einen Floristen gab, der sich auf Totenkränze für Revolutionäre spezialisiert hatte. Wenn es einen gäbe, wüsste Sergio ganz sicher davon.

Wir drei standen einen Augenblick schweigend da. Ich las die Inschrift auf dem Gedenkstein: *Paolo Magri, Journalist. 1950–2014.*

Mein Mantel flatterte im kalten Wind, und ein feiner Nieselregen wehte über den Friedhof. Noch einmal bewegten sich Sergios Lippen lautlos; dann tupfte er sich die Augen trocken, putzte sich die Nase und klopfte Lorenzo auf die Schulter. Um seinen Freund zu trösten, aber wohl auch sich selbst.

«Ich glaube, das hätte ihm gefallen», sagte ich. «Dass wir alle drei hier stehen.»

«Kann sein», sagte Sergio. «Aber es hätte ihm sicher noch besser gefallen, wenn er mit uns hier stünde.»

Wir drehten uns um und liefen über den Friedhof zurück. Unter unseren Füßen knirschte der Kies. Zwei Mädchen in hellroten Mänteln und mit Blumen in den Händen kamen uns aufgeregt schwatzend entgegengehopst. Ich wich rasch aus, um sie vorbeizulassen, aber eine von ihnen stieß mit Lorenzo zusammen, der ins Stolpern geriet, noch bevor Sergio ihn am Ellbogen packen konnte.

«Arianna! Lucia! Passt doch auf! Und nehmt ein bisschen Rücksicht!» Der Sprecher war ein junger Mann, der Arm in Arm mit einer Frau kopfschüttelnd auf uns zukam. «Bitte entschuldigen Sie.»

Lorenzo zog lächelnd seinen Hut. «Das macht nichts», sagte er.

Auch die junge Frau lächelte, obwohl ihre Augen ganz rot waren. «Die beiden sind zum ersten Mal hier. Um *nonno* und *nonna* zu besuchen. Wir haben ihnen aufgetragen, Blumen mitzubringen, deshalb fühlen sie sich sehr erwachsen. Aber sie verstehen das Ganze noch nicht. Nicht wirklich.»

Lorenzo lächelte wieder. «Vielleicht sollten wir sie beneiden. Wie schön es doch ist, hier den Klang von Lachen zu hören. Das würde *nonno* und *nonna* sicher freuen.» Die Frau lachte. «Sehen Sie, jetzt tun Sie es auch. Und das würde sie ebenso freuen.»

«Das ist sehr freundlich von Ihnen. Vielen Dank.»

Wir traten beiseite, um sie vorbeizulassen, bevor wir weiter unseren Weg zum traurigsten Teil der Friedhofsinsel San Michele fortsetzten. Dem Bereich, der für Kinder vorgesehen war. Ein älteres Paar stand mit gesenkten Köpfen vor einem Grabstein. *Marco Vianello. 1. Juni 1968–23. April 1975. Requiescat in Pace Ultima.* Ruhe in ewigem Frieden.

Es lag etwas Schreckliches in diesem *ewig*. Ich betrachtete das verblasste, sepiafarbene Foto auf dem Grabstein. Ein kleiner Junge, fürchterlich dünn, strahlte mich mit einem Zahnlückenlächeln an. Die Schultern der alten Dame begannen zu zucken, und ihr Mann nahm sie in den Arm. Über vierzig Jahre waren vergangen, und doch war der Schmerz noch so frisch, als wäre es gestern gewesen.

«Ach, Gott», flüsterte ich schaudernd. Sergio sah mich kopfschüttelnd an und bekreuzigte sich.

«Komm, Nathan, lass uns gehen.» Er benutzte selten meinen Vornamen. Normalerweise bevorzugte er das scherzhafte *investigatore*, den Spitznamen aus der Zeit, als wir uns kennenlernten. Aus der Zeit, als Paolo Magri ermordet wurde.

Der Friedhof füllte sich jetzt langsam mit Besuchern, Jung und Alt pilgerte über die Kieswege zu den Grabstätten ihrer Angehörigen. Lorenzo war nicht mehr so gut zu Fuß wie früher einmal, deshalb ließen wir uns Zeit und schlenderten ein bisschen, entgegen dem Besucherstrom.

2. November 2017. *La festa dei morti.* Allerseelen. Der Tag, an dem die Venezianer sich auf den Weg zur Insel San Michele machten, um Blumen niederzulegen und den Gräbern einen Besuch abzustatten.

Ich räusperte mich. «Dahinten, Sergio. Am Grab dieses kleinen Jungen. Habe ich dich da etwa das Kreuzzeichen machen sehen?»

«Kann sein», knurrte er, «es ist einfach gut geeignet, um jemandem Respekt zu erweisen, verstehst du?»

«Und an Paolos Grabstein?», fuhr ich fort. «Hast du da etwa gebetet?»

«Gebetet? Unsinn!» Er murmelte etwas vor sich hin. «Na, wenn schon, und wenn's so wäre?», fügte er dann kaum verständlich hinzu.

«Ach, nichts. Es hat mich nur überrascht. Du als Marxist und so.»

Lorenzo schmunzelte. «Sergio hat's schon immer ein bisschen mit der Befreiungstheologie. Sagt dir der Begriff etwas?»

«Nicht wirklich.»

«Nun ja, das ist eine hochinteressante Bewegung innerhalb der lateinamerikanischen katholischen Kirche, die ...»

«Über die wir jetzt nicht weiter sprechen werden», fiel Sergio ihm ins Wort. Seine Stimme klang barsch, wie immer, aber ich merkte, dass er ein Lächeln unterdrückte. So verliefen die Unterhaltungen zwischen uns dreien meistens, wenn wir uns gegenseitig aufheitern wollten. «Kommt. Zurück zur Giudecca. Zurück in die Bar. Dann trinken wir einen Krug Roten und spielen ein paar Runden *scopa* zu Paolos Ehren.»

Ich seufzte. «Großartig. Wir feiern also Paolos Leben, indem ihr Geld von mir stehlt?»

«Nicht stehlen, *investigatore*, gewinnen.»

«Wenn wir es so nennen wollen.»

«Wollen wir.» Er sah auf die Uhr. «Beeilt euch, in fünf Minuten geht ein Boot.» Sergio schob Lorenzo stützend die Hand unter den Ellbogen, und wir marschierten los.

Vor der *vaporetto*-Anlegestelle wimmelte es von *carabinieri*, alle wie aus dem Ei gepellt, in Hosen mit roten Zierstreifen, Stiefeln und mit blitzblank polierten Emblemen an den Kappen. Mitten unter ihnen eine Gruppe katholischer Priester und ein paar Journalisten von *La Nuova* und *Il Gazzettino*, die ich flüchtig kannte. Zwischen den Geistlichen stand ein schlanker, ganz in Rot gekleideter Mann, der ein auffälliges goldenes Kruzifix um den Hals trug. Er hatte ein schmales, strenges Gesicht, wirkte jedoch nicht unsympathisch. Der Patriarch von Venedig. Während die Journalisten drauflosknipsten, bemühte er sich zu lächeln und gleichzeitig den Eindruck zu vermitteln, dass ihm dergleichen ein bisschen unangenehm war. Unsere Blicke trafen sich, und er nickte mir kurz zu, mit leicht verwirrtem Gesichtsausdruck, als würde er versuchen, sich daran zu erinnern, wann und wo – geschweige denn, ob – er mich schon einmal getroffen hatte.

Sergio stieß mich zwischen die Rippen. «Freunde an höherer Stelle?»

«Nicht direkt ein Freund. Aber wir sind uns schon ein paarmal begegnet.»

«Trotzdem. Ist bestimmt nützlich, ihn zu kennen. Jemanden, der ein gutes Wort da oben für dich einlegen kann, wenn's so weit ist.»

«Genau.»

«Ich hatte für Priester noch nie etwas übrig. Aber den da mag ich. Er steht auf der Seite der Arbeiter. Hat sich mal als Streikposten vor einer Fabrik postiert.»

Ich warf einen weiteren Blick auf die rot gekleidete Gestalt und konnte mir das nur schwer vorstellen. Obwohl Sergio sich in solchen Dingen selten irrte.

Das nächste *vaporetto* legte an. An Allerseelen hatte ACTV eine kostenlose Verbindung nach San Michele eingerichtet, deren Boote alle ein «DE» für *defunti* auf der Seite trugen, um ihren speziellen Einsatz zu kennzeichnen. Ich hatte mir angewöhnt, sie Dahin-und-erledigt-Linie zu nennen, woraufhin Federica mich eindringlich bat, diese Bezeichnung nicht in Gesellschaft zu verwenden.

Wir warteten, bis die Fahrgäste ausgestiegen waren, und wollten gerade an Bord gehen, als mich jemand sanft, aber bestimmt am Kragen packte und zurückzog. In der Annahme, ich hätte mich vielleicht versehentlich vorgedrängt, und irgendwer hätte es mir übel genommen, drehte ich mich um, so gut es ging.

Pfarrer Michael Rayner, der Lange Priester, Seelsorger der anglikanischen Kirche St. George's in Venedig, sah mich unter den buschigsten Brauen der Christenwelt hervor an.

«*Padre?*»

«Nathan. Guten Morgen.»

«Was ist das für ein Auflauf hier?» Ich hörte das Klonk, mit dem die Sperre des *vaporetto* zuknallte, und wie der *marinaio* dem Kapitän zurief, er könne losfahren. «He, warten Sie einen

Moment!», rief ich, während Sergio und Lorenzo sich verdutzt zu mir umsahen. «Bestellt schon mal 'ne Runde, wir treffen uns dann dort!», rief ich ihnen nach, als das Boot ablegte.

Ich wandte mich wieder Pfarrer Rayner zu und schaffte es, seine Hand von meinem Kragen zu lösen. «Was soll das? Ich müsste eigentlich in diesem Boot sitzen. Ich muss Geld beim Kartenspielen verlieren.»

«Dafür ist später noch Zeit, Nathan. Jetzt brauche ich Ihre Hilfe.»

2

Rayner blieb stehen, um in seinem gebrochenen Italienisch ein paar Worte mit dem Patriarchen zu wechseln, der freundlich lächelnd nickte. Dann schritt er, ohne überhaupt sicherzugehen, dass ich ihm folgte, in Richtung des *Reparto Evangelico*, des protestantischen Teils des Friedhofs, davon.

«Sie können mir vermutlich nicht verraten, was das alles soll?», fragte ich schnaufend, während ich mir Mühe gab, mit ihm mitzukommen.

Ohne langsamer zu werden, griff er in seine Manteltasche, holte ein Blatt Papier heraus und reichte es mir. «Seien Sie doch so gut und lesen Sie das, ja?»

Ich warf einen kurzen Blick auf das Blatt. Offenbarung 21. *Gott wird abwischen alle Tränen von ihren Augen.*

«Jetzt?», fragte ich.

Er blieb stehen und drehte sich um. «Nicht jetzt, Sie Trottel. Im Gottesdienst.»

«Aha. Warum?»

Er seufzte. «Nathan, an Allerseelen haben wir, wie soll ich sagen, eine überschaubare, aber erlesene Anzahl an Besuchern.» Er warf einen Blick auf den stetig fallenden Regen. «Wer kann es ihnen verdenken, um ehrlich zu sein? Jedenfalls habe ich es satt, jedes Jahr dieselben alten Gesichter darum zu bitten. Als ich Sie am Anleger gesehen habe, dachte ich, Sie wären ideal.»

«Verstehe. Wollen Sie nicht lieber jemanden, der an Gott glaubt?»

«Das wird sich irgendwann schon noch finden. Aber stellen

Sie sich doch mal vor, was das für die regelmäßigen Kirchgänger bedeutet? Sie kommen an einem kalten, winterlichen Tag hierher. Die meisten sogar, ohne Verwandte auf dem Friedhof liegen zu haben. Und dann trägt ihr Honorarkonsul persönlich etwas zum Gottesdienst bei. Das wird sie begeistern.»

«Ich fühle mich geschmeichelt.» Dann überkam mich ein Verdacht, und ich runzelte die Stirn. «Moment, heißt das etwa, sie werden das ab jetzt jedes Jahr von mir erwarten?»

Rayner grinste. «Das könnte durchaus sein.» Plötzlich wurde sein Gesichtsausdruck ernst, beinah besorgt sogar. «Entschuldigen Sie, dass ich gar nicht danach gefragt habe. Was führt Sie eigentlich her?»

Wir näherten uns Magris Grab, und ich nickte in die Richtung. Rayner musste zweimal hinschauen, als er den Hammer-und-Sichel-Kranz sah.

«Großer Gott!»

«Paolo Magri bewegte sich in kommunistischen Kreisen. Entschuldigen Sie, das sollte sicher keine Beleidigung sein.»

«Schon gut.» Er sah mich an. «War er ein Freund von Ihnen?»

Ich zögerte. «Ich bin mir nicht sicher. Wahrscheinlich schon. Zumindest hoffe ich, er hätte einer werden können.»

«Verstehe. Tut mir leid.» Jetzt zögerte er. «Soll ich ihn mit auf die Liste setzen?»

«Die Liste?»

«Die Liste der Verstorbenen. Wir verlesen ihre Namen als Teil der Fürbitte.»

«Ah, ich verstehe. Das ist sehr freundlich von Ihnen. Ja, danke.»

«In Ordnung.» Er lächelte wieder. «Die können Sie dann auch vortragen.»

* * *

Wir durchquerten den Friedhof, bis wir zu dem eisernen Tor kamen, das den katholischen Teil vom protestantischen trennte. Der Unterschied zwischen beiden fiel sofort ins Auge. Im Gegensatz zu den streng geordneten Gräberreihen, die den romanisch-katholischen Bereich kennzeichneten, war hier alles wackelig und marode und wirkte wie ein lange vernachlässigter englischer Friedhof. Es gab ein paar wenige Grabmonumente, einfach schlichte Steinkreuze und mit Rissen durchzogene Gedenksteine, von denen viele umgestürzt waren. Zypressen und Lorbeerbäume verliehen dem Ganzen, unterstützt vom tief hängenden Nebel, eine gespenstische Atmosphäre. Der Friedhof war auf allen vier Seiten von einer Mauer umgeben, die nur durch ein weiteres Tor am hinteren Ende unterbrochen wurde, das früher einmal direkt zur Lagune geführt hatte. Dem *Reparto* fehlten, das wusste ich, schon lange die Mittel zur Restaurierung. Und da die Zahl derer, die hier ihre Familienangehörigen zur letzten Ruhe betteten, jedes Jahr abnahm, wurde es immer schwieriger, an solche Mittel zu kommen.

Rayner lief zu einer großen Steinplatte in der Mitte der Anlage. Zwölf Rosen lagen auf dem Grabmal mit der schlichten Inschrift: *Ezra Pound*. Er nahm eine der Blumen und drehte sie zwischen den Fingern, bevor er sie sanft wieder zurücklegte. «Die legt jedes Jahr jemand hier ab», murmelte er. «Pound muss demjenigen viel bedeutet haben, wer immer es sein mag.»

Ich biss mir auf die Zunge. Meines Wissens wurden die Rosen von einer Gruppe Faschisten dort abgelegt, die aus irgendwelchen Gründen den schon lange verstorbenen Dichter als Quelle der Inspiration verehrten. Rayner wusste das offenbar nicht, und jetzt schien mir nicht der richtige Zeitpunkt, es ihm zu sagen.

Er blickte noch einmal in den Regen hinauf. «Es wird nur eine kurze Andacht werden, aber es ist zu nass, um im Freien zu stehen. Ein paar meiner Schäfchen sind nicht mehr die Jüngsten. Es wäre nicht gerade fürsorglich, wenn sie kämen, um ihren Respekt zu zollen, ohne ihnen zumindest einen Unterstand zu bieten.»

Ich sah mich um. «Aber wo? Hier kann man sich nirgendwo unterstellen.»

«Nein. Nie hat man ein nettes, gemütliches Mausoleum, wenn man eins bräuchte.» Wahrscheinlich machte er Witze, aber bei Pfarrer Rayner war das manchmal schwer zu sagen. Er wies mit dem Daumen in Richtung der dreibogigen Grabkapelle der Familie Trentinaglia, die an der südlichen Wand von einem Gerüst abgestützt wurde. «Kommen Sie, da drüben können wir uns wenigstens ein bisschen unterstellen. Obwohl uns anscheinend schon jemand zuvorgekommen ist.»

Zwei Männer mit Wollmützen standen an der Friedhofsmauer und rauchten. Ein Anflug von Verärgerung huschte über Pfarrer Rayners Gesicht, aber dann entspannte sich sein Blick. Schließlich war an Allerseelen jeder im *Reparto Evangelico* willkommen, ob Raucher oder nicht.

Auf den ersten Blick sah es aus, als trügen die beiden identische graue Regenmäntel, doch als wir näher kamen, sah ich, dass es Arbeitsanzüge waren. Die grauen Logos mit der grünen, orangen und blauen Flamme deuteten darauf hin, dass sie von *Veritas* kamen, der Firma, die für die Müllabfuhr, die Sanitärreinigung und die allgemeine Instandhaltung der Stadt zuständig waren.

«Was machen die denn hier?», flüsterte Rayner.

«Keine Ahnung. Ist aber merkwürdig. Warum sollte jemand von *Veritas* an einem Feiertag hier draußen arbeiten?»

Ich ging zu ihnen. «*Signori.*»

Der eine ließ seine Selbstgedrehte auf den Boden fallen und trat sie aus, bevor er sich die Hand an seiner Müllarbeiterkluft abwischte und sie mir entgegenstreckte. «*Buongiorno.*»

«Könnten Sie mir vielleicht sagen, was los ist?», fragte ich.

«Ich meine, nichts für ungut, aber wir haben hier», ich sah auf die Uhr, «in zwanzig Minuten eine Andacht.»

Der Mann musterte mich von oben bis unten. «Sind Sie der *padre?*»

«Nein, ich trage nur gern Schwarz.» Wir grinsten beide. «Das ist er», fügte ich hinzu und deutete auf Rayner.

«*Buongiorno, padre.*»

«*Buongiorno.*»

Der Arbeiter lächelte und sprach munter auf Italienisch weiter. Rayner sah mich gequält an. «Tut mir leid, Nathan, könnten Sie vielleicht ...?»

«Übersetzen?»

«Bitte.»

«Natürlich.» Ich zögerte kurz. «Wie lange sind Sie jetzt hier?»

«Drei Jahre.»

«Wie geht's mit Ihrem Italienisch voran?»

«Langsam. Für derlei Dinge habe ich Kirchenvorsteher und jede Menge wohlmeinende Gemeindemitglieder.»

«Verstehe. Es wäre hilfreich, wissen Sie?»

«Ich weiß.» Er wirkte verlegen.

Ich wandte mich wieder an die Arbeiter. «Ich glaube nicht, dass jemand damit gerechnet hat, Sie heute hier anzutreffen.»

«*Nossignore.* Uns hat aber auch niemand gesagt, dass auf diesem Teil des Friedhofs eine Andacht stattfindet. Damit haben wir nicht gerechnet.»

«Heute ist Allerseelen.»

«*Sissignore.* Aber wissen Sie ... Er blickte sich um und deutete auf die verwahrlosten Gräber ringsum. «Wir dachten, hier sind selten Leute.»

«In zwanzig Minuten werden hier Leute sein.» Ich wandte mich wieder an Pfarrer Rayner. «Wie viele?», fragte ich auf Englisch.

«Zehn vielleicht.»

«Mindestens vierzig oder fünfzig», sagte ich erneut an den Arbeiter gewandt. Plötzlich kam mir ein Gedanke. «Moment mal, heute ist doch Feiertag. Warum arbeiten Sie da überhaupt?»

Er rieb grinsend Daumen und zwei Finger aneinander. «Heute gibt's mehr Geld.»

«Das ist verständlich. Darf ich fragen, was genau Sie machen? Und kann es warten? Eine Stunde ungefähr?»

Er zuckte mit den Schultern. «Es geht um die Grabsteine», antwortete er. «Jedes Jahr stürzen ein paar davon um. Sehen Sie es sich an. Keiner kümmert sich um sie, und der Untergrund ...» Er grub mit einem Quatschen die Ferse in den Boden. «Der Boden hier ist vollgesaugt wie ein Schwamm. Dadurch verlieren sie den Halt. Deshalb sind Enzo und ich hier, um für Sicherheit zu sorgen.» Er klopfte seinem Kollegen auf die Schulter. «Stimmt's, Enzo?»

Enzo nickte und zündete sich noch eine Selbstgedrehte an. Er nickte in Richtung eines schweren Grabsteins, der fürchterlich windschief dastand. «Den müssen wir versetzen.» Gleich daneben stand ein Sarg, und der dazugehörige Grabstein lag flach auf dem Boden.

«Sie öffnen Gräber?», fragte Rayner empört. «Warum wurde ich nicht darüber informiert?»

Ich übersetzte, und die Arbeiter zuckten zeitgleich mit den Schultern. «Das wissen wir nicht, *padre*. Das ist Sache der *commune*.»

Rayner sah mich hilflos an. «Nathan?»

«Sie wissen es nicht. Fairerweise muss man sagen, dass das auch nicht wirklich ihre Aufgabe ist.» Ich wandte mich wieder an die beiden. «Was muss denn getan werden?»

«Heute müssen wir nur den Grabstein da flach hinlegen.» Er zeigte auf das schwere, mit Moos überwucherte Ungetüm, dessen Inschrift so alt war, dass man sie kaum noch entziffern konnte.

«Aha. Und der andere?» Ich deutete auf den etwas neueren Grabstein und den Sarg. «Warum musste der aus der Erde geholt werden?»

Er griff in die Tasche, zog eine Karte heraus und fuhr mit dem nikotinverfärbten Finger um den Rand. «Alle in diesem Bereich sind betroffen. Hier kommt es leicht zu Überschwemmungen. Sie müssen an die südliche Mauer verlegt werden.» Er sah zu Rayner hinüber, der im Schatten der Trentinaglia-Kapelle Schutz vor dem Regen gesucht hatte, und schüttelte den Kopf. «*Nossignore!* Sehr gefährlich! Kommen Sie bitte da weg.» Rayner murmelte etwas vor sich hin, machte angesichts des unablässigen Regens ein enttäuschtes Gesicht, und entfernte sich von der Wand der Kapelle. «Die Kapelle ist nicht sicher. Vor allem nicht, wenn es regnet und der Boden nass ist. Einmal ausgerutscht und», er riss die Arme auseinander, «*wuuump!*»

Mein Blick fiel auf den Grabstein. Gabriele Loredan. 26. Mai 1968–24. August 1980. Noch ein italienischer Name. «Na schön, könnten Sie dann so lange den Sarg aus dem Weg räumen? Und den Grabstein, wenn möglich? Decken Sie beide wenigstens mit irgendetwas ab. Der Anblick könnte die Leute erschrecken, wenn sie gleich kommen.»

«Sicher, das verstehen wir, *signore*. Wird nicht lange dauern. Komm, Enzo.»

Enzo ließ seine Zigarette fallen und nickte. Er umfasste das abgerundete Ende des Grabsteins, sein Kollege das andere. Der Stein musste ein ziemliches Gewicht haben, selbst für die beiden, denn sie hatten Mühe, ihn richtig zu packen und anzuheben.

«Okay, Enzo. Wir haben ihn. Jetzt langsam runterlassen, ja?»

Sie wollten den Stein langsam auf den Boden legen, doch plötzlich rutschte Enzo auf ein paar nassen Blättern aus. Einen furchtbaren Moment war ich mir sicher, der Grabstein würde ihm direkt an den Kopf knallen, doch er schaffte es, zur Seite auszuweichen, sodass das steinerne Ungetüm auf den Deckel des danebenstehenden weißen Sargs krachte, der splitternd in Stücke brach.

«Mist, verdammter Mist!», fluchte sein Kollege.

Ich sah Rayner an. «Heiliger Bimbam.»

Wir standen alle schweigend da. Rayner warf einen Blick zum Tor. Noch war niemand eingetroffen, aber es würde nicht mehr lange dauern. «Wir befördern den Sarg ein bisschen zur Seite, decken ihn ab und später ... Nun ja, später müssen wir uns etwas überlegen.»

Die beiden Arbeiter nickten, machten jedoch keine Anstalten, aktiv zu werden. Rayner seufzte. «Ich trage eine Soutane. Mein Freund hier seinen besten Mantel ...»

Ich hüstelte leise. «Genau genommen ist es mein einziger Mantel, *padre*.»

«Wie ich schon sagte, sein bester Mantel. Wohingegen Sie beide wetterfeste Kleidung anhaben. Würden Sie also so gut sein, den Sarg für uns auf die Seite zu tragen?» Die beiden sahen mich verständnislos an, bis ich realisierte, dass sie darauf warteten, dass ich übersetzte. Dann nickten sie unisono und machten sich ans Werk.

Enzo sah auf den zerschmetterten Sargdeckel und bekreuzigte sich. Dann warf er einen Blick zu Rayner, als wollte er seine Zustimmung einholen. Der *padre* lächelte ihm aufmunternd zu.

Die beiden Männer bückten sich, um den Grabstein hochzuheben und beiseitezuschaffen, aber der Sarg sackte, nachdem er Jahrzehnte in der feuchten Erde gelegen hatte, einfach in sich zusammen, als das Gewicht heruntergenommen wurde.

«Heiliger Bimbam», sagte ich noch einmal und sah genauer hin. «Moment mal.» Ich trat einen Schritt nach vorn. Rayner legte mir die Hand auf den Arm, doch ich schob sie weg. «Irgendetwas stimmt da nicht.»

Ich sank auf die Knie, direkt neben dem Sarg. Der Deckel war in zwei Stücke gebrochen, und ich konnte gerade so hineinsehen. Ich streckte die Hand aus, um den oberen Teil anzuheben. Das Holz fühlte sich morsch und vermodert an. Ich schob es beiseite und ließ es auf das nasse Gras fallen.

«*Padre*. Sehen Sie sich das an.»

«Nathan, kommen Sie in Gottes Namen da weg und lassen Sie uns den armen Kerl einfach zudecken, bis wir jemanden herschicken können, der sich darum kümmert.»

«Da ist niemand zum Zudecken, *padre*. Absolut niemand.»

Ich schob den verbliebenen Teil des Deckels zur Seite und erhob mich. Wir starrten alle vier auf die zersplitterten Überreste eines kleinen weißen Sargs.

Eines kleinen weißen und leeren Sargs.

3

Es war schon später Nachmittag, als ich in die Calle dei Assassini zurückkehrte, wo das nasse Pflaster im warmen Lichtschein aus dem Fabelhaften Brasilianischen Café schimmerte. Es war verlockend, auf einen Drink vorbeizuschauen, aber Federica, das wusste ich, wäre böse mit mir, wenn ich ohne sie ginge.

Ich stieg hinauf in die Wohnung und merkte, dass mein rechter Stiefel undicht war. Nicht so schlimm. Oben erwarteten mich warme Socken.

Gramsci, der durch das Klappern meines Schlüssels im Schloss wach geworden war, begrüßte mich. Er maunzte kurz, gähnte und streckte sich, bevor er ins Wohnzimmer verschwand, wo Federica schlafend auf dem Sofa lag, den Couchtisch neben sich voller Bücher und Unterlagen für ihr neuestes Projekt. Er sprang auf die Sofalehne und maunzte mich noch einmal an. Dann sah er auf Federica hinunter, sprang ihr auf die Brust und rieb sein Gesicht an ihrer Wange.

Sie schlug ein Auge auf. «Hallo, freundlicher Kater. Heißt das, Nathan ist zurück?»

«Das ist er in der Tat. *Ciao cara.*»

«*Ciao, caro.*» Sie setzte sich auf und kraulte Gramsci hinter den Ohren. «Was glaubst du, warum er das seit einiger Zeit tut?»

«Was tut?»

«Nett sein.»

«Ach, das. Er ist einfach zufrieden. Das ist alles. Nathan ist wieder zu Hause. Du sollst seine Begeisterung teilen.»

Wir blickten auf den Couchtisch, wo Gramsci jetzt auf Federicas Unterlagen saß und schnurrte. Die Begriffe «zufrieden» und «Begeisterung» hatte man bisher nie mit ihm in Verbindung bringen können.

«Ich versuche, mich zu beherrschen. Also, wie war es?»

«Ganz gut, denke ich, Es war schön, die Jungs zu sehen.» Sie lächelte, weil ich zwei Männer, die zusammengenommen wahrscheinlich hundertfünfzig Jahre alt waren, «Jungs» nannte.

Dann sah sie auf die Uhr. «Ich muss länger geschlafen haben, als ich dachte. Es ist ziemlich spät geworden bei dir.»

«Ja, tut mir leid. Ich habe dem *padre* noch geholfen. Pfarrer Michael, meine ich. Und dann ... na ja, war da noch so eine Sache ...»

«Eine Sache?»

«Ja. Wir haben eine Leiche exhumiert.»

«Ihr habt was?»

«Wir haben versehentlich eine Leiche exhumiert. Beziehungsweise eben nicht. Zwei Leute von *Veritas* wollten einige der brüchig gewordenen Grabsteine sichern. Dabei haben sie einen davon auf einen Sarg fallen lassen und ihn völlig zertrümmert.»

Sie schauderte. «Gott. Wie schrecklich. Alles in Ordnung mit dir?»

«Aber ja. Die Sache ist nämlich die – er war leer.»

«Wie, leer?»

«Na ja, nichts als Luft. Kein Toter, keine Kleider, kein Leichentuch.» Ich hielt kurz inne. «Werden heutzutage überhaupt noch Leichentücher benutzt? So oder so, es war jedenfalls nichts drin.»

«Du meinst, der Körper ist komplett verwest? Ist das überhaupt möglich?»

«So was passiert, glaube ich, nur in Filmen. Das Grab war auch noch nicht mal vierzig Jahre alt.»

«Und was habt ihr gemacht?»

«Was hätten wir schon tun sollen? Pfarrer Michael musste ei-

nen Gedenkgottesdienst halten, also haben wir eine Plane darü-
bergelegt und seine Gemeinde auf die andere Seite des Friedhofs
umgelenkt.»

«Und später?»

«Haben wir die Polizei gerufen. Etwas anderes ist uns nicht
eingefallen.» Ich setzte mich auf den Sofarand. «Es war ein Kin-
dergrab. Das macht es irgendwie noch schlimmer.»

Sie nickte. «Verstehe. Was glaubst du, ist passiert?»

«Ich weiß es nicht. Heutzutage raubt doch niemand mehr
Gräber aus, oder?»

Sie zuckte mit den Schultern. «Scheint schwer vorstellbar,
aber möglich ist es. Immerhin ist der evangelische Teil des
Friedhofs der am wenigsten besuchte. Man wäre ungestört, falls
man ... etwas vorhat.»

Ich schüttelte den Kopf. «Da bin ich mir nicht sicher. Es kommen immer Leute, die Ezra Pound oder Joseph Brodsky besuchen wollen.»

«Na schön. Dann eben nachdem er geschlossen hat. Vor der
Erweiterung war der Bereich zur Lagune hin offen. Man hätte
unbemerkt mit einem Boot draußen anlegen können und anschließend tun, was immer man tun wollte. Wer immer es war,
muss geglaubt haben, es wäre etwas Wertvolles dort begraben.»

«Nein, das ergibt keinen Sinn. In dem Fall würdest du doch die
Leiche zurücklassen.»

«Na gut. Also, was dann?»

«Vielleicht ist es wie bei dem Charlie-Chaplin-Fall?»

«Dem was?»

«Dem Charlie-Chaplin-Fall. Kurz nach seinem Tod wurde seine Leiche gestohlen. Sie wollten seine Verwandten erpressen.»

«Könnte sein.» Sie runzelte die Stirn. «Wann war das?»

«Das mit Charlie Chaplin?»

«Nicht das. Das leere Grab.»

«1980.»

«Und wie lautete der Name?»

«Loredan. Gabriele Loredan.»

«Gott. Daran erinnere ich mich. Ein kleiner Junge, der ertrunken ist. Vom Boot in die Lagune gefallen. Ich kenne seine Schwester, Ludovica. Eine Freundin würde ich sie nicht nennen – keine Ahnung, ob sie überhaupt Freunde hat –, aber sie gehört zum Vorstand einiger Fundraising-Organisationen. Restaurierungsprojekte und so. In ein paar Tagen soll ein Symposium stattfinden. Ob sie das jetzt wohl noch durchziehen wird?»

«Ein Symposium? Kann ich mitkommen?»

«Ich kann fragen, wenn du willst. Warum?»

«Na ja, ich werde wohl irgendwann mit ihr sprechen müssen. Nicht zuletzt, um meine Anteilnahme auszudrücken. In einem gesellschaftlichen Rahmen ist das vielleicht einfacher.»

Fede schüttelte den Kopf. «Wir reden hier vom Verschwinden der Leiche ihres kleinen Bruders, Nathan. Ein Glas billiger Prosecco macht das bestimmt nicht besser.» Sie hielt kurz inne. «Damals war ich noch ein kleines Mädchen. Ich weiß noch, dass *Mamma* und *Papà* nicht wollten, dass ich etwas darüber lese, damit ich keine Albträume bekomme.» Sie schauderte. «Das ist wirklich entsetzlich. Können wir das Thema wechseln?»

«Tut mir leid. Es war ein merkwürdiger Tag. Vanni will, dass ich morgen in die *Questura* komme und eine richtige Aussage mache.» Ich warf einen Blick auf meine Uhr. «Okay, Zeit für einen Spritz unten. Und dann koche ich Abendessen.»

«Was gibt es?»

«Pilze. *Porcini*, genauer gesagt.»

«Nur Pilze?»

«Die sind auch alleine schon gut. Aber ich könnte sie in einem Omelett machen, wenn du meinst, das sei sonst keine anständige Mahlzeit. Oder auf Toast.»

«Pilze auf Toast?» Sie klang ganz und gar nicht überzeugt.

«*Porcini* auf Toast. Das ist was anderes.»

«Ich vertrau dir.» Sie zog ihren Mantel an. «Aber für alle Fälle esse ich vielleicht ein paar *cichèti* bei den Brasilianern.»

Ich lachte, und wir gingen nach unten.

4

Pfarrer Rayner sah Vanni durch dicke blaue Rauchschwaden an, bevor er einen eher hoffnungs- als erwartungsvollen Blick auf das *Vietato-Fumare*-Schild warf. Vanni, der, falls er es bemerkt hatte, so tat, als wäre das nicht der Fall, streifte die Asche seiner Zigarre im Aschenbecher ab.

«Gabriele Loredan. Starb im August 1980. In der Lagune ertrunken, *poverino*. Im *Reparto Evangelico* auf San Michele begraben. Glaubte zumindest jeder.»

Rayner hob die Hand. «Sind Sie da sicher? Absolut sicher? Die Leiche wurde nicht vielleicht», er hielt kurz inne, «später ‹entführt›?»

Vanni schüttelte den Kopf. «Das erscheint mir unmöglich. Falls die Leiche gestohlen wurde, gab es jedenfalls keine Lösegeldforderung. Und wenn es Grabraub war, warum wurde dann auch die Leiche mitgenommen?»

«Könnte sie exhumiert und anderswohin gebracht worden sein?»

«Nein, *padre*.» Vanni überlegte. «Wir haben uns natürlich bei der Familie erkundigt. So diskret wie möglich. Angesichts der Tatsache, dass es keine wirklich taktvolle Art gibt, derartige Neuigkeiten zu überbringen.»

«Wie geht es ihnen?»

Vanni zog die Augenbrauen hoch und schüttelte den Kopf.

«Das tut mir leid. Glauben Sie, es wäre hilfreich, wenn ich ihnen das Gespräch anbiete?»

«Das liegt ganz bei Ihnen, *padre*. Aber es wäre sicher das Beste, ihnen ein paar Tage Zeit zu lassen. Die anglikanische Kirche steht in diesem Jahr wahrscheinlich nicht ganz oben auf ihrer Weihnachtskartenliste.»

Rayner grummelte etwas vor sich hin, und ich nutzte die Gelegenheit, mich zu Wort zu melden. «Nur so interessehalber, Vanni, warum glaubst du, es hätte etwas mit den Anglikanern zu tun? Dieser Teil des Friedhofs wird noch von anderen Religionsgemeinschaften genutzt.» Ich dachte an einige deutsch klingende Namen auf den Grabsteinen. «Von den Lutheranern zum Beispiel.»

«Der kleine Loredan besaß die britische Staatsbürgerschaft.» Er sah Rayner an. «Deshalb habe ich angenommen, er war einer von Ihnen. Der Vater ist ein Mann namens Hugo Channing. Er lebt noch und ist mit Cosima Loredan verheiratet.»

«Kennst du sie?», fragte ich.

Vanni schüttelte den Kopf. «Ich habe von ihnen gehört. Wohlhabend. Und deshalb offenbar einflussreich. Der Name Loredan hat in gewissen venezianischen Kreisen noch immer einige Bedeutung.»

«Sollen wir irgendetwas tun?»

«Ich würde den *padre* bitten, die Kirchenbücher aus dieser Zeit durchzugehen. Nur für den Fall, dass sich da etwas Interessantes findet. Man kann nie wissen.»

Rayner nickte. «Das sollte nicht lange dauern. Wir haben 1890 angefangen, die Taufen zu verzeichnen. Wir sind noch beim ersten Buch.»

«Danke, *padre*.»

«Wobei ich mir gut vorstellen könnte, dass mein Vorgänger es vermerkt hätte, wenn etwas so Außergewöhnliches wie eine fehlende Leiche vorgekommen wäre», fügte Rayner trocken hinzu.

Vanni strahlte und zog an seiner Zigarre, bevor er sich mir zuwandte. «Dann bleibst nur noch du, Nathan.»

«Ich? Was habe ich damit zu tun?»

«Ableben eines britischen Staatsbürgers. Dein Vorgänger wäre informiert worden. Ist es nicht die Aufgabe des Konsuls, zu überprüfen, ob der Verstorbene sich wirklich im Sarg befindet und wer er ist, bevor der Deckel zugeschraubt wird?»

«Das gilt nur für die Rückführung ins Heimatland. Hast du eine Ahnung, wie viele Briten im Veneto leben? Ich wäre rund um die Uhr damit beschäftigt, von einem Ort zum anderen zu hetzen, wenn ich mich überzeugen wollte, dass in jedem Sarg auch eine Leiche liegt.» Rayner zuckte zusammen. «Sorry, *padre*.»

Er machte eine wegwerfende Handbewegung. «Darüber macht man wirklich keine Witze, Nathan.»

«Tut mir leid.» Ich wandte mich wieder an Vanni. «Du willst also, dass ich die Akten durchsehe?»

«Ja, für alle Fälle. Du hast doch welche, oder?»

Victor Rutherford, mein Vorgänger, hatte mir einen Schuhkarton mit diversen Dokumenten hinterlassen, zu denen ich in den letzten Jahren noch ein paar hinzugefügt hatte. Inzwischen diente er Gramsci als gemütlicher Zweit-Katzenkorb.

«Ich besitze … ein paar … Aufzeichnungen», antwortete ich.

«Gut. Gut. Wir müssen nur sichergehen, dass alles ordnungsgemäß abgelaufen ist. Und falls das so war, nun ja, dann konstatieren wir, dass es irgendwann in den vergangenen siebenunddreißig Jahren zu einem schrecklichen Ereignis gekommen sein muss, und leiten eine Ermittlung ein.»

«Und dann?»

«Na ja, dann haben wir einen Fall.»

«Aha. Und das war's?»

Vanni zuckte mit den Schultern. «Viel mehr können wir nicht tun. Die andere Möglichkeit ist natürlich, dass die korrekten Abläufe nicht eingehalten wurden. Was wiederum ausgesprochen peinlich für die anglikanische Kirche, den britischen Konsulats-dienst und», er senkte die Stimme, «natürlich die Polizei wäre. Diese Alternative überprüfen wir natürlich auch.»

«Ihr habt Akten, die so weit zurückreichen?», fragte ich.

Vanni wirkte ein wenig verlegen. «Wir ... haben ... ein paar Aufzeichnungen.» Er grinste.

Rayner stand vor dem Eingang der *Questura*, hatte die Augen ge-schlossen und atmete tiefe Züge kalter, feuchter Luft ein.

«Also, *padre* ...»

Er gab mir ein Zeichen, still zu sein, während er weiter Sauer-stoff inhalierte und sich über den Mantel strich, als könnte er mit den Händen den Gestank nach abgestandenem Zigarrenrauch wegwischen.

Dann schlug er die Augen auf. «Schon viel besser.»

«Lassen Sie sich nicht täuschen. Hier draußen ist die Luftqua-lität wahrscheinlich noch viel schlechter. Zu viel PM10 heißt es. Von den Kreuzfahrtschiffen.»

«Das ist mir egal. Was immer PM10 sein mag, zumindest rie-che ich dadurch nicht, als hätte ich selber gequalmt.» Er zögerte kurz. «Sie sind doch kein ...»

«Nein, bin ich nicht.»

«Und früher ...»

«Früher schon», murmelte ich.

«Gütiger Gott, Wunder gibt es immer wieder! Nathan Suther-land hat tatsächlich das Rauchen aufgegeben.»

«Wieder.»

«Das macht nichts. Alle Achtung. Meine Gedanken und Gebe-te und so weiter. Irgendein besonderer Grund?»

«Federica hat es vor einer Weile aufgegeben, also habe ich auf-gehört, zu Hause zu rauchen. In dieser Jahreszeit schien es mir auch einfacher. Drinnen ist es überall verboten, es sei denn man ist Vanni natürlich, und zum Draußenstehen ist es zu kalt und feucht.»

«Großartig. Haben Sie irgendeinen Unterschied festgestellt?»

«Na ja, Gramsci riecht nicht mehr nach Kippen.»

«Und was Sie betrifft?»

Ich seufzte. «Die Negronis schmecken besser. Eigentlich schmeckt alles besser. Und ich muss zugeben, dass ich mich besser fühle.»

«Vermissen Sie es?»

Ich antwortete mit einem gequälten Blick. «Sagen wir einfach, ein Besuch in Vannis Büro könnte sich als das Highlight meines Tages erweisen.»

«Ach, sagen Sie das nicht. Denken Sie an all das Positive. Sie könnten diese E-Zigaretten versuchen.»

«Nie und nimmer war oder werde ich ein ‹Dampfer›. Ich laufe doch nicht durch die Gegend und sauge an einem riesigen Plastikkolben, der nach Wassermelone oder Erdbeere riecht.»

«Recht so. Sich in einen Ladeneingang zu kauern und verzweifelt zu versuchen, die letzte Zigarette in der Packung vor dem Horizontalregen zu schützen, ist schließlich deutlich würdevoller. Kommen Sie, das muss gefeiert werden. Ich lade Sie zum Mittagessen ein.»

«Kirchen-Pub?»

«Wenn Sie wollen.»

«Ich hätte ja die Bar F30 vorgeschlagen, aber die wurde offenbar geschlossen. Sehr schade. Da bin ich immer mit Vanni hingegangen. Nicht die beste Bar der Welt, aber praktisch gelegen, wenn man zum Bahnhof wollte. Und man konnte draußen sitzen und den Verkehr auf dem Kanal beobachten. Angeblich soll jetzt eine Fast-Food-Kette da einziehen.»

Rayner schüttelte den Kopf. «Dann wäre das Erste, was die Leute sehen, wenn sie an der Piazzale Roma aus dem Bus steigen, ein Burger-Lokal? Das wird man doch wohl nicht zulassen. Oder?» Wir lachten beide betrübt. «Kommen Sie. Auf zum Kirchen-Pub. Hätten Sie etwas dagegen, wenn wir laufen? Das wäre nützlich, um den Rauchgestank loszuwerden.» Er tippte mir auf die Brust. «Und Ihrer frisch erholten Lunge wird es auch nicht schaden.»

Wir liefen im Zickzack zwischen den Autos und Bussen hindurch über die belebte Piazzale Roma und ins *sestiere* Dorsoduro. Nach einem langen Sommer, der beinah direkt in den Winter übergegangen war, ohne sich mit irgendwelchen herbstlichen Nebensächlichkeiten aufzuhalten, wurden die Gassen inzwischen ruhiger. Bald schon würden die letzten Kreuzfahrtschiffe der Saison in wärmere Gefilde abfahren. Der November war in vielfacher Hinsicht die beste Zeit des Jahres. Man hatte das Gefühl, die Stadt gehörte wieder uns. Wenn auch nur für eine Weile.

«Eine Sache an diesem Grabstein erscheint mir ein bisschen merkwürdig», sagte ich, während wir liefen. «Es wundert mich, dass es Vanni nicht aufgefallen ist.»

«Das wäre?»

«Der Name. Gabriele Loredan.»

Er schüttelte den Kopf. «Ich verstehe nicht.»

Rayner, das musste ich mir manchmal in Erinnerung rufen, war erst deutlich kürzer als ich in Italien. «Loredan. Das ist der Nachname seiner Mutter. Nicht der seines Vaters. Frauen ändern ihren Namen hier nicht, wenn sie heiraten, aber die Kinder bekommen den ihres Vaters.»

Er zuckte mit den Schultern. «Es ist der Name einer vornehmen Familie, wie der *commissario* uns sagte. Vermutlich wollte seine Mutter, dass ihre Kinder ihn behalten.»

«Ja, aber es wäre nicht erlaubt gewesen. Nicht 1980. Das entsprechende Gesetz wurde erst kürzlich geändert.»

«Ich vermute, über so etwas hätten die Leute nicht viel Aufhebens gemacht. Nicht unter diesen Umständen. Wahrscheinlich werden wir feststellen, dass auf der Todesurkunde der Name des Vaters steht. Und auf einen Grabstein darf man, soweit ich weiß, schreiben, was man will.»

Eigentlich gab es nicht wirklich einen Grund für mich, dem *padre* bei seinen Nachforschungen zu helfen. Aber angesichts der Tatsache, dass er mich zum Mittagessen eingeladen hatte, fand ich es nur fair. Die Hintertür von St. George's schrammte quietschend und ruckelnd über den Steinboden, und Rayner fluchte, während er den widerspenstigen Zugang aufschob.

«Noch nicht dazu gekommen, sie in Ordnung bringen zu lassen?», fragte ich.

Er schüttelte den Kopf. «Es gibt Wichtigeres, worum ich mich kümmern muss.» Mir fiel auf, dass unser Atem noch kondensierte, obwohl wir im Gebäude waren. «Das passiert jedes Jahr», erklärte er. «Wir stellen den Heizkessel im Oktober wieder an, er gibt sofort den Geist auf, es dauert einen Monat, bis er repariert ist, und deshalb herrschen hier bis zum Advent arktische Temperaturen.»

«Könnten Sie ihn nicht einfach einen Monat früher anstellen?»

«Zu teuer. Manchmal beneide ich die *happy-clappies*, diese immer fröhlichen Evangelikalen, die im Gottesdienst ständig singen und klatschen. Die bleiben wenigstens in Bewegung. Das hält bestimmt warm. Kaffee?»

Ich stampfte mit den Füßen auf und blies mir auf die Finger. «Das könnte hilfreich sein.»

Er stellte den Wasserkocher an. Prompt ging das Licht aus.

«Verflucht, verflucht, verflucht.» Nachdem er den Sicherungskasten neben der Tür geöffnet und sämtliche Schalter nach oben gedrückt hatte, ging das Licht wieder an.

«Kein Kaffee?», fragte ich.

«Kein Kaffee.» Er seufzte. «Kommen Sie. Lassen Sie uns anfangen.»

Er führte mich die enge hölzerne Wendeltreppe zur Orgelempore hinauf und schloss die Tür auf der anderen Seite der Galerie auf. Ich wusste nicht genau, was ich erwartet hatte. Das Archiv der kleinen anglikanischen Kirche konnte sicher nicht mit der Dokumentensammlung des Markusdoms oder des Staatsarchivs bei der Frarikirche mithalten. Allerdings hatte ich schon damit gerechnet, etwas Beeindruckenderes vorzufinden als ein IKEA-Regal, in dem ein paar einsame ledergebundene Bände standen.

«Da wären wir.» Er rieb die Hände aneinander und bückte sich, um einen kleinen Heizstrahler anzustellen. «Sie werden gleich merken, wie gut das tut.»

Ich blickte auf die beiden traurigen kleinen Heizstäbe und war nicht wirklich überzeugt. «Ja, schon viel besser. Also, ähm, das ist es? Das ist Ihr Archiv?»

«Sie hatten etwas Umfangreicheres erwartet?»

«Nun ja, nur ein bisschen.»

«Wir sind nur ein kleines Kaplansamt. Es gibt uns zwar schon über vierhundert Jahre, aber dennoch sind wir eine kleine Seelsorgestelle und haben nur wenig aufzuzeichnen.»

«Es ist doch jedes Mal brechend voll in der Kirche, wenn ich herkomme.»

«Sie kommen auch nur zweimal im Jahr. Zum Gedenktag an die Kriegstoten und zu Weihnachten. Zählen Sie mal die Gottesdienstbesucher an einem frostigen Januarsonntag.»

«Tut mir leid. Ich war nur überrascht.»

Er holte tief Luft und fuhr mit dem Finger an einer Reihe verblasster blauer Registerbände entlang. Einen zog er hervor, schüttelte den Kopf und stellte ihn wieder zurück. «1980, richtig? Der hier müsste es sein.» Er nahm den nächsten Band heraus und blies den Staub davon weg. «Dann wollen wir mal sehen.» Er setzte sich an einen Tisch und klopfte auf den Stuhl neben sich. «Kommen Sie. Setzen Sie sich, und lassen Sie uns gemeinsam einen Blick darauf werfen.»

Ich las die erste Zeile des Registers. «*Here beginneth the ministry of Father Malcolm Stafford, February 2nd 1980*. Hier beginnt die Amtszeit von Pfarrer Malcolm Stafford, 2. Februar 1980.» Ich sah Rayner an. «*Here beginneth*. Muss das so lauten?»

«1980 schon. Punk Rock und New Wave sind damals ziemlich an uns vorbeigegangen.» Er leckte sich am Finger und blätterte die Seiten durch.

«Was ist da aufgeführt?»

«Alle Gottesdienste, die während des Jahres gehalten wurden.»

«Ah, verstehe. Und Sie führen Buch über die Anzahl der Zuhörer?»

«Wir sprechen lieber von Gemeindemitgliedern.»

«Sorry. Und über die Höhe der Einnahmen?»

Er schloss halb die Augen und wirkte ein wenig gequält. «Hier ziehen wir es wiederum vor, von Kollekte zu sprechen. Aber ansonsten korrekt. Alle Gottesdienste des Jahres sind verzeichnet. Wenn wir also einen Blick auf August und September werfen, kurz nachdem der kleine Loredan ertrunken ist … da haben wir's.» Er tippte mit dem Finger auf den 5. September. Fast zwei Wochen nach Gabrieles Tod. «Beerdigungsgottesdienst, Loredan, Gabriele. Keine weiteren Anmerkungen, außer der Empfangsbestätigung der üblichen Gebühr. Ach, und offenbar war in dieser Woche ein Vertreter im Dienst, nicht Pfarrer Stafford.»

«Ist das ungewöhnlich?»

Er schüttelte den Kopf. «Um diese Jahreszeit nicht. Da versucht eigentlich jeder, aus Venedig rauszukommen und der

Hitze zu entfliehen. Gleichzeitig reißen sich alle pensionierten Priester im Vereinigten Königreich um einen kleinen Urlaub an einem warmen, sonnigen Ort, wo sie sich um eine Seelsorgestelle kümmern können.» Er sah sich die Unterschrift näher an. «Pfarrer Jonathan Marchbank. Der Name sagt mir nichts, tut mir leid. Wahrscheinlich ist der arme Kerl sowieso schon vor langer Zeit gestorben.» Er tippte einen Moment nachdenklich mit dem Finger auf den Tisch.

«Ich weiß nicht recht, was wir erwartet haben», sagte ich.

«Ich auch nicht, ehrlich gesagt. Es wäre vermutlich zu viel gewesen, auf einen Vermerk zu hoffen, der lautet: ‹Sarg ungewöhnlich leicht›.»

Ich grinste und fragte mich sofort, ob das etwas war, worüber man lachen sollte. «Da ist etwas dran. Ich meine, wäre das damals nicht aufgefallen?»

«Ziemlich sicher. Aber stellen Sie sich das mal vor. Wenn Sie in dieser Situation wären, mitten unter den trauernden Angehörigen und Freunden, würden Sie da etwas sagen?»

Ich schüttelte den Kopf. «Guter Einwand. Sonst noch irgendwelche Ideen?»

«Nicht wirklich. Aber reichen Sie mir doch mal das Taufregister herüber, wären Sie so nett? Der Band mit dem braunen Ledereinband. Nur aus Interesse.»

Ich reichte ihn ihm. Dieser Band war deutlich weniger eingestaubt als die blauen Registerbände der Gottesdienste, obwohl auch seine Seiten vom Alter vergilbt waren.

«Wir führen pro Jahr immer noch ab und zu ein paar durch, wissen Sie. Ein paar der Täuflinge kehren später sogar zurück.» Er blätterte durch die Seiten. «Jeder Taufgottesdienst, der seit 1980 in St. George's abgehalten wurde. Und wir sind noch weit davon entfernt, einen zweiten Band zu benötigen. Also, wie lauten die Lebensdaten des jungen Loredan?»

«Hmm, ich erinnere mich nicht genau. Auf jeden Fall von 1968 bis 1980.»

«Na schön. Schauen wir mal nach.» Er fuhr mit dem Finger von oben bis unten über die Seite.

«Nein, absolut nichts.»

«Sind Sie sicher? Auch nicht im darauffolgenden Jahr?»

«Wie ich schon sagte, wir haben nur zwei oder drei Taufen im Jahr. Nein, wenn er getauft war, dann gehörte er nicht zu uns.»

«Es ist eine sehr wohlhabende Familie. Könnte es nicht sein, dass sie zu Hause eine Taufandacht hatten?»

Er schüttelte den Kopf. «So etwas kommt eigentlich nie vor. Nur *in extremis*. Das alles heißt natürlich nicht, dass der Kleine nicht vielleicht in einer anderen Kirche getauft wurde.»

«Wäre das denn kein Ausschlussgrund für eine Beisetzung im *Reparto Evangelico* gewesen?»

«Damals nicht. Inzwischen ist es schwierig, aber soweit ich weiß, war damals noch mehr Platz. Wir haben jeden aufgenommen.»

Wir saßen eine Weile schweigend beisammen. Mein rechter Knöchel war im Gegensatz zum Rest von mir durch den Heizstrahler wohlig warm. Ich rieb die Hände aneinander und blies mir auf die Finger. «Können wir jetzt gehen?»

«Sieht so aus. Ich überprüfe die Jahre 1969 bis 1980 noch einmal. Vielleicht war er schon ein wenig älter, als er getauft wurde. Und ich kann mich bei der Diözese erkundigen, für den Fall, dass ein Schriftwechsel aus der Zeit existiert. Aber das ist vielleicht weit hergeholt. Tut mir leid, Nathan, Sie hätten eigentlich nicht unbedingt mitkommen müssen.»

«Kein Problem. Vielen Dank für das Mittagessen jedenfalls. Ich weiß nicht recht, was wir jetzt bewiesen haben.»

Rayner stand auf und streckte sich. «Nun ja, wir haben bewiesen, dass alles in vollster Übereinstimmung mit den Maßgaben der Kirche von England durchgeführt wurde.»

«Und das heißt?»

Er stieß mich grinsend zwischen die Rippen. «Das heißt, Nathan, dass der Ball jetzt bei Ihnen liegt.»

5

Ich saß vor Tonis Bar in Mestre und fragte mich, ob mir jemals wieder warm werden würde, als Dario mit zwei eiskalten Pint Bier herauskam.

Wir stießen an. «Cheers, *vecio*.»

Ich trank einen Schluck, ganz vorsichtig, als befürchtete ich, die Temperatur wäre so niedrig, dass meine Zähne Risse bekommen würden.

Dario bemerkte, dass ich zitterte. «Frierst du etwa?»

«Dario, ich hab gestern den halben Tag auf einem kalten, feuchten Friedhof verbracht. Und den heutigen Nachmittag in einer eiskalten Kirche. Jetzt sitze ich im Außenbereich einer Bar in Mestre, im November, und trinke ein kaltes Bier. Ja, ich friere.»

«Tut mir leid.» Er wirkte gekränkt. «Ich dachte, es wäre nett, draußen zu sitzen. Wie in alten Zeiten, weißt du? Du hättest was sagen können. Dann hätte ich dir 'ne heiße Schokolade geholt, oder so.»

«Nee, ist schon gut. Das wäre nicht dasselbe, oder?» Ich blickte mich um. Ein paar Hartgesottene spazierten oder radelten vorbei, und ich verscheuchte einen Burschen, der uns ein paar gefälschte Handtaschen andrehen wollte. Autos rasten den Corso del Popolo hoch und runter und stießen jede Menge Abgase aus. «Ich werde diesen Ort vermissen, weißt du.»

«Ich auch.» Dario tippte an sein Glas. «Toni sagt, er hat die extra für uns gekauft. Wir sind die Einzigen, die so etwas bestellen.»

«Ich wette, wir sind auch die Einzigen, die im November draußen sitzen. Nach all den Jahren hätte man die Hoffnung hegen können, dass er uns einen Heizstrahler kauft.»

«Zu teuer, meint er. Sogar für uns.» Er lächelte. «Ich werd's auch vermissen. Du und ich und unser Feierabendbier. Und dann zu spät nach Hause kommen und Vally sagen, dass es deine Schuld war.»

«Das hast du gesagt?»

«Klar. Beste Entschuldigung ever.»

«Na, vielen Dank auch. Das erklärt so einiges.» Durch die Kälte meines Glases verlor ich jegliches Gefühl in der Hand. Eine Zigarette hätte mich aufgewärmt, aber Rauchen, rief ich mir in Erinnerung, war etwas, das ich aufgegeben hatte.

Ich blickte über die Straße zum Teatro Corso hinüber. «Wer steht heute Abend auf dem Programm?»

«Keine Ahnung. Erinnerst du dich noch an das eine Mal, als Joe Jackson aufgetreten ist … und diese zwei Typen zu uns gekommen sind, weil sie dachten, wir wären die Band?» Wir lachten beide. «Näher dran waren wir nie, Rockstars zu sein», antwortete ich.

«Ja. Wahrscheinlich lag es allerdings daran, dass wir die Einzigen waren, die alt genug aussahen.» Er schwieg einen Moment. «Mestre werde ich auch vermissen, weißt du? Niemand kann es richtig leiden, aber für uns war es ein gutes Zuhause. Wir haben hier Freundschaften geschlossen.»

«Du überlegst es dir doch nicht etwa anders?»

«Bisschen spät, selbst wenn ich wollte.» Er schüttelte den Kopf. «Nein es wird großartig.» Ein Laster donnerte vorbei und ließ unseren Tisch vibrieren. Wenigstens vermittelten die Abgase, die uns ins Gesicht wehten, einen Hauch von Wärme. Dario versuchte, sie mit der Hand wegzuwedeln. «*Das* werde ich allerdings nicht vermissen. Du kannst über Kreuzfahrtschiffe und PM10 sagen, was du willst, aber das ist kein Vergleich. Und Emily wird im Freien spielen können, wenn sie älter ist.» Ein weiterer Laster rumpelte vorbei. «Stell dir das mal hier vor.»

«Was machst du eigentlich mit der Moto Guzzi?»

Er schüttelte seufzend den Kopf. «Ich hab beschlossen, sie wegzugeben.»

Ich stellte mein Glas heftiger ab als beabsichtigt, und es landete klirrend auf der Tischplatte. «Im Ernst? Du könntest dir einen Stellplatz im Parkhaus auf Tronchetto besorgen.»

«Ach, das wäre nicht dasselbe. Seit Emily auf der Welt ist, habe ich außerdem kein richtig gutes Gefühl mehr beim Motorradfahren. Ich hab angefangen, mir Sorgen zu machen, was, na ja, was passiert, wenn etwas schiefläuft. Was, wenn Vally und Emily vergeblich zu Hause warten und … du weißt schon? So etwas eben.»

«Verstehe. Trotzdem schade.»

Er zuckte mit den Schultern. «Irgendwie schon. Oder es hängt einfach mit dem Älterwerden zusammen. Du hast das Rauchen aufgegeben, ich das Motorrad.»

Ich trank noch einen Schluck von meinem eiskalten Bier und überlegte, ob eine heiße Schokolade nicht doch besser gewesen wäre. «Du lässt es mich wissen, wenn ich beim Umzug helfen kann, ja?»

«Klar, mach ich. In ein paar Tagen vielleicht. Ich hab Freunde in Venedig, die mir unsere ganzen Sachen zu einem guten Preis rüberbringen, aber wir könnten noch jemanden brauchen, der beim Packen hilft.»

«Kein Problem. Gib mir einfach Bescheid.»

«Du hast nicht zu viel zu tun?» Er zögerte kurz. «Bei einer bestimmten Sache bräuchte ich dich besonders.»

Ich zog die Augenbrauen hoch. «Interessant.»

Ich wartete darauf, dass er weitersprach, doch er schüttelte den Kopf. «Wart's ab, *vecio*. Du wirst schon sehen.»

«Noch interessanter. Auf jeden Fall sollte es kein Problem sein.

Momentan ist es ziemlich ruhig. Die Biennale ist vorbei, also sind die Übersetzungsaufträge dünn gesät. Ich hab ein Drehbuch auf dem Tisch, das ist wenigstens mal was anderes.»

«Wie cool. He, vielleicht wirst du beim Filmfestival mit schönen Menschen über den roten Teppich laufen?»

«Du meinst wohl, mit *anderen* schönen Menschen.»

Er legte den Kopf zur Seite. «Nein, ich glaube, was ich zuerst gesagt habe, stimmt.»

«Mistkerl.» Ich lachte. «Na ja, es besteht jedenfalls keine Chance, dass dieser Film jemals gedreht wird, glaub mir.»

«Was, zu brutal etwa?»

«Nein. Es ist einfach nicht besonders gut. Aber das Drehbuch zu übersetzen, wird Spaß machen.»

«Und hält dich die Konsulatsarbeit nicht auf Trab?»

Ich grinste. «Eigentlich schon. Aber ich hab's gerade geschafft, einer schwierigen Sache aus dem Weg zu gehen. Hast du das von dem leeren Sarg auf San Michele gelesen?»

«Der Loredan-Junge?» Er machte ein ernstes Gesicht und schüttelte den Kopf.

«Erinnerst du dich daran? Also an damals, meine ich.»

«Nicht wirklich. Da muss ich noch ein Teenager gewesen sein. Ich erinnere mich noch an die Berichterstattung in den Zeitungen. Und dass meine Mutter und mein Vater mir sagten, das würde mit bösen Jungs passieren.» Er schauderte, aber dieses Mal hatte es nichts mit der Kälte zu tun.

«Donnerwetter. Taffe Eltern.»

«Kann man so sagen.»

Es folgte verlegenes Schweigen, also fuhr ich mit der Unterhaltung fort. «Vanni hat mich jedenfalls gebeten, Nachforschungen anzustellen. Der Junge besaß die britische Staatsbürgerschaft, deshalb soll ich die Konsulatsakten aus der Zeit durchsehen.»

«Die hast du?» Er klang überrascht.

Ich lachte. «Natürlich nicht. Ich hab es einfach nach Rom weitergereicht. Wenn es irgendwelche Aufzeichnungen gibt, dann sind sie dort.»

«Kluger Schachzug.» Er leerte sein Glas. «Trinken wir noch eins?»

Mittlerweile hatte ich kein Gefühl mehr in den Händen. «Ich glaube, dann sterbe ich.» Ich zögerte kurz. «Okay, meinetwegen.»

Er nahm die leeren Gläser und ging hinein. Drinnen sah es warm und einladend aus. Ich wünschte, ich hätte angeboten, den Nachschub selbst zu holen. Ich trommelte mit den Fingern auf den Tisch, einerseits, damit sie wieder warm wurden, andererseits, um mich davon abzulenken, dass ich keine Zigarette hatte. Mein Blick wanderte zum Teatro Corso hinüber. Im Tabakwarenladen gegenüber brannte noch Licht. Ich sah auf die Uhr. Zwei Minuten vor neun. Ich würde es gerade noch hinüberschaffen. Ich beobachtete, wie der Besitzer im Inneren herumhantierte.

Noch zwei Minuten bis Ladenschluss. Komm schon, niemand will jetzt noch etwas kaufen. Mach früher zu. Vielleicht kriege ich dann noch einen früheren Bus nach Hause. Komm schon. Schließ ab. Schließ ab und rette mich davor, über die Straße zu rennen und in einem verzweifelten Last-Minute-Versuch auf den letzten Drücker Kippen zu kaufen.

Das Licht ging aus.

Danke.

Dario kehrte zurück und stellte die zwei Gläser Bier ab. «Alles in Ordnung?»

«Alles bestens. Eine Bitte nur.» Ich holte mein Portemonnaie hervor, zog meine Krankenversicherungskarte heraus und hielt sie ihm hin.

«Was wird das?»

«Das ist meine *tessera sanitaria*.»

«Ich weiß, was das ist. Aber ich verstehe nicht, warum du sie mir gibst.»

«Dario, um diese Uhrzeit haben alle Tabakwarenläden geschlossen. Aber auf meinem Heimweg komme ich an mindestens fünf Zigarettenautomaten vorbei. Wahrscheinlich kann ich genug Willenskraft aufbringen, um an einem vorbeizugehen. Vielleicht sogar an zweien. Aber fünf sind echt zu viel verlangt, vor allem nach ein paar Bieren. Wenn du also meine *tessera sanitaria* für mich verwahrst, kann ich auf keinen Fall Kippen kaufen.»

«Das ist clever. Sehr clever. Wann willst du sie zurückhaben?»

«Keine Ahnung. Wenn wir uns das nächste Mal sehen?»

«Was ist, wenn du in der Zwischenzeit krank wirst?»

«Das Risiko gehe ich ein.»

Er klopfte mir auf die Schulter, und die plötzliche Bewegung brachte unsere Gläser zum Wackeln. «Alle Achtung, Nat. Du nimmst die Sache wirklich ernst, was?»

«Tu ich.»

«Fühlst du dich irgendwie besser?»

«Das fragen die Leute mich dauernd. Ich wünschte, es wäre so.» Ich überlegte kurz. «Obwohl, eigentlich stimmt das nicht. Ich fühle mich besser.»

Er lächelte, doch dann verdunkelte sich sein Blick. «Das hält dich allerdings nicht davon ab, jemanden nach einer Zigarette zu fragen.»

Er hatte recht. Wildfremde um eine Zigarette zu bitten oder Wildfremden eine Zigarette zu geben, gehörte in der Tat zu den kleinen italienischen Eigenheiten, von denen einem nie jemand erzählte.

«Daran hatte ich gar nicht gedacht», sagte ich.

«Aha.»

«Jetzt denke ich aber daran.»

«Dann hör damit auf. Komm, lass uns über was anderes reden. Erzähl mir von dem Fall.»

Ich zuckte mit den Schultern. «Es ist eigentlich kein Fall. Außerdem habe ich die Sache, wie schon gesagt, nach Rom weitergeleitet. Die kriegen das sicher besser hin.» Da kam mir ein Gedanke. «Ich hab dich nie danach gefragt, Dario, aber hast du jemanden, der auf San Michele liegt?»

«Früher mal, *mamma* und *papà*.»

«Jetzt nicht mehr?»

«Nein. Nach zehn Jahren habe ich sie einäschern lassen. Wir haben kein Familiengrab oder so. Ich glaube, sie sind jetzt auf dem Dachboden.» Er trank einen Schluck. «Ich bin nie im protestantischen Teil gewesen. Wie ist es da?»

«Ziemlich friedhofsmäßig, denke ich. Nicht so ordentlich wie die anderen Bereiche. Ein bisschen heruntergekommen.»

«Hmm. Und warum, glaubst du, wollten sie, dass der kleine Gabriele dort begraben wird?»

«Das frage ich mich auch. Weißt du, ich glaube nicht, dass die Familie der anglikanischen Kirche angehörte. Aber das Besondere an diesem Teil des Friedhofs ist, dass man nicht irgendwann umgebettet wird.»

«Nicht?»

«Nein. Einmal dort begraben, immer dort begraben. Oder bis zum Jüngsten Gericht, vermutlich.»

Er strich sich übers Kinn. «Dann macht es Sinn. Vielleicht war es ein Trost für sie. Zu wissen, dass er für immer da liegen würde und sie ihn besuchen konnten.» Dann schüttelte er den Kopf. «Das ist alles ganz schön düsteres Zeug. Es scheint mir nicht richtig, so zu reden.»

«Ich weiß, was du meinst.» Ich leerte mein Glas. «Okay, noch ein Absacker?»

«Dieses Mal bin ich nicht sicher.» Er sah auf seine Uhr. «Ach, meinetwegen, was soll's.»

Ich zitterte. «Aber könnten wir vielleicht an der Theke stehen?»

«Okay», antwortete er und lachte. Dann nahm er sein *cellulare* heraus und schrieb eine Nachricht. «Ich geb nur Vally kurz Bescheid, dass es deine Schuld ist.»

«Scheißkerl.» Er lachte wieder und klopfte mir auf die Schulter, während wir uns in die wohltuende Wärme der Bar begaben.

6

Ich trat durch die Tür in der Straße der Mörder und war zufrieden mit mir. Ich hatte keinen Tabakwarenladen ausfindig
gemacht, der spätabends noch aufhatte, ich hatte keine Wildfremden angehalten und sie um eine Zigarette gebeten, genauso
wenig wie ich versucht hatte, die *tessera sanitaria* von irgendwem
zu borgen. Ich hatte sogar der Versuchung widerstanden, zu einem Absacker-Negroni bei den Brasilianern einzukehren.

Ja, dachte ich bei mir, langsam bekommst du es ziemlich gut
hin mit diesem «Ich-bin-erwachsen-Ding».

«*Ciao, caro.*»

«*Ciao, cara.*»

«Hattest du einen schönen Abend?»

«Auf jeden Fall.»

«Ein bisschen zu viel Alkohol?»

«Nicht im Entferntesten.»

«Zigaretten?»

«Keine einzige.»

«Gut gemacht, *tesoro*. Du sammelst Extrapunkte.»

«Großartig! Was kann ich dafür einlösen?»

«Zur Belohnung darfst du dich setzen, und ich bringe dir ein
bescheidenes Glas Prosecco.» Sie verschwand in der Küche und
hielt sich, als sie wiederkam, mit leicht zugekniffenen Augen
die Flasche dicht vors Gesicht, um deren Inhalt abzuschätzen.
«Ziemlich bescheiden, fürchte ich. Aber ich habe auch eine gute
Neuigkeit für dich. Es ist mir gelungen, dich als meine Begleitung
für morgen Abend anzumelden. Nathan ist mit von der Partie.»

«Hervorragend. Danke. Wo findet es statt?»

«Ca' Sagredo. Sehr nobel, warst du schon mal da?»

«Ob ich schon mal da war? Ich habe da schon Leute getraut.»

«Du hast *was*?»

«Ich habe da Trauungen durchgeführt. Vor ein paar Jahren. Bevor wir uns kennengelernt haben.»

«So etwas darfst du?»

«Na ja, nicht wirklich. Also nicht offiziell. Aber wenn jemand in Venedig standesamtlich heiraten will, dann muss er zum Palazzo Cavalli, stimmt's? Das ist zwar ganz nett, aber im Grunde ist es bloß die Stadtverwaltung.»

«Hmm. Da ist etwas dran. Wenn man nach Venedig kommt, um ein Märchen zu erleben, könnte man vom Palazzo Cavalli etwas enttäuscht sein.»

«Und einen glamourösen Empfang kann man dort auch nicht veranstalten. Also erledigen die Leute dort den offiziellen Teil und schließen dann noch eine Art symbolische Trauung an einem außergewöhnlicheren Ort an. Im Ca' Sagredo zum Beispiel.»

«Das verstehe ich. Aber warum du?»

«Nun ja, vielleicht verleiht es der Sache einen würdigen Anstrich, wenn man so tun kann, als wäre man vom britischen Honorarkonsul in Venedig getraut worden.»

«Vielleicht.» Sie hielt kurz inne. «George Clooney hatte den ehemaligen Bürgermeister von Rom, oder?»

«Ich weiß. Der hatte mich irgendwie nicht auf dem Schirm.» Ich seufzte. «Er ruft mich nie an. Na ja, jedenfalls, ja, eine Zeit lang habe ich ein paarmal im Jahr solche symbolischen Trauungen durchgeführt. Irgendwann kam die Nachfrage zum Erliegen. Ich fürchte, sie haben jemand noch Imposanteren gefunden.»

«Das scheint mir schwer vorstellbar.»

«Ich weiß.»

«Heißt das also, du bist so etwas Ähnliches wie ein Priester?»

«Himmel, nein. Dem Langen Priester habe ich nie davon erzählt. Wahrscheinlich wäre er sauer. Als würde man ihm sein Geschäft klauen, oder so. Aber sag mir doch noch mal, worum es bei dieser Veranstaltung geht.»

Sie seufzte. «Das habe ich dir schon erzählt.»

«Ja, aber da dachte ich noch, ich würde nicht hingehen. Deshalb hielt ich es nicht für nötig, es mir zu merken.»

Diesen Moment wählte Gramsci, um auf Federicas Schoß zu springen. Beide sahen mich streng an. Noch nie hatten sie sich gegen mich verbündet. Ich hatte immer gehofft, Gramsci würde eines Tages einen Nichtangriffspakt mit Federica schließen. Damit, dass die beiden sich gegen mich zusammentun würden, hatte ich nicht gerechnet.

«Höre ich da so etwas wie ‹nichtsnutziger Nathan›?»

«Richtig», antwortete sie. Und Gramsci blickte mich mit stummer Enttäuschung an.

«Also, diese Sache morgen?»

«Dieses Symposium, ja?»

«Genau. Diese Sache.»

«Könnten wir es vielleicht Symposium oder Fachtagung nennen? Ich finde, das klingt besser als ‹diese Sache›.»

«Könnten wir. Also, ähm, wärst du so nett, mir noch einmal in Erinnerung zu rufen, worum es dabei ging?»

«Um die Auswirkungen von *acqua alta* auf den Mosaikboden der Basilika von San Marco.» Ein tiefer, zufriedener Laut kam von Gramsci, der womöglich so etwas wie ein Schnurren hätte sein können.

«Ist das denn, bitte versteh mich nicht falsch, überhaupt dein Arbeitsgebiet? Ich dachte nicht, dass du dich viel mit Mosaiken beschäftigst.»

«Tu ich auch nicht. Aber ich habe einen Aufsatz über die Auswirkungen von salzhaltigem Schimmel auf Zement geschrieben. Das ist also mein Beitrag.»

«Und wer spricht noch?»

«Zwei Leute von der Universität. Niemand, den ich wirklich kenne. Und Ludovica.»

«Sie zieht es also wirklich durch? Trotz dieser Neuigkeit?»

«Sieht so aus.»

«Glaubst du, sie würde mit mir sprechen?»

«Ich könnte euch zumindest miteinander bekannt machen.»

«Danke. Wie ist sie denn so?»

Fede zögerte. «Schwierig, wenn man den passendsten Begriff nehmen will. Kühl vielleicht. Ich glaube, sie ist die beherrschteste Person, die ich je kennengelernt habe.»

«Du magst sie nicht?»

«Es geht nicht darum, ob ich sie mag. Ich kenne sie einfach nicht. Sie erscheint völlig undurchdringlich.»

«Hmm.» Ich trank einen Schluck von meinem Prosecco und wünschte, ich hätte mir einen richtigen Drink gemacht. «Vielleicht will ich dann doch nicht mit ihr sprechen.»

«Vielleicht nicht, *caro*, aber angesichts dessen, was passiert ist, könnte es sehr gut sein, dass sie mit dir reden will.»

7

Samstagmorgens hielt ich keine Sprechstunde ab. Leute mit weniger dringenden Problemen hatten an diesem Tag Besseres zu tun, Leute mit dringenden Problemen konnten mich direkt unter der Konsulatstelefonnummer erreichen. Lange Zeit war das nie passiert, doch neuerdings traf eine Flut verzweifelter Touristen in der Stadt ein, die bei ihrer Ankunft feststellten, dass ihre Ferienwohnung gar nicht existierte. Also hatte ich mir angewöhnt, das Konsulats-Handy immer bei mir zu haben. Außerdem trug ich jetzt immer einen Stapel Visitenkarten von Unterkünften mit mir herum.

Fede war zum Arbeiten in die Querini Stampalia gegangen, also hatten Gramsci und ich die Wohnung für uns. Ich verbrachte eine Stunde mit der Übersetzung des Drehbuchs, das nie zu einem Film werden würde, dann stand ich auf, um mich zu strecken und mir einen Kaffee zu machen. Ich ging in die Küche, schraubte den Deckel vom Kaffeebehälter und sah hinein. Es war höchstens noch ein halber Löffel da. In der Spüle lag eine ungespülte Tasse, an der noch etwas Kaffeesatz hing. Federica hatte offenbar den ganzen Espresso aufgebraucht.

Ich schenkte den letzten Rest aus dem Espressokocher ein. Ein trauriges kleines Rinnsal lauwarmer brauner Flüssigkeit ergoss sich in meine Tasse.

Ich versuchte zu lächeln. «Bestes Getränk des Tages, was, Grams?», sagte ich und kippte es in einem Zug herunter. Ich verzog das Gesicht. «Na schön, das trifft's nicht wirklich auf den Punkt.» Ich machte Anstalten, meinen Mantel zu nehmen und zum Frühstück nach unten zu gehen, doch Gramscis jämmerliches Wimmern rief mich in die Küche zurück.

«Was ist los, fetter Kater?»

Er sprang von der Küchentheke und landete neben seinem Fressnapf, den er maunzend anstupste.

«Du hattest dein Frühstück schon», sagte ich und blickte auf seinen leeren Napf. «Oder?»

Ich kratzte mich am Kopf. Hatte ich ihn heute Morgen gefüttert? Ich konnte mich nicht mehr daran erinnern. Das gehörte zu den Dingen, die ich in den frühen Morgenstunden noch im Halbschlaf ausführte. Und doch, sagte mir ein Blick nach unten, war es unbestreitbar: Gramsci war noch nicht gefüttert worden. Das nahm er, fand ich, bemerkenswert gelassen.

Ich füllte ihm seine tägliche Ration Futterpellets in den Napf, zog gerade noch rechtzeitig die Hand weg, und er mampfte fröhlich drauflos. Er war in letzter Zeit zunehmend rundlich geworden, deshalb hatte ich seine tägliche Ration reduziert. Es schien allerdings nicht wirklich viel zu bringen. Während seine Aufmerksamkeit nun etwas anderem galt, schlüpfte ich in meinen Mantel, verließ die Wohnung und zog, so leise wie möglich, die Tür hinter mir zu. Von drinnen waren nur noch Knuspergeräusche zu hören.

Ich ging nach unten ins Fabelhafte Brasilianische Café; bernsteinfarben erleuchtet und angenehm warm im Gegensatz zu der grauen, nassen Gasse davor.

«Morgen, Ed.»

«Morgen, Nathan. Das Übliche?»

«Was ist denn das Übliche um diese Uhrzeit? Es ist mir gerade entfallen.»

«Einen Moment.» Er holte einen Notizblock hervor und blätterte ihn durch. Dann warf er einen Blick auf die Uhr an der Wand. «Ungefähr halb elf. Ach, und wir haben Samstag. Dann müsste es», er fuhr mit dem Finger über die Seite, «ein *caffè corretto con grappa* sein.»

Ich starrte ihn an.

«Du hast ein Dossier über mich?»

Er zuckte mit den Schultern. «So würde ich es nicht nennen. Nur ein paar grundlegende Notizen. Für den Fall, dass ich mal nicht da bin.»

«Hast du über andere Stammgäste auch ‹grundlegende Notizen›?»

«Nein. Nur über dich.»

«So, so. Na ja, Abwechslung ist die Würze des Lebens. Deshalb nehme ich heute einen *macchiatone*.»

«Mit Grappa?»

«Nein, nicht mit Grappa. Und weißt du was, ich glaube, ich esse auch etwas.» Ich warf einen Blick in die Glasvitrine. «Ich nehme ein *brioche integrale* mit *frutti di bosco*.»

Ich lehnte mich an die Theke und aß mein *brioche*, während Eduardo meinen Kaffee machte. Ich wischte Gebäckkrümel von meinem Mantel. Man konnte diese Dinger einfach nicht stilvoll verspeisen. Aber das spielte keine Rolle. Für jeden, von *grandi signore* in teuren Pelzmänteln bis zu *ragazzi* und *ragazze* auf dem Weg zur Schule war dies so ziemlich das perfekte Frühstück. Ed schob meinen *macchiatone* über die Theke. Ich atmete seine Wärme ein, bevor ich Zucker hineinrührte und einen Schluck trank und die bittersüßen Aromen des Kaffees sich mit dem buttrigen Geschmack des *brioche* und der Süße der Marmelade vermischten. Ich schloss einen Moment die Augen. Die ultimative Morgenmahlzeit. Ich sah auf die winterliche Gasse hinaus und lächelte. Bald schon war Weihnachten. Und dann kam der Januar, wenn der Ansturm der Besucher augenblicklich abnehmen und die Stadt so normal werden würde, wie sie es dann immer wurde. Winter. Die besten Monate des Jahres.

Ich trank meinen Kaffee aus und seufzte zufrieden.

«Bist du glücklich, Nat?»

«Ich glaube schon, Ed. Die Welt ist in Ordnung.» In dem Moment fing das Handy in meiner Tasche an zu vibrieren. Ich erschrak, als ich die Nummer sah. Rom. Das musste, sagte ich mir, nicht unbedingt etwas Schlimmes bedeuten. «Sorry, Ed, da sollte ich besser rangehen.» Ich hielt das Handy ans Ohr. «Botschafter Maxwell?»

«Nathan.» Er dehnte das Wort mit seiner tiefen dunklen Stimme, als wollte er ihm eine zusätzliche Silbe anfügen. «Wie geht es Ihnen?»

«Es geht mir gut, Eure Exzellenz.» Eure Exzellenz, warum in Gottes Namen nannte ich ihn so? «Sehr gut sogar. In Rom ist alles gut, hoffe ich?»

Es folgte eine knappe Pause und ein trockenes Lachen. «Ganz und gar nicht gut, muss ich leider sagen.»

«Tut mir leid, das zu hören, Herr Botschafter.»

«Das ist einer der Gründe, warum ich anrufe. Dieser Vorfall, weswegen Sie die Botschaft kontaktiert haben? Das leere Grab?»

«Ja. Ich habe mich nur gefragt, ob die Botschaft vielleicht irgendwelche Akten über so etwas hat, aufgrund der Tatsache, dass das Kind die britische Staatsbürgerschaft und einen englischen Vater und ...»

«Halt. Bitte hören Sie auf.» Seine Stimme hatte einen abgespannten Unterton angenommen. «Nathan. Wir haben Mitte November. Ständig höre ich, dass wir in ein paar Monaten die EU verlassen. Ist das bis zu Ihnen durchgedrungen?»

«Ähm, ja. Es hält mich ziemlich auf Trab, könnte man sagen.»

«Gut. Gut. Es hält mich auch ziemlich auf Trab. Uns alle eigentlich.» Er hielt wieder inne. «Wissen Sie, wie viele britische Staatsbürger in Italien leben, Nathan?»

«Nicht genau. Fünfzigtausend ungefähr?»

«Ein bisschen mehr noch. Circa vierundsechzigtausend. Von denen, wie es scheint, jeder persönlich mit mir darüber sprechen möchte, was nächstes Jahr passiert.»

«Hier ist es so ähnlich.»

«Und was erzählen Sie den Leuten?»

«Dass sie nicht in Panik verfallen sollen. Und wenn sie wirklich in Sorge sind, nun ja, dann sollen sie sich direkt an die Botschaft wenden.» Schweigen am anderen Ende der Leitung. «Oh.»

«Ach, tatsächlich, Sutherland.» Der Gebrauch meines Nachnamens war nie ein gutes Zeichen. «Ich schaue gerade in meinen Terminkalender. Offenbar habe ich heute Abend einen Empfang mit einigen Auslandsbriten, die mich alle abwechselnd anschreien werden. Morgen bin ich dann in Mailand, wo mich erneut verärgerte britische Staatsbürger der Reihe nach beschimpfen werden. Einen Tag danach werde ich in Turin sein. Erraten Sie, was da passieren wird?»

«Läge ich richtig mit der Annahme, dass wütende Briten …»

«… mich abwechselnd anbrüllen werden. Bravo, Sutherland. Und es betrifft nicht nur mich. So ziemlich jeder hier ist mit demselben Problem konfrontiert. Deshalb lässt sich mit Fug und Recht behaupten, dass niemand auch noch Zeit hat, sich mit Ihrem kleinen Problem vor Ort zu beschäftigen.»

«Ich verstehe, Eure Exzellenz.» Es erschien mir sicherer, wieder den Ehrentitel zu benutzen. «Tut mir leid. Ich hätte Sie nicht damit behelligen sollen. Wahrscheinlich können wir davon ausgehen, dass es sich von selbst lösen wird. Es ist sicher zu verantworten, dass ich die Sache einfach auf sich beruhen lasse.»

«Nein, das werden Sie verdammt noch mal nicht tun.» Beim lauten Klang seiner Stimme zuckte ich erschrocken zusammen. «Jeder in diesem Land lebende Brite vertraut darauf, dass der diplomatische Dienst seine Arbeit ordentlich macht, Sutherland.

Die Leute wollen das Gefühl haben, dass man sich um sie kümmert, im Leben wie im Tod.»

«Ich verstehe, Exzellenz, aber die Angelegenheit liegt fast vierzig Jahre zurück.»

«Es kümmert mich nicht, wie lange es her ist. Es steht heute in den Zeitungen. Es ist ein weiterer großer Knüppel, mit dem sie auf uns einschlagen können. Wie wollen wir es schaffen, unsere lebendigen Staatsbürger zu schützen, wenn wir nicht mal für die Sicherheit der Toten sorgen können?»

«Tut mir leid, Eure Exzellenz. Ich untersuche die Sache.»

«Untersuchen Sie sie nicht. Bringen Sie sie in Ordnung, schnell und ohne viel Aufhebens. Und beweisen Sie, dass es nicht unser Fehler war. Verstanden?»

«Vollkommen, Eure Exzellenz.»

«Sehr schön. Ich bin sicher, dass ich mich auf Sie verlassen kann, Nathan.»

«Oh, das können Sie, Exzellenz. Das können Sie.»

Er legte auf.

Ich blickte aus dem Fenster nach draußen, wo sich der Himmel passend zu meiner Stimmung verdunkelt hatte. Dann wandte ich mich wieder an Eduardo.

«Weißt du, Ed, vielleicht brauche ich doch noch einen *caffè corretto*.»

Er machte eine kleine steife Verbeugung. «Selbstverständlich», kurzes Zögern, «*Exzellenz*.» Dann duckte er sich schnell hinter die Theke, während ich nach etwas suchte, das ich nach ihm werfen konnte.

- 8 -

Ich hatte schon über drei Jahre nicht mit meinem Vorgänger gesprochen, und die letzte Unterhaltung – in der ich ihn praktisch
beschuldigt hatte, fremdes Eigentum gestohlen zu haben –, war
schwierig gewesen. Trotzdem war Victor Rutherford einmal so
etwas wie mein Freund gewesen. Es wäre gut, alte Beziehungen
wieder aufzufrischen. Außerdem brauchte ich seine Hilfe.

Ich wählte seine Nummer und ließ den Daumen einen Moment über der Ruftaste schweben, bevor ich darauftippte. Ich ließ
es zehnmal klingeln und wollte gerade wieder auflegen, dankbar,
dass mir eine möglicherweise unangenehme Unterhaltung er-
spart blieb, als Victor sich meldete.

«Hallo?»

«Victor. Hier ist Nathan Sutherland.»

«Nathan?» Er zögerte kurz. «Wie geht es Ihnen?» Ich meinte,
einen leicht misstrauischen Unterton in seiner Stimme zu hören,
war mir aber nicht ganz sicher. Immerhin hatte er nicht gleich
aufgelegt.

«Mir geht es prima, Victor. Wie geht es Ihnen?»

«Noch ein paar mehr Zipperlein, aber im Großen und Ganzen gut. Natürlich vermisse ich Italien, aber das englische Wetter bekommt mir wahrscheinlich besser. Meistens jedenfalls.»
Wieder Schweigen. «Ist lange her, Nathan. Ich nehme an, Sie
rufen doch nicht nur an, um sich nach meiner Gesundheit zu
erkundigen?»

«Nein. Aber ich freue mich zu hören, dass es Ihnen gut geht.
Hören Sie, es gibt ein Problem, um das ich mich kümmern muss.

Oder zumindest wollen die Polizei und die Botschaft, dass ich mich darum kümmere.»

«Jaaa.» Er zog das Wort in die Länge, und dieses Mal war das Misstrauen deutlich zu hören.

«Es hat nichts mit Ihnen zu tun.» Verflucht, das klang, als wollte ich ihm einen Vorwurf machen. «Oder mit mir», fügte ich daher hastig hinzu. «Ich habe mich bloß gefragt, ob Sie zufällig wissen, wer 1980 hier Konsul war?»

Er lachte, und zum ersten Mal lag echte Herzlichkeit in seiner Stimme. «Du meine Güte, Nathan, was glauben Sie, wie alt ich bin? Tut mir leid, aber ich habe keine Ahnung. Das war lange vor meiner Zeit.»

«Entschuldigen Sie, ich dachte mir, dass es eher unwahrscheinlich ist. Erinnern Sie sich vielleicht an irgendwelche Berichte aus der Zeit? Über ein Kind, das in der Lagune ertrunken ist?»

«Schon möglich. So etwas kam leider nicht selten vor.»

«Sein Name war Loredan. Gabriele Loredan. Klingelt da etwas bei Ihnen?»

«Ah ja. Den Namen kenne ich tatsächlich. Ich habe öfter mit seinem Vater zu tun gehabt. Hugo Channing. Reizender Mann. Ist aber schon eine ganze Weile her, dass wir Kontakt hatten.»

«Hat er … hat er jemals darüber gesprochen, was passiert ist?»

«Du lieber Himmel, nein. Natürlich wusste jeder davon. Aber es war kein Thema, über das man sich weiter unterhielt, und er hat mir auch nie davon erzählt.» Er hielt einen Moment inne, und als er weitersprach, lag wieder dieser misstrauische Unterton in seiner Stimme. «Warum fragen Sie danach, Nathan?»

Ich beschloss, ehrlich zu ihm zu sein. Das war ich ihm schuldig. «Victor, ich war kürzlich auf San Michele im *Reparto Evangelico*, an Allerseelen. Gabriele Loredans Totenruhe wurde gestört. Der Sarg wurde beschädigt. Und das ist nicht alles, sein

Sarg war leer. Es kann sogar sein, dass niemals eine Leiche darin gelegen hat.»

«Guter Gott!»

«Deshalb hat Vanni von der *Questura* mich gebeten, unsere Akten durchzusehen. Nur um zu überprüfen, ob von unserer Seite aus alles ordnungsgemäß erledigt wurde. Und der Botschafter persönlich möchte auch, dass ich das tue.»

«Verstehe. Es wäre ein bisschen peinlich, wenn die korrekten Abläufe nicht eingehalten worden wären. Ich muss allerdings sagen, Nathan, dass Sie wahrscheinlich nichts finden werden. Ich meine, natürlich sollte es Aufzeichnungen geben, aber das ist fast vierzig Jahre her.»

«Ich weiß. Trotzdem danke. Einen Versuch war es wert.»

«Keine Ursache. Ich glaube nicht, dass noch vernünftige Unterlagen aus meinen Jahren als Konsul existieren. Und sicher erst recht nicht von meinen Vorgängern. Aber ich denke noch mal drüber nach. Ich melde mich wieder.»

«Danke, Victor.» Ich überlegte, was ich noch sagen könnte, doch er erlöste mich, indem er auflegte.

Ich schloss die Augen und lehnte mich auf meinem Stuhl zurück. Als mir plötzlich etwas über den Kopf strich, zuckte ich zusammen. Federica. Sie war hereingekommen, ohne dass ich sie gehört hatte.

«Alles in Ordnung, *caro*?»

Ich lächelte. «Ich denk schon. Ich glaube, ich habe etwas wieder einrenken können.»

«Kein *acqua alta* heute Abend?»

«Nichts vorhergesagt.»

«Auch gut», sagte ich und zog meine Schuhe an. «Ist sowieso nervig, seine Gummistiefel mit herumzuschleppen.»

Fede betrachtete ihr Spiegelbild und zog Wimperntusche aus

ihrer Handtasche. Sie warf einen kritischen Blick darauf und steckte sie wieder weg. Wir waren jetzt fast drei Jahre zusammen, und ich hatte erst zweimal gesehen, dass sie sich schminkt.

Wir liefen durch die kalten Gassen zur *vaporetto*-Haltestelle bei Sant'Angelo.

«Gibt's da irgendwas zu essen?», fragte ich.

«Hoffentlich. Haben wir einen Plan B?»

«Ich hab auf dem Markt ein paar Petersfischfilets gekauft. Eigentlich für morgen, aber sie eignen sich auch für ein schnelles Abendessen heute, falls nötig. Und sie eignen sich gut dafür, sie betrunken zu kochen.»

Sie stieß mich sanft zwischen die Rippen. «Nach einem Abend im Ca' Sagredo kocht man nicht betrunken, Nathan.»

«Dann vielleicht leicht beschwipst?»

«Das kommt schon eher hin. Beeil dich, da ist unser Boot.» Das *vaporetto* rumste an den Ponton und brachte ihn zum Schaukeln; dann zog der *marinaio* die Sperre auf und ließ uns zusteigen. «Ist es draußen zu kalt?»

Ich schüttelte den Kopf. «Denke nicht. Jetzt ist die beste Zeit des Tages, oder? Fast die beste Zeit des Jahres eigentlich.»

Wir liefen zu den Außenplätzen nach hinten durch, als ich plötzlich jemanden zornig «*La porta!*» rufen hörte. Als ich mich umdrehte, sah ich, dass eine ältere Dame zuerst auf mich zeigte und dann auf die Kabinentür. Ich hatte vergessen, sie zu schließen, und die kalte Luft strömte herein.

«Entschuldigung», sagte ich und zog sie zu. «*Chiedo scusa.*» Sie wandte sich schnaubend wieder ihrer Freundin zu und murmelte etwas über *ignoranti*, gerade laut genug, dass ich es verstehen konnte. Ich setzte meinen Weg durch die Kabine nach draußen fort, wo Federica auf mich wartete.

Sie grinste. «Furchterregende ältere Venezianerin?»

«Kann man wohl sagen. Aber es war ja meine Schuld. Ich hab

wieder nicht an die Tür gedacht.» Wir schmiegten uns aneinander, während der Kanal an uns vorbeiglitt. «Also, was steht heute Abend genau auf dem Programm?»

«Na ja, es wird die übliche Einführung geben. Eine dieser typisch venezianischen, die genauso lange dauern wie die eigentlichen Vorträge. Dann tragen wir unseren Teil vor, beantworten Fragen, und dann», sie lächelte, «ist Prosecco-Time.»

«Großartig. Soll ich zuerst mit Ludovica sprechen?»

Sie schüttelte den Kopf. «Das würde ich nicht tun. Gar keine gute Idee. Du solltest sie nicht vorher schon aus der Fassung bringen. Nicht, dass ich sie je aus der Fassung gesehen hätte.»

«Und sie hat nichts zu dir gesagt? Dass sie das Ganze vielleicht lieber absagen würde?»

«Nichts.» Wir glitten unter der Rialtobrücke hindurch, und das Licht des *vaporettos* spiegelte sich im Wasser und warf helle Muster auf die Unterseite.

Ich schüttelte den Kopf. «Das ist merkwürdig. Es ist sogar ausgesprochen sonderbar. Schließlich geht es um ihren kleinen Bruder.»

«Wie schon gesagt, sie ist eher emotionslos. Außerdem», sie seufzte, «ist es doch schon lange her.»

«Trotzdem. So eine Sache. Würdest du darüber jemals hinwegkommen?»

Sie stand auf. «Wir würden das wahrscheinlich nicht. Aber andere ... wer weiß.» Sie zuckte mit den Schultern. «Komm.»

Wir passierten Rialto Mercato, wo die Bars um diese Jahreszeit ruhiger waren, weil das kalte Wetter dafür sorgte, dass sie die Türen schlossen. Weiter vorne tauchte der gotische Palazzo Ca' d'Oro vor uns auf und dahinter der Palazzo Ca' Sagredo, gestützt von Lorenzo Quinns Händen. Beziehungsweise von seiner Skulptur zweier riesiger Hände, die sich aus der Lagune erhoben und an die Außenwände des Gebäudes pressten, als hielten sie es fest. Der Künstler hatte sie im Mai installiert, und niemand wusste genau, wie lange sie da bleiben würden, um die bröckelnde Stadt zu stabilisieren.

Nächst-ehr-Halt Ca' d'Orrrro, verkündete die aufgezeichnete Ansage.

Ich grinste.

«Was ist so lustig?», fragte Federica.

Die Ansage ertönte noch einmal. *Nächst-ehr-Halt Ca' d'Orrrro.*

«Findest du nicht, dass sie eine hübsche Stimme hat? Wie schön sie das R rollt. *Ca' d'Orrrro*», wiederholte ich und gab mir Mühe, die Aussprache nachzuahmen.

Fedes Gesichtsausdruck wurde mitleidig. «Langsam fange ich an, mir Sorgen um dich zu machen.»

Und ich fragte mich, ob ich dieses spezielle Gesprächsthema lieber hätte außen vor lassen sollen.

«Ich meine, es kommt nicht alle Tage vor, dass ich anfange, auf eine Automatenstimme eifersüchtig zu werden.»

«Ach.» Ich schwieg einen Moment. «Sollen wir einfach in Zukunft nicht mehr darüber reden?»

«Ist wahrscheinlich das Beste.»

Das *vaporetto* stieß mit einem Rums an den Ponton vor dem Ca' d'Oro, wir stiegen aus und liefen zum Campo Santo Sofia und dem Palazzo. Seit meinem letzten Besuch hier war schon eine Weile vergangen, und ich hatte den Ort schon immer etwas beängstigend gefunden. Der Ca' Sagredo gehörte zu den Hotels, die für mich auf ewig zu teuer sein würden, um darin zu übernachten.

«*Dottoressa* Ravagnan. *Che piacere.*» Der kleine Rezeptionist machte eine Verbeugung und hakte Fedes Namen auf einer Liste ab. Er deutete auf den breiten, mit dickem rotem Teppichboden ausgelegten Treppenaufgang. «Man sagte mir, dass die Veranstaltung in Kürze beginnt.» Er warf noch einen Blick auf seine

Liste. «Wir warten nur noch auf ein paar Gäste, aber *signora* Loredan ist bereits anwesend.»

Ich wollte Federica folgen, doch der Rezeptionist hob kaum merklich die Hand und hüstelte leise. «*Signore?*»

«Ah, natürlich. Mein Name ist Sutherland. Nathan Sutherland.»

Er fuhr mit dem Finger über die Reihe der Namen auf seiner Liste. Dann rieb er sich das Kinn. «Tut mir leid, *signore*, könnten Sie den Namen bitte noch einmal wiederholen?»

«Nathan Sutherland. Aber ich werde nicht auf der Liste stehen. Das kam alles ein bisschen kurz vor knapp.»

Er antwortete mir mit dem routinierten Lächeln einer Person, die einem gleich eine schlechte Nachricht mitteilen wird, aber eine Szene vermeiden will. «Es tut mir leid, *signore*, aber ...»

Federica fasste mich am Arm. «Mr. Sutherland ist mit mir hier. Man hat mir gesagt, ich könnte eine Begleitung mitbringen. Tut mir leid, ich hätte vorher anrufen sollen.»

Jetzt verbeugte der Mann sich noch tiefer. «Selbstverständlich, *Dottoressa*.» Er schwenkte den Arm Richtung Treppe. «Bitte ...»

Wir lächelten ihn an und gingen hinauf. Die Treppe führte in ein Zwischengeschoss, dessen Wände und Decke über und über mit rosa, blauen und ockergelben Fresken bedeckt waren, die irgendeine nicht erkennbare Szene aus der Mythologie darstellten. Ich legte den Kopf in den Nacken, aber die Farben wirbelten nur um mich herum und wollten keine Form annehmen, die ich hätte einordnen können.

«Pietro Longhi», sagte Federica. «*Der Sturz der Giganten.*»

«Longhi? Machst du Witze?»

«Nicht sein üblicher Stil, stimmt's?» Sie lächelte. «Es war ein furchtbarer Misserfolg. Mag sein, dass Venezianer Fülle und Übermaß lieben, aber das ging selbst ihnen einen Schritt zu weit. Niemandem gefiel es. Also ging er nach Bologna, um dort zu studieren. Und als er zurückkam, war er nicht mehr derselbe. Keine riesigen Fresken mehr, stattdessen all diese kleinen Innenansichten venezianischen Lebens. Tänzer, Schneider, Spieler, Trunkenbolde ...»

«Nashörner», fügte ich hinzu.

«In der Tat. Wie konnten wir die nur vergessen?» Sie blickte zu Longhis gigantischen Figuren hinauf. «Es ist witzig. Kein Meisterwerk, aber lustig. Ich glaube allerdings, dass er die richtige Wahl für seine berufliche Zukunft getroffen hat.»

Rosa Marmorstufen, die von zwei verstörenden, Blumen haltenden Engeln bewacht wurden, führten ins *piano nobile*. Ich versuchte, ihren Blick zu meiden, während wir zum *portego* hinaufstiegen, der von zwei riesigen Kronleuchtern aus Muranoglas in ein warmes, goldenes Licht getaucht wurde. In der Mitte des Raumes waren Tische gedeckt, die zu den hohen gotischen Fenstern mit Blick auf den Canal Grande führten.

Angestellte in weißer Livree waren bereits damit beschäftigt, mit Proseccoflaschen gefüllte Eiskübel zu verteilen, während in der Ecke ein Streichquartett seine Instrumente stimmte. Longhi hätte sich bestimmt wie zu Hause gefühlt. Das würde ganz offenbar etwas mehr als eine trockene wissenschaftliche Vortragsreihe werden. Es war eine Veranstaltung zum Sehen und Gesehenwerden. Ich wünschte, ich hätte ein besseres Jackett angehabt. Mein Blick wanderte zu Fede, die in ihrem bestimmt zweitbesten Kleid glänzte, und beschloss, wenn es sie nicht störte, dann würde es mich auch nicht stören.

«Angeblich war Galileo einmal hier, wusstest du das?», fragte sie.

«Wirklich?»

«Er war ein guter Freund von Giovanni Sagredo. Einige der berühmtesten Künstler und Denker der Geschichte sollen hier ein und aus gegangen sein.»

«Nicht zu vergessen du, natürlich.»

«Zu schmeichelhaft. Aber danke, *caro*.» Sie strich mir über die Wange und sah auf ihre Uhr. «Ich sollte wohl meinen Vortrag noch mal durchgehen. Kann ich dich gefahrlos allein mit einem Tisch voll Prosecco zurücklassen?»

«Natürlich. Ich mische mich einfach unter die Leute. *In bocca al lupo.*»

«*Crepi.*»

Wie durch Zauberei hatte ich plötzlich ein Glas in der Hand. Ich machte eine Runde durch den Saal und nickte den Leuten zu, von denen ich niemanden kannte, bis ich irgendwann am anderen Ende angelangt war. Mein Prosecco hatte sich offenbar unterwegs verflüchtigt. Ein anderer Kellner – oder war es vielleicht derselbe? – nahm mir diskret das Glas aus der Hand und ersetzte es mit einer geschmeidigen Bewegung durch ein neues.

Eine Dame mit silbergrauen Haaren stand allein vor den Fenstern und blickte hinaus. Ich schaute mich um. Wir waren die Einzigen weit und breit, die keiner Gruppe angehörten. Spontan nahm ich ein zweites Glas vom Kellner und ging zu ihr hinüber.

«Prosecco, *signora*?»

Sie wandte sich zu mir um und schien einen Moment verwirrt. Dann lachte sie. «Tut mir leid. Ich dachte, Sie wären der Kellner. Das ist sehr aufmerksam von Ihnen, danke.»

Ihre Haare waren zu einem Louise-Brooks-Bubikopf geschnitten, und ihre Gesichtszüge waren faltig, aber noch immer schön. Es fiel mir schwer, ihr Alter zu schätzen. Ihre grauen Augen waren das Einzige an ihr, das vielleicht gealtert schien. Eine gewisse Trauer und Müdigkeit lagen in ihrem Blick.

Ich erhob mein Glas und drehte mich zum Fenster.

«Fantastisch, nicht wahr?», sagte sie.

«In der Tat», antwortete ich.

«Sind Sie zum ersten Mal hier?» Ihre Hand flog an ihren

Mund. «Bitte entschuldigen Sie. Das muss schrecklich unhöflich geklungen haben. Es ist nur – Ihr Akzent – ich gehe immer automatisch davon aus, dass jemand mit englischem Akzent ein Tourist sein muss. Oder ein Besucher, sollte ich vielleicht sagen.»

Ich lächelte. «Nein, ich bin kein Tourist. Oje, ist mein Italienisch etwa so schlecht?»

«Nein, es ist sehr gut. Abgesehen von Ihrem Akzent.»

«Nun ja, eine perfekte Aussprache ist angeblich auch das Schwierigste. Ich weiß nicht, ob ich das jemals richtig lerne. Wahrscheinlich werde ich nie wie ein Venezianer klingen.»

«Ach, ich glaube, darauf kommt es gar nicht so sehr an. In welchem Tätigkeitsfeld arbeiten Sie denn, Mr. …?»

«Sutherland. Nathan Sutherland. Ich bin Übersetzer.»

«Verstehe. Ich dachte, Sie gehören zur Kunstwelt. Das tun die meisten der heute hier Anwesenden.»

«Meine Partnerin gehört mit dazu. Dottoressa Federica Ravagnan.»

«Oh, ich habe von ihr gehört. Sie ist sehr intelligent, sagt man.»

«Das ist sie. Viel zu intelligent für mich.»

Sie lachte. «Ich bin sicher, dass das nicht zutrifft. Also, freut mich, Sie kennenzulernen, Mr. Sutherland. Mein Name ist Cosima Loredan.» Sie bemerkte meinen Gesichtsausdruck. «Stimmt etwas nicht?», fragte sie verdutzt.

«Es tut mir leid.» Eine bessere Antwort fiel mir nicht ein. «Es tut mir schrecklich leid, was passiert ist.»

Sie neigte den Kopf. «Danke. Es war ein großer Schreck, wie Sie sich sicher vorstellen können.»

«Ich bin mir nicht sicher, ob ich es mir wirklich vorstellen kann. Ich werde tun, was ich kann, um zu helfen. Das verspreche ich.» Sie schien verwirrt. «Ich bin außerdem der britische Honorarkonsul», fügte ich erklärend hinzu.

Sie runzelte die Stirn. «Ich bin mir nicht sicher, ob ich das verstehe.»

«Es ist möglich, dass einer meiner Vorgänger hinzugezogen wurde beziehungsweise in gewisser Weise involviert war, als Gabriele ...», ich suchte nach einem freundlicheren Wort, konnte aber keins finden, «... begraben wurde.»

«Warum das?» Sie blickte mich weiter unverwandt an, aber die Tränen stiegen ihr in die Augen.

«Er war britischer Staatsbürger. Genau wie sein Vater, soviel ich weiß. Das heißt, es kann gut sein, dass der damalige Konsul mit der Angelegenheit zu tun hatte.»

«Mein Mann ist sich der Situation nicht bewusst, Mr. Sutherland. Er ist sich überhaupt kaum noch etwas bewusst.» Ihre Stimme zitterte jetzt.

«Tut mir leid. Das wusste ich nicht. Es muss sehr schwer für ihn sein. Für Sie alle.»

Etwas anderes fiel mir nicht ein. Ich überlegte, ob es vielleicht das Beste wäre, mich zu entschuldigen und zu gehen, aber das würde Federica in Verlegenheit bringen. Ich suchte nach einem angemessen banalen Thema, als wir von einer jüngeren Frau, vielleicht Anfang fünfzig, mit langen dunklen Haaren und unfassbar hohen Wangenknochen unterbrochen wurden.

«Mutter?» Sie strich Cosima sanft über die Wange. «Mutter, du wirkst ganz aufgeregt.» Sie stellte sich dichter neben sie und wandte sich mit einem halb neugierigen, halb vorwurfsvollen Gesichtsausdruck mir zu.

«Es tut mir leid», wiederholte ich noch einmal. «Es war nicht meine Absicht, jemanden aus der Fassung zu bringen. Ich bin Nathan Sutherland. Ich war dabei, als der Sarg ... ich war kürzlich auf San Michele.»

Sie starrte mich einen Moment schweigend an und wandte sich dann zu Cosima. «Komm, Mutter. Wir fangen gleich an.

Lass dich von niemandem beunruhigen.» Sie schlang den Arm um ihre Schultern und versuchte, sie aus dem Saal zu steuern.

Cosima legte ihrer Tochter die Hand auf den Arm. «Schon gut, Liebling. Ich gehe ein bisschen frische Luft schnappen. Das wird mir sicher guttun.»

Ludovica nickte und starrte mich wieder an. Ich konnte ihrem Blick nicht standhalten und sah auf meine Schuhe. «Ich bitte um Entschuldigung», murmelte ich. Sie drehten sich beide um, verließen den Saal in entgegengesetzte Richtungen und ließen mich allein mit meinem Spiegelbild vor dem riesigen gotischen Fenster stehen. Ich erhob den Rest meines Proseccos auf mich selbst. Kein guter Auftritt, Nathan, gar kein guter Auftritt.

9

«Meine Damen und Herren, *signore e signori*.» Der Sprecher war ein junger Mann, sonnengebräunt und gut aussehend, mit einem tadellos getrimmten Spitzbart. Nichts Geringeres hätte man im Ca' Sagredo erwartet. «Der erste Vortrag beginnt in fünf Minuten. Bitte hier entlang.» Er strahlte uns alle an, bevor er den Arm lässig in Richtung Sala Musica, des prächtigen Ballsaals, ausstreckte.

Es war erst ein paar Jahre her, seit ich eine meiner Fake-Trauungen hier durchgeführt hatte. Und trotzdem entlockte er mir noch immer ein leises «Wow!». Der Saal war von Gaspare Diziani ausgeschmückt worden, der beschlossen hatte, dass nichts so gut ankäme wie Übermaß. Das Deckenfresko zeigte Apollo in seiner goldenen Kutsche, der die Laster vom Himmel warf, die ähnlich wie die Giganten beim *Sturz der Giganten* auf die Erde taumelten. Rund um den Saal standen in effektvoller *Trompel'œil*-Malerei Minerva, Neptun, Kybele, Venus, Mars, Merkur, Juno und Jupiter.

Es war ein fantastischer Ort zum Heiraten gewesen. Und es war ganz sicher ein fantastischer Ort, um Vorträge zu halten. An der einen Längsseite des Raumes waren vor einer Serie von Fresken Tische aufgestellt worden. Hinter den Fresken verbarg sich eine Geheimtür, die ins *Casino Sagredo* führte, mehreren versteckten Zimmern, in denen der Herr des Hauses in früheren Zeiten wahrscheinlich mit jeder Menge sündiger Gedanken im Kopf auf seine Geliebte gewartet hatte.

Federica sah mich hereinkommen und lächelte mir kurz zu.

Zwei professoral wirkende Burschen diskutierten angeregt und schoben Papiere hin und her. Ludovica saß teilnahmslos in der Mitte und machte sich gelegentlich ein paar Notizen.

Ich hielt es für besser, mich nicht ganz nach vorne zu setzen. Sie würde sich nur Sorgen machen, dass ich einschlafen und schnarchen könnte. Ich nahm in der dritten Reihe von hinten auf einem Stuhl am Rand Platz, um meine Beine besser ausstrecken zu können. Nachdem ich ein Nicken und ein Lächeln mit dem Mann neben mir ausgetauscht hatte, holte ich mein Handy hervor und stand auf, um ein Foto von der Gesprächsrunde zu machen.

Vielleicht hätte ich das lieber im Sitzen und unauffälliger erledigen sollen, denn alle bemerkten es. Federica versuchte ohne Erfolg, verärgert auszusehen, während die beiden *professori* sich grinsend in Pose warfen und sich die Arme um die Schultern legten. Ludovica schüttelte den Kopf und lächelte dünn, bevor sie sich wieder ihren Notizen widmete.

Jemand hinter mir stieß an meinen Stuhl, und ich spürte eine Hand auf der Schulter. «Entschuldigung, habe ich Sie getreten?»

Ich drehte mich um. «Das macht nichts, schon gut.»

«Wir sitzen ein bisschen dicht gedrängt, nicht wahr?» Der Sprecher war ein Mann von vielleicht Ende vierzig, rotgesichtig und mit einem dunklen Lockenkopf, der einen Schnitt gebrauchen konnte. Er hatte etwas von einem fröhlichen Hobbit und trug eine grüne Wachsjacke, die angesichts des Wetters zwar praktisch, aber an einem so vornehmen Ort unpassend war und mir das Gefühl vermittelte, dass ich zumindest nicht der nachlässigste Mann hier war. «Entschuldigung noch mal, ich hätte ein wenig früher hier sein sollen.» Er wickelte sich den Schal vom Hals und legte ihn unter seinen Stuhl, wobei er mich mit einem feuchten Wassernebel einhüllte. «Oh Gott. Tut mir leid.»

Ich hob die Hand zu einer «Schon-gut»-Geste und drehte

mich wieder nach vorn. Da tippte er mich erneut auf die Schulter.

«Verzeihung, darf ich Sie noch einmal kurz stören?»

«Wenn Sie sich nicht weiter ständig entschuldigen wollen.» Er wirkte einen Moment verstört, dann fing er an zu lachen.

«Tut mir leid. Oh Gott, ich hab's schon wieder getan. Ich wollte nur gerade fragen, ob Sie wissen, wer all die Leute sind? Auf dem Podium, meine ich.»

Ich lächelte. «Mehr oder weniger. Die ausgesprochen Hübsche ist *Dottoressa* Federica Ravagnan.» Ich hielt kurz inne.

«Ihre Partnerin?» Er lächelte.

«Das habe ich nicht gesagt.»

«Das war nicht nötig.»

«Nun ja, Sie haben ganz recht. Es erstaunt mich immer noch. Die beiden Herren zu ihrer Linken, muss ich zugeben, kenne ich nicht. Sie sind von der Universität, soweit ich weiß. Und die andere Dame, die so unglaublich ernst aussieht, ist Ludovica Loredan.»

Ich hatte gedacht, leise genug gesprochen zu haben, doch Ludovica hob plötzlich den Kopf und sah mich an. Ich erstarrte auf meinem Stuhl, sodass er einen Ruck nach hinten machte und meinen neuen Bekannten an den Knien traf, der ein «Autsch!» nicht unterdrücken konnte.

Ludovica stand auf und starrte mich an, während sie ihre Fingerspitzen auf den Tisch presste. Dann schob sie ihren Stuhl zurück und drängte sich an Federica und den beiden *professori* vorbei. Sie stolperte ein wenig, fing sich jedoch gleich wieder und kam langsam, aber entschlossen auf uns zu.

«Was um Himmels willen hast du getan?», fragte Federica stumm.

Ich schwenkte mein Handy vor Ludovica. «Tut mir sehr leid», sagte ich. «Das habe ich nicht bedacht. Ich werde es sofort löschen, wenn Sie wollen.» Ich hielt ihr das Gerät entgegen, damit sie sehen konnte, dass ich das Foto löschte. Dann begriff ich, dass sie nicht mich, sondern den Mann in der Reihe hinter mir im Visier hatte. Auf den ersten Blick wirkte ihr Gesicht ausdruckslos, maskenhaft, doch bei näherem Hinsehen erkannte ich, dass ihr Mundwinkel bebte.

«Hast du eine Einladung?»

«Habe ich, ja. Und schön, dich zu sehen, *signora* Loredan.»

«Kann ich sie bitte sehen?»

«Natürlich.»

Er griff in seine Jackentasche und zog seinen Ausweis und ein zusammengefaltetes Blatt Papier hervor.

«Verstehe. Clever von dir.» Ihre Stimme war eisig. Sie holte zitternd tief Luft. «Ich möchte bitte, dass du gehst.»

«Ich möchte das lieber nicht.» In seiner Stimme lag ein leichtes Kichern.

«Meine Mutter wird gleich hier sein. Ich lasse nicht zu, dass sie sich aufregt. Verstehst du?»

«Völlig.»

«Ich rufe den Sicherheitsdienst.» Inzwischen lag kaum merkliche Verzweiflung in ihrem Tonfall.

«Bitte tu das.»

Ich hätte mich gern umgedreht, um zu sehen, was eigentlich genau vor sich ging, aber ich befürchtete, Öl ins Feuer zu gießen. Die beiden *professori* hatten aufgehört, Späße zu machen, und Federica versuchte, sie in ein Gespräch zu verwickeln, damit sie nicht so starrten. Unsere Blicke trafen sich, und sie schüttelte kurz den Kopf.

Ludovica entfernte sich langsam, während ihre Absätze auf dem Boden klackerten, als wollte sie jeden Schritt extra betonen. Ich zählte bis zehn, dann drehte ich mich um.

«Hier scheint ein Missverständnis vorzuliegen», sagte ich.

Der Mann antwortete mit einem kurzen, trockenen Lachen. «Ja, nicht wahr?»

Ich rieb mir die Stirn. «Hören Sie, hier sind ziemlich viele Leute heute Abend. Und meine Partnerin ist da oben. Deshalb denke ich ...»

Er fiel mir ins Wort. «Es wäre nett, wenn ich, ohne viel Aufhebens zu machen, gehen würde?»

«Nun ja, ja. Genau das. Tut mir leid, ich möchte nicht unhöflich sein.»

«Ich schon. Nicht zu Ihnen, natürlich. Das tut mir leid.»

Ludovica kam in den Saal zurückgerauscht, den kleinen Mann von der Rezeption im Schlepptau, der aufgeregt mit den Armen wedelte.

Bei meinem Hintermann blieb sie stehen und blitzte mich an, als wollte sie sagen, dass nichts von dem, was hier passierte, mich auch nur im Geringsten etwas anging. Ich sah sie einen Moment an, dann drehte ich mich wieder nach vorne. Noch immer spürte ich ihren Blick im Nacken, als wollte sie mir sagen, dass ich auch besser nicht hinhörte.

«*Signora*, es tut mir schrecklich leid. Es tut mir wirklich schrecklich leid. Aber wie Sie sehen, steht sein Name auf der Gästeliste», sagte der Rezeptionist. Ich riskierte einen Blick. Er hielt das A4-Blatt vor ihr hoch, gerade so außer Reichweite, als hätte er Angst, sie könnte es ihm wegschnappen und in Stücke reißen, und deutete mit zitterndem Finger auf einen – für mich nicht zu entziffernden – Namen.

Sie warf einen flüchtigen Blick darauf. «Das weiß ich. Mr.», sie ließ das Wort ein wenig nachklingen, «*Flemyng* hat tatsächlich eine Einladung. Die Frage ist trotzdem, was Sie jetzt unternehmen werden.»

Ich riskierte noch einen Blick hinter mich. Der Rezeptionist transpirierte, ging kurz in die Knie, damit er kleiner wirkte, und federte dann auf die Zehenspitzen, um sich zu seiner maximalen Größe aufzubauen. Dann wandte er sich an Flemyng. «*Caro signore*, ich möchte nicht unhöflich sein, aber ...»

Ludovica stieß einen Seufzer aus, der ein Zischen hätte sein können, beziehungsweise ein Zischen, das wie ein Seufzer klang. «Sie haben doch vermutlich Leute, die sich um so etwas kümmern. Rufen Sie sie. Sofort.» Sie schloss einen Moment die Augen und sah dann wieder den kleinen Rezeptionisten an. «Sie können gehen.»

«Ja, *signora*. Selbstverständlich, *signora*.» Er trat ein paar Schritte zurück, bevor er sich umdrehte und so schnell er konnte, den Saal verließ, ohne loszurennen.

Die Gäste auf den umliegenden Plätzen starrten sichtlich verlegen nach vorne, obwohl ein paar den Vorfall ebenfalls so unauffällig wie möglich beobachteten und sicher insgeheim hofften, es würde etwas Skandalöses passieren, was sie am Montagmorgen im Büro erzählen konnten.

Der kleine Hotelangestellte erschien wieder an der Tür, wo er einem anderen, größeren Mann mit kurzen grauen Haaren und graumeliertem Dreitagebart auf Zehenspitzen stehend etwas ins Ohr flüsterte. Dieser trug einen schwarzen Smoking und ein Frackhemd mit Fliege, wohl zum ersten Mal. An seinem Ohr klemmte ein Headset, und am Revers trug er ein Namensschild, auf dem «Sicherheitsdienst» hätte stehen können. Oder «Rambo». Er klopfte seinem kleinen Begleiter auf die Schulter und kam zu uns herüber.

Ludovica reagierte mit einem strahlenden Lächeln, ihre Miene vor echter Freude deutlich erhellt.

Sie warf einen Blick auf das Namensschild des Mannes. «Giorgio?» Er antwortete mit einem kurzen steifen Nicken. «Dieser Herr hier sitzt offenbar auf dem falschen Platz.»

Giorgios Mundwinkel verzogen sich abwärts, und ein Anflug

von Traurigkeit legte sich in seinen Blick. «Es tut mir leid, das zu hören, *signora*.» Es sah auf Flemyng herab und streckte den Arm aus. «Bitte, mein Herr, kommen Sie mit. Ich zeige Ihnen den Weg.»

Flemyng sah zu ihm auf. Giorgio war weder ein kräftiger noch ein junger Mann, aber sein Auftreten vermittelte den Eindruck, dass mit ihm nicht zu spaßen war. Flemyng lächelte. «Natürlich. Tut mir leid, wie dumm von mir.» Er stand auf und lächelte Ludovica an. «Nichtsdestotrotz, es war nett, Sie wiederzusehen, *signora* Loredan. Haben Sie noch einen schönen Abend. Wir werden sicher noch Gelegenheit haben, unsere Unterhaltung fortzusetzen. Sie und ich und Ihre Mutter, hoffe ich. Irgendwann.»

Ludovica erstarrte und warf Giorgio einen Blick zu. Er klopfte Flemyng auf die Schulter und wartete, bis er aufgestanden war. Dann legte er ihm den Arm um die Schultern und führte ihn zum Ausgang.

Ich rechnete damit, jeden Moment berstendes Glas im angrenzenden Raum zu hören, und sprang auf. Doch Ludovica legte mir sanft, aber bestimmt ihre Hand auf die Schulter und drückte mich auf meinen Stuhl zurück.

«Bitte, Mr. Sutherland. Machen Sie sich keine Sorgen.» Ihr Lächeln war nun noch breiter als vorher. «Jetzt fängt der Abend erst an.»

10

Wie so oft waren wir die Letzten, die die Party verließen. Die leeren Proseccoflaschen und die Platten mit den übrig gebliebenen *cichèti* waren schon abgeräumt worden. Unter dem vorwurfsvollen Blick eines Kellners, der es offensichtlich nicht erwarten konnte, nach Hause zu kommen, nahm ich mir einen kleinen Oktopus von einem vorbeikommenden Teller.

Die Vorträge waren vermutlich großartig gewesen. Ich hatte nicht viel davon mitbekommen, weil ich mit einem Ohr die ganze Zeit auf die Nachbarräume gehorcht hatte, während mein Handy griffbereit war, für den Fall, dass ich die Polizei, den Rettungsdienst oder beides hätte rufen müssen. Ludovica, die vorher undurchschaubar und teilnahmslos wirkte, schien durch ihren Zusammenstoß mit Flemyng wie zu neuem Leben erweckt. Ich konnte mich beim besten Willen nicht an den Inhalt ihres Vortrags erinnern, aber sehr wohl an die Art und Weise, wie sie ihn hielt. Jedes Wort war leicht überbetont und jede Bewegung bewusst übertrieben gewesen, um die größtmögliche Wirkung zu erzielen. Als sie sich danach wieder setzte, um einem der fröhlichen *professori* das Feld zu überlassen, schien sie sich wieder innerlich zurückzuziehen. Gelegentlich nickte sie zustimmend, aber ich hatte das beunruhigende Gefühl, dass auch sie lauschte, ob Giorgio Flemyng eine Tracht Prügel verpasste.

«Na, wie hat es dir gefallen?», fragte Federica.

«Ähm, es war bestimmt sehr gut ...»

«Aber?»

«Ich konnte mich leider nicht so richtig darauf konzentrieren.»

«Das hab ich gesehen.»

«Tut mir leid. Ich habe die kompletten neunzig Minuten damit verbracht, mich zu fragen, ob sie bei dem Mann, der hinter mir saß, gerade Maß für ein Paar Betonstiefel nehmen würden und ich die Polizei rufen müsste. Was war da los?»

Sie schüttelte den Kopf. «Ich weiß es nicht. Ludovica ist ein bisschen merkwürdig, das weiß ich, aber das heute Abend war etwas anderes.»

«Du hättest ihr Gesicht sehen sollen. Wie sie gelächelt hat. Sie hat sich ehrlich darauf gefreut, dass dem armen Kerl Schmerzen zugefügt werden.»

«Was glaubst du, wer er war?»

«Keine Ahnung. Ein Journalist vielleicht?»

«Mmm. Aber er war Brite, oder?»

«Stimmt.»

«Warum sollte ein britischer Journalist mit ihr sprechen wollen? Es wäre doch eher ein Bericht für den Lokalteil, oder?»

«Denke schon. Von *La Nuova* oder *Il Gazzettino* hab ich allerdings niemanden gesehen.»

«Doch, es war jemand da. Aber sie haben sich nicht aus der Deckung getraut. Sie finden sie ein bisschen furchteinflößend.»

«Das kann ich nachempfinden. Ich frage mich, ob Mr. Flemyng oder wie immer er wirklich heißt, tatsächlich inzwischen todbringende Betonschuhe trägt.»

«Das kommt darauf an, wo er ist, *caro*. Der größte Teil der Lagune ist nicht sonderlich tief. Selbst wenn es so wäre, könnte er aufrecht stehen.»

«Ich hoffe, das tröstet ihn in diesem Moment.»

Sie lachte und strich mir über den Arm. «Also nach Hause?»

Ein Kellner lief mit einer offenen Flasche Prosecco auf einem

Silbertablett an uns vorbei. Am Boden befand sich noch ein guter Zentimeter Flüssigkeit. Es juckte mich einen Moment in den Fingern, doch dann sah ich seinen Blick. Den Blick eines Mannes, dessen letztes Boot in zwanzig Minuten ging.

«Nach Hause», antwortete ich.

Wir hakten uns ein und gingen unter dem Blick der stürzenden Giganten die Treppe hinunter.

Sonntagmorgen. Gesegneter Sonntagmorgen. Keine Sprechstunde abzuhalten. Keine Einkäufe zu erledigen, und zu Michael Rayners fortwährender Enttäuschung würde mein Hintern nicht die Kirchenbank von St. George's zieren.

Ich trottete in die Küche, schraubte den Espressokocher auf und leerte den alten Kaffeesatz in den Mülleimer. Der Kocher war kalt, und im Müll lag ein Teebeutel. Ich hatte vergessen, Federica zu sagen, dass ich den Kaffeevorrat wieder aufgestockt hatte. Sie musste vor mir kurz aufgestanden sein und entschieden haben, dass eine Tasse Tee es auch tun würde.

Ich betrachtete die Packung Kaffee, die ich am Vortag in der *torrefazione* in Cannaregio besorgt hatte. Eine Mischung aus siebzig Prozent Arabica und dreißig Prozent Robusta, was mir, so versicherte die Aufschrift, eine Geschmackskombination aus Schokolade, Gewürzen und tropischen Früchten bescheren würde. Dabei galt das allgemeine Kaffeegesetz, dass dieser nie so gut schmecken konnte, wie ein frisch geöffnetes Päckchen roch.

Ich spülte den Espressokocher aus, löffelte frisches Kaffeepulver in den Filter und tat, was ich immer tat: Ich drückte mit dem Löffel drei Vertiefungen in die Oberfläche. Die Theorie war, so hatte ich gelesen, dass auf diese Weise das Wasser besser durchsickern konnte und damit das Risiko reduziert wurde, dass der Kaffee anbrannte. Ich hatte keine Ahnung, ob das stimmte, aber ich wollte nicht riskieren, es zu unterlassen. Dann stellte ich den

Espressokocher auf den kleinsten Herdaufsatz auf die kleinste Flamme. Es würde eine Weile dauern, aber man konnte nicht vorsichtig genug sein.

Gramsci, der vor nur wenigen Minuten noch fest geschlafen hatte, war plötzlich aufgetaucht wie die Grinsekatze, nur ohne das Grinsen. Er sah mich an und gab ein trauriges Miau von sich, während ich fünfzig Gramm seiner Futterpellets abmaß. Ich fing an, sie in seinen Napf zu kippen.

Und hielt inne. Ich musterte meinen Kater von Kopf bis Fuß. Er nahm tatsächlich dauernd zu, obwohl er dieselbe Futtermenge bekam wie immer. Wahrscheinlich war er in mittleren Jahren einfach weniger aktiv, obwohl er eigentlich schon immer gern viel saß und beobachtete, wie die Welt an ihm vorbeizog, während er sich permanent von ihr enttäuscht fühlte.

Ich holte tief Luft und entschloss mich, es zu riskieren. Ich tatschte ihn probehalber an und zog rasch die Hand zurück, bevor er irgendwelchen Schaden anrichten konnte. Es gab keinen Zweifel. Er war ein gut gepolsterter Kater, und falls sich unter diesem Fell irgendwelche Rippen verbargen, dann waren sie in der Tat gut versteckt.

Ich kippte nur ungefähr die Hälfte der Pellets in seinen Napf. Er starrte mich mit einer Mischung aus Verachtung und Enttäuschung an. Dann wurden seine Augen ganz groß, und er sah mich flehentlich an.

«Guck mich nicht so an.»

Miau.

«Das ist in deinem eigenen Interesse, fetter Kater.»

Miau.

«Ich bin in erster Linie Betreuungsperson, hörst du? Ich versuche nur zu tun, was am besten für dich ist.»

Miau-miau.

Er schien bereit, sich in ein ausgewachsenes Jaulen hineinzusteigern. Ich wagte es, kurz die Küche zu verlassen, um nach Federica zu sehen. Sie schlief noch, mit einem unberührten Becher Tee auf dem Nachttisch neben sich. Ich fragte mich, wie begeistert sie wohl wäre, von einem jaulenden Kater geweckt zu werden. Wahrscheinlich nicht besonders. Also ging ich in die Küche zurück und kippte Gramsci auch die restlichen Futterpellets in seinen Napf.

«Das mache ich nur, weil Sonntagmorgen ist, verstanden? Früher oder später müssen wir eine Lösung für das Problem finden.»

Muntere Knusperlaute drangen von meinen Knöcheln zu mir herauf.

Der Duft nach frischem Kaffee erfüllte die Luft, während das Blubbern der Espressokanne mir sagte, dass er fast fertig war. Ich wartete, bis es aufhörte, nahm den Kocher vom Herdaufsatz und öffnete den Deckel, damit er nicht überhitzte. Im Büro hatte ich eine Kapselmaschine. Aber – so praktisch die für Gäste auch sein mochte – es war doch nicht dasselbe wie das frühe Morgenritual des ersten Kaffees am Tag. Ich goss mir eine Tasse ein, gab zweieinhalb Löffel Zucker dazu, rührte zehnmal im Uhrzeigersinn um und stieß einen zufriedenen kleinen Seufzer aus. Das beste Getränk des Tages. Vorausgesetzt, es war ein Negroni-freier Tag natürlich.

Ich ging ins Wohnzimmer und sah aus dem Fenster. Draußen war es noch dunkel, und Regen prasselte an die Scheiben. Ein Tag, um ihn gemütlich im Bett zu verbringen. Ob wir uns überhaupt aufraffen würden, zum Mittagessen zu den Brasilianern hinunterzugehen? Oder sollten wir lieber den ganzen Tag hindurch dösen? Dann würde ich die Petersfisch-Filets zum Abendessen braten, mit ein bisschen Butter und ein paar Kapern. Ein richtiger Faulenzertag.

Mein Handy fing an, auf dem Nachttisch zu klingeln. Ich rannte ins Schlafzimmer und nahm es schnell weg, bevor der

Lärm Federica wecken würde. Sie murmelte etwas Unverständliches, drehte sich auf die andere Seite und zog sich die Decke über den Kopf.

Der Anruf kam von einem britischen Mobiltelefon. Die Nummer kannte ich nicht. Mit ziemlicher Sicherheit ein britischer Tourist, der Hilfe brauchte. Am Sonntag.

Ach, verdammt.

Ich hielt das Handy von mir weg und ließ es klingeln. Heute war mein freier Tag. Ich musste nicht rangehen. Niemand konnte mir einen Vorwurf machen, wenn ich es einfach klingeln ließ. Es war bestimmt nichts Ernstes. Allerdings bestand auch immer die Möglichkeit, dass es etwas sehr Ernstes sein konnte.

Mist.

Ich tippte auf den Annehmen-Button.

«*Pronto.* Ähm, guten Morgen, meine ich.»

«Guten Morgen. Spreche ich mit Nathan Sutherland?»

«Ganz recht. Wie kann ich Ihnen helfen?»

«Mein Hotel hat mir Ihre Nummer gegeben. Sie sind der britische Konsul, ist das richtig?»

«Honorarkonsul, das ist korrekt.»

«Wäre es vielleicht möglich, dass wir uns treffen? Ich würde gerne mit Ihnen sprechen.»

«Natürlich. Ich weiß nicht, ob man Ihnen in Ihrem Hotel meine Sprechzeiten genannt hat, aber morgen von zehn bis zwölf ist die nächste.»

«Ich wäre Ihnen dankbar, wenn wir uns heute treffen könnten.»

Ich versuchte, ein Seufzen zu unterdrücken. «Darf ich Sie vielleicht fragen, ob es sich um einen Notfall handelt?»

Es folgte kurzes Schweigen in der Leitung, dann fing der Anrufer an zu lachen. «Nein, so würde ich es nicht nennen.»

«Nun, dann wäre es das Beste, wenn Sie ...»

«Ich würde Sie wirklich gern heute treffen, wenn irgend möglich», fiel er mir ins Wort.

Ich versuchte, die Erschöpfung aus meiner Stimme zu halten. «Na schön. Erzählen Sie mir, worum es geht.» Ich rechnete mit den Worten «Verlorener Reisepass».

«Mein Name ist Guy Flemyng. Ich wohne im Hotel ...»

Ich ließ das Handy fallen, das quer über den Boden schlitterte, und hob es schnell wieder auf, bevor Gramsci anfangen konnte, damit zu spielen.

«Entschuldigung, wie sagten Sie, ist Ihr Name?»

«Flemyng. Guy Flemyng.»

«Du lieber Himmel, geht es Ihnen gut?»

Kurzes Schweigen in der Leitung. «Ich verstehe nicht.»

«Wir haben uns gestern Abend kennengelernt. Im Ca' Sagredo. Ich saß vor Ihnen, als Sie ...», beinah hätte ich die Formulierung «zum Gehen aufgefordert wurden» benutzt, doch dann besann ich mich eines Besseren, «mit diesem Herrn hinausgegangen sind.»

Er kicherte. «Sie sind sehr diplomatisch, Mr. Sutherland. Ich kann verstehen, warum Sie diesen Job machen. ‹Als Sie hinausgeworfen wurden› ist die Formulierung, nach der Sie suchen. Und es geht mir ganz gut, danke. Wir hatten eine lebhafte Diskussion, das ist alles.» Er hielt wieder kurz inne. «Also, wie gesagt, ich habe überlegt, ob wir uns wohl heute treffen könnten.»

«Es ist also wichtig?»

«Ich glaube schon.»

Ich seufzte. «Haben Sie meine Adresse?»

«Habe ich.»

«Dann kommen Sie gegen Mittag.»

«Großartig. Vielen Dank, Mr. Sutherland.»

Ich legte auf. Verfluchter Sonntag.

Punkt zwölf klingelte es an der Tür. Man hätte meinen können, Mr. Flemyng hätte gewartet, bis die Marangona-Glocke zum ersten Mal schlägt. Er war feucht vom Nieselregen und rieb sich die kalten Hände. Nachdem ich überprüft hatte, dass sich nichts daran befand, was Gramsci interessieren könnte, hängte ich seinen Mantel auf und führte ihn ins Büro.

«Kaffee?»

«Nein, danke.» Er tippte sich an die Brust. «Ich soll nicht.»

«Ich habe auch koffeinfreien.»

Er winkte ab. «Nein, der erinnert mich nur daran, was ich verpasse. Bitte machen Sie sich keine Umstände.» Ich meinte, einen Hauch kalten Zigarettenrauch an ihm zu riechen. Bluthochdruck und trotzdem weiter Raucher? Nun ja, er wäre nicht der Erste.

«Nun, Mr. Flemyng.» Ich wartete ab und zog die Augenbrauen hoch. «Gehe ich recht in der Annahme, dass Sie nicht hier sind, um irgendwelche konsularischen Dienstleistungen in Anspruch zu nehmen?»

Er grinste frech, was ihn jünger erscheinen ließ. «Da gehen Sie recht, Mr. Sutherland.»

«Und würde ich richtigliegen, wenn ich vermute, dass es etwas mit den Ereignissen von gestern Abend zu tun hat?»

«Das würden Sie, in der Tat.»

Ich betrachtete ihn. Er sah nicht so aus, als wäre er in eine Schlägerei verwickelt gewesen. Er sah überhaupt nicht aus wie jemand, der sich jemals geschlagen hatte.

«Dann konnten also alle ... Unstimmigkeiten geklärt werden?»

«Ja. Ein kleines Missverständnis. Weiter nichts.»

Langsam fand ich ihn etwas lästig. Er war zwar freundlich und hatte nicht wirklich etwas gesagt, was mich verärgerte, trotzdem hatte der Mann offenbar vor, mir ohne guten Grund den Sonntag zu verderben.

Ich beschloss, auf den Punkt zu kommen. «Also. Worum geht es dann?»

«Ich glaube, das wissen Sie, Mr. Sutherland.»

Ich seufzte. «Nein. Ich weiß es nicht. Mir reicht es langsam. Kommen Sie jetzt zur Sache, oder ich gehe mittagessen.»

Er lachte. «Das ist vermutlich die schlimmste Drohung, die ich je gehört habe. Aber tut mir leid. Na schön, es geht um den leeren Sarg auf San Michele.» Er sprach das Wort wie *Michelle* aus.

«Davon haben Sie gehört?» Ich war überrascht. So grauenvoll es auch war, ich hatte nicht erwartet, dass die Sache es in die internationale Presse schaffen würde.

«Das habe ich. Der kleine Loredan. Der irgendwo liegt, nur nicht in seinem Grab.» Er schauderte theatralisch, was ihn bei seiner halblingähnlichen Statur albern aussehen ließ. «Schreckliche Sache.»

«Es ist sehr traurig, ja.»

«Die Antwort eines Diplomaten.»

«Wenn Sie so wollen.» Ich trommelte mit dem Finger auf den Schreibtisch. «Sie sind Journalist, oder?»

«Ist das so offensichtlich?»

«Mir begegnen viele Journalisten. Deshalb, ja, das ist es.» Wir lächelten uns an. «Also», sagte ich schließlich. «Was genau wollen Sie, Mr. Flemyng?»

«Ich würde *gerne* wissen», antwortete er und betonte das Wort «gerne», «ob Sie irgendwelche Informationen darüber haben, was mit dem kleinen Loredan passiert ist.»

Wie er «der kleine Loredan» wiederholte, ärgerte mich langsam. Es klang so verniedlichend nach Klatschpresse und nicht weit entfernt von «armer Knirps».

«Nun, in diesem Fall, Mr. Flemyng, muss ich Sie leider enttäuschen. Ich habe vermutlich nicht mehr Informationen als Sie.»

«Wirklich.» Das war keine Frage.

«Wirklich.»

«Man hat Sie nicht beauftragt nachzuforschen, warum die Leiche eines britischen Staatsbürgers verschwunden ist?»

«Warum sollte das der Fall sein? Ich bin der Honorarkonsul, nicht Philip Marlowe.»

«Beim Tod eines britischen Staatsbürgers würde aber doch das Konsulat hinzugezogen werden? Oder?»

«Der Vorfall liegt fast ein halbes Jahrhundert zurück. Ich weiß, dass ich nicht in körperlicher Bestform bin, aber was glauben Sie, wie alt ich bin? Abgesehen davon scheinen Sie deutlich mehr über Gabriele Loredan zu wissen als ich.»

«Ach ja. Das gehört zu meinem Job. Hören Sie», er hob beschwichtigend die Hände, «wir haben uns auf dem falschen Fuß erwischt. Tut mir leid. Ich glaube nur, dass das vielleicht eine gute Story ist und dass Sie mir helfen können.»

«Ich wüsste nicht, wie.» Das Fenster klapperte, während der Wind den Regen an die Scheibe wehte. Ich erzitterte, als ein eiskalter Luftzug durch den unzulänglich abgedichteten Rahmen drang und mich im Nacken streifte. Gramsci sprang jaulend von der Fensterbank und sah mich finster an. Der Sonntag entwickelte sich offenbar zu einem totalen Reinfall.

«Ich wüsste nicht, wie», sagte ich noch einmal. «Aber selbst wenn, warum erzählen Sie mir dann nicht, was für eine Story Sie da schreiben wollen?»

Flemyng lächelte mich an. «In Ordnung, Mr. Sutherland. Aber erst einmal Sie. Was wissen Sie über die Familie Loredan?»

11

Sie streiten wieder.

Ich höre ihre Stimmen durch die Wand.

Streiten. Diskutieren. Wie immer. Aber heute ist es schlimmer. Natürlich. Auch die Stimme meines Vaters klingt anders. Normalerweise schimpft und flucht und droht er laut. Jetzt hat sich sein Tonfall geändert. Hoffnungslosigkeit liegt darin.

«Verlass mich nicht.»

Ich schlüpfe aus dem Bett. Der Boden ist kalt. Ich fröstele in meinem Schlafanzug. Ich öffne die Zimmertür, nur einen Spaltbreit.

Mutter hat ihren Mantel an. Es muss fast Mitternacht sein. Sie will wirklich weg. Vater hat gerötete Augen und ist wütend, aber er klingt verzweifelt.

«Verlass mich nicht. Nicht nach alldem. Wenn du mich jetzt verlässt, habe ich alles verloren.»

Mutter geht fort. Und dann bin ich allein. Ich halte es nicht mehr aus. Ich reiße die Tür auf und fange an zu weinen. «Mamma.» Sofort schäme ich mich, weil ich wie ein kleiner Junge klinge, aber etwas anderes bringe ich nicht hervor.

Ihr Gesicht war rot vor Wut, aber jetzt sieht sie mich liebevoll an.

«Geh nicht weg, mamma.»

Vater sagt etwas. «Sieh ihn dir an. Sieh ihn dir nur an.» Die Verzweiflung ist aus seiner Stimme verschwunden und von tiefster Verachtung abgelöst worden.

Ich laufe zu ihr, werfe mich in ihre Arme und fange an zu schluchzen. Sie drückt mich fest an sich und streichelt mir über die Haare.

«Geh nicht weg, mamma.»

Sie drückt mich noch fester an sich. Ich spüre ihre Wange an meiner, die tränennass ist.

«Niemals.»

«Versprich es.»

«Ich verspreche es.» Sie kniet sich vor mich hin. Schiebt mir die feuchten Strähnen aus dem Gesicht und küsst meine Tränen weg. Dann nimmt sie meine Hände. «Geh jetzt in dein Zimmer, Gabi, und pack ein paar Sachen. Nur für ein paar Tage. Wir beide gehen zusammen fort. Nicht für lange, versprochen.»

Ich lächele, und mein Herz hüpft vor Freude. Ich renne zurück in mein Zimmer. Alles wird wieder gut. Ich hole meinen Turnbeutel aus dem Schrank und stopfe ein paar Sachen hinein. Wie lange werden wir wohl weg sein? Ich brauche etwas zum Lesen. Ich fahre mit den Fingern am Bücherregal über dem Bett entlang. Sherlock Holmes, *«Il mastino dei Baskerville». Mutter liest mir gerne auf Italienisch vor. Ich stecke das Buch in die Tasche und ziehe den Kordelzug zu, so fest ich kann. Dann schlüpfe ich in meine Kleider – ich finde keine zwei passenden Socken, aber darüber muss ich lachen – und stürme, die baumelnde Tasche auf der Schulter, aus dem Zimmer.*

Sofort begreife ich, dass sich etwas verändert hat. Die Tür zum Treppenhaus steht offen. Licht fällt in den Flur. Vater steht da, sein Umriss hebt sich dunkel vor dem Eingang ab.

«Geh ruhig, wenn du willst», sagt er. «Nimm ihn mit. Geht doch alle beide.» Dann hält er kurz inne. Er will, dass die darauffolgenden Worte eine maximale Wirkung erzielen. «Aber wenn du diese Tür hinter euch zumachst, wirst du Ludovica nie wiedersehen. Das verspreche ich dir, meine Liebe.»

Schweigen, undurchdringlich und tief und bedrohlich, hängt in der Luft.

Vater kommt auf uns zu. Ich erkenne jetzt sein Gesicht. Den Ausdruck darin kann ich nicht wirklich deuten, und doch weiß ich – und dieser Gedanke lässt mich erstarren –, dass er es genießt.

Mutter sinkt auf ein Knie und legt ihre Hand auf meine Wange.

«Gabi. Du musst jetzt tapfer sein. Geh wieder ins Bett. Vergiss nicht, deine Gebete aufzusagen. Morgen früh wird alles anders sein.»

Dieses Mal kann ich gar nichts sagen. Nur nicken. Als ich mich umdrehe, um zurück in mein Zimmer zu gehen, fällt mein Blick auf das Gesicht meines Vaters. Darauf liegt jetzt ein Lächeln, ein richtiges Lächeln. Ein Lächeln des Triumphs.

«Was können Sie empfehlen?», fragte Guy.

«Alles.»

Das Bacaro da Fiore war voll, aber nicht so voll, dass wir stehen mussten. Wir setzten uns auf zwei Barhocker am Fenster und sahen auf die Gasse hinaus. Draußen standen ein paar Raucher und drückten sich, in der Hoffnung, auf diese Weise ein wenig Schutz vor dem Regen zu finden, an die Wand. Einer von ihnen, den ich flüchtig kannte, winkte mich lächelnd zu sich. «Aufgehört», flüsterte ich stumm und machte ein trauriges Gesicht. Er lachte, schüttelte den Kopf und wandte sich wieder seinen Begleitern zu.

Guy betrachtete die *cichèti*. «Ich weiß gar nicht, wo ich anfangen soll.»

«Nun ja, die Weichschalenkrebse sind etwas Besonderes, aber die haben jetzt keine Saison. Wir könnten einen Teller mit frittiertem Fisch teilen?» Er stand auf, um sich die Auslage näher anzusehen, und setzte sich mit einem unsicheren Blick wieder hin. «Lassen Sie mich raten, Sie sind unschlüssig wegen der kleinen Fische mit Kopf?»

Er lächelte entschuldigend. «Klingt das bemitleidenswert?»

Ja, dachte ich. «Nein», sagte ich. «Sollen wir dann vielleicht einfach ein paar frittierte Fleischbällchen und zwei Spritz nehmen?»

«Das wäre großartig.»

Ich ging zur Theke, bestellte und kam mit einem Teller gemischte *polpette* und zwei *Spritz al Campari* zurück. Zuerst schien Guy skeptisch, doch als er in das erste Fleischbällchen gebissen hatte, legte sich ein breites Lächeln auf sein Gesicht.

«Gut?»

«Köstlich.»

«Freut mich. Ich denke manchmal, ich könnte mich komplett von Fleischbällchen und Spritz ernähren.» Während wir eine Weile schweigend aßen, musterte ich ihn von oben bis unten. Für einen Hobbit sah er gut aus, obwohl seine dunklen wirren Locken aussahen, als würde er krampfhaft versuchen, unkonventionell zu wirken. Er trug wieder dieselbe Wachsjacke wie am Vorabend, sicher praktisch, aber auch etwas seltsam.

«Ist das Ihr erster Besuch in Venedig?», fragte ich.

Er nickte.

«Und was sagen Sie?»

Er zuckte mit den Schultern. «Es ist nett.»

Meine Hand hielt beim Erheben des Spritz-Glases inne. In all den Jahren in Venedig war mir noch nie zu Ohren gekommen, dass jemand die Stadt als «nett» bezeichnet hatte.

Er deutete meinen Gesichtsausdruck richtig und wirkte etwas betreten. «Es ist nur, weil ich zum Arbeiten hier bin, wissen Sie?»

«Verstehe», antwortete ich, ohne es zu verstehen. «Also, dann erzählen Sie mal.»

«Ich schreibe einen Artikel. Na ja, vielleicht ein bisschen mehr als das. Ich hoffe, es könnte die Grundlage für ein Buch sein.»

«Über die Familie Loredan?»

«Ja.»

«Glauben Sie, dafür gibt es einen Markt?»

«Vielleicht schon. Sie waren ein glamouröses Paar, früher einmal.»

«Das wusste ich nicht. Über den Ehemann weiß ich gar nicht viel.»

«Hugo Channing. Hat in den sechziger Jahren ein Vermögen mit einer Diamantenmine in Rhodesien verdient. Was ziemlich nach krummen Geschäften klingt, finde ich.»

Ich zuckte mit den Schultern. «Andere Zeiten, nehme ich an.»

«Das stimmt. Ach, und eine Zeit lang war er Rennfahrer. Kein besonders guter. Aber selbst nicht so gute Rennfahrer strahlen Glamour aus. Und Cosima war sehr schön.»

«Das ist sie immer noch», sagte ich. «Guter Knochenbau. Genau wie ihre Tochter.»

Er schien einen Moment verärgert. «Wenn Sie meinen. Wie schon gesagt, sie waren einmal ein elegantes Paar.» Er zögerte kurz und fuhr mit dem Finger an seinem Glas entlang. Dann sah er mich mit einem verschlagenen Blick an. «Es gab … Gerüchte, wissen Sie?»

«Weiß ich nicht, nein.»

«Über Hugo.»

«Ah. Der verhängnisvolle Charme des erfolglosen Rennfahrers?»

«So was in der Art.»

«Und darüber schreiben Sie ein Buch.»

«Ich recherchiere für ein Buch darüber.»

Ich trank einen Schluck Spritz. Der Campari schmeckte plötzlich noch bitterer. «Cosima lebt noch, wie Sie wissen. Und Sie wollen ein Buch über sie schreiben?»

Er warf die Hände in die Luft. «Nein, nein, nicht so eins. Versprochen.»

«Gibt es denn irgendein öffentliches Interesse an einer solchen Geschichte?»

Er ignorierte die Frage und trank einen Schluck. «Sie waren dort neulich. Stimmt's? Auf San Michele?» Wieder sprach er es *Michelle* aus, was mich langsam irritierte.

«Das stimmt, richtig. Woher wissen Sie das?»

«Es stand in der Zeitung.»

«Wirklich?»

«In der italienischen Presse, meine ich.»

«Sie lesen italienische Zeitungen?»

«Nur wenn es von Interesse ist. Wie ich schon sagte, es dient der Recherche.»

«Verstehe.» Ich holte tief Luft. «Hören Sie, Guy, ich will ehrlich zu Ihnen sein. Ich gebe mich nicht gerne mit Journalisten ab, zumindest nicht mit solchen, die ich nicht kenne.» Er wollte protestieren, aber ich hob die Hand. «Nein, nein. Lassen Sie mich ausreden. Ich wurde schon mal von der Presse in Stücke gerissen, und das hat mir gar nicht gefallen. Genauso wenig gefällt mir die Idee für Ihr Buch. Es gefällt mir nicht, mich an einem Sonntag mit so etwas beschäftigen zu müssen. Und am allerwenigsten gefällt mir der Gedanke, dass eine alte Dame erleben soll, wie in aller Öffentlichkeit ihre schmutzige Wäsche gewaschen wird. Aber ich lasse Sie ausreden. Also, was genau wollen Sie von mir?»

Falls er wütend war, konnte er das gut verbergen. Er trommelte einen Augenblick mit den Fingern auf den Tisch, dann sah er mich mit demselben Blick an wie zuvor. «Nun gut, haben Sie Dank für Ihre Ehrlichkeit, Mr. Sutherland.» Er trank noch einen Schluck. «Wenn ich es richtig verstehe, wäre es Ihre Aufgabe als Konsul gewesen, dafür zu sorgen, dass ein britischer Staatsbürger ordnungsgemäß bestattet wird.»

«Zu der Zeit hatte ich noch kurze Hosen an. Tut mir leid, da kann ich Ihnen nicht helfen.»

«Natürlich. Aber das Konsulat verfügt doch sicher über Akten.»

«Ja.» Oder so was in der Art, dachte ich.

«Und deshalb ...?» Er ließ die Frage in der Luft hängen.

«Und deshalb soll ich Ihnen vertrauliche Informationen über den Tod eines britischen Staatsbürgers liefern, der vor über vierzig Jahren gestorben ist?» Ich lachte. «Das kann ich auf keinen Fall tun.»

«Nicht einmal, wenn ...?» Er rieb zwei Finger aneinander und grinste.

«Zwei Gründe. Erstens wäre es ein gewaltiger Vertrauensbruch. Ich würde so gut wie sicher meinen unbezahlten Job verlieren, den ich erstaunlicherweise recht gern mache. Zweitens ist dies eine ziemlich kleine Stadt, die jedes Jahr noch kleiner wird. Inzwischen kenne ich eine Menge Leute hier. Ich gehe davon aus, dass sie eine gute Meinung von mir haben und mich nicht als jemanden sehen, der schmutzige kleine Geschichten für ein schmutziges kleines Buch verkauft.»

Keinerlei Anzeichen, dass er beleidigt gewesen wäre. «Na schön. Ich verstehe. Nichts für ungut.» Er leerte seinen Spritz. «Tut mir leid, wenn ich Ihre Zeit verschwendet habe. Lassen Sie mich das übernehmen.»

«Nicht nötig», protestierte ich, ließ ihn aber trotzdem zahlen.

«Ich bin noch ein paar Tage in der Stadt. Vielleicht schau ich noch mal bei Ihnen vorbei. Wenn Sie es sich in der Zwischenzeit anders überlegen, rufen Sie mich gerne an.» Er nahm eine Visitenkarte heraus, kritzelte etwas auf die Rückseite und reichte sie mir.

Ich nahm sie und steckte sie in mein Portemonnaie. «Danke für das Mittagessen.»

«Gern geschehen.» Er klopfte mir auf die Schulter, drängte sich durch die Tür und lief durch die Gruppe Raucher. Er blieb kurz stehen, als würde er jemanden grüßen, dann legte sich ein breites Lächeln auf sein Gesicht. Und einen Moment lang hatte er etwas von einem boshaften Hobbit an sich.

Paolo, der Barmann, sah mich fragend an. Ich deutete auf mein leeres Glas und nickte. «Ich denke, ich nehme dasselbe noch mal, Paolo.»

12

«Und, wie war das Mittagessen?»

«Interessant. Ein bisschen zu viel Alkohol vielleicht. Aber alles von Amts wegen.»

«Wirklich?»

«In gewisser Weise schon. Es war Guy Flemyng, der gestern Abend während Ludovicas Vortrag hinausgeworfen wurde. Er ist Schriftsteller, behauptet er zumindest. Er wollte wissen, ob ich irgendwelchen Dreck gefunden habe, der unter den Teppich gekehrt wurde.»

Fede zog die Nase kraus. «Und was hast du geantwortet?»

«Ich habe ihm gesagt, falls da irgendwo Dreck wäre, würde ich ihm nicht helfen, ihn wieder aufzuwühlen.»

«Aha. Glaubst du nicht, du hast die Metapher etwas überstrapaziert, *caro*?»

«Sorry. Im Prinzip habe ich ihm gesagt, dass es unethisch wäre und ich ihm nicht helfen könne. Das hat er akzeptiert. Und sogar darauf bestanden, mich zum Mittagessen einzuladen.»

«Ein Zwei-Glas-Spritz-Mittagessen. Du musst ihn schwer beeindruckt haben.»

«Der zweite ging auf mich, ehrlich gesagt. Ich hatte das Gefühl, ich bräuchte noch einen. Das Ganze war nämlich schon irgendwie merkwürdig. Glaubst du wirklich, es gäbe einen Markt für ein Buch, in dem die Geheimnisse der Familie Loredan aufgedeckt werden?»

Sie schüttelte den Kopf. «Du könntest von Glück sagen, wenn das in Italien jemand drucken würde. Die Familie kennt

bestimmt ein paar hochkarätige Anwälte. Und in England? Pfft –
wer würde so etwas lesen wollen?»

«Keine Ahnung. Guy hat mir erzählt, dass Cosimas Mann ein
mittelmäßiger Rennfahrer war.»

«Hmm. Das wäre aber eine ziemlich kleine Zielgruppe, oder?»
Sie zauste mir die Haare. «Na schön, Mr. Sutherland, was kochst
du mir zum Abendessen?»

«Ich hab gestern ein paar *moscardini* auf dem Rialtomarkt besorgt. Die dünste ich mit Tomaten und Knoblauch.»

«Wie viel Knoblauch?»

«Ach, eine gehörige Menge, denke ich.»

«Großartig.» Sie hielt kurz inne. «Irgendwann in absehbarer
Zeit?»

Ich deutete auf Gramsci, der auf meiner Brust lag. «Sobald er
sich da wegbewegt. Aber wenn er es sich erst mal gemütlich gemacht hat, kann das eine Weile dauern. Ich denke, du kannst mir
in der Zwischenzeit ein Glas Prosecco bringen.»

Sie sah mich scharf an und stupste Gramsci schnell zwischen
die wohlgepolsterten Rippen. Er schlug die Augen auf, blitzte
mich wütend an und tastete mit seinen kleinen Pfoten auf meinem Brustkorb herum, bis er genug Halt fand, um sich abzusto-
ßen.

Fede lächelte mich an.

«Ich bin dann mal in der Küche», grummelte ich.

Moscardini, Baby-Kraken aus der Adria, deren Saison jetzt schon
fast vorbei war; und ich hatte ein ganzes Kilo davon auf dem
Markt geholt. Das klang nach ziemlich viel Oktopus für zwei
Personen, aber Marco und Luciano von meinem Stamm-Fisch-
stand lagen dieses Mal wirklich richtig, als sie mir versicherten,
er würde beim Kochen noch schrumpfen.

Ich legte ein bisschen Pink Floyd auf, merkte, dass Federica versuchte zu arbeiten, und ersetzte es durch Bach. Dann kippte ich die *moscardini* in die Spüle und machte mich an die Arbeit.

Niemand stirbt mit dem Wunsch, er hätte in seinem Leben mehr Oktopusse reinigen sollen. Den Kopf umzustülpen und die klebrigeren, nicht identifizierbaren Teilchen zu entfernen, ist keine schöne Aufgabe. Sind sie jedoch erst einmal geputzt, bereiten die kleinen Dinger sich fast wie von selbst zu.

Ich kippte sie in eine Pfanne, deckte sie ab und stellte sie bei kleinster Flamme auf den Herd. Mein übliches Rezept für *moscardini*, Tintenfisch, Oktopus und alles, was im Entferntesten Tentakeln hatte, bestand darin, sie bei niedriger Hitze köcheln zu lassen, mir einen Negroni zu mixen, ein Bad einzulassen, den Negroni in der Badewanne zu trinken und dann zurückzukehren, um nachzusehen, wie die Sache voranging. Dieses Mal machte ich zwei Spritz à la Nathan für Fede und mich, bevor ich gemächlich ein paar geschnittene Tomaten mit Knoblauch anbriet und sie zu den *moscardini* fügte.

Als Fede später, viel später, erste Anzeichen zeigte einzuschlafen, entschied ich, dass sie jetzt lange genug geschmort haben müssten. Die Baby-Oktopusse waren geschrumpft und schwammen im eigenen rosaroten Saft. Ich füllte sie in eine Schüssel und rührte etwas Instant-Polenta an.

Eine große Schüssel prächtig gefärbter Genuss. Sowohl an einem glutheißen Sommertag als auch im winterlichen November perfekt. Wir saßen am Tisch und aßen, begleitet von Bach und einem billigen, aber gar nicht üblen Wein, während Gramsci uns von einem Stuhl aus zusah.

«Ich verstehe das nicht», sagte Fede. «Er ist doch ein Kater, und trotzdem mag er keine Meerestiere.»

«Das hab ich auch noch nie verstanden. Er mag eigentlich nichts, bis auf Dosenthunfisch und Hühnchen. Und im Grunde nicht einmal Hühnchen. Nur Futter mit Hühnchengeschmack.»

Als wollte er das Gegenteil beweisen, zog sich Gramsci am Tisch hoch und schnupperte an meinem Teller.

Federica schüttelte den Kopf. «Du solltest ihm das nicht erlauben.»

«Ich weiß, aber was, wenn ihm das hilft, sich für eine ausgewogenere Ernährung zu begeistern?» Ich nahm einen einzelnen Oktopus und legte ihn an den Tischrand. Gramsci schnupperte ein paarmal daran und setzte sich auf die Hinterbeine, um ihn besser betrachten zu können. Dann fegte er ihn auf den Boden.

Ich seufzte. Fede schüttelte wieder den Kopf. Dann lächelte sie. «Es war köstlich. Beachte den fetten Kater gar nicht, er hat keinen Geschmack.»

«Soll ich abwaschen?»

«Jetzt nicht. Komm, wir setzen uns ein bisschen aufs Sofa. Ich erledige das morgen früh.»

Mir war klar, dass sie das nicht tun würde. Aber das machte nichts.

Ich wechselte die Musik, und Fede gab vor, es nicht zu merken. Wir machten es uns auf dem Sofa gemütlich, während ein sechstöniges Bass-Riff mit einem abgefahrenen Synthesizerklang aus den Lautsprechern dröhnte. Zwei Schlagzeuger kamen dazu, gefolgt von der schwermütigen Melodie einer Flöte.

Fede legte den Kopf auf meine Brust und blickte zu mir hoch. Sie hob die Brauen, sagte aber nichts.

«Hawkwind», erklärte ich.

«Ah.»

«‹Assault and Battery›. Das stammt aus *Warrior on the Edge of Time*.»

«Ah.» Sie schloss die Augen. «Warst du eigentlich lange Single, Nathan?»

Wir lauschten Dave Brock, wie er die Worte Henry Wadsworth Longfellows vortrug, bis das Stück in die psychedelische Reise von «The Golden Void» überging. Ich wusste, was als Nächstes kommen würde, und machte mich innerlich bereit. Michael Moorcock, dessen Stimme unter einem Feuerwerk von Sound-effekten hallte, donnerte los: «The Wizard Blew His Horn».

Fede schlug die Augen wieder auf und sah mich an. «Meinst du nicht, *caro*, es hat uns jetzt genug ergötzt?»

Ich versuchte, nicht traurig auszusehen. «Tut mir leid.»

«Schon gut. Ich weiß, dass diese Dinge dir wichtig sind. Es ist nur …»

«Kleine Dosen?»

«Genau.»

Ich griff nach der Fernbedienung und stellte den CD-Player aus. «Irgendwelche Wünsche?»

«Ja. Keine Musik mehr. Bitte.»

«Oh.» Ich seufzte. «Du Spaßverderberin.»

Sie verdrehte die Augen. «Früher Sonntagabend, warm eingekuschelt vor der Kälte da draußen. Mein nicht unattraktiver Partner hat mir gerade ein nettes Essen gekocht. Was könnten wir wohl tun? Ich weiß. Etwas, das vielleicht mehr Spaß machen würde, als Hawkwind zu hören?»

«Oha.» Und dann begriff ich, was sie da gerade gesagt hatte. «Oha!», wiederholte ich.

Sie lächelte. «Na schön. Was machen wir, nachdem diese schreckliche Musik nun verstummt ist?»

«Wir könnten es mit ein bisschen Jethro Tull versuchen?», schlug ich unschuldig vor.

Sie stieß mich zwischen die Rippen, zog mich an sich und erstickte mein «Autsch!» mit einem Kuss.

Ausgerechnet in dem Moment klingelte das Handy. Fede seufzte und streckte die Hand über den Tisch.

«Lass doch», sagte ich und liebkoste ihren Nacken in bestmöglicher Christopher-Lee-Manier.

Sie wollte es schon wieder weglegen, runzelte aber dann die Stirn. «Nein. Ich glaube, du solltest rangehen.»

«Aber ich muss nicht», murmelte ich, doch sie hatte schon abgehoben und hielt mir das Gerät ans Ohr. Ich unterdrückte ein Fluchen.

«*Pronto.*»

«Mr. Sutherland.» Ich meinte, die Stimme zu erkennen. «Hier spricht Ludovica Loredan. Wir sind uns gestern Abend begegnet. Kurz.»

«*Signora* Loredan. Wie kann ich Ihnen helfen?»

«Ich muss mit Ihnen sprechen, Mr. Sutherland. Über meinen Bruder. Und noch ein paar andere Dinge.»

«Ich verstehe. Ich werde ... ich tue ... alles, was in meiner Macht steht, das verspreche ich Ihnen. Wenn Sie möchten, können wir uns morgen früh in meinem Büro treffen.»

«Ich würde es vorziehen, wenn Sie zu mir kommen würden.»

«Wie Sie möchten, *signora*.»

«Gut. Morgen Abend um sechs.»

«Sind Sie sicher, *signora*? Ich habe morgen den ganzen Tag Zeit. Wir könnten uns früher treffen, wenn ...»

«Tagsüber bin ich nicht abkömmlich», fiel sie mir ins Wort. «Am frühen Abend wäre es am besten.»

«Wie Sie wünschen.»

«Sie haben die Adresse, natürlich.»

Natürlich? Natürlich nicht. «Ich glaube, Federica hat sie.»

«Federica?» Sie hielt kurz inne. «Ah. *Dottoressa* Ravagnan. Dann kann sie Ihnen den Weg beschreiben.»

«Gewiss.» Ich wollte auflegen. «*A domani ...*»

«Einen Moment bitte. Ich würde Ihnen gerne noch sagen, Mr. Sutherland, wie dankbar meine Mutter und ich Ihnen für die Anstrengung sind, mit der Sie versuchen, die Situation aufzuklären.»

«Aber gerne. Ich hoffe nur ...»

«Bitte lassen Sie mich ausreden. Wir würden es begrüßen, wenn Sie Ihre Nachforschungen so unauffällig wie möglich durchführen könnten.»

«Selbstverständlich, ich ...»

«Bitte lassen Sie mich auch jetzt aussprechen.» In ihrer Stimme lag ein leicht verärgerter Unterton, das, was einem Gefühl am nächsten kam, wenn sie überhaupt eins zeigte. «Ich lege Wert darauf, dass das alles hinter verschlossenen Türen passiert.» Wieder wollte ich etwas sagen, wieder schnitt sie mir das Wort ab. «Das ist etwas, das nur zwischen uns und den zuständigen Behörden besprochen werden sollte.» Sie hielt inne. Ich wusste nicht, ob es mir erlaubt war, zu diesem Teil der Konversation Stellung zu nehmen, also wartete ich, bis sie fortfuhr. «Es ist keine Angelegenheit, über die man mit Fremden im *bacaro* plaudert.»

Ich versuchte, mir die Überraschung nicht anmerken zu lassen. «Wie bitte?»

«Lassen Sie uns nicht mehr darüber reden. Ich erwarte Sie morgen Abend. *Buona serata*, Mr. Sutherland.»

Bevor ich noch etwas sagen konnte, legte sie auf. Federica sah mich fragend an.

«Ein auffälliges Fehlen von Bitte und Danke», sagte ich.

«So etwas kann man von Ludovica nicht so einfach erwarten», sagte sie. «Du musst sie schon eine ganze Weile kennen, bevor sie dir überhaupt ein Lächeln schenkt.»

«Ah. Und wie lange kennst du sie schon?»

«Wir haben uns auf der Biennale kennengelernt. Das war, lass mich nachdenken, 2009. Acht Jahre also.»

«Und in der ganzen Zeit?»

«Ein Lächeln. Aber ich glaube, da hat sie mich vielleicht mit jemand verwechselt.»

«Krass. Acht Jahre? Da musst du noch sehr jung gewesen sein.»

«Kein Grund für Schmeicheleien. Werden aber gern genommen.» Sie sah seufzend auf die Uhr und bohrte mir dabei den Ellbogen zwischen die Rippen. «Es wird langsam spät. Ich nehme an, du hast morgen Sprechstunde.»

«Vermutlich schon.»

«Dann musst du vermutlich auch früh ins Bett.»

«Ach, das glaube ich nicht. Um diese Jahreszeit wird schon nichts Dringendes sein.»

«Das ist schön.» Sie legte ihren Kopf wieder auf meine Brust. «Also dann, was nun?»

«Noch ein bisschen Hawkwind?», schlug ich vor.

Sie küsste mich wieder, aber erst nachdem sie mich noch einmal zwischen die Rippen gestoßen hatte.

«Eher nicht.»

– 13 –

Den größten Teil des Vormittags hatte ich die Füße auf den Schreibtisch gelegt und warf gelegentlich Bälle für den gelangweilten Gramsci. Federica teilte ihre Zeit zwischen Recherchen in der Querini Stampalia und der Arbeit in der Frarikirche, nachdem an oberster Stelle beschlossen wurde, dass Tizians *Assunta* trotz einer Reihe kürzlich erfolgter Maßnahmen vielleicht doch nicht ganz so schön war, wie sie hätte sein können, und deshalb einen weiteren Versuch verdiente, sie noch grandioser zu machen als zuvor.

Ich warf einen Blick auf meinen Terminkalender. Morgen würde ich rüber nach Mestre fahren, um Dario beim Packen zu helfen. Heute Abend hatte ich meine Verabredung mit Ludovica, die mich etwas nervös machte. Ich sah auf die Uhr. Noch zehn Minuten. Niemand, absolut niemand bemühte im späten November den Honorarkonsul.

In dem Moment klingelte es an der Tür.

Ich seufzte und ließ den Besucher ein. Verlorener Reisepass? Für alle Fälle holte ich einen Brexit-Survival-Guide hervor.

Mein Besucher war ein junger, bärtiger Mann mit einem riesigen Rucksack, der es ihm ziemlich erschwerte, durch die Tür zu kommen.

«Sie sehen aus, als würden Sie frieren», sagte ich.

Er nickte.

«Könnte ein Kaffee vielleicht helfen?»

Er nickte wieder.

Ich führte ihn ins Büro und steckte eine Kapsel in die Maschine. Er nahm die gefüllte Tasse entgegen und legte so viele Finger wie möglich darum, um wieder etwas Gefühl in die Hände zu bekommen. Ich musterte ihn. Wollmütze, Gore-Tex-Jacke, ordentliche Stiefel. Sein Rucksack war teuer und angemessen wasserdicht. Nur ein paar adäquate Handschuhe hatten seine Ersparnisse offenbar nicht mehr hergegeben.

«Nun, wie kann ich Ihnen behilflich sein, Mr. ...?»

«Whale. James Whale. Jimmy, wenn Sie möchten.» Ich lächelte und wollte etwas antworten, als er matt abwinkte. «Wie der Filmregisseur. Ja, ich weiß.»

«Nun ja, wie auch immer, was kann ich für Sie tun?»

«Jemand hat mein B & B gestohlen.»

«Wie bitte?»

«Es ist nicht da.» Er zog ein feuchtes Blatt Papier aus der Jackentasche. «Ich habe hier ein Zimmer gebucht», er tippte mit dem Finger auf das Blatt, «und es ist nicht da.»

Ich bemühte mich, einen neutralen Gesichtsausdruck aufzusetzen. «Sie können Ihre Unterkunft nicht finden und suchen deswegen den Honorarkonsul auf?»

«Die Polizei meinte, Sie könnten mir vielleicht helfen.»

«Die Polizei? Jimmy, Mr. Whale, ich helfe gerne, wenn ich kann. Aber hätte es nicht vielleicht ein simpler Stadtplan getan?»

Er schüttelte den Kopf und verteilte eine feine Wolke Wassertröpfchen in der Luft. «Soll ich ganz am Anfang beginnen?»

«Das wäre vielleicht das Beste. Mir ist offensichtlich etwas entgangen.»

«Vor ein paar Wochen habe ich in dieser Unterkunft ein Zimmer gebucht. Über diese große B & B-Firma, Sie wissen schon?»

Ich nickte. Dieselbe, die indirekt für die Entvölkerung der Stadt verantwortlich war, weil die Vermieter ihre Wohnungen zu Touristenunterkünften machten, statt sie an Einheimische zu vermieten.

«Und heute Morgen bin ich hergeflogen und habe den Bus in die Stadt genommen. Der Adresse nach zu urteilen, schien es nicht allzu weit vom Busbahnhof entfernt zu sein. Also hab ich auf dem Handy nachgesehen ...»

«Ah, nun ja», unterbrach ich ihn lächelnd. «Auf das Handy würde ich nicht vertrauen, wenn Sie in Venedig den Weg suchen. Die Gassen hier sind so eng, dass man sich auf GPS und Google Maps nicht verlassen kann.»

«Sie hören mir nicht zu.» Er seufzte und rieb sich übers Gesicht. «Die Adresse gibt es gar nicht. Es liegt nicht nur an meinem Handy.»

«Auch das kann wiederum vorkommen. Das Hausnummern-System ist hier ziemlich ungewöhnlich. Nicht wie in anderen Städten. Sie müssen ...»

«Sehen Sie», unterbrach er mich und hielt mir sein Handy unter die Nase. «Es gibt ihn nicht, oder? Rio Terà del Ghetto Nuovo. Er ist nicht da.»

Ich warf einen Blick darauf. «Darf ich?»

Er legte mir das Handy unsanft in die Hand. «Bitte.»

Ich sah mir die Karte auf dem Display näher an. Er hatte völlig recht. Einen «Rio Terà del Ghetto Nuovo» schien Google Maps nicht zu kennen. Und je mehr ich darüber nachdachte, umso klarer wurde mir, dass ich auch noch nie davon gehört hatte. Mich überkam langsam ein vertrautes ungutes Gefühl bei der Sache.

«Haben Sie zufällig einen Stadtplan dabei, Mr. Whale?», fragte ich.

«Sicher.» Er kramte in seinem Rucksack. «Sorry, ich hab's gleich. Er ist irgendwo hier drin.» Er holte eine Orange hervor und legte sie auf meinen Schreibtisch. Gramsci sprang auf, doch ich schob ihn weg. Dann eine Banane. Gefolgt von einer Packung Zigaretten. Einer Headcam. Seiner zusammengerollten Unter-

wäsche. Einem Buch: *Abandoned Islands of the Venetian Lagoon*.
Ich erkannte das Cover. Und schließlich eine flache Kiste, die mit
braunem Kunststoff überzogen und mit einer Edelstahlschließe
versehen war. Zigarren?, fragte ich mich.

Er bemerkte meinen Blick und lächelte zum ersten Mal. «Meine Kamera», sagte er mit einem Anflug von Stolz.

«Sie scherzen?»

Er lächelte wieder, zog den Aufsatz hoch und faltete sie auf.

«Eine Polaroid? Donnerwetter. Ich wusste gar nicht, dass die
noch hergestellt werden.»

«Sie sind schwer zu kriegen. Und das hier ist nicht irgendeine
Polaroid. Das ist eine SX70.»

Ich kratzte mich am Kopf. «Verzeihung, jetzt komme ich nicht
mehr ganz mit.»

«Warhol hat so eine benutzt. Ansel Adams, Helmut Newton.
Ich habe Glück gehabt, sie zu finden.»

«Wirklich hübsch.» Ich zog mein Handy hervor. «Ich habe
schon meine Mühe, hiermit klarzukommen.»

Das hätte ich offenbar nicht sagen sollen, denn sein Lächeln
gefror, und er faltete seine kostbare Polaroid wieder zusammen.
Dann kramte er wieder in seinem Rucksack, bis er den Stadtplan
fand. Er breitete ihn auf dem Schreibtisch aus und verstaute alles
wieder in genau der richtigen Reihenfolge.

Der Maßstab war nicht sonderlich gut geeignet, um einzelne Straßen zu erkennen. Im Verhältnis zur umliegenden Lagune und den Inseln war der Ausschnitt mit dem *centro storico*
wirklich klein. Ich schüttelte den Kopf. «Wir brauchen etwas
Genaueres.» Bevor er den Plan wieder zusammenfaltete, fiel mir
noch auf, dass mehrere der kleinen, abgelegeneren Inseln eingekringelt waren. Ehe ich sie alle erkennen konnte, hatte er ihn
schon weggesteckt. Doch ich sah, dass unter anderem Poveglia
markiert war.

«Sie haben sich eine ziemlich schlechte Jahreszeit für eine Inseltour ausgesucht», sagte ich.

Er blickte aus dem Fenster, wo es noch immer in Strömen regnete. «Scheint so.»

Ich zögerte kurz. «Falls Sie vorhaben, eine Insel wie Poveglia zu besuchen, sollten Sie es sich noch mal überlegen. Es ist verboten, sie zu betreten. Sie könnten Ärger bekommen, selbst wenn Sie jemanden finden, der Sie hinbringt.» Er zuckte mit den Schultern, wie um zu sagen, dass er sich darüber weder Gedanken gemacht hatte noch dass es ihn stören würde.

«Aber lassen Sie uns jetzt nach Ihrer Ferienunterkunft suchen.» Ich nahm eine Ausgabe von *Calli, Campielli e Canali* aus dem Regal, dem venezianischen Pendant zu einem Stadtplan, und blätterte ohne Erfolg den Index durch. Dann versuchte ich am Computer die Adresse zu googeln, genauso ergebnislos.

Offenbar existierte sie wirklich nicht. Ich versuchte weiter zu lächeln, während mir bewusst war, dass mir jeden Moment eine unangenehme Unterhaltung bevorstand.

«Darf ich einen Blick auf Ihre Buchung werfen?»

Er schob sie mir mit argwöhnischem Blick über den Schreibtisch. «Was ist los?»

«Wahrscheinlich gar nichts», log ich.

Ich las mir die Bestätigungs-E-Mail durch. Alles wirkte seriös. Die Karte hätte, zugegebenermaßen, etwas genauer sein können. Rio Terà del Ghetto Nuovo war durch einen Pfeil markiert, der auf eine Gegend zeigte, die man bestenfalls als «irgendwo in der Nähe des Ghettos» hätte bezeichnen können.

Ich nahm die Brille ab und rieb mir über den Nasenrücken. «Und Sie sind sich sicher, dass es nicht da ist?»

«Ja, ganz sicher. Ich habe vielleicht ein Dutzend Leute gefragt. Ich bin zur Polizei gegangen. Jetzt bin ich hier. Offenbar weiß niemand, wo dieses verfluchte Bed & Breakfast sein soll.»

«Na schön, ich bin mir sicher, es gibt keinen Grund zur Beunruhigung.»

«Nicht?»

«Ziemlich sicher nicht.» Ich warf einen weiteren Blick auf die Bestätigungs-E-Mail, dieses Mal mit Brille.

«Oh.»

«Oh?»

Ich sah über den Schreibtisch, wo in diesem Moment die Hoffnung in seinem Blick erlosch.

«Vielleicht haben wir doch ein Problem.» Ich nahm einen Stift und kringelte die E-Mail-Adresse ein. «Sie haben mit», ich nannte den Namen der großen Bed-&-Breakfast-Online-Firma, «gebucht. Richtig?»

«Das ist richtig. Was ist das Problem?»

«Wie haben Sie bezahlt? Über die Website?»

«Nein. Per Banküberweisung. Die Kontoverbindung steht in der E-Mail. Was ist das Problem?», fragte er noch einmal.

«Das Problem ist Folgendes. Die E-Mail-Adresse endet auf .net statt .com. Die Internetseite ist gefälscht.»

«Und das heißt?»

«Das heißt», ich seufzte, «Sie wurden übers Ohr gehauen. Tut mir leid.»

Er schüttelte den Kopf. «Ich verstehe das nicht.»

«Das ist keine echte Firma. Es ist bloß eine Scheinfirma, die Ihnen eine überzeugend wirkende E-Mail mit der Adresse eines Gebäudes geschickt hat, das gar nicht existiert.» Ich hielt kurz inne. «Sie haben Vorauszahlung verlangt, stimmt's?»

«Ja. Was meinen Sie mit übers Ohr gehauen?»

«Das heißt, Sie haben bezahlt ...» Ich warf einen Blick auf die Buchung. Mein Gott. «Das heißt, Sie haben einer betrügerischen Scheinfirma Geld für eine Wohnung bezahlt, die gar nicht existiert.»

«Sie muss existieren. Sehen Sie, da sind Fotos.»

Ich sah mir die Fotos an. Eins zeigte die Aussicht auf die Redentore-Kirche. Der Beschreibung nach sollte es der Blick aus dem vorderen Zimmerfenster sein. Dem Fenster eines Zimmers, das sich angeblich im Ghetto am gegenüberliegenden Ende der Stadt befand. Die Innenaufnahmen zeigten ein makellos sauberes, modernes Apartment. So sauber und modern, dass ich vermutete, dass die Fotos aus einem IKEA-Katalog kopiert waren.

«Stockfotos, tut mir leid.»

«Aber was ist mit meinem Geld?» Er geriet langsam in Panik und erhob sich von seinem Platz.

Ich schüttelte den Kopf. «Weg. Das sehen Sie nie wieder.»

«Und was werden Sie deshalb unternehmen?»

Ich suchte nach anderen Worten für «Tut mir leid» und entschied mich für: «Ich muss mich entschuldigen. Aber da kann ich nichts tun.»

«Dann gehe ich zur verflixten Polizei zurück, vielleicht können die verflixt noch mal etwas tun.»

Ich schüttelte den Kopf. «Das werden sie nicht. So etwas kommt mittlerweile immer öfter vor. Sie können nichts dagegen machen. Wer immer dafür verantwortlich ist, befindet sich wahrscheinlich nicht in Italien. Ja, vielleicht nicht einmal in Europa. Sehen Sie sich diese Fotos an – einem Venezianer würde niemals so ein Fehler unterlaufen. Es ist dasselbe wie mit dem netten Mann in Nigeria, der Hilfe bei einer finanziellen Transaktion braucht. Es ist eine Falle für die ...» Ich biss mir auf die Zunge.

«Für die ‹Dummen›, wollten Sie sagen, stimmt's?»

«Nein», erwiderte ich. «Für die Unvorsichtigen, meinte ich.»

«Ich bin nicht zum ersten Mal hier, wissen Sie. Ich tappe nicht von einer Touristenfalle in die nächste. Nur weil ich den Ausblick nicht erkannt habe, bin ich noch lange nicht dumm!»

«Hören Sie.» Ich hob beschwichtigend die Hände. «Ich habe

hier eine Liste mit Ferienunterkünften. Sie dürfen gerne hierbleiben und das Telefon benutzen, um sich etwas anderes zu suchen. Ich mache Ihnen noch einen Kaffee. Und ein *panino*, wenn Sie möchten?»

Er starrte mich ungläubig und verachtungsvoll an. Dann nahm er wortlos seine Reservierung, knüllte sie zusammen und warf sie in den Papierkorb. Er stand auf, schloss den Reißverschluss seiner Jacke, stampfte hinaus und knallte die Tür hinter sich zu.

Ich schloss die Augen und schlug sanft die Stirn auf den Schreibtisch.

Da klopfte es an der Tür. Ich machte auf. Mr. Whale stand davor.

«Ich hab meinen Rucksack vergessen.»

«Ach, ja. Richtig.» Ich half ihm, das Ungetüm aufzusetzen. «Danke», murmelte er und nickte mir kurz zu, bevor er sich durch die Tür quetschte und nach unten ging, wobei er ein bisschen wie eine Schildkröte im Gore-Tex-Panzer aussah.

Ich ging ins Büro zurück. Der Papierkorb war ausreichend voll. Gramsci sprang auf den Schreibtisch und beobachtete, wie ich geistesabwesend einen Stapel Brexit-Survival-Guides zerknüllte und sie hineinwarf.

Ich stellte den Papierkorb mitten auf den Boden und nickte ihm zu. «Okay, Miezekater, ich denke, du kennst den Ablauf inzwischen?»

Er maunzte und machte sich sprungbereit, während ich Anlauf nahm und den Korb mit aller Kraft quer durchs Zimmer schoss.

14

Nachdem ich alles wieder eingesammelt hatte, fühlte ich mich besser.

Ich streckte den Kopf aus dem Fenster und atmete den Geruch des nassen Pflasters ein. Es regnete immer noch, ordentlich. Ein Tag, an dem man es möglichst lange hinausschob, das Haus zu verlassen. Die Loredans besaßen einen Palazzo an den Zattere, mit Blick auf die Giudecca. Ein Fußmarsch von vielleicht zwanzig Minuten. Nicht allzu weit, auch wenn es weiter regnen sollte. Ich wusste nicht genau, was Ludovica von mir erwartete, aber was immer es sein würde, ich war mit Sicherheit nicht darauf vorbereitet.

Pfarrer Rayner hatte keine Dokumente ausfindig machen können, die irgendwie von Nutzen waren. Vielleicht würde Victor auf einen Anhaltspunkt stoßen, aber ich hatte nicht das Gefühl, ihn schon so bald wieder anrufen zu können. Es gab ein paar Journalisten vom *Gazzettino* und von *La Nuova*, die ich eventuell um Hilfe bitten konnte, aber vorerst würde ich versuchen, selbst etwas herauszufinden, wie wenig das auch sein mochte.

Der leidlich berühmte, aber schrecklich reiche Hugo Channing schien mir ein guter Ausgangspunkt zu sein. Eine Online-Recherche lieferte eine Reihe Artikel aus Promi-Klatschmagazinen der Sechzigerjahre.

Er war, das musste man zugeben, ein gut aussehender Mann gewesen. Ein Foto zeigte ihn hinter dem Steuerrad eines klassischen Riva-Schnellbootes, mit einer sorgsam platzierten Zigarette im Mundwinkel und im Wind wehenden Haaren. Mit ausgeprägter Brustbehaarung und jeder Zentimeter der Inbegriff eines Geschäftsmanns und eines Rockstars zugleich. Auf einer anderen Aufnahme posierte er nass vom Schwimmen, die Hände in den Hüften, und trug, Gott bewahre, nichts weiter als eine extrem knappe Badehose.

Bei einem weiteren Bild, aus der spanischen Regenbogenpresse, handelte es sich um ein Familienfoto aus den späten Siebzigern. Channing lag auf dem Bug seines Riva, den Ellbogen aufgestützt und das Kinn in die Hand gelegt. Neben ihm lag in gleicher Pose Cosima in einem weißen Badeanzug, wunderschön und knabenhaft wie Audrey Hepburn. Vor ihnen saßen drei Jugendliche und ließen die Beine über die Bootsseite baumeln. Ein fröhlich lächelndes Mädchen, um die sechzehn vielleicht. Ludovica? Schwer zu sagen angesichts der Tatsache, dass ich sie im wahren Leben noch nie hatte lächeln sehen. Direkt hinter ihr saß ein junger Mann mit kräftigen dunklen Locken, der ihr locker die Hand auf die Schulter gelegt hatte. Und rechts neben ihr ein missmutiger Junge, der schmollend auf seine Füße schaute. Gabriele? Gut möglich, wenn man den Altersunterschied bedachte, der zwischen ihm und seiner Schwester lag. Ich betrachtete noch einmal ihre Gesichter. Ludovica selbstsicher und schön, Gabriele unglücklich und deplatziert. Am Steuerrad des Bootes stand noch ein weiterer Erwachsener. Er trug Shorts und ein weißes Poloshirt und warf lachend den Kopf in den Nacken. Im Hintergrund war die grüne Kuppel des Votivtempels auf dem Lido zu sehen.

Ich versuchte, das Erscheinungsdatum des Artikels zu erkennen, aber er war unvollständig eingescannt. Als ich ganz genau hinsah, konnte ich gerade so «August 1980» entziffern. Die Bildunterschrift war besser lesbar. «Hugo Channing und seine Familie entspannen sich mit altem Freund und Geschäftspartner Darko Kastellic und Sohn Andrea». Wieder wanderte mein Blick zu Gabriele. August 1980. Da hatte der arme Kerl nur noch ein paar Wochen, vielleicht Tage zu leben gehabt. Der Rest der Familie posierte lächelnd vor der Kamera, und Channings Grinsen war das breiteste. *Seht mich an. Mich und meine schöne Familie und mein großartiges Leben.*

Ich schüttelte den Kopf. Okay, er war offensichtlich ein schrecklicher Narzisst gewesen, und seine Geschäftsbeziehungen nicht ganz so ehrbar, wie man es sich wünschen würde, aber das war noch kein Grund, jemanden nicht leiden zu können, den ich noch nie getroffen hatte. Ich musste zugeben, dass er ein gut aussehender Mann gewesen war. Wenn man auf so etwas stand.

Der letzte Artikel stammte aus einer Ausgabe der Zeitschrift *Hello!* von 2010. «Glückwünsche und Feierlichkeiten für Hugo Channing anlässlich seines 80. Geburtstags». Ich erkannte den Ort. Der Garten des Palazzo Soranzo Cappello drüben in Santa Groce. Dort hatte Henry James, soweit ich wusste, seinen Roman *Die Aspern-Schriften* angesiedelt. Man hatte Tische auf die klassische Loggia gestellt, deren acht Säulen von einem dreieckigen Giebel überdacht waren, welcher wiederum allegorische Statuen trug. Channing stand mit ausgestreckten Armen in der Bildmitte, während die venezianische High Society von beiden Seiten zu ihm aufblickte. Das Ganze ähnelte einer grotesken Rekonstruktion des letzten Abendmahls. Hugo Channing, silberhaarig, elegant und gut aussehend wie eh und je; und genauso wenig auf Bescheidenheit bedacht wie in den Siebzigern. Cosima, inzwischen ebenfalls ergraut, saß zu seiner Rechten, hatte die Hände gefaltet und sah ihn bewundernd an, während Ludovica neben ihr schützend den Arm um ihre Mutter legte und den Kopf auf ihrer Schulter ruhen ließ. Sie lächelte.

Ich suchte nach einem weiteren Foto von Gabriele. Es musste doch sicher noch mehr geben als den schmollenden Jungen auf dem Boot seines Vaters?

Tatsächlich existierte noch ein weiteres. Es war nicht auf den Hochglanzseiten der Klatschmagazine zu finden, sondern auf den Titelblättern von *Il Gazzettino*, *Il Corriere* und *La Stampa*. Gabriele, wie er in den Armen seiner Mutter liegt, die sich über ihn beugt, während Hugo sich den Fotografen mit zornerfülltem Blick zuwendet. «Traurige Heimkehr für Hugo und Cosima Channing» und «Tragischer Tod des kleinen Gabriele» lauteten die Schlagzeilen. Es gab noch weitere Artikel ähnlicher Art, aber ich hatte nicht das Bedürfnis, sie zu lesen.

Der arme Bursche. Fast vierzig Jahre unter der Erde, und die einzigen Fotos, die von ihm blieben, zeigten ihn als deprimierten kleinen Jungen, der sich im Kreis seiner schönen Familie fehl am Platz fühlt; und als lebloses Bündel in den Armen seiner Mutter.

Schlüsselklappern an der Tür. Federica war zu Hause. Zeit für einen Stärkungs-Spritz vor meiner Verabredung mit Ludovica.

15

«Hast du alles?»

«Ich glaub schon.»

«Regenschirm?»

«Nein.»

«Nimm lieber einen Schirm mit. Es soll ziemlich heftig werden heute Abend. Gummistiefel?»

«Nein.»

«Sie haben *acqua alta* vorhergesagt.» Wie aufs Stichwort begann der lang gezogene Hochwasseralarm zu ertönen. Dann zweimal kurz «Pling». Nicht allzu hoch, aber genug, um die Straße der Mörder zu überfluten.

«Bis dahin bin ich zurück.»

«Und wenn nicht?»

«Hmm. Ja, du hast recht.» Ich nahm meine Gummistiefel aus dem Schrank und steckte sie in eine Plastiktüte. «Ich wünschte, ich hätte etwas Eleganteres, um sie darin herumzutragen.»

«Der Regen trifft alle gleich, *caro*. Und dasselbe gilt fürs *acqua alta*.»

Ich lächelte. «Na schön. Wie sehe ich aus?»

«Vorzeigbar.» Sie richtete meine Krawatte. «Ich hab dich schon lange nicht mehr so in Schale geworfen gesehen.»

«Na ja, Ludovica wirkt ein bisschen ...»

«Furchterregend?»

«Förmlich, wollte ich sagen. Aber furchterregend passt auch. Ich dachte, da versuche ich lieber möglichst botschaftermäßig auszusehen.»

«Gute Idee. Also, viel Spaß. Lass dir von ihr keine Angst einjagen.»

«Ich versuch's.» Ich küsste sie auf die Stirn. «Bis später.»

Sie lächelte und gab mir auch einen Kuss. «Na los. Mach dich auf den Weg. Du solltest lieber nicht zu spät kommen.»

Ich ging die Treppe hinunter und hörte die Haustür im Wind klappern. Es würde keine dreißig Sekunden dauern, dann wäre mein botschaftermäßiges Aussehen dahin.

Regen fegte vom Giudecca-Kanal über die Zattere und durchnässte mich trotz der größten Anstrengung meines Regenschirms. Ich sah im Halbdunkel eine Gestalt auf mich zukommen, von Kopf bis Fuß wasserdicht angezogen und von neun aufgeregt kläffenden Hündchen begleitet, jedes davon an seiner eigenen Leine und mit einem neongelben Schutzjäckchen ausgestattet. Der Diakon der Jesuitenkirche. Zumindest nahm ich an, dass er es war. Mir fiel kaum jemand in der Stadt ein, der so viele Hunde besaß, und erst recht niemand, der sie an einem solchen Abend spazieren führen würde. Ich hoffte inständig, er würde nicht stehen bleiben und plaudern wollen, aber er beschränkte sich zum Glück auf ein kurzes Winken und lief weiter.

Nicos Bar war geschlossen. In ein paar Tagen würde sich das Wetter ändern. Dann würden Touristen draußen auf der Terrasse sitzen, mit Bechern heißer Schokolade in den behandschuhten Händen in der kalten Wintersonne hinüber zur Giudecca blicken oder – das galt für die ganz Abgehärteten unter ihnen – mit klappernden Zähnen Eiscreme essen. Dann stand Weihnachten vor der Tür, woraufhin die Restaurants in dieser Gegend schließen würden, um zu renovieren und sich auf den Ansturm zu *Carnevale* vorzubereiten.

Ein Blitz zuckte am Horizont und verwandelte den Rauch der Ölraffinerien am Hafen von Marghera in ein Rostorange. Die kurz erleuchteten Schornsteine sahen seltsam schön aus. Oder zumindest so schön sie jemals aussehen könnten. Die *fondamenta* war regennass, doch obwohl die Wellen an die Seiten schlugen, war das Wasser noch nicht so hoch gestiegen, dass es den Gehweg überflutete. Noch eine Stunde, höchstens anderthalb würde man mit Schuhen und ohne Stiefel auskommen.

Ich lief im peitschenden Wind und Regen über die Brücke über den Kanal von San Trovaso und fühlte mich noch ungeschützter, dann entlang der *fondamenta* Richtung San Basilio, bis ich bei der Adresse ankam, die Federica mir gegeben hatte. Ein schmaler gotischer *palazzo*, dessen Wände dieselbe rostrote Farbe hatten wie die Smogschwaden über Porto Marghera. Früher einmal waren sechs Namensschilder neben der Haustür angebracht gewesen, doch fünf davon waren schon lange entfernt worden, und nur noch ihre hufeisenförmigen Abdrücke erinnerten an die ehemaligen Bewohner. Nun war nur noch eins übrig, ein ziemlich angelaufenes Messingschild mit dem Namen Loredan darauf. Ich klingelte und wartete.

Die Gegensprechanlage erwachte knisternd zum Leben. «*Chi è?*» Wer ist da? Als ich neu in Venedig war, hatte mich der direkte, leicht vorwurfsvolle Ton dieser Frage überrascht, vor allem weil der starke venezianische Akzent es wie ein Knurren klingen lassen konnte. Anfangs war es mir viel zu unangenehm gewesen, dieselbe Frage zu stellen, und ich hatte mich für ein schrecklich englisches «Guten Tag, kann ich Ihnen helfen?» entschieden. Doch inzwischen benutzte ich, zumindest außerhalb der Sprechzeiten, genau wie alle anderen das geknurrte «*Chi è?*».

«*Signora* Loredan, hier ist Nathan Sutherland.»

«Kommen Sie bitte herauf. Ins *piano nobile*.» Was sonst.

Die Zimmer im Erdgeschoss waren mit Brettern vernagelt und schon lange dem *acqua alta* preisgegeben worden, während eine schwach beleuchtete Steintreppe ins *piano nobile* hinaufführte. Vor mir befand sich eine schwere Holztür, rechts neben mir führten die Stufen weiter hinauf in die Dunkelheit.

Die Tür ging auf, und Ludovica Loredan stand eingerahmt von einem matten Lichtschein und mit einem Glas Wein in der Hand da.

«Mr. Sutherland. Kommen Sie bitte herein.»

Der Raum war spärlich beleuchtet. Das einzige Licht kam von zwei Kerzen in bronzenen Kerzenständern auf dem Esstisch und einer Stehlampe in der Ecke. Die Lampe war aus Muranoglas, das leicht grünlich gefärbt war, und ließ den Raum aussehen, als wäre er von Mario Bava für einen italienischen Sechzigerjahre-*giallo* beleuchtet worden. Am Kopfende des Tisches saß ein alter Mann mit zur Seite gesunkenem Kopf in einem Rollstuhl.

«Mr. Channing. Guten Abend», sagte ich.

Ich sah, wie sich im Halbdunkel seine Lippen bewegten, konnte jedoch nicht verstehen, was – wenn überhaupt – er gesagt hatte. Ludovica sah mich mit einer Spur Verärgerung an und ging zu ihrem Vater. Sie stellte die Rückenlehne des Rollstuhls etwas nach hinten und schob seinen Kopf vorsichtig in eine bequemere Position.

«Entschuldigen Sie die Beleuchtung, Mr. Sutherland. Sein Augenlicht ist nicht mehr besonders gut. Das, und … alles andere … führt dazu, dass er Deckenlampen als störend empfindet. Selbst wenn sie sich nur auf Oberflächen spiegeln, bringt ihn das durcheinander.» Ich blickte mich um. Bis zu dem Moment war mir noch gar nicht aufgefallen, dass nirgends ein Spiegel hing. «Und deshalb haben wir tagsüber die Vorhänge zugezogen und zünden abends Kerzen an.»

Mein Blick wanderte unwillkürlich zur Decke, die trotz des gedämpften Lichts zu leuchten schien. Ich strengte mich an, um das Gemälde darauf zu erkennen. Eine Gestalt mit Fledermausflügeln stürzte durch einen goldenen Lichtstrahl in eine Feuergrube. Darüber schwebte triumphierend eine Rüstung tragende Engelsfigur mit einem blitzenden Schwert in der Hand. Es handelte sich, soweit ich sehen konnte, nicht um ein Fresko, sondern das Bild war auf eine Leinwand gemalt und dann an der Decke befestigt worden.

Ich sah Ludovica an. Auf ihren Lippen lag ein Lächeln. «‹*From morn to noon he fell, from noon to dewy eve … and with the setting sun dropped from the zenith like a falling star.*›»

«*Paradise Lost*», sagte ich.

«Sie kennen es?» Sie klang überrascht.

«Ich habe es im Studium behandelt.» Ich reckte den Hals, um das Gemälde noch einmal anzuschauen. «Leider kann ich den Künstler nicht erkennen. Federica kennt ihn vielleicht.»

«Es ist eine Kopie. Im Stil von Francesco Fontebassos Original. Neunzehntes Jahrhundert, glaube ich. Der Erzengel Michael vertreibt Luzifer aus dem Himmel. Ein bisschen apokalyptischer als Fontebassos Werk. Auf seiner Version ist auch die Heilige Dreieinigkeit zu sehen. Hier gibt es keinen solchen Trost.»

«Großartige Arbeit, trotzdem.»

«Es war eins der Lieblingsgemälde meines Vaters. Ich erinnere mich, als Gabriele noch klein war …» Sie lächelte. «Als er noch klein war, hat es ihn immer erschreckt.»

«Sosehr mich *Paradise Lost* auch begeistert, ein Gemälde davon würde ich wahrscheinlich auch nicht an der Wohnzimmerdecke haben wollen.»

«Sie sind auch nicht mein Vater. Oder vielleicht haben Sie ein kleineres Wohnzimmer.» Ihr Lächeln verschwand. «Ich glaube nicht, dass er jemals *Paradise Lost* gelesen hat. Es hat ihm nur gefallen, was er darüber gelesen hatte. Und natürlich hat er sich mit Luzifer identifiziert.»

«Nun ja, Milton war ein ziemlich guter Anwalt des Teufels.»

«Der große Antiheld, der gegen den Himmel aufbegehrte.

Dabei hatte Vater eigentlich nie etwas, wogegen er aufbegehren musste. Für ihn lief immer alles wie gewünscht.» Sie ging zum Tischende und hockte sich neben den Rollstuhl. Hugo Channing hatte keinerlei Anzeichen gezeigt, dass er irgendetwas von unserer Unterhaltung mitbekommen hätte, schien aber Trost in ihrer Anwesenheit zu finden und lächelte wie ein Kind, während er sich an ihre Schulter lehnte. Sie gab ihm einen Kuss auf den Kopf und erhob sich.

«Also, Mr. Sutherland, wir sollten reden.»

«Natürlich. Wie kann ich Ihnen helfen?»

«Eins müssen Sie wissen: Vater hat überhaupt keine Erinnerung an Gabriele. Er weiß nicht, dass er jemals einen Sohn hatte. Er weiß kaum noch, dass er eine Tochter hat.»

«Und Ihre Mutter?»

«Mutter geht es gut. Sie ist mittlerweile natürlich alt. Aber es geht ihr gut.»

«Also?»

Sie stellte ihr Glas auf den Tisch. «Meine Eltern sind inzwischen beide alte Leute. Meine Mutter braucht nicht noch mehr Trauer und Unglück im Leben – und Vater befindet sich in seiner zweiten Kindheit.» Sie sah mich fest an. «Ich werde nicht zulassen, dass ihr Lebensabend durch irgendetwas gestört wird, verstehen Sie das, Mr. Sutherland?»

«Selbstverständlich. Das verstehe ich voll und ganz. Ich …»

Sie unterbrach mich mit einer Handbewegung. «Mit Verlaub, Sie verstehen gar nichts. Können Sie sich vorstellen, wie es sein muss, so alt zu sein und hier drin eingesperrt», sie breitete die Arme aus, «in diesem Mausoleum?»

«Tut mir leid», antwortete ich. «Ich weiß nicht, ob das ein Trost ist, aber die Zeitungen waren offenbar diskret.»

Sie lächelte wieder. Zum dritten Mal inzwischen, aber nie lag Freude oder Fröhlichkeit darin. «Ja. Das war zu erwarten.»

«Ich verstehe.»

«Gut. Gut.» Das Lächeln erstarb. «Sie haben sich gestern mit einem Journalisten namens Guy Flemyng in einer Bar in der Nähe des Campo Santo Stefano getroffen.»

Es hatte offenbar keinen Sinn, es zu leugnen. «Das stimmt.»

«Natürlich hat er Ihnen Geld angeboten?»

«Hat er.»

«Wie viel?»

«Von einem konkreten Betrag war nicht die Rede.»

Ich fand Ludovicas Fragensalve mühsam und fragte mich – während sie mich weiter mit ihrem Blick fixierte –, ob ich überhaupt in der Lage wäre zu lügen, falls nötig.

Sie hielt kurz inne. «Sie haben natürlich abgelehnt.»

«Natürlich.»

«Und deshalb», sie verweilte bei diesen zwei Worten, um ihnen Gewicht zu verleihen, «muss ich wissen, was genau Sie ihm gesagt haben.»

Nun war ich leicht beleidigt. «*Signora* Loredan, ich habe ihm genau das gesagt, was ich Ihnen jetzt sage. Und zwar, dass ich absolut nichts über diesen Fall weiß und dass ich nicht glaube, dass er so bald gelöst wird.»

Sie schloss einen Moment die Augen und nickte; sehr langsam. «Danke, Mr. Sutherland.» Ich war mir nicht sicher, ob sie ehrliche Dankbarkeit ausdrücken wollte oder ob ich nun entlassen war. «Ist das alles?»

«Nein, ich habe ihm außerdem gesagt, dass ich ihm auf keinen Fall mehr erzählen kann, weil das ein völlig absurder Amtsmissbrauch wäre.» Ich war mir weder sicher, ob man meine Tätigkeit als «Amt» bezeichnen konnte, noch ob ich dieses auf absurde Weise missbrauchen könnte, aber es klang danach, und ich dachte, das müsste sie hören.

«Das wäre es natürlich. Vielen Dank noch einmal.»

Wir saßen einen Moment schweigend da und lauschten dem Regen, der gegen die Fenster prasselte. «Darf ich Sie etwas fragen?» Sie nickte. «Woher wissen Sie, dass ich Mr. Flemyng gestern Mittag in der Bar getroffen habe?»

«Weil er mich heute Morgen natürlich angerufen hat», antwortete sie und konnte ihren Ärger nicht verbergen.

«Verstehe.» Ich fragte mich, warum und warum «natürlich». Dann kam mir Guys Gesichtsausdruck wieder in den Sinn, als er vor dem *da Fiore* jemanden erkannt zu haben schien. «Kann ich Ihnen sonst noch irgendwie helfen?»

«Ich glaube nicht. Falls Sie irgendetwas Relevantes in Erfahrung bringen – was vermutlich eher unwahrscheinlich ist –, wäre es gut, wenn Sie mich zuerst kontaktieren. Meiner Mutter geht es gut, aber sie ist inzwischen alt. Ich will sie nicht beunruhigen. Ein Auftritt wie der vorgestern Abend soll sich nicht wiederholen.» Sie schloss kurz die Augen und senkte den Kopf, wie um zu zeigen, wie viel Schmerz das verursacht hatte.

«Ich muss mich noch einmal entschuldigen. Ich hatte ja keine Ahnung.»

«Nein, natürlich nicht.»

«Nur eins könnte vielleicht noch von Bedeutung sein. Woher genau kennen Sie Mr. Flemyng eigentlich? Genauer gesagt, was wissen Sie über ihn?»

«Ist das wichtig?»

«Sehr.» Sie schien nicht überzeugt. «Ich bin nicht der Einzige in der Stadt, von dem er denkt, er könnte ihm vielleicht helfen. Es wird nicht lange dauern, dann befragt er andere.»

«Die da wären?»

«Den anglikanischen Priester. Die Polizei. Alte Freunde und Verwandte.» Ich fragte mich, ob Federica jeden Einzelnen zu einer privaten Audienz einbestellen würde. «Er wird Kontakt zu ihnen aufnehmen, falls er es nicht schon getan hat.»

Sie holte tief Luft. «Und können Sie mir da helfen?»

«Was den Priester anbetrifft, ja. Er ist ein Freund von mir. Und was die Polizei angeht, auch. Obwohl ich ohnehin bezweifle, dass sie überhaupt mit ihm reden werden.» Hundertprozentig sicher war ich mir allerdings nicht. «Aber ich muss wissen, warum sie das nicht tun sollten.»

Wieder atmete sie tief durch. «Was wissen Sie über meine Familie, Mr. Sutherland?»

«Ziemlich wenig, ehrlich gesagt.»

Sie wirkte mehr als nur ein bisschen gekränkt. «Wie lange leben Sie schon in Venedig?»

«Ungefähr zehn Jahre mittlerweile.»

«Ah, verstehe. Mein Vater war ein ziemlich charismatischer Mann. Vielleicht haben Sie davon gehört?»

«Das habe ich.»

«Meine Mutter war – ist noch immer – eine sehr schöne Frau. Wir waren vermutlich eine ziemlich glamouröse Familie. Und das hatte ein gewisses Maß an Aufmerksamkeit zur Folge. Von der Presse.»

Sie zögerte. Ich hatte das Gefühl, sie erwartete, dass ich die Unterhaltung fortführte. «Und es gab Berichte?»

«Genau. Unangenehme Berichte. Die Boulevardpresse. Die Skandalpresse, wenn Sie so wollen.»

Nun war ich an der Reihe zu zögern, während ich nach den richtigen Worten suchte. «Darf ich fragen, worum es in diesen Berichten ging?»

«Um den Zustand der Ehe meiner Eltern.»

«Ich verstehe.» Das hatte ich mir gedacht.

«Unsinn, natürlich. Mutter war sehr schön. Vater war ein gut aussehender, erfolgreicher Mann. Sie bewegten sich in eleganten Kreisen. Es war ganz normal, dass sie genauso schöne und erfolgreiche Menschen trafen.»

«Ich verstehe», wiederholte ich. «Und Guy Flemyng gehörte zu dieser ‹Skandalpresse›?» Sie nickte. «Und er nahm Kontakt mit Ihnen auf?», fuhr ich fort.

«Vor ein paar Jahren inzwischen. Er hat oder hatte die Absicht, ein Buch über uns zu schreiben.»

Ich runzelte die Stirn und hoffte, sie könnte mein Gesicht nicht deutlich erkennen. Wer sollte sich für Leute interessieren, die, mit Ausnahme eines kleinen Berichts in der *Hello!*, von der Öffentlichkeit sicher schon längst vergessen waren? «Und da haben Sie ihm gesagt …?»

Sie verdrehte die Augen zur Decke und dem Bildnis des gefallenen Engels. «Ich habe ihm gesagt, er soll sich zum Teufel scheren.»

Der alte Mann murmelte etwas und bewegte sich in seinem Rollstuhl. Ludovica ging zu ihm, setzte sich neben ihn und strich ihm über die Haare, während sie die ganze Zeit leise mit ihm sprach. Es war vielleicht der erste Gefühlsausdruck, den ich bei ihr sah.

«Darf ich fragen …?» Ich ließ die Frage in der Luft hängen.

Sie sah mich an, als wüsste sie, wie sie lauten würde, und forderte mich trotzdem auf, sie zu stellen. «Ja?»

«Wie lange ist Ihr Vater schon in diesem Zustand?»

«Fünf Jahre. Er hatte einen schweren Schlaganfall. Danach war er nicht mehr derselbe.»

«Das tut mir leid.»

«So etwas kann uns alle treffen. Uns selbst und unsere Liebsten. Eines Tages.»

Mir wurde bewusst, dass ich außer den beiden niemanden sonst gesehen hatte. «Es ist sicher eine schwere Aufgabe für Sie?»

«Das ist es in der Tat.» Diese Stimme. Beherrscht, nüchtern, gleichgültig.

«Aber Sie haben natürlich Hilfe?»

Sie küsste ihren Vater zärtlich auf den Kopf und stand auf. «Warum sagen Sie ‹natürlich›, Mr. Sutherland?»

«Nun ja, in einem so großen Haus», ich breitete die Arme aus, «hatte ich angenommen, Sie bräuchten zumindest *badanti*.»

«Pflegekräfte? Nein. Mutter und ich schaffen das. Uns erkennt er immer noch. Gerade so. Ich gebe ihn nicht in die Obhut von Fremden. Nicht solange ich selbst noch Kraft habe.»

«Das ist wunderbar von Ihnen», sagte ich. «Großherzig.»

«Mit Großherzigkeit hat das nichts zu tun, Mr. Sutherland.»

Ich schüttelte den Kopf. «Das glaube ich nicht.»

Ihre Augen blitzten auf, und einen Augenblick fürchtete ich, sie verärgert zu haben. Doch dann lächelte sie. «Es ist, nun ja, ‹Daddys Liebling›, verstehen Sie?»

Ich erwiderte ihr Lächeln. «Ich glaube schon.»

Wieder rüttelte der Wind an den Scheiben, und die Kerzenflammen flackerten. Sie ging zum mittleren, bogenförmigen Fenster und sah hinaus. Ihr Umriss zeichnete sich vor dem Nachthimmel ab. «Schreckliches Wetter heute Abend. Danke, dass Sie sich herbemüht haben. Darf ich Ihnen einen Cognac oder einen Grappa anbieten, bevor Sie gehen?»

«Das ist auch großherzig. Ein Grappa wäre nett.»

Sie nickte. Die Wärme in ihrem Blick hatte sich wieder abgekühlt. «Einen Moment.» Hugo stöhnte und wurde wieder unruhig. «Vater braucht seine Medikamente. Ich bin gleich wieder da.»

Sie verließ den Raum und ließ uns allein.

Plötzlich merkte ich, wie kühl es war, und fing an zu zittern. Ludovica freilich sah aus, als würde sie niemals Kälte spüren, aber für ihren Vater war das doch sicher nicht gut? Wie aufs Stichwort stöhnte der alte Mann erneut.

Ich erhob mich, unsicher, was ich tun sollte. «*Signora* Loredan?», rief ich zögerlich, um ihn nicht noch mehr zu verstören. Die Worte verloren sich in dem riesigen Raum. Ich beschloss, es noch einmal informeller zu riskieren. «Ludovica!», rief ich, dieses Mal lauter.

Es kam keine Antwort, während Hugo noch immer stöhnend in seinem Rollstuhl herumrutschte.

Verflucht. Ich konnte ihn nicht einfach so in Not da sitzen lassen. Ich stand auf, wobei mein Stuhl über den Terrazzoboden schrammte, und ging zu ihm. Als ich mich neben ihn hockte, sah er mich unverwandt an.

Seine Lippen bewegten sich und formten das Wort «Ludovica».

«Ludovica ist nicht hier, Mr. Channing. Mein Name ist Nathan Sutherland. Vielleicht kann ich Ihnen helfen?»

Sein Blick verfinsterte sich. «Ich kenne Sie nicht.»

«Wir sind uns noch nicht begegnet. Ich heiße Nathan Sutherland. Ich bin der britische Honorarkonsul in Venedig. Kann ich etwas für Sie tun?»

Er bewegte den Kopf langsam hin und her. «Nein.»

«Gut. Soll ich einfach bei Ihnen bleiben, bis Ludovica zurückkommt?»

«Nein. Sie müssen jemand anderes sein. Victor ist der Konsul. Wir treffen uns heute Abend beim Zirkel.»

Ich wollte ihm schon widersprechen, überlegte es mir jedoch anders.

«Das ist schön, Hugo.»

Er verzog das Gesicht. «Für Sie Mr. Channing.»

Ich versuchte, nicht zu lächeln. «Entschuldigen Sie, Mr. Channing. Ludovica wird sicher gleich wieder da sein.»

«Das wird sie. Wie immer. Sie war schon immer Daddys Liebling.» Er nahm meinen Arm und tätschelte mir die Hand. «Haben Sie Kinder, Victor?»

Wieder hielt ich es für das Beste, ihn nicht zu korrigieren. «Nein, leider nicht.»

«Wie schade.» Er beugte den Kopf vor, um mich besser sehen zu können. «Das sollten Sie nachholen. Noch ist Zeit.»

Ich lachte und tätschelte nun ihm die Hand. Seine Haut war ganz kalt. Sicher hätte er besser eingemummelt werden müssen? «Vielleicht haben Sie recht, Mr. Channing.»

«Warum nennst du mich Mr. Channing? Wir sind doch schon seit Jahren befreundet. Du musst Hugo zu mir sagen.»

«Na schön, Hugo also.»

«Du solltest Kinder bekommen. Mit Ludovica habe ich Glück. Aber», er zog seine Hand aus meiner, schob den Kopf noch ein bisschen weiter nach vorn und rieb sich über die Stirn. «Ich müsste einen Sohn haben.» Er lehnte sich wieder zurück und schloss die Augen. «Es wäre schön, einen Sohn zu haben», flüsterte er.

«Gabriele?», fragte ich und wünschte sofort, ich hätte es gelassen.

Er schüttelte den Kopf, heftig dieses Mal. «Nicht Gabriele. Nicht er.» Er fing an zu zittern.

Ach, Mist. Du verdammter Dummkopf, Nathan.

«Hugo. Mr. Channing. Es tut mir leid. Ich wollte Sie nicht aufregen.»

«Gabriele!» Er hievte sich so hoch, wie er es mit seinen gelähmten Gliedern konnte. Dann packte er mich mit erstaunlicher Kraft an der Schulter. «Victor, er sollte nicht hier beim Zirkel sein.» Ich spürte die Kälte seiner Finger, die sich in meine Schulter bohrten, durch das Jackett. «Er müsste auf der Insel sein. Kalt auf der Insel.»

Im Flur näherten sich Schritte. Channing zog mich näher zu sich. «Auf der Toteninsel. Nicht hier», jammerte er.

Die Schritte verstummten. Als ich mich umdrehte, sah ich Ludovica in der Tür stehen. Sie sagte nichts, aber ich sah an ihrem Blick, dass sie mir am liebsten die Leviten gelesen hätte.

Channing versuchte immer noch, mich näher zu sich zu ziehen, während ich mich bemühte, seine Finger so vorsichtig wie möglich von meinem Jackett zu lösen. Ludovica kniete sich neben mich und schob mit eiskalten Fingern meine Hand weg. Sie rieb Channings Hände, als versuchte sie, ein bisschen Wärme hineinzubekommen, woraufhin der Mann langsam seinen Griff löste und zurück in seinen Rollstuhl sank.

Ich rappelte mich hoch und atmete tief durch. «Es tut mir leid», sagte ich. «Er schien sich irgendwie zu quälen. Ich dachte, ich könnte vielleicht helfen.»

Sie tat meine Entschuldigung mit einer Handbewegung ab. «Ich verstehe. Bei Fremden ist er manchmal unberechenbar. Er braucht mich oder Mutter.»

«Es tut mir wirklich leid.»

«Sie müssen das nicht ständig wiederholen. Jetzt geht es ihm wieder gut.» Sie erhob sich, legte die Hand des alten Mannes in seinen Schoß und zog seine Decke um ihn. «Siehst du, Vater. Jetzt ist alles gut.»

«Sie sprechen ja Englisch mit ihm», sagte ich.

«Er hat sein Gedächtnis verloren. Deshalb hat er sein Italienisch vergessen.»

Ich schüttelte den Kopf. «Das muss furchtbar sein.»

«Warum? Er hat niemanden, mit dem er Italienisch sprechen könnte. Manchmal denke ich, er glaubt, er wäre wieder in England.»

«Verstehe.» Ich zögerte einen Moment. «Eben hat er allerdings über Victor gesprochen – meinen Vorgänger als Konsul hier. Und er erwähnte einen gewissen ‹Zirkel›.»

Ihre Augen verengten sich. «Ach ja? Was haben Sie zu ihm gesagt?»

«Ich habe nur gesagt, ich sei der Honorarkonsul in Venedig.»

Sie seufzte entnervt. «Das wird es sein. Sie haben ihn verwirrt.» Ich wollte etwas sagen. «Nein, entschuldigen Sie sich nicht schon wieder. Der Schaden ist angerichtet, aber es wird vorbeigehen.»

«Ich glaube, es hat einige Erinnerungen geweckt. Sie haben gesagt, er erinnert sich nicht daran, einen Sohn gehabt zu haben. Aber er hat Gabriele erwähnt.»

Sie schüttelte den Kopf. «Das kann nicht sein. Sie müssen sich irren.»

Die Lippen des alten Mannes bewegten sich. «Nicht hier. Nicht im Zirkel.» Ludovica sah ihn beunruhigt an. «Toteninsel.»

«Schscht, Vater. Alles ist gut. Ich bin jetzt da.» Dann wandte sie sich an mich. «Jetzt quält er sich. Er braucht seine Medikamente, und dann bringe ich ihn ins Bett.» Sie warf einen Blick auf die Uhr an der Wand. «Nun ist es wohl zu spät für einen Grappa.»

Da konnte ich ihr nur zustimmen. Wir verabschiedeten uns, und ich verschwand nach draußen in die Nacht.

– 16 –

Das Unwetter war noch nicht vorbei, und der Regen peitschte vom Himmel, so heftig, dass ich überlegte, ein Boot nach Hause zu nehmen. Ich entschied mich aber dagegen. Es waren vielleicht zehn Minuten zu Fuß. Ein andermal wäre eine Fahrt mit dem *vaporetto* vielleicht ein Genuss gewesen, doch heute war kein Abend, an dem man draußen saß und zusah, wie die Stadt vorüberzieht.

Das Wasser schlug über den Rand der *fondamenta*, aber der Bereich bei den Häusern war noch trocken, und ich entschloss mich, in meinen Schuhen nach Hause zu gehen und mir die Mühe zu sparen, mir die Gummistiefel anzuziehen. Bei Ludovica hätte ich es noch tun können, aber die Gelegenheit war nun vorbei.

Ich hatte die Accademia-Brücke ganz für mich und tat mein Bestes, um mich vor dem Horizontalregen zu schützen. Der Blick auf die vom Blitz erleuchtete Salutekirche wäre zweifellos grandios gewesen, aber ich war nicht in der Stimmung zu verweilen.

Ich überquerte den verlassenen Campo San Vidal, wo in der Kirche Vivaldis «Vier Jahreszeiten» erklangen, wie die meiste Zeit im Jahr. Dann eilte ich, ohne die freundlich einladenden Lichter der Bars und Restaurants zu beachten, über den Campo Santo Stefano. Ed würde bei den Brasilianern sicher schon die Stühle auf die Tische stellen, aber vielleicht könnte ich noch rasch einen Drink zu mir nehmen, bevor er schloss.

Es war ein ungewöhnlicher Abend gewesen, und zwar nicht im positiven Sinne. Vielleicht hatte ich einen Negroni und eine Zigarette verdient? Eine einzige nur. Ich fuhr mir mit der freien

Hand durch die Haare, die inzwischen trotz des Regenschirms klatschnass waren. Wollte ich wirklich im strömenden Regen stehen und im dürftigen Schutz dieses mickrigen Ein-Mann-Raucherpavillons qualmen?

Ja. Ja, das wollte ich.

In dem Moment fiel mir ein, dass Dario noch immer meine *tessera sanitaria* hatte, und ich war froh darüber.

Ich platschte über den Campo Sant' Angelo bis zur Calle de la Mandola. Dann blieb ich stehen. Die Straße der Mörder war vielleicht noch halbwegs trocken. Die Calle de la Mandola jedoch stand fast schon einen halben Meter hoch unter Wasser. Jemand – ob Mann oder Frau war unter den mehreren Schichten Regenschutzkleidung nicht zu erkennen – lief in die entgegengesetzte Richtung, mit wohlüberlegten Schritten, um so wenig wie möglich das Wasser aufzuwühlen, das vielleicht einen Zentimeter unterhalb seines Stiefelrandes schwappte.

Es waren nur zehn Meter bis zur Straße der Mörder, aber es hätten genauso gut zehn Kilometer sein können. Fluchend holte ich meine Gummistiefel aus der Plastiktüte, stellte mich auf ein Bein, um meinen Schuh auszuziehen, während ich versuchte, den Regenschirm gerade zu halten, und dabei hopste, um nicht das Gleichgewicht zu verlieren. Dann wiederholte ich den Vorgang mit dem anderen Schuh. Der gut eingepackte Fußgänger, der inzwischen das weniger überschwemmte Ende der *calle* erreicht hatte, schritt jetzt beherzter zu und hielt nur kurz an, um mir einen mitleidigen Blick zu schenken.

Ed hatte die Bar natürlich schon geschlossen, bis ich ankam.

«*Ciao, caro*, hattest du einen netten Abend?»

Ich stand stetig vor mich hin tropfend in der Tür und antwortete nicht.

«Oje, etwa nicht so nett?»

«Ich hatte schon bessere.»

«Sie war doch hoffentlich nicht zu furchterregend?»

«Furchterregend? Es war wie eine Abendesseneinladung bei Barbara Steele.»

Sie schüttelte den Kopf. «Den Zusammenhang musst du mir erklären.»

«Barbara Steele. Britische Schauspielerin in italienischen Sechzigerjahre-Horrorfilmen.» Sie schüttelte wieder den Kopf. «Hat unter anderem mit Mario Bava zusammengearbeitet. Das musst du doch wissen? Das ist dein Erbe.»

«*Mamma* hat mir nicht erlaubt, solche Filme zu schauen. Muss ich noch mehr wissen?»

«Sie war auf erschreckende Art schön. Katzenaugen, messerscharfe Wangenknochen. Sie hat einen Film namens *Ein Engel für den Teufel* gemacht. Ludovica erinnert mich an sie. Sie sehen sich sogar ähnlich.»

«Ach herrje. So schlimm?»

«So schlimm? Ich habe eine Stunde im Halbdunkel verbracht und mit einer Frau über leere Gräber gesprochen, die nicht mal Dario Argento casten würde, mit der Begründung, dass sie zu furchterregend ist. Ach, und nicht zu vergessen, in einem Raum, in dem ein gigantisches Bildnis des Satans an der Decke hing.»

«Ich dachte, dir gefällt so etwas.»

«Im Kino, ja. Nicht im wahren Leben.»

«Na ja. Setz dich erst mal. Oder nein. Trockne dich vorher ein bisschen ab. Oder doch nicht.» Sie hielt mir ihr leeres Weinglas hin. «Schenk mir erst nach. Dann trockne dich ein bisschen ab. Und dann setzt du dich zu mir.»

«Ist das mein Abend, um von furchterregenden Frauen herumkommandiert zu werden?»

«Nur wenn du das willst.» Sie schwenkte ihr Glas vor mir. «Komm schon. Beeil dich. Und dann erzähl mir alles.»

Ich nahm ihr das Glas ab und küsste ihr die Hand. Sie zuckte zusammen. «Mein Gott, du bist ja eiskalt.»

«Draußen ist es kalt. Ganz abgesehen davon nass.» Ich ging in die Küche und öffnete den Kühlschrank. «Prosecco oder Weißwein?», rief ich.

«Prosecco. Morgen muss ich früh raus.»

Ich goss ihr ein Glas ein und ging anschließend ins Badezimmer, um mich, so gut es ging, trocken zu reiben. Dann schenkte ich mir ein Glas Rotwein ein und setzte mich aufs Sofa. Gramsci sprang mir auf den Schoß, merkte, wie kalt ich war, sprang wieder herunter und strafte mich mit einem vernichtenden Blick.

«Dann leg mal los», sagte Fede, «erzähl mir alles über deinen Engel des Teufels.»

«Also, was denkst du?», fragte ich.

Sie sah auf mein Glas. «Ich denke, du brauchst noch einen Drink.»

«Gute Idee. Aber abgesehen davon?»

«Abgesehen davon ...» Sie hielt kurz inne. «Abgesehen davon hättest du dir nichts dabei gedacht, wenn sie mehr Lampen angemacht hätte und sie einen anderen Geschmack bezüglich ihrer Raumgestaltung an den Tag legen würden.»

«Das war nicht alles. Dazu kam noch, was der alte Mann über Gabriele und die Toteninsel gesagt hat. Und über einen gewissen Zirkel.»

«Die Toteninsel ist natürlich San Michele. Und da sollte Gabriele sein. Er ist ein verwirrter alter Mann. Irgendwem ist herausgerutscht, dass das Grab geschändet wurde, und jetzt gehen ihm alle möglichen schrecklichen Dinge im Kopf herum.»

«Bist du ihm schon mal begegnet?»

«Ein- oder zweimal.»

«Wie war er?»

«Unheimlich. Aber nicht in dem Sinn, an den du jetzt denkst. Ich meine unheimlich gegenüber Frauen. Sagen wir, ein bisschen überfreundlich, verstehst du? Trotzdem hätte ich ihm so etwas nicht gewünscht.»

«Hmm. Was ist wohl dieser Zirkel?»

Sie zuckte mit den Schultern. «Wer weiß, er hat den Verstand verloren. Es könnte alles Mögliche bedeuten. Weshalb hältst du das für wichtig?»

«Zirkel sind immer schlecht. Zirkel und Ringe. Die verheißen nie etwas Gutes.»

Sie verdrehte die Augen. «Na schön. Vielleicht brauchst du doch keinen Drink mehr.»

«Hör zu. Wir haben ein leeres Grab auf San Michele. Es gehört einer Familie, die man bestenfalls als etwas merkwürdig bezeichnen könnte. Und dann ist da dieser Hinweis auf einen Zirkel.»

«Also …»

«Also ist es durchaus möglich, dass …», ich hielt inne und leerte mein Weinglas, «… dass da etwas ‹Dämonisches› vor sich geht.»

«Dämonisch?» Sie zog die Nase kraus. Was mich an Elizabeth Montgomery erinnerte, was ich aber lieber für mich behielt.

«Okkult. Satanisch. Oder bin ich verrückt?»

«Verrückt? Du bist mehr als verrückt.»

«Da war aber noch etwas. Channing dachte, ich wäre Victor. Er hat dauernd gesagt, Victor sei mit ihm bei diesem Zirkel gewesen.»

Sie schloss die Augen. «Gut. Lass uns mal nachdenken. Victor war einer deiner besten Freunde in Venedig, richtig?»

«Stimmt.»

«Bis du herausgefunden hast, dass er – ein einziges Mal – Geld angenommen hat, um Diebesgut aufzubewahren. Als seine Frau krank war und er dringend welches brauchte.»

«Ja.»

«Und du hast dich gerade erst wieder mit ihm versöhnt?»

«Abermals ja.»

«Ich habe ihn nie kennengelernt. Was ist er für ein Mensch?»

«Freundlich, nett. Höflich. Stereotyp des englischen Gentlemans.»

«Aha. Niemand also, der etwas mit Grabraub und Teufelsverehrung zu tun hätte?»

«Nein, das ist verrückt ...» Ich verstummte.

«Genau. Es ist verrückt. Du wurdest einfach nur von dem ganzen Umfeld überwältigt. Ein verwirrter alter Mann, der an einem stürmischen Abend in einem dunklen *palazzo* Unsinn erzählt.»

Ich fuhr mir mit den Händen durch die feuchten Haare. «Du hast wahrscheinlich recht.»

«Natürlich habe ich recht. Also, warum rufst du Victor nicht einfach an und fragst ihn nach diesem ominösen Zirkel?»

«Das sollte ich. Ich weiß nur nicht recht, wie ich es am besten formuliere.»

«‹Victor, nehmen Sie's mir nicht übel, aber waren Sie während Ihrer Zeit in Venedig in Wirklichkeit der Führer eines Hexenzirkels?›»

Ich lächelte. «So eher nicht.»

«Ruf ihn an. Nur um die Sache zu klären.»

«Das mache ich.»

«Gut.» Sie gähnte. «Und damit, *caro*, verabschiede ich mich ins Bett.»

Bei dem Wort Bett stellte Gramsci die Ohren auf, denn es war für ihn gleichbedeutend mit «Nachtfütterung».

«Ich komme gleich nach. Besser, ich kümmere mich zuerst noch um *ihn*.» Ich nickte Richtung Gramsci.

Fede lachte.

«Großartig. Wie du es vermeidest, seinen Namen auszusprechen, wenn er nicht merken soll, dass du von ihm sprichst. Als wäre er ‹Der, dessen Name man nicht nennt› oder sonst irgendwas aus deinen schrecklichen Filmen.»

Ich sah sie empört an. «Erstens sind sie nicht ‹schrecklich›. Zweitens halte ich ihn nicht für einen besonders teuflischen Kater.»

Sie schien wenig überzeugt. «Bist du sicher?»

Gramscis Blick wanderte von mir zu Fede und wieder zurück, wobei seine schmalen Augen zu engen Schlitzen wurden.

«Nein. Nicht teuflisch. Aber wahrscheinlich würde er einen guten Kater für eine Hexe abgeben. Stimmt's, Grams?»

Er gab ein langes, tiefes Knurren von sich, das vielleicht als ein Schnurren hätte durchgehen können. Als ich ihn hinter den Ohren kraulte, schnappte er nach meiner Hand.

Fede hob die Brauen. «Da könntest du recht haben, *tesoro*.»

– 17 –

Federica hatte recht. Am nächsten Morgen sah schon alles anders aus. Das *acqua alta* war zurückgegangen, und die Gassen trockneten mit Unterstützung der Sonne, die beschlossen hatte, einen halbherzigen Auftritt zu wagen. Langsam wieder. Gedanken an satanische Kulte und Zirkel erschienen da völlig lächerlich.

Viel mehr konnte ich nicht unternehmen. Wenn Pfarrer Rayner nicht in der Lage war, noch etwas in den Registerbänden zu finden, die mit Mühe als Archiv durchgingen, und Victor auch nichts in seinen Unterlagen hatte, dann würde ich die Sache einfach auf sich beruhen lassen. Ich würde dem Botschafter mitteilen, dass man wirklich nichts mehr machen könne, und er würde sich wieder den wütenden Briten zuwenden können, um sich anschreien zu lassen.

Abgesehen davon hatte ich Wichtigeres zu tun. Denn heute war der Tag, an dem Dario Costa nach Venedig zurückkehrte.

Eduardo würde nach dem gestrigen *acqua alta* sicher schon mit dem arbeitsaufwendigen Vorgang beschäftigt sein, die Fabelhaften Brasilianer fürs Wiederaufmachen vorzubereiten; den Boden mit frischem Wasser abspülen, alles hinausfegen und Tische und Stühle wieder ordentlich hinstellen. Daran hatte er sich, wie viele andere Barbesitzer in Venedig, über die Jahre gewöhnt. Was die Aufgabe jedoch nicht weniger eintönig und nervtötend machte. Er konnte sicher darauf verzichten, dabei gestört zu werden, selbst von Stammkunden. Diesen Gedanken im Hinterkopf, kochte ich eine Kanne Kaffee, und wir nannten es Frühstück.

«Du könntest eigentlich mitkommen?»

Fede schüttelte den Kopf. «Nein, danke. Außerdem wird Dario mich sicher nicht dabeihaben wollen.»

«Das stimmt nicht.»

«Doch. Er will dich ganz für sich haben, das ist doch offensichtlich. Ihr zwei fahrt einen Lieferwagen von Mestre bis Tronchetto, stimmt's?» Ich nickte. «Dazu braucht man nun wirklich nicht zu zweit zu sein. Er möchte einfach seinen Freund dabeihaben. Ihr braucht wohl kaum einen Fahrerwechsel aus Sicherheitsgründen, oder?»

«Wahrscheinlich nicht.» Ich lächelte. «Ich verstehe aber, was du meinst. Es ist 'ne ziemlich große Sache für ihn. Nach all den Jahren nach Hause zurückzukehren.»

«Aber er hat nicht wie Marco Polo vierundzwanzig Jahre in China verbracht. Er war in Mestre.»

«Vielleicht ist das in gewisser Weise noch fremdartiger. Jedenfalls soll ich ihm helfen, die letzten Sachen zu packen, was immer das ist. Dann verreisen Vally und Emily für ein paar Tage zu *nonno* und *nonna*, während Dario die neue Wohnung herrichtet. Und wir beide fahren noch den Lieferwagen nach Tronchetto und helfen dann den Umzugsleuten, alles auf ein Boot zu verladen.»

Fede lachte. «Das werden sie euch nicht erlauben. Ihr seid nicht versichert, und es besteht die realistische Gefahr, dass sich jemand den Rücken verrenkt oder dass Möbelstücke in der Lagune landen.»

«Glaubst du?», fragte ich und gab vor, beleidigt zu sein, während ich insgeheim froh war, dass wahrscheinlich kein körperlicher Einsatz erforderlich sein würde.

«Das weiß ich. Wie ich schon sagte, er will einfach seinen Freund dabeihaben. Das ist alles.» Sie trank ihren Kaffee aus und stand auf. «Und das ist gut so.» Sie schlang mir die Arme um den

Hals und zog mich an sich. «Es ist sogar ziemlich rührend von ihm. Und jetzt muss ich los.»

Ich drückte ihr ein Küsschen auf die Wange. «Okay. Bis später. Nicht zu spät, hoffe ich?»

«Das hoffe ich auch. Was gibt es zum Abendessen?»

«Hab ich mir noch nicht überlegt. Mal schauen, was noch im Kühlschrank ist. Ich lass mir etwas einfallen.»

«Aber etwas Grandioses?»

«Gab es je etwas anderes?» Ich tat so, als wäre ich empört.

Sie lächelte. «Nie. Also, selten. Sollte ich mich übrigens geirrt haben, und sie erlauben dir doch, schwere Möbelstücke zu tragen, dann lehnst du ab, verstanden?»

Ich grinste. «Verstanden.»

«Mach's gut, teuflischer Kater», sagte ich und ging nach unten. Ed war im Fabelhaften Brasilianischen Café dabei, die Stühle von den Tischen zu stellen, und ich klopfte an die Scheibe. Er nickte mir müde zu. Ich formte lautlos die Worte «Bis später», worauf er mühsam lächelte. Wenn man in Venedig nie im Erdgeschoss wohnen oder arbeiten musste, vergaß man leicht, wie viel harte Arbeit *acqua alta* bedeutete.

Ich lief nach Rialto und nahm das *vaporetto*, das den Canal Grande hinauffuhr. Um diese Tageszeit war es ruhig auf dem Boot, es war weder mit Touristen noch mit Pendlern überfüllt. Die ersten fünf Minuten saß ich draußen, was mich als Nicht-Venezianer entlarvte, dann, als die Kälte mir langsam in die Knochen kroch, ging ich hinein.

An der Piazzale Roma stieg ich aus und sah auf die Uhr. Fünf Minuten bis zum nächsten Bus. Zehn Minuten bis zur Tram. Die Chancen, einen Sitzplatz zu bekommen, standen in beiden Fällen fast bei null. Also konnte ich auch den Bus nehmen. Venezianer würden fünf Minuten als ausreichend betrachten, um noch schnell einen Kaffee zu trinken und trotzdem zum genau richtigen Zeitpunkt vor der sich öffnenden Tür zu stehen, was es ihnen erlaubte, den besten Platz in dem stets überfüllten Fahrzeug zu ergattern. Ich beschloss, das lieber nicht zu riskieren, und beschränkte mich darauf, am Zeitungsstand eine Ausgabe des *Gazzettino* zu erstehen. Er war vielleicht nicht meine Lieblingszeitung, besaß aber gegenüber *La Repubblica* den Vorteil, dass sein Kleinformat es ermöglichte, ihn in einem überfüllten öffentlichen Verkehrsmittel zu lesen.

Ich ging zur Haltestelle und wartete, während ich den Blick nach rechts und links wendete, um festzustellen, wer wohl mit mir um die Sitzplätze konkurrierte. Dann überflog ich kurz die Schlagzeile des *Gazzettino*, in der es, wie vermutet, um die voraussichtlichen Kosten ging, die das letzte Hochwasser verursacht hatte.

Als ich wieder hochblickte, kam der Bus an. Ich rollte die Zeitung zusammen und steckte sie in die Manteltasche. Die Tür ging auf. Und meine Konkurrenten warteten, während die Fahrgäste herausströmten, wobei Einkaufstrolleys und Rollkoffer sich ineinander verkeilten und einige genervt lamentierten, weil andere sich bereits hineindrängen wollten, während sie noch am Aussteigen waren.

Ich wandte den Blick nach links. Zu spät. Die Fahrgäste am Ende des Busses waren wohl ungewöhnlich flink gewesen, sodass die Tür schon lange frei war und sämtliche Plätze in diesem Bereich schon längst besetzt. Dann sah ich nach rechts und musste grinsen. Vorne versuchten zwei Touristen, einen riesigen Koffer aus der Tür zu wuchten, und blockierten sie komplett für andere, die einzusteigen versuchten. Die Leute hasteten bereits auf meine Position in der Mitte zu, aber zu spät. Ich glitt auf meinen Sitz und holte meine Zeitung hervor. Der Luxus, Platz nehmen zu können.

Plötzlich sah ich sie. Ludovica Loredan. Eine glanzvolle Erscheinung in Pelzmantel und dunkler Brille nahe der Vordertür. Ein junger Mann, der mit der Nase über seinem Handy hing, ignorierte sie geflissentlich, bis ein Fahrgast auf dem Sitz gegenüber ihn anstupste und in ihre Richtung deutete. Er sah sich in der Hoffnung, jemanden Jüngeren zu entdecken, um, zwang sich ein dünnes Lächeln ins Gesicht, stand auf und bot ihr seinen Platz an. Sie nickte kurz, womöglich verärgert, weil man sie für so alt gehalten hatte, dass ihr ein Sitzplatz zustand, und setzte sich. Dann wandte sie das Gesicht zum Fenster, als wollte sie nicht erkannt werden. Im Grunde, als wollte sie gar nicht da sein.

Ludovica Loredan. In einem Bus nach Mestre.

Ich versuchte, mich auf meine Zeitung zu konzentrieren und nicht auf ihren Hinterkopf. Warum um alles in der Welt sollte sie nach Mestre fahren? Ich schüttelte den Kopf. Warum allerdings nicht? Es konnte eine ganze Reihe möglicher Gründe geben. Sie könnte Familie oder Freunde auf der *terraferma* haben. Vielleicht besuchte sie sie jede Woche. Und doch erschien es so dermaßen unpassend, ja geradezu deplatziert, dass eine der *grandi signore* der venezianischen Gesellschaft den Bus benutzte, um nach Mestre zu fahren, dass es mir merkwürdig vorkam.

Sie hatte das Gesicht von mir abgewandt, doch ich hielt mir trotzdem die Zeitung vor die Nase und vertraute darauf, dass sie mich unsichtbar machte. Sosehr ich mich jedoch bemühte, immer wieder entfernte sich mein Blick von den Worten.

Wir fuhren über die Ponte della Libertà. Ich meinte, die Zeitung nun gefahrlos herunternehmen zu können, faltete sie zusammen und sah aus dem Fenster. Bestimmt wollte sie zu den schicken Geschäften. Gab es überhaupt schicke Geschäfte in Mestre? Wer weiß? Und würde sie dann nicht jemanden haben, den sie damit beauftragen konnte? Wieder: Wer weiß?

Zwei junge Frauen murmelten etwas *sotto voce* auf den Plätzen vor mir. Ihre Sprache konnte ich nicht identifizieren, aber ich erkannte die «barocken» Bettlerinnen, die gewöhnlich rund um die Piazzale Roma unterwegs waren. Warum fuhren sie wohl um diese Uhrzeit zurück? Eine von ihnen holte ein Smartphone hervor und fing an, eine Textnachricht zu schreiben. Die andere griff in ihre Tasche, zog eine halb leere Wodkaflasche heraus und trank einen großen Schluck. Der Mann rechts neben mir sah sie angewidert an und fluchte leise.

Das Wetter war kalt, aber trocken. Gut. Der Gedanke, dass Darios Sachen im strömenden Regen ausgeladen und über die Lagune geschippert werden müssten, gefiel mir nämlich nicht. Wir verließen die Brücke, ließen die Lagune hinter uns und fuhren an der großen Werft vorbei, wo gerade ein weiteres Kreuzfahrtschiff gebaut wurde, bevor sein gigantischer Schiffskörper durch den Giudecca-Kanal und das gefährdete *bacino* von San Marco geschleppt werden würde. Wir hielten an, die Türen gingen auf und erlaubten einem Dutzend Arbeitern, sich, so gut es ging, in den Bus zu quetschen, während sämtliche Fahrgäste zusammenrückten und versuchten, es sich für den kurzen Rest der Fahrt in das Zentrum von Mestre so bequem wie möglich zu machen.

Als Nächstes hielten wir vor dem Bahnhof, der sich in einer Gegend befand, die man nach Einbruch der Dunkelheit meiden sollte, tagsüber aber als sicher erachtet werden konnte. Die beiden Bettlerinnen, die nach Zigaretten und billigem Schnaps rochen, standen auf und gingen zur Tür. Mein Sitznachbar fluchte wieder, dieses Mal laut genug, dass sie es hören konnten. Sie wurden von einem elegant gekleideten Mann abgeholt, der sie in einen Alfa Romeo einsteigen ließ, wobei er einer von ihnen auf die Schulter klopfte.

Ich schüttelte den Kopf. Ich wusste nicht genau, was da vor sich ging, aber sicher nichts Gutes. Ich dachte an mögliche Gründe, warum sie am Vormittag schon angefangen hatten, Alkohol zu trinken, und bekam ein schlechtes Gewissen.

Der Bus fuhr weiter, am Venice Plaza Hotel vorbei, bemerkenswert, da es weder an einem Platz stand noch in Venedig, dann an einer Reihe trostloser Bars und Geschäfte, welche die Via Piave bildeten, bevor wir anhielten und einige dankbare Mitfahrende auf den Gehweg ausspuckten. Ich blickte hoch. Ludovica hatte sich zum Ausgang begeben, wo ihr ein Fremder, während sie leicht beschämt den Kopf schüttelte, die Hand auf den Ellbogen gelegt hatte und ihr beim Aussteigen half.

Bei mir schrillten die Alarmglocken. Dass Ludovica nach Mestre fuhr, hatte ich mir noch vorstellen können. Dass sie in der Via Piave ausstieg, einer Gegend, die gelegentlich als *Wilder Westen* bezeichnet wurde, allerdings nicht. Als beliebter Treffpunkt für Drogendealer, Prostituierte und nicht selten gewalttätige Kleinganoven war das definitiv keine Gegend, in der man sich nach dem Dunkelwerden noch aufhalten sollte. Selbst bei Tageslicht würde Ludovica – eine Frau in Pelzmantel und Designerbrille – von jedem Taschendieb als leichtes Ziel betrachtet werden.

Hatte sie vielleicht die falsche Haltestelle erwischt? Sie lächelte und flüsterte dem jungen Mann, der ihr aussteigen half, stumm das Wort *grazie* zu. Mein Verdacht erhärtete sich. Ich drängte mich durch die Menge zur nächstgelegenen Tür, sprang hinaus und wollte zu ihrem Ausgang hasten, nur um mich zu vergewissern, dass er nicht die Hand in ihre Tasche gesteckt hatte, um sie unter dem Deckmantel der Hilfsbereitschaft zu bestehlen.

Zu spät. Bevor ich bei ihr ankam, hatten die Türen sich schon geschlossen. Ich starrte durch die Scheibe ins Gesicht des jungen Mannes. Er unterhielt sich lächelnd mit seinen Freunden. Wie ein Dieb sah er nicht aus. Andererseits, wie sahen Diebe schon aus? Er merkte, dass ich ihn anstarrte, doch da fuhr der Bus schon los, und er verschwand aus meinem Sichtfeld. Ich schämte mich. Und angesichts der Tatsache, dass ich nun in der Via Piave stand und es ungefähr zwanzig Minuten dauern würde, bis der nächste Bus kommen würde, kam ich mir ziemlich idiotisch vor.

Ludovica schien mich nicht gesehen zu haben und blickte sich um, als wüsste sie nicht genau, wo sie war. Dann lief sie in die entgegengesetzte Richtung davon und blieb an der nächsten Querstraße stehen. Sie las den Straßennamen und bog rechts ab.

Sie war versehentlich hier ausgestiegen, das schien offensichtlich. Ich könnte sie einholen und anbieten, mit ihr auf den nächsten Bus zu warten, oder ihr zumindest zeigen, wie sie ins Zentrum von Mestre kam. Ich setzte mich in Bewegung, um sie nicht aus den Augen zu verlieren, und folgte ihr um die Ecke. Gerade als ich überlegte, ob es sie weniger erschrecken würde, wenn ich die letzten Meter rannte und ihr auf die Schulter klopfte oder wenn ich einfach ihren Namen rief, blieb sie stehen und kramte in ihrer Handtasche. Sie zog einen Zettel heraus oder vielleicht auch eine Visitenkarte und blickte an einem Hochhaus aus den Sechzigerjahren hinauf. Es schien in jeder Hinsicht Welten entfernt von ihrem *palazzo* auf den Zattere.

Sie steckte die Karte wieder in ihre Handtasche, nickte, wie um sich selbst zu versichern, dass alles seine Richtigkeit hatte, und drückte auf einen der Klingelknöpfe. Es dauerte einen Moment, dann sprang die Tür auf, und sie trat ein.

Mein Handy vibrierte. Dario, der sich fragte, wo ich blieb. *Verspäte mich etwas, dauert nicht mehr lange*, schrieb ich zurück. Ich blickte mich um. An der Straßenecke standen ein paar Jugendliche und rauchten und kickten halbherzig einen Fußball hin und her, aber sonst war es ruhig in der Straße.

Das war ziemlich töricht von mir gewesen. Was, wenn Ludovica jemanden in der raueren Gegend von Mestre kannte? Einen entfernten Verwandten, eine alte Schulfreundin; es war alles denkbar. Ich hatte meine Zeit verschwendet. Andererseits, sagte ich mir, hätte ich ein schlechtes Gewissen gehabt, wenn sie sich wirklich verlaufen hätte und in Schwierigkeiten geraten wäre. Ich sah noch einmal auf die Uhr. In zehn Minuten fuhr der nächste Bus von der Via Piave ab. Ich würde mich ein bisschen verspäten, aber der Umzugswagen vielleicht auch. Alles noch im grünen Bereich. Hör auf, so britisch zu sein, Nathan.

Und doch, und doch ... Ich sah zu dem Hochhaus, ging zum Eingang hinüber und fuhr mit dem Finger über die Namensliste neben der Türsprechanlage. Keiner von Interesse, bis auf einen. *Lucarelli. Investigazioni Private.* Ich hatte nicht gesehen, auf welchen Klingelknopf sie gedrückt hatte. Überhaupt kein Grund zu der Annahme, dass es dieser gewesen war. Nicht der geringste.

Ich machte auf dem Absatz kehrt und ging zurück zur Via Piave.

«Du hast dir Zeit gelassen, *vecio*», begrüßte mich Dario.

«Sorry, ich bin versehentlich in der Via Piave ausgestiegen.» Er hob die Augenbrauen. «Ich weiß. Lange Geschichte.»

Er schien verwirrt, dann lächelte er, und seine Augenwinkel kräuselten sich, wie sie es dabei immer taten. «Macht nichts. Setz dich irgendwohin.» Wir setzten uns auf zwei Umzugskartons in seinem fast leeren Wohnzimmer.

Ein junger Mann in einem blauen Overall kam herein und blickte sich um. Dario stand wieder auf. «Sie können den hier nehmen», sagte er. Dann sah er zu mir. «Und den da, denke ich.» Ich verdrehte die Augen und erhob mich. Der Bursche stapelte die beiden Kartons übereinander, reckte den Kopf darüber, um etwas zu sehen, und wankte Richtung Tür.

«Kann ich helfen?», fragte ich.

Er drehte sich um, damit er mich ansehen konnte, und verengte die Augen. «*Nossignore*», antwortete er und taumelte weiter davon.

Dario grinste mich an.

«Ich muss sagen, ich komme mir ein bisschen überflüssig vor», sagte ich.

«Ach, mach dir keine Gedanken. Wir sind schon fast fertig.»

«Ich meine, ich frage mich langsam, warum ich eigentlich hier bin.»

Er packte mich an den Schultern und schüttelte mich ein bisschen mehr, als mir lieb war. «Weil wir die *richtige* Arbeit noch erledigen müssen, *vecio*.»

Ich blickte mich in der fast leeren Wohnung um. «Hm. Das kapier ich immer noch nicht.»

«Diese Burschen – die jungen, fitten Burschen ...»

«Ja?»

«Na, diese Jungs von der Umzugsfirma tragen die ganzen schweren Sachen. Aber wir – wir tragen das wirklich Wichtige. Wir tragen den Schatz.» Er öffnete einen Wandschrank und nahm einen großen Karton heraus. Er musste schwer sein, selbst für ihn, denn er sah sich um und wollte ihn zuerst auf den nicht mehr vorhandenen Tisch stellen, bevor er ihn grummelnd auf den Boden herunterließ. Er machte den Deckel auf. «Sieh dir die an.»

Nachdem er eine Lage Seidenpapier entfernt hatte, zog er eine Vinylschallplatte hervor. «Emerson, Lake & Palmer. *Pictures at an Exhibition*. Keith Emerson hat sie für mich signiert, siehst du.»

«Wow!»

«Das war in Triest. 1988, glaub ich. Ich bin nach dem Konzert noch dageblieben. Netter Kerl.»

Er griff noch einmal in den Karton. «Goblin, Soundtrack zu *Profondo Rosse*. Mit einem Autogramm von Claudio Simonetti versehen. Den Rest der Band hab ich leider nie getroffen. Und hier haben wir noch Genesis, *The Lamb Lies Down on Broadway*. Von Peter Gabriel signiert. Die hab ich allerdings auf eBay gekauft, also zählt sie vielleicht nicht?»

«Oh doch, das tut sie», antwortete ich.

Er fuhr mit dem Finger an den Kanten der Plattenhüllen entlang. «Le Orme. Beste Prog-Band, die Marghera je hervorgebracht hat.» Er hielt kurz inne. «Okay, vielleicht die einzige Prog-Band, die Marghera je hervorgebracht hat. Aber das macht nichts. Alles, was sie je rausgebracht haben, alle Platten von Aldo Tagliapietra persönlich signiert.»

Ich pfiff durch die Zähne. «Da muss er 'ne Weile gebraucht haben.»

«Ein Freund von mir hat sein Haus angestrichen und mich irgendwann mal mitgenommen. Netter ...»

«... Kerl?», beendete ich den Satz.

«Genau.»

Wir saßen einen Augenblick da und blickten ehrfürchtig schweigend auf die Alben, bis Valentina mit Emily auf dem Arm hereinkam. Als sie sah, was wir machten, verdrehte sie lächelnd die Augen. «Wie ich sehe, zeigt Dario dir seinen Schatz?»

Ich erhob mich und umarmte sie zur Begrüßung. «Das tut er. Ich bin sehr neidisch.» Dann kam mir ein Gedanke. «Ach, jetzt verstehe ich. Das ist der Grund, warum ich hier bin, stimmt's?»

«Du hast's erfasst. Die Umzugsburschen tragen alles Schwere, ich trage diesen Schatz hier.» Sie drückte Emily ein Küsschen auf den Kopf. «Und Dario und du, ihr tragt das, was er sonst keinem anvertrauen will.»

«So sieht's aus, *vecio*. Das müssen wir zwei persönlich übernehmen. Jemand anderem traue ich nicht.»

«Wow. Ich muss sagen, ich fühle mich unglaublich geehrt. Und wie stellst du es dir vor? Setzen wir uns einfach damit in den nächsten Bus?»

Er schüttelte den Kopf. «Zu riskant. Was, wenn wir keinen Sitzplatz bekommen? Ich hab nicht vor, einen Karton mit zerbrechlichem Vinyl den ganzen Weg bis Venedig auf dem Arm zu halten.»

Vally hüstelte. «Für mich und Emily ist es allerdings absolut in Ordnung, den Bus zu nehmen.»

«Das ist was anderes, *cara mia*. Du hast ein kleines Mädchen auf dem Arm. Dir werden die Leute einen Platz anbieten. Für zwei Männer mittleren Alters mit einem Karton Schallplatten wird niemand aufstehen. Also fahren wir nach Tronchetto und steigen mit den Jungs von der Umzugsfirma aufs Boot. Außerdem», er zwinkerte, «ist das eine ziemlich coole Art, in Venedig anzukommen.»

Vally seufzte, lächelte aber gleich wieder und zauste ihm die Haare. «Tut, was ihr tun müsst. Sorg nur dafür, dass alles fertig ist, wenn wir von *nonno* und *nonna* zurückkommen.» Sie küsste ihn auf die Wange und wandte sich an mich. «Pass bitte auf, dass er in einem Stück ankommt, Nathan. Und halt ihn abends nicht zu lange auf. Er hat viel zu tun.» Ich wollte protestieren, aber sie lächelte. «Kleiner Scherz. Jetzt verabschiede dich von *papà* und Nathan, Emily.»

Emily winkte uns beiden müde zu. Dario winkte zurück, während sie zur Tür hinausgingen, dann stellte er sich ans Fenster, um noch einmal winken zu können, als sie auf der Straße ankamen. Ich hielt es für unwahrscheinlich, dass Emily genau in dieser Sekunde nach oben schauen würde, aber ich wollte ihm den Moment nicht verderben.

Als er sich mir wieder zuwandte, lächelte er immer noch. Dann wurde er ernst. «Na schön, wir sind fast so weit. Nur eine Sache noch.»

Er ging wieder zu dem Schrank und nahm eine schwarze Aktentasche heraus. Er legte sie auf den Boden, setzte sich daneben und machte sie auf. «Sieh dir das hier an, Nathan.»

Ich sah hinein. Ein schlichtes, weißes, zusammengefaltetes Tischtuch mit drei Unterschriften darauf.

Richard Wright.

Nick Mason.

David Gilmour.

Das Pink-Floyd-Tischtuch, das zwanzig Jahre zuvor draußen vor Nicos Eiscafé signiert worden war.

«Wow», flüsterte ich und streckte ganz sachte die Hand aus. «Darf ich ...?»

«Klar. Aber sei vorsichtig, ja?»

Ich fuhr ganz sanft über die Oberfläche des Tuchs und schloss die Augen, während ich versuchte, mir vorzustellen, ich wäre dort. Heiße Sonne auf der *Fondamenta delle Zattere*. Klirrende Eiswürfel in Spritz-Gläsern. Das Geschnatter aufgeregter Touristen und der Geruch nach dem Sprit von Darios Motorrad. Gilmour, Mason und Wright.

«Es ist wunderschön», sagte ich.

«Ich hole es nicht mehr so oft raus. Aus Sorge, es könnte irgendwie Schaden nehmen. Es muss schon ein besonderer Anlass sein. So wie heute.»

«Du sprichst davon, als wär's das Turiner Grabtuch.»

«Ja, aber das ist eine Fälschung. Im Gegensatz zu dem hier.»

Ich zog meine Hand wieder zurück. «Danke, Dario.»

«Gern geschehen. Ich wollte, dass du es siehst.» Er schloss die Aktentasche wieder und stand auf. «Ich glaube, wir sind hier fertig.» Er stemmte die Hände in die Hüften und atmete tief durch. «Mach's gut, alte Wohnung. Du warst uns ein gutes Zuhause.» Er rieb sich die Augen. «Irgendwie staubig hier drin.» Er klopfte auf den Deckel des Kartons. «Ich nehm die Platten, und du nimmst die Aktentasche.»

«Wirklich? Bist du sicher?»

«Hundertpro. Erstens ist der Karton zu schwer für dich.» Ich war empört, aber er hatte wahrscheinlich recht. «Zweitens, falls dem Tischtuch irgendwas passiert, will ich nicht schuld daran sein. Dann brauche ich einen Sündenbock.» Er lächelte kaum merklich.

«Großartig. Danke, Dario. Ich fühle mich geehrt.»

«Ich brauche jemanden, dem ich das anvertrauen kann. Und natürlich mach ich dich einen Kopf kürzer, wenn irgendwas damit passiert.» Vielleicht lag noch immer ein kaum sichtbares Lächeln auf seinen Lippen, aber ich war mir nicht ganz sicher.

«Soll ich es mir, keine Ahnung, vielleicht ans Handgelenk ketten?»

Er schien einen Moment darüber nachzudenken, dann schüttelte er den Kopf. «Ich glaube, es geht so. Wir müssen nur bis zum Lieferwagen laufen. Und sobald wir auf Tronchetto sind, besteht sowieso keine Gefahr mehr.» Er hievte sich den Karton auf die Schulter und ächzte ein bisschen vor Anstrengung.

Ich nahm die Aktentasche, deren unschätzbarer Wert mir schwer in der Hand lag, und nickte.

«Na, dann mal los.»

Ich fand Tronchetto schon immer etwas merkwürdig. Der Piazzale Roma erschien – hässlich, wie er war – zumindest wie der Anfang oder das Ende einer Reise, denn es war der Platz im *centro storico*, der über die Ponte della Libertà direkt mit dem Festland verbunden war. Die künstlich angelegte Insel Tronchetto dagegen kam einem vor wie Venedigs Zweitparkplatz, eine gesichtslose Steinplatte mit nichtssagenden Gebäuden. Die einzigen Besonderheiten waren Tronchetto Mercato, der Großmarkt für Fisch und Gemüse, und der People Mover, eine seilgezogene Kabinenbahn, die auf einem Gleis, das dem Gerippe eines Dinosauriers glich, Menschen aufs Festland transportierte und dessen Endstation aussah, als hätte man versucht, eine Strahlenkanone aus einem Dreißigerjahre-Science-Fiction-Film in Glas und Stahl nachzubilden. Wir warteten, während die Mitarbeiter der Umzugsfirma Darios und Vallys weltliche Besitztümer aus dem Laderaum des Lieferwagens an Deck des Lastkahns trugen.

Ich beobachtete, wie sie das Boot beluden – jüngere, durchtrainierte Männer –, und fühlte mich seltsam. Dario hingegen schien im Augenblick verloren. Wir mochten uns im hässlichsten, trostlosesten Teil Venedigs befinden, aber das machte ihm nichts aus. Dario Costa kehrte heim.

Ich dachte daran, was ich am Morgen beobachtet hatte. Vielleicht konnte Dario mir weiterhelfen.

«Wie lange hast du eigentlich in Mestre gewohnt?», fragte ich.

«So lange, wie wir beide uns kennen, *vecio*. Mehr als zehn Jahre inzwischen.»

«Okay. Das klingt jetzt vielleicht ein bisschen verrückt, aber kennst du dort vielleicht irgendwelche Privatdetektive?»

Er wirkte einen Moment verdutzt, dann fing er an zu grinsen. «Wieso? Brauchst du etwa einen?»

«Nein. Ich muss bloß ein bisschen mehr über sie wissen. Ihre Arbeitsweise und so.»

«Also, ich kann dich mit einem Freund von mir in Kontakt bringen ...»

«Lucarelli?», fiel ich ihm ins Wort.

Er schüttelte den Kopf. «Nein. Lass mich ausreden. Ein Kumpel von mir, ein Bursche namens Franco. Ein alter Freund aus der Armee. Nachdem er die Truppe verlassen hatte, hat er's bei einem Sicherheitsdienst versucht, und dann ist er Privatdetektiv geworden. Er kann dir alles erzählen, was du wissen willst. Und wer ist dieser Lucarelli?»

«Es klingt absurd, Dario. Aber auf dem Weg zu dir habe ich eine Frau gesehen, die ich kenne – eine Dame aus höheren Kreisen –, die hat bei einem Privatdetektiv in Mestre an der Tür geklingelt. Und ich frage mich einfach, warum.»

«Aha. Das ist irgendwie merkwürdig. Bist du sicher?»

«Das ist es ja. Nicht hundertprozentig. Sie hat nur mit mir im Bus gesessen. Schon allein das war komisch, weißt du, also dass sie in einem Bus nach Mestre sitzt.»

«Wie heißt sie?»

«Ludovica Loredan. Die Schwester des Jungen, über den wir kürzlich gesprochen haben.»

«Ah. Ich weiß, wen du meinst. Es gibt allerdings keinen Grund, warum sie nicht nach Mestre fahren sollte.»

«Ich weiß. Aber in die Via Piave?»

«Hmm. Das ist, zugegeben, ein bisschen merkwürdig. Und wo kommt der Privatdetektiv ins Spiel?»

«Ich bin mir nicht sicher. Es ist bloß, weil sie in ein Mietshaus gegangen ist. In der Via Piave, wie gesagt. Und einer der Bewohner ist Privatdetektiv. Ein Mann namens Lucarelli.»

«Und bei dem hat sie geklingelt?»

«Keine Ahnung.» Er schüttelte kichernd den Kopf. «Denke ich da irgendwie zu weit?»

«Viel zu weit. Komm, ich glaube, wir sind fertig.» Die drei jungen Männer auf dem Boot sahen uns an, während einer ein bisschen zu offensichtlich auf seine Uhr schaute. Dario sprang an Bord, und ich reichte ihm den Karton mit den Vinylplatten, gefolgt von der Aktentasche, die er auf einen Stapel Umzugskartons legte.

Ich stieg zu, zog, in der kalten Luft zitternd, den Mantel um mich und setzte mich neben ihn. Wir legten ab und fuhren hinaus auf den Kanal. Ich saß wie er mit dem Rücken an die Kartons gelehnt da, atmete die Dieselabgase ein und blickte auf die Sonne über den Raffinerien von Marghera.

«Ich hab dich gar nicht gefragt, wie wir dorthin kommen?»

«Ziemlich einfach eigentlich. Wir fahren unter dem People Mover durch. Dann unter einer Autobrücke. Und dann sind wir auf dem Canal Grande.»

«Cool. Ankunft mit Stil.»

«Aber hallo. Dann nehmen wir einen der Kanäle durch Santa Groce. An dem liegt ein Restaurant, *Il Refolo*, kennst du es?» Ich schüttelte den Kopf. «Soll angeblich gut sein. Das müssen wir mal irgendwann testen. Jedenfalls legen die Jungs direkt daneben an. Die Wohnung liegt auf der Rückseite vom Co-op am *campo*, also müssen sie den Kram nicht allzu weit tragen.»

«Ihr wohnt im obersten Stockwerk, stimmt's?» Er nickte. «Liege ich richtig mit der Annahme, dass es keinen Fahrstuhl gibt?»

Er lachte. «Die Wahrscheinlichkeit ist in Venedig nicht sonderlich groß.»

«Wow. Dann müssen sich die Burschen ihr Geld ja wirklich verdienen.»

«Du sagst es.» Er wurde einen Moment ernst. «Das kostet uns eine ziemliche Stange. Lässt sich aber nicht ändern.»

«*Signori.*» Es war einer der Umzugshelfer. «Wir fahren unter der Brücke durch. Kopf runter, ja?»

Wir duckten uns, während der Lastkahn unter den niedrigen Bögen der *Ponte della Libertà* hindurchglitt und, als wir auf der anderen Seite wieder herauskamen, die *Questura* passierte. Ich sah auf die Uhr. Vanni, dachte ich, ist sicher noch bei der Arbeit. Ich blickte nach vorn zur *Ponte della Costituzione* und schüttelte den Kopf, als ich sah, dass die kleine rote Transportkapsel immer noch seitlich befestigt war. Der Bürgermeister versprach schon seit Jahren, dass diese nutzlose Behindertengondel entfernt werden sollte, aber niemand rechnete damit, dass das wirklich bald passieren würde. Dann fuhren wir unter Calatravas ungeliebter Brücke hindurch und erreichten den eigentlichen Canal Grande.

Dario schaute hoch in den Himmel. Grau und bewölkt, aber noch kein Anzeichen von Regen. «Ich glaube, wir kommen trockenen Fußes davon», sagte er.

«Wollen wir's hoffen. Es ist höllisch kalt, aber es hätte noch viel schlimmer sein können.» Als ich die Hände in meinen Manteltaschen vergrub, stieß ich mit den Fingern an etwas Metallisches. Ich lächelte. «Das sollte ich dir lieber geben, bevor ich es vergesse», sagte ich. «Es ist ein Einzugsgeschenk.»

Ich streckte es ihm hin. Es war ein Namensschild aus Messing, auf dem «Costa-Visentin» eingraviert war.

Er nahm es. «Danke, Mann. Das ist wirklich nett.» Dann runzelte er die Stirn.

«Stimmt was nicht?», fragte ich.

«Na ja, Vallys Nachname, der ist nicht Visentin. Sie heißt Visintin. Mit zwei ‹i›. So schreibt man es drüben in Triest.»

«Ach, verflixt.»

«Das war bestimmt der Fehler des Mannes in dem Laden. Macht der Gewohnheit, wahrscheinlich.» Es war nicht der Fehler des Mannes in dem Laden gewesen. Das wusste ich. Das wusste auch Dario. Aber er wies mir netterweise einen Ausweg. Wieso war mir das mit der Schreibweise noch nie aufgefallen?

«Ich nehm es wieder mit. Lasse ein neues machen.»

«Bist du sicher? Vielleicht kann er einfach das ‹e› abändern?»

Es schien mir unwahrscheinlich, dass der Mann in dem Schlüsselgeschäft in der Lage sein würde, ein eingraviertes «e» in ein «i» zu verwandeln, aber einen Versuch war es wert. Ich nahm Dario das Schild aus der Hand und ließ es in meine Tasche gleiten. Dann lehnte ich mich zurück, während wir in den Seitenkanal bogen, der uns zum Campo San Giacomo dell'Orio führen würde.

«Signori ... passen Sie auf Ihre Köpfe auf.» Ich blickte über die Schulter. Wir fuhren unter ein paar Bäumen hindurch, deren Äste so tief hingen, dass sie über die obersten Umzugskartons streiften. Wir duckten uns noch ein bisschen tiefer.

Plötzlich sah ich es.

Die Zweige. Sie schoben die Pink-Floyd-Aktentasche unaufhaltsam Richtung Rand.

Ich wollte aufschreien, doch die Worte blieben mir im Hals stecken. Ich warf mich auf die Tasche, packte sie mit beiden Händen, ohne Rücksicht auf die Äste, die an meinen Kleidern zerrten. Ich verlor das Gleichgewicht, aber Dario war zur Stelle und zog mich zurück an Bord, bevor ich in den Kanal stürzen konnte.

Er sah mich an, Augen und Mund vor Entsetzen weit aufgerissen. Dann umarmte er mich und wirbelte mich herum, so gut es der vorhandene Platz erlaubte.

Die Männer machten das Boot seitlich des Kanals fest, und Dario und ich stolperten auf die *fondamenta*. Ich presste mir noch immer die Aktentasche an die Brust, so fest, dass meine Knöchel ganz weiß waren. Und dann sanken wir beide nebeneinander zu Boden und lachten und lachten und lachten.

- 19 -

Mittwoch. Keine Sprechstunde. Ich hätte meine Aufmerksamkeit dem Drehbuch zuwenden können, für das sich nie jemand interessieren würde, aber ich hatte nicht das Gefühl, mich damit allzu sehr beeilen zu müssen. Ich würde zum Rialtomarkt gehen und ein bisschen Fisch kaufen. Später allerdings. Viel später. Ich drehte mich um und vergrub den Kopf unterm Kissen.

Fede stieß mich zwischen die Rippen. «Zeit zum Aufstehen, fauler Lebensgefährte.»

Ich gähnte. «Wirklich? Ich dachte, ich könnte noch ein bisschen liegen bleiben. Nach der ganzen harten Arbeit gestern.»

«Harte Arbeit? Du hast Dario die Aktentasche getragen.»

«Das war eine verantwortungsvolle Aufgabe und eine ziemlich große psychische Belastung. Es hat mir ganz schön was abverlangt. Gibt's denn überhaupt einen besonderen Grund, weshalb ich aufstehen soll?»

Gramsci sprang aufs Bett. Fede nickte in seine Richtung. «Du bist die Hauptbetreuungsperson, vergessen? Bespaße ihn.» Gramsci maunzte. Ich hievte mich grummelnd aus dem Bett. «Also», fuhr sie fort, «ich muss heute zur Querini Stampalia. Die haben ein paar Bücher, in die ich einen Blick werfen muss.»

«Schön. Wollen wir vielleicht hinterher zusammen mittagessen?», fragte ich.

«Ich weiß nicht genau, ob ich heute Zeit habe. Morgen vielleicht?»

«Unbedingt. Mach dir um mich keine Gedanken, ich hol mir unten ein *panino*. Vielleicht sogar einen Spritz.»

«Hm. Musst du dich nicht um diesen San-Michele-Fall kümmern?»

Ich gähnte. «Das ist eigentlich kein richtiger Fall mehr. Falls Vanni etwas gefunden hat, sagt er mir nichts davon. Niemand sonst besitzt irgendwelche Unterlagen. Also ist die Sache eigentlich erledigt.»

«Du klingst ganz anders als vorgestern Abend. Satanische Zirkel und schwarze Magie?»

«Ich glaube, ich habe mich von den Ereignissen übermannen lassen.»

Sie lächelte. «Das kann sein.»

«Die Familie ist eben ein bisschen merkwürdig, das ist alles. Eine merkwürdige Familie, der vor vielen Jahren etwas Schreckliches passiert ist. Und wenn ich ihnen helfen könnte, würde ich es tun, aber da kann man wohl wirklich nichts machen.»

«Wirst du das auch Botschafter Maxwell sagen?»

«Etwas knapper formuliert. Und ich füge vielleicht hier und da noch das Wort *Exzellenz* ein. Das ist meistens hilfreich. Aber er wird sich leider daran gewöhnen müssen, angebrüllt zu werden.» Gramsci jaulte. «Genau wie ich.» Ich seufzte und trottete in die Küche, um sein Frühstück zu holen.

Ich legte auf und rieb mir das Ohr. Botschafter Maxwell hatte tatsächlich mehrere Tage heftiges Angebrülltwerden hinter sich und entschieden, seinen Frust zum Ausgleich an mir auszulassen. Mehrfaches Benutzen des Wortes *Exzellenz* hatte seine Stimmung nicht heben können. «Klären Sie die Sache, Nathan, auf welche Weise auch immer.»

Ich lehnte mich auf meinem Stuhl zurück und schloss die Augen.

Zirkel.

Lächerlich. Unsinn. So etwas gibt's im wahren Leben nicht.

Ich malte mit dem Finger einen Kreis in die Luft, sagte *autsch* und zog die Hand schnell weg.

Gramsci saß auf meinem Schreibtisch, mit schwarzem Fell und schwefelgelben Augen.

Ich schwenkte den Zeigefinger vor ihm, sorgsam darauf bedacht, ihn außer seiner Reichweite zu halten. «Also schön, teuflischer Kater. Federica oder deine *Zweit-Betreuungsperson*, wenn du sie so nennen willst, hält das alles für Unsinn. Und wir sehen das genauso, oder?»

Er rührte sich nicht, sah mich aber weiter an.

«Wir befinden uns in Venedig im einundzwanzigsten Jahrhundert. So etwas gibt es hier nicht. Nur weil ein Mann eine Teufelsdarstellung an der Decke hängen hat, über die Toteninsel redet und irgendeinen Zirkel erwähnt, heißt das noch lange nicht, dass irgendetwas Okkultes vor sich geht. Oder?»

Er gab keinen Laut von sich.

«Folglich sollten wir, wie deine reizende *Zweit-Betreuungsperson* vorschlägt, alles auf sich beruhen lassen, meinst du nicht?»

Wir saßen uns schweigend gegenüber und sahen uns an. Dann verschränkte ich die Arme auf dem Tisch und legte den Kopf darauf.

«Es sei denn, natürlich, wir sind anderer Meinung, was?» Als ich den Kopf hob, um ihn anzusehen, verengten sich seine Augen zu Schlitzen, und sein Blick bohrte sich in meinen. «Wir müssen etwas unternehmen, hab ich recht?»

Er stieß mich mit der Pfote an die Stirn. «Autsch», sagte ich.

Ich setzte mich aufrecht hin. «Na schön. Ich glaube, wir sollten Experten zurate ziehen. Gott steh uns beiden bei, ich denke, wir brauchen einen Geistlichen.» Ich nahm das Telefon und wählte Michael Rayners Nummer.

«Kaplansamt?»

«Michael, hier ist Nathan. Haben Sie vielleicht Zeit für eine kleine Unterhaltung?»

«Geistlicher Beistand?»

«Meine Güte, Sie geben nie auf, was?» Ich seufzte.

«Nein. Gehört zu meinem Job. Aber im Ernst, was kann ich für Sie tun?»

«Es geht um San Michele.»

Er hielt einen Moment inne. «Verstehe.»

«Hören Sie. Wahrscheinlich ist es Unsinn. Und wenn ich versuche, es Ihnen am Telefon zu erklären, klinge ich wie ein Spinner. Darf ich zu Ihnen kommen?»

«Natürlich.»

«Kirchen-Pub?»

«Nein, das geht heute nicht. Ich habe heute Nachmittag eine Trauung durchzuführen. Ein Paar aus dem niederen norwegischen Adel, soweit ich weiß.»

«Wow, nobel.» Ich pfiff durch die Zähne.

«Sehr. Sie sollten die Blumendekoration sehen. Ich hoffe, die Gebühren reichen, um die Fassade neu zu verputzen. Aber deshalb würde ich es vorziehen, heute Vormittag zu Hause zu arbeiten. Es wäre mir lieb, wenn mich niemand vor der Trauung aus dem Pub kommen sähe. Kommen Sie in die Kaplanswohnung. Wissen Sie, wo das ist?»

«Nachbarhaus von Ezra Pound?»

«Richtig.»

«Okay. Können Sie gut Negroni mixen?»

«Um diese Uhrzeit? Kaffee und Kekse, wenn Sie Glück haben.»

«In Ordnung. In einer halben Stunde bin ich da.»

«Bis dann.» Er wartete kurz ab. «Ach, und Nathan?»

«Ja.»

«Ich weiß ja nicht, was Sie mir erzählen wollen, aber – wenn Sie mich fragen – vermutlich ist es kein Unsinn.»

Er legte auf und ließ mich frustriert aufs Telefon blickend zurück, während Gramsci, nachdem er seinen Dienst getan hatte, vom Schreibtisch sprang, um nach etwas Fressbarem zu suchen.

Die Salute-Kirche ragte aus dem Dunst, während ihre Kuppel vom Nebel verhüllt war. Feiner Regen fiel vom Himmel, während ich darüber nachsann, warum die Italiener keine Übersetzung hatten, die dem Wort «Niesel» wirklich gerecht wurde. *Pioggerella* war ein viel zu schönes Wort, um für etwas so Banales wie leichter Regen verschwendet zu werden.

Trotz Feuchtigkeit und Kälte blieb ich einen Moment stehen, um Baldassare Longhenas Meisterwerk zu betrachten. Er war noch ein junger Mann gewesen, als er die ersten Entwürfe für eine neue Kirche gezeichnet hatte, die Dank dafür sagen sollte, dass Venedig wieder einmal von einer Seuche erlöst worden war. Er starb in hohem Alter, ein Jahr bevor sie fertiggestellt wurde; als die Erinnerungen an die Pest, die ein Drittel der Bevölkerung getötet hatte, nur noch Großelterngeschichten waren, die man sich am Kamin erzählte, um den Kindern Angst einzujagen.

Bis zur *Festa della Salute*, wenn es in der Basilika von Gottesdienstbesuchern und Touristen wimmeln würde, waren es nur noch zwei Wochen. Dann würden rund um die Uhr Messen abgehalten werden, und jedes *vaporetto* würde mit Gläubigen, Neugierigen und kleinen Kindern mit riesigen Luftballons vollgepackt sein.

Abgesehen von San Marco gab es in der Stadt kein Gebäude, das mehr als die *Salute* sagte: Hier ist Venedig. Rund um die Bedeutung der achteckigen Form und der verborgenen kabbalistischen Symbole und Maße, die Longhena in die Konstruktion integriert hatte, hatten sich Verschwörungstheorien gebildet. Theorien, die ich als ausgemachten Unsinn abtat. Ich wischte mir den dünnen Regenfilm von den Haaren und lief weiter in Richtung Rayners Wohnung. Ausgemachter Unsinn. Wahrscheinlich.

In anderen Zeiten wären Michael Rayner und Ezra Pound Nachbarn gewesen. Das alte Messingschild mit der Aufschrift *Anglikanisches Kaplansamt* befand sich nur ein Haus neben dem mit den Namen *Rudge/Pound*.

Ich klingelte und hörte ihn drinnen die Treppe herunterpoltern. Er zog die Tür auf, deren Rahmen seine große Gestalt so sehr ausfüllte, dass es fast schon skurril wirkte.

«Nathan.»

«*Padre.*» Er machte ein finsteres Gesicht. «Sorry. Michael.»

«Besser. Kommen Sie rein. Setzen Sie sich.» Wir gingen in die Küche, und ich zog einen Stuhl vom Tisch zurück.

«Nicht den!»

«Nicht?»

«Er ist kaputt.»

Ich rüttelte kurz an der Lehne. Der Stuhl machte den Eindruck, als würde er sofort zusammenbrechen, sobald er mit einem ernst zu nehmenden Gewicht belastet würde.

«Ähm, ist es dann nicht gefährlich, ihn zu behalten?»

«Ich behalte ihn für die Sitzungen des Kaplansrats. Ist immer gut, die Leute ein bisschen auf Trab zu halten. Kaffee?»

«Gerne. Und Sie sagten etwas von Gebäck?»

«Anständige britische Kekse. Eins meiner Gemeindemitglieder bringt sie immer für mich mit, wenn sie zurück nach England fährt. Marmite mögen Sie vermutlich nicht zufällig?»

«Das ist nicht so meins. Sorry.»

«Schade. Davon bringt sie mir auch jedes Mal ein Glas mit. Und sie ist so eine nette Frau, dass ich es einfach nicht übers Herz bringe, ihr zu sagen, dass ich das Zeug verabscheue. Inzwischen habe ich schon ein richtiges Lager voll.»

Er stellte den Wasserkocher an und schraubte den Deckel von

einem Glas Instantkaffee auf. Ich zuckte innerlich zusammen und versuchte, es mir nicht anmerken zu lassen, doch er bemerkte meinen Gesichtsausdruck.

«Entschuldigen Sie, hätten Sie lieber einen ordentlichen italienischen?»

«Nein, ist schon gut. Wirklich.»

«Es ist bloß, weil ich nie den Dreh rausgekriegt habe, wie man diese Espressokocher bedient. Einmal habe ich vergessen, Wasser einzufüllen. Und es erst gemerkt, als der Griff abgefallen ist. Aber ich versuche es noch mal, wenn Sie wollen?»

Ich winkte ab. «Nein. Wirklich, Instant ist prima.»

Kurz darauf stellte er zwei dampfende Becher enttäuschenden schwarzen Kaffee und einen Teller Kekse auf den Tisch. Er brach einen davon durch, tunkte ihn in seinen Becher und klopfte ihn am Rand ab. «Also, Nathan, Sie wollten über San Michele sprechen?»

«Das ist richtig.»

«Falls Sie wissen wollen, ob ich irgendetwas dazu finden konnte, muss ich Sie leider enttäuschen. Wir haben keine Unterlagen. Genauso wenig wie das Diözesanbüro in London. Keinerlei Nachweis, dass der kleine Gabriele je getauft wurde. Das deutet eher darauf hin, dass die Bestattung auf San Michele aus Gründen der Bequemlichkeit stattfand und nicht wegen des Glaubens.» Er verspeiste seinen Keks und seufzte. «Aber vielleicht ist das ein bisschen unchristlich von mir. Wenn es den Eltern ein Trost war, dann ist das schließlich die Hauptsache, oder?»

Ich nippte an meinem Kaffee und löffelte ein bisschen Zucker hinein, in der Hoffnung dann wäre er nicht mehr so bitter. «Wahrscheinlich. Es wäre natürlich schön gewesen, wenn Sie etwas gefunden hätten. Aber das ist eigentlich nicht der Grund, warum ich hier bin.»

«Nicht?»

Ich trank noch einen Schluck Kaffee, immer noch beißend und bitter, und gab noch mehr Zucker dazu. «Nein. Ich wollte Sie nach ... Na ja, das klingt jetzt sicher verrückt, aber was wissen Sie über Hexerei? Oder Satanismus, wenn Sie so wollen?»

Ich hatte damit gerechnet, dass er anfängt zu lachen. Stattdessen breitete er nur die Arme aus und sagte: «Was genau wollen Sie wissen, Nathan?»

«Es klingt verrückt, aber ...»

«Das sagen Sie ständig», fiel er mir ins Wort. «Erzählen Sie, was Sie mir erzählen wollen, dann sage ich Ihnen, ob es verrückt ist oder nicht.»

Und so saß ich da, trank schlechten Kaffee und berichtete dem Langen Priester von einem alten Mann mit dem Bildnis des Teufels an der Decke, der etwas über geheimnisvolle Zirkel und die Toteninsel gefaselt hatte.

Rayner hörte zu und brach noch einen Keks entzwei. «Hmmm.»

«Glauben Sie etwa nicht, dass das verrückt ist?»

Er seufzte. «Nathan, erstens glaube ich, dass Sie zu viele Horrorfilme schauen.»

«Ach.»

«Zweitens glaube ich, dass Sie zu viel trinken und einen schrecklichen Lebensstil haben.»

«Müssen alle Ihre Gemeindemitglieder sich so etwas anhören?»

«Nur die, die ich mag. Und jetzt erzählen Sie mir von Mr. Channing und dem Gemälde an seiner Decke.»

«Wie schon gesagt, es zeigt Luzifers Vertreibung aus dem Himmel durch den heiligen Michael.»

«Kein allzu ungewöhnliches Motiv in der Kunst.»

«Nein. Aber würden Sie sich das ins Wohnzimmer hängen?»

«Nun ja, das ist vielleicht ein bisschen eigenwillig. Aber wissen

Sie, Nathan, Derartiges ist mir früher gar nicht so selten begegnet.»

«Wirklich?»

«Als ich noch in England lebte, als junger Priester in den Achtzigerjahren. Viele junge Leute haben damals zu viel ‹Goth Rock› gehört, oder wie immer sie es nannten, und deutlich zu viele schwarze Kleider und bedauernswerte Frisuren getragen. Und damit die Vorstellung von Tod und Dunkelheit und dem Jenseits verklärt. In dem Alter übt das vermutlich eine gewisse Anziehung aus. Warum auch nicht? Herzlich wenige von ihnen hatten schon Verluste erfahren müssen. Der Tod erschien ihnen nicht endgültig.»

«Ich dachte, Ihnen würde er auch nicht endgültig erscheinen, *padre*.»

Er sah mich böse an. «Erzählen Sie mir nicht, was ich glaube und was nicht, Nathan.»

«Tut mir leid. Bitte sprechen Sie weiter.»

«Wie gesagt, ich habe ziemlich viel von solchen Sachen gesehen. In der Regel harmlos. In den meisten Fällen drehte es sich nur um zu viele schwarze Klamotten und eine Plattensammlung, die die Leute später bedauern sollten. Ach, und um zu viele Dennis-Wheatley-Romane, die sie in mittleren Jahren zur Hand nehmen und sich fragen würden, was sie jemals daran gefunden haben.»

Ich lächelte und dachte an meine eigenen Teenagerjahre zurück. «Abgesehen von den unanständigen Covern?»

«Abgesehen von den, in der Tat, unanständigen Covern. Aber es gab auch jene, die *Inferno* und *Paradise Lost* gelesen haben. Die waren anders.»

«Sie meinen schlimmer?»

«Viel schlimmer.» Er verzog das Gesicht. «Wissen Sie, Nathan, es gibt kaum etwas Schlimmeres als einen rotznäsigen Teenager, der die heftigeren Teile von Dante und Milton gelesen hat und Ihnen erzählen will, warum Sie sich irren und er recht hat. Sie haben sich die bekannteren Stellen herausgepickt – «besser in der Hölle zu herrschen, als im Himmel zu dienen» – und so was, und als Erstes erzählen sie mir, was mein Job für ein Haufen Unsinn ist.»

«Jugendarbeit war also noch nie Ihre Sache?»

«Sagen wir, ich vermisse sie nicht. Aber, was Sie mir über diesen Hugo Channing erzählen, klingt genauso. Als betrachtete er den Teufel als romantischen Außenseiter. Das ist letztendlich die Sichtweise eines Teenagers. Wenn er existiert, wenn er jemals existiert hat, was wäre er dann? Der billige Gauner, der gewalttätige Ehemann, der Kriegsverbrecher. Das ist alles.» Er hielt inne. «Also, was wissen Sie über Mr. Channing?»

«Erfolgreicher Geschäftsmann, wenn auch einer mit, sagen wir, flexiblen ethischen Maßstäben. Ein gut aussehender Bursche zu seiner Zeit – hatte etwas von einem Filmstar, als er ein junger Mann war. Hat sich mal als Rennfahrer versucht. Schöne Frau und Familie, heiß geliebt von Promi-Magazinen.»

«Arrogant, würden Sie sagen?»

«Ich weiß nicht. Vermutlich hätte er guten Grund dazu. Irgendwie scheinen jedenfalls die Fotos in diesen Hochglanzmagazinen sagen zu wollen: Seht mich an! Mich und mein fantastisches Leben!» Ich trank einen Schluck von meinem Kaffee und versuchte, das Gesicht nicht zu verziehen. «Ich glaube nicht, dass da nur der Neid aus mir spricht.»

«Hmm. Nun ja, wenn reich und erfolgreich zu sein die Leute schon zu Satanisten machen würde, wären wir ständig dem Weltuntergang nah.»

Ich lächelte. «Das stimmt. Da ist aber noch etwas. Er hat die ‹Toteninsel› erwähnt.»

«San Michele, natürlich.»

«Natürlich. Und einen gewissen ‹Zirkel›.» Rayner schüttelte den Kopf. «Darüber wissen Sie nichts?»

«Leider nein.»

«Nichts über ... ach, ich weiß nicht ... Hexerei in Venedig? Satanismus?»

«Nun ja, den wird es vermutlich gegeben haben. Früher einmal.»

«Und heute?»

«Für diese Frage bin ich nicht die beste Adresse. Ich lebe erst seit drei Jahren hier. Aber ich bezweifle es sehr.»

«Aber sind Sie sicher?»

«Nathan, zum ökumenischen Kirchenrat dieser Stadt gehören wir, die römisch-katholische Kirche, mindestens drei verschiedene Gruppen Orthodoxe, die Kopten, die Waldenser, die Lutheraner und die Siebenten-Tags-Adventisten. Ach, und die Mormonen wurden versehentlich dazugebeten. Wenn es in dieser Stadt auch nur die kleinste satanische Aktivität gäbe, dann wüsste zumindest einer von uns davon.»

«Verstehe. Na schön. Das überzeugt mich eigentlich.»

«Es sei denn ...» Rayner sah mich mit einem merkwürdigen Gesichtsausdruck an.

«Es sei denn?»

«Es sei denn, es ist nicht so klar zu erkennen. Gestern war ich in der Kirche. Dienstag halte ich immer Morgenandachten. Nur für den Fall, dass jemand eine nötig hat.»

«Und hatte das jemand?»

«Ziemlich wenige. Aber ein paar reichen schon. Jedenfalls waren keine der üblichen Kirchgänger da. Eine Familie kam zufällig herein und lief absichtlich wieder hinaus. Aber ein Mann kam ganz gezielt herein und blieb während des ganzen Gottesdienstes. Danach wollte er mit mir sprechen. Über San Michele.»

«Ah, damit hab ich fast schon gerechnet. Hieß er zufällig Guy Flemyng?»

«Genau. Kennen Sie ihn?» Ich nickte. «Er wollte sich unterhalten. Über San Michele und leere Gräber.»

«Und haben Sie mit ihm gesprochen?»

«Er war sehr nett. Hat mir sogar geholfen, einen Brief von der *soprintendenza* zu übersetzen, in dem es um die Neugestaltung der Fassade ging.»

«Moment, er hat für Sie übersetzt?»

«Ja. Normalerweise bitte ich bei so etwas jemanden aus dem Kirchenvorstand um Hilfe. Entschuldigen Sie, hätte ich Sie fragen sollen?»

«Nein, nein, schon gut. Ich habe nur etwas missverstanden. Und dann kam er wahrscheinlich zu seinem eigentlichen Anliegen?»

«Genau. Und ich habe ihm höflich geantwortet, dass ich praktisch gar nichts weiß, und selbst wenn, dann wäre es nichts, worüber ich gerne sprechen würde.»

«So ziemlich, was ich ihm auch gesagt habe», sagte ich.

«Das Merkwürdige war die Art, wie er mit mir sprach. Ich hatte den Eindruck, dass er gar nicht besonders daran interessiert war, dass ich ihm Informationen liefere. Eher schien er zu wollen, dass ich ihm Fragen stellte. Als wüsste er mehr, als er zugab.»

«Das ist mir eigentlich nicht aufgefallen.»

Rayner schmunzelte. «Ach ja, Sie sind auch kein Priester. Aber wie ich schon sagte, ich hatte irgendwie das Gefühl, dass da etwas Merkwürdiges vor sich geht. Und dass es etwas mit dem leeren Grab zu tun hat.»

«Also, Mr. Flemyng ist offensichtlich ein umtriebiger Mann. Sonst noch etwas?»

«Eins noch. Er dankte mir für meine Zeit, und ich brachte ihn noch auf den *campo* hinaus – ich wollte abschließen –, und Sie raten nie, wer da mit grabesfinsterem Blick stand?»

«Ludovica Loredan?»

«Ach.» Er machte ein enttäuschtes Gesicht. «Woher in aller Welt wussten Sie das?»

«Nur so eine Ahnung. Mr. Flemyng scheint es sich zur Gewohnheit zu machen, in Venedig herumzulaufen und Leute auszufragen. Und vor allem scheint er gern dabei gesehen zu werden. Ganz besonders von *signora* Loredan.»

«Warum sollte er?»

«Keine Ahnung. Aber ich frage mich, ob das erklärt, dass sie kürzlich einen Privatdetektiv in Mestre aufgesucht hat?» Rayner wollte etwas sagen, aber ich schüttelte den Kopf. «Lange Geschichte.» Ich sah auf die Uhr. «Und ich muss noch mit ein paar Leuten sprechen. Am besten, solange es noch hell ist. Deshalb muss ich jetzt leider gehen.»

«Kein Problem. Ich freue mich immer über netten Besuch.» Er deutete auf den leeren Keksteller. «Ich hoffe nur, ich habe Ihnen nicht den Appetit genommen.»

Ich strich mir über den Bauch. «Glauben Sie mir, *padre*, es bedarf mehr als nur ein paar Kekse, um mir den Appetit zu nehmen.»

«Das glaube ich. Melden Sie sich, Nathan. Lassen Sie es mich wissen, wenn Sie etwas Interessantes herausfinden. In der Zwischenzeit höre ich mich mal im ökumenischen Kirchenrat um. Priester sind schreckliche Klatschmäuler, wissen Sie. Glauben Sie mir, falls es irgendeinen satanischen Zirkel in Venedig gibt, dann weiß einer davon.»

Ich lächelte. «Danke, Michael.» Dann trank ich den Rest meines kalten, abscheulichen Kaffees und machte mich auf den Weg zum *vaporetto*.

Wahrscheinlich hätte ich auch zu Fuß gehen können, aber es tat gut, aus dem Regen und dem Wind herauszukommen. Also setzte ich mich auf den *vaporetto*-Ponton bei Spirito Santo, wartete auf das nächste Boot zu den Zattere und sah die Visitenkarten in meinem Portemonnaie durch, bis ich die von Flemyng fand. Es standen nur zwei Worte darauf. «Guy» und «Flemyng». Mich überkam ein Anflug von Verärgerung. Wozu um alles in der Welt eine Visitenkarte, auf der nur der Name stand? Die unausgesprochene Andeutung lautete, man war so bekannt, dass es keiner weiteren Informationen bedurfte. Hugo Channing, stellte ich mir vor, hatte sicher auch einmal eine solche Visitenkarte gehabt.

Ich drehte sie um. Flemyng hatte eine Handynummer auf die Rückseite geschrieben und den Namen eines Hotels in der Nähe von San Zulian. Ich kannte es, und mir war noch nie etwas Unerfreuliches darüber zu Ohren gekommen. Es war ein günstiges, aber anständiges Hotel im Sestiere San Marco. Ich wählte die Nummer und ließ es klingeln, bis sich die nicht personalisierte Voicemail-Stimme meldete.

«Guy? Hier ist Nathan Sutherland. Ich habe überlegt, ob wir uns irgendwann treffen können, um zu reden. Rufen Sie mich bitte zurück, wenn Sie das hören, ja? Vielen Dank.»

Ich legte auf. Es gab noch etwas Produktives, das ich tun konnte, etwas, über das ich Botschafter Maxwell berichten konnte, wenn wir uns das nächste Mal sprechen würden. Ich steckte die Visitenkarte wieder in mein Portemonnaie und stand auf. Da kam auch schon das Boot.

Ich stand vor dem Palazzo der Loredans und ließ den Finger über dem Klingelknopf schweben. Ich hoffte, Cosima würde mir aufmachen, denn die Vorstellung einer erneuten Konversation mit Ludovica fand ich nicht besonders reizvoll. Falls sie zu Hause wäre, müsste ich ihr sagen, wie wenig erfolgreich meine Nachforschungen bisher gewesen waren. Ich sah auf die Uhr. Fast vier. Vielleicht würde sie ihren Freunden in der Via Piave wieder einen Besuch abstatten?

Ich klingelte. Als ziemlich lange nichts passierte, dachte ich, es wäre vielleicht gar niemand zu Hause. Dann knisterte die Gegensprechanlage. «*Chi è?*»

Ludovica oder Cosima? Ich war mir nicht sicher. «*Signora* Loredan? Hier ist Nathan Sutherland. Der britische Honorarkonsul.»

Kurzes Schweigen. «Ah, ja. Wir haben uns vor ein paar Tagen kennengelernt.» Wieder kurzes Schweigen. «Kommen Sie bitte herauf.»

Zufrieden vor mich hinlächelnd lief ich durch den *cortile* und die Treppe ins *piano nobile* hinauf. Anscheinend hatte ich Glück.

Cosima, die wieder genauso elegant aussah wie drei Abende zuvor, erwartete mich am oberen Treppenabsatz.

«Mr. Sutherland?»

Ich deutete eine Verbeugung an. «*Signora* Loredan. Ich hoffe, ich störe nicht.» Sie sagte nichts. «Ich war gerade in der Gegend und dachte, ich schaue mal vorbei.»

«Kommen Sie bitte herein.» Ihr Gesichtsausdruck war verhalten, aber nicht unfreundlich.

Hugo Channing schlief in seinem Rollstuhl und schnarchte leise. «Vielleicht wäre es besser, wenn wir uns woanders unterhalten», sagte ich mit gesenkter Stimme.

Sie schüttelte den Kopf. «Nein. Wir stören ihn nicht. Seine Schlafphasen werden inzwischen immer länger, wissen Sie?» Ich nickte. Sie winkte mich zum Fenster. «Ich glaube, wir können die Vorhänge aufziehen, finden Sie nicht?»

«Wenn Sie meinen? Ich dachte, zu viel Licht beunruhigt Mr. Channing.»

«Wie schon gesagt, ich glaube nicht, dass wir ihn wecken. Und zu viel Licht dürfte an einem Tag wie heute auch kein Problem sein.» Sie riss mit einer erstaunlich kraftvollen Bewegung die Vorhänge auf, und wir blickten auf den grauen, verregneten Giudecca-Kanal hinaus. Dann drehte sie sich zu mir um. «Wo wohnen Sie, Mr. Sutherland?»

«San Marco. Calle dei Assassini.»

«Ziemlich weit entfernt von hier also?»

«Das stimmt, aber ich war gerade in der Gegend und ...»

«Sie kamen zufällig vorbei», unterbrach sie mich.

«Genau.»

«Da fragt man sich, was den Honorarkonsul an einem so stürmischen Regentag auf die Zattere führt. Die Kreuzfahrtschiffssaison ist beendet. Keine unglückseligen Passagiere werden Ihre Hilfe brauchen.» Der Wind trieb den Regen an die klappernden Scheiben, und sie erschauerte. «Ein Tag für einen Spritz oder einen Eisbecher auf Nicos Terrasse ist es auch nicht. Und der Supermarkt kann doch mit Sicherheit nicht so anziehend sein?»

«Nun ja, Conad hat seine Reize, aber nein, das ist nicht der Grund, warum ich in diesem Teil der Stadt bin. Würden Sie mir glauben, dass ich eine Verabredung mit dem anglikanischen Geistlichen hatte?»

«Unter Umständen. Obwohl Sie einen merkwürdigen Nachhauseweg nehmen.» Jetzt lag eine Spur Humor in ihrem Blick. «Wissen Sie, was ich denke, Mr. Sutherland?»

Ich lächelte sie an. «Bitte sagen Sie es mir.»

«Ich glaube, Sie sind sehr froh, dass meine Tochter nicht hier ist.»

Ich lachte, erleichtert, dass ich es zugeben und meine ziemlich schwache Erklärung, warum ich in der Gegend war, fallen lassen konnte. «Ja. Dem kann ich leider nicht widersprechen.»

«Ludovica kann ein bisschen einschüchternd wirken. Sie meint es aber gut. Sie würde uns beide am liebsten in Watte packen. Hugo und mich, meine ich. Wobei Hugo wirklich Fürsorge braucht, während ich noch nicht vor der mannigfaltigen Bosheit der Welt beschützt werden muss.»

Ich meinte, ein zweites verhaltenes Lachen riskieren zu können. «Das verstehe ich.»

«Also, warum sind Sie hier, Mr. Sutherland?»

«Ich dachte, ich sollte mich für neulich Abend entschuldigen. Ich muss Ihnen sehr taktlos erschienen sein.»

Sie tat meine Entschuldigung mit einer Handbewegung ab. «Das ist kein Problem. Bitte machen Sie sich keine Gedanken deswegen.»

«Und dann noch diese Unannehmlichkeiten. Mit diesem Journalisten.»

Sie schüttelte den Kopf. «Ludovica hat das alles von mir ferngehalten. Wie gesagt, manchmal ist sie ein bisschen überfürsorglich.»

«Verstehe.» Ich versuchte, meine nächste Frage möglichst behutsam zu formulieren. «Und sonst hat niemand von der Presse versucht, Kontakt zu Ihnen aufzunehmen?»

«Das ist durchaus möglich, aber Ludovica ist ziemlich gut darin, solche Leute abzuwimmeln.»

«Verstehe. Das ist sehr rücksichtsvoll von ihr.»

«So ist sie nun einmal.» Wir schwiegen einen Moment. «Gibt es sonst noch etwas, Mr. Sutherland?»

Ich holte tief Luft. «Vielleicht. Aber ich möchte Sie nicht aus der Fassung bringen.»

Plötzlich war die Traurigkeit wieder da, die ich bei unserem ersten Treffen in ihrem Blick gesehen hatte. «Ich gerate nicht so leicht aus der Fassung, Mr. Sutherland.»

«Gabriele war britischer Staatsbürger. Also legt der Botschafter natürlich Wert darauf, dass ich überprüfe, ob damals alles ordnungsgemäß abgelaufen ist. Könnten Sie mir deshalb – Sie müssen darauf aber nicht antworten – vielleicht erzählen, was an dem Tag passiert ist, als ...» Mir versagte kurz die Stimme. «... Als es zu dem Vorfall kam?»

«Mit ‹dem Vorfall› meinen Sie die Tatsache, dass mein Sohn ertrunken ist?»

Ich nickte.

«Dann sprechen Sie es aus, Mr. Sutherland. Und Sie haben völlig recht. Ich muss nicht darüber sprechen, aber ich tue es.»

21

Andrea und sein Vater sind zu Besuch gekommen. Mutter sagt, sie bleiben ein paar Wochen. Sie seien alte Freunde.

Sein Vater hat einen komischen Namen. Nicht italienisch wie meiner oder englisch wie Vaters. Mutter sagt, er kommt aus dem Nahen Osten. Ich soll besonders höflich sein, ermahnt sie mich. Ludovica, ich und Andrea sollen Freunde sein. Es sei sicher nicht leicht für ihn in einer fremden Stadt. Es wäre schön, wenn wir alle Freunde wären. Vater hätte viel zu tun und Geschäftliches zu besprechen. Es wäre gut, wenn wir zusammen draußen spielen und sie nicht stören würden.

Andrea ist älter als ich. Vielleicht auch älter als Ludovica. Ich glaube, ich bin ihm lästig. Er ist schon fast ein Mann. Er will den Sommer nicht damit vergeuden, mit einem kleinen Jungen zu spielen.

Ludovica spielt auch schon lange nicht mehr mit mir. Ich dachte, sie will lieber mit Andrea zusammen sein, jemandem in ihrem Alter. Aber während wir jetzt gemeinsam die Stadt erkunden und auf der Suche nach Abenteuern durch die calli *laufen, scheint sie mich gern dabeizuhaben.*

Andrea berührt manchmal ihre Schulter, nur ganz kurz. Einmal hat er ihr die Haare aus den Augen geschoben. Ludovica schüttelt seine Hand jedes Mal ab. Wenn er bemerkt, dass ich ihn ansehe, schaut er böse.

Ich hoffe, sie bleiben nicht lange. Mutter sieht müde aus, und Vater ist die ganze Zeit schlecht gelaunt. Dauernd sieht er mich an, als hätte ich etwas falsch gemacht. Ich habe Angst, mit ihm zu sprechen.

Mutter sagt, dass alles gut werden wird. Vater und sein Freund hätten viel zu tun und keine Zeit für uns. Aber bald würden Andrea und sein Vater wieder abreisen, und alles würde wieder wie vorher sein. Wir müssten nur ein bisschen Geduld haben.

Andreas Vater scheint ein netter Mann zu sein. Er sagt mir, dass ich ein großartiger Junge bin. Und bald schon erwachsen sein werde. Ein starker, gut aussehender Mann. Es würde nicht mehr lange dauern, dann würden sämtliche von Ludovicas Freundinnen bei mir Schlange stehen. Ludovica verdreht jedes Mal die Augen, wenn er so redet. Dann grinst er und lacht und zaust mir die Haare.

Nach Einbruch der Dunkelheit ändert sich alles. Wenn wir im Bett liegen, höre ich, wie er mit Vater streitet, und ich weiß nicht weswegen. Durch die dicken Wände meines Zimmers kann ich sie nicht richtig verstehen. Mutter ist böse mit mir, wenn ich ihr davon erzähle. Es geht mich nichts an, sagt sie. Vater wäre verärgert, wenn er wüsste, dass ich ihn belausche.

Also gehe ich jeden Abend schlafen und versuche, nicht auf die zornigen Stimmen hinter der Tür zu hören. Und ich ziehe die Decke über den Kopf und hoffe, dass Andrea und sein Vater bald fortgehen.

«Es war einer dieser heißen Sommer in Venedig. Hugo hatte damals unglaublich viel zu tun. Ich wollte immer, dass er weniger arbeitet, um mehr Zeit mit uns zu verbringen. Ich musste mich alleine um Ludovica und Gabriele kümmern. Sie war natürlich schon älter. Selbst damals war sie schon ein bisschen unnahbar. Sie wollte die Zeit nicht mit ihrer Mutter und ihrem Baby-Bruder - so nannte sie ihn immer - verbringen. Es rief ihr ins Bewusstsein, dass sie selbst noch ein Kind war.»

«Die beiden waren also sehr unterschiedlich?», fragte ich so behutsam wie möglich.

Sie lachte leise. «Sehr. Ludovica war schon immer Hugos Liebling. Und Gabriele ... na ja, Gabriele war eher das, was man wohl *mammone* nennt. Ein Mama-Sohn. Er war in sich gekehrt. Hatte nie viele Freunde, was mich traurig machte. Ludovica hingegen war gerade in dem Alter, in dem man gern Freunde mit nach Hause bringt oder abends lange ausgeht. Gabriele war glücklich, wenn er in seinem Zimmer bleiben und seine Bücher und Comics lesen konnte. Er steckte praktisch immer mit der Nase in einem Buch. So habe ich ihn in Erinnerung.»

«Er war seinem Vater wohl nicht sehr ähnlich», sagte ich und wünschte sofort, ich hätte die Worte zurücknehmen können. Aber Cosima lächelte nur.

«Nein. Er war ganz und gar nicht wie Hugo.» Sie seufzte. «‹Warum kannst du nicht mehr wie deine Schwester sein?›, musste er sich manchmal anhören. Oder etwas Ähnliches. Manchmal noch

Schlimmeres. Es muss ihn verletzt haben. Wahrscheinlich hat er das damals nicht begriffen.

Schließlich war es Ende August. Vermutlich zählten sie die Tage bis zum Schulanfang, um sicherzugehen, dass noch viel von den Ferien übrig war. Gabriele war nervös und angespannt. Mehr noch als sonst. Ich führte das auf die Tatsache zurück, dass er in eine neue Schule gehen sollte. Wir hatten ihn gerade von seiner alten genommen. Er war dort nie glücklich gewesen.»

«Das tut mir leid. Schule ist in diesem Alter nicht einfach. Nicht für jeden zumindest.»

«Nein. Ich war in Sorge um ihn, das muss ich zugeben. Er war noch unreif für sein Alter. Ich befürchtete, er würde weiterhin Schwierigkeiten haben. Angst sogar.

Ich war erschöpft. Wir waren den ganzen Sommer über jeden Tag in der glühenden Hitze zu unserer Strandkabine auf dem Lido gefahren. Wie wunderbar es wäre, dachte ich, einmal ein paar Tage für mich zu haben. Einfach ein bisschen Ruhe, ein bisschen Entspannung. Also fragte ich sie, ob sie ausnahmsweise alleine spielen könnten. Um ihrer Mutter einen freien Tag zu schenken.

Und das haben sie getan. Sie sind zusammen in ein kleines Abenteuer gezogen. Sie sind mit unserem Boot hinaus in die Lagune gefahren. Manchmal frage ich mich, ob Gabriele versucht hat, etwas zu beweisen. Zu zeigen, dass er ein Mann war. Etwas zu tun, worüber sein Vater sich ärgern würde, während er insgeheim stolz denkt: *Das ist mein Junge.*

Die Polizei kam am frühen Abend. Ludovica war bei ihnen. Völlig aufgelöst natürlich. Das Boot war zwischen Mazzorbo und Torcello gesichtet worden. Sie war allein. Gabriele, sagte sie, sei ins Wasser gefallen. Während er stolz auf dem Bug posiert hatte. Er war ein guter Schwimmer. Eigentlich hätte ihm nichts passieren dürfen.»

Sie hielt inne. «Tut mir leid», sagte ich. «Sie müssen nicht weitersprechen.»

Sie schüttelte den Kopf. «Mittlerweile wurde es schon dunkel. Die Polizei sagte, es hätte keinen Sinn, um diese Uhrzeit Taucher rauszuschicken. Ich fragte, wozu sie Taucher bräuchten. Und dann begriff ich, was sie meinten.

Hugo hörte ihnen gar nicht zu. Er nahm Ludovica und mich in den Arm und sagte, alles würde gut werden. Gabriele könne schließlich schwimmen. Er wäre sicher auf einer der verlassenen Inseln, durchgefroren und hungrig, und würde auf sein Abendessen warten. Also machten wir uns auf den Weg. Um unseren Sohn nach Hause zu holen.»

Sie verstummte und holte langsam tief Luft. «Und das taten wir. Der Rechtsmediziner versicherte uns, es sei schnell gegangen. Das war ein kleiner Trost, wie Sie sich vorstellen können.»

Ich schauderte. «Es tut mir schrecklich leid. Ich habe das Foto gesehen. Das Foto, das in allen Zeitungen war. Es muss furchtbar gewesen sein.»

«Irgendwer hatte die Presse informiert. Vor unserem Haus wartete ein Fotograf, ich habe ihn kaum wahrgenommen. Aber Hugo hätte ihn am liebsten umgebracht.

Jetzt fragen Sie sich wahrscheinlich, warum wir wollten, dass Gabriele auf dem anglikanischen Friedhof beigesetzt wird. Aus einem einfachen Grund. Wir wussten, dass er dort für immer ruhen könnte. Wir würden ihn jederzeit besuchen, bei ihm sein, mit ihm reden können. Ich nehme an, das klingt verrückt?»

Ich schüttelte den Kopf. «Keineswegs.»

«Anfangs haben wir das auch gemacht. Dann wurden aus den wöchentlichen Besuchen monatliche. Anschließend besuchten wir ihn vielleicht zweimal im Jahr. Und schließlich nur noch, um sein Grab in Ordnung zu halten. Aber man gelangt recht schnell zu der Erkenntnis, dass diese Orte nur ... Orte sind. Weiter nichts.»

«Ich weiß nicht recht, ob ich das verstehe.»

«Das werden Sie. Eines Tages.» Sie schüttelte den Kopf. «Und nun erfahren wir, dass mein Sohn die letzten siebenunddreißig Jahre gar nicht in seinem Grab gelegen hat. Wobei es natürlich Unsinn ist, davon zu sprechen, dass Menschen tot unter der Erde ‹liegen›. Die Toten sind einfach tot. Trotzdem ist es keine schöne Vorstellung.» Sie verstummte.

Ich nahm ihre Hände. «Ich tue, was in meiner Macht steht, um herauszufinden, was passiert ist. Versprochen.»

Sie lächelte. «Danke, Mr. Sutherland.» Und sah auf die Uhr. «Ludovica wird gleich zurück sein.»

Ich zögerte, aber nur ganz kurz. «Aus Mestre?»

Sie schien verwirrt. «Warum um alles in der Welt fragen Sie das?»

«Entschuldigen Sie. Wahrscheinlich ist es Unsinn, aber ich meinte, Ihre Tochter kürzlich in der Via Piave gesehen zu haben.»

«Also das war wohl sicher eine Verwechslung. Ich kann mir vorstellen, dass meine Tochter Anlass haben könnte, nach Mestre zu fahren, aber sicher nicht in die Via Piave.»

«Tut mir leid. Ein dummer Irrtum.»

«Nun ja, es gibt so viele Gesichter auf der Welt, Mr. Sutherland.»

«Ganz recht. Und jetzt muss ich wirklich gehen.» Ich versuchte – vergeblich –, nicht nervös zu klingen.

Sie lachte. «So furchterregend ist meine Tochter nun auch wieder nicht? Sie ist höchstens ein bisschen überbehütend.»

«Das ist vermutlich verständlich. Angesichts dessen, was passiert ist.»

«Wahrscheinlich. Sie hat sich verändert, wissen Sie. Nach Gabrieles Tod. Keine Jungen mehr, die zu Besuch kamen. Keine Abende, an denen sie lange ausging. Sie verließ praktisch das

Haus nicht mehr. Ihre ganze Energie scheint sich seitdem darauf zu konzentrieren, uns zu beschützen.»

«Sie muss Sie sehr lieben.»

Wieder lächelte Cosima, doch es lag ein Hauch Verbitterung in ihrer Stimme, während sie auf den alten Mann in seinem Rollstuhl deutete und sagte: «Daddys Liebling. Schon immer.»

Ich erhob mich. «Danke für Ihre Zeit, *signora* Loredan. Wie schon gesagt, ich tue, was ich kann.»

Ich wollte sie auf die Wange küssen, schwenkte jedoch im letzten Moment auf ein verlegenes Händeschütteln um und ging hinaus in den Regen.

- 23 -

Guy Flemyng hatte mich bis zum nächsten Morgen noch immer nicht zurückgerufen. Ich wählte erneut seine Nummer und hinterließ wieder eine Nachricht. Dann rief ich in seinem Hotel an und hinterließ dieselbe Nachricht dort. Ich saß an meinem Schreibtisch, wendete seine Visitenkarte hin und her und überlegte, was ich tun sollte.

Guy Flemyng. Journalist. Ziemlich ungewöhnlicher Name. Es dürfte nicht allzu schwer sein, etwas mehr über ihn herauszufinden. Eine rasche Internetrecherche ergab, dass er ein mäßig erfolgreicher Autor war. Er hatte ein paar Artikel über nachhaltigen Tourismus für den *Telegraph* und den *Guardian* geschrieben, hatte etwas zum *Rough Guide* und *Lonely Planet Italy* beigesteuert und zwei positiv aufgenommene Bücher über Bahnrundreisen durch Spanien und Portugal verfasst.

Er schien weder einen Account auf Twitter noch einen auf Facebook zu haben, mit beiden konnte ich halbwegs umgehen, ebenso wenig wie ein Instagram-Profil. Es war möglich, dass er ein Pseudonym benutzte oder dass er auf einer anderen Social-Media-Plattform unterwegs war, die sich auf junge Leute beschränkte. Als ich sein LinkedIn-Profil überprüfte, stellte ich fest, dass es noch veralteter war als meins.

Ich lehnte mich zurück und verschränkte die Hände hinter dem Kopf. Ich hatte ihm Unrecht getan. Er war offenbar wirklich der, der er zu sein behauptete. Aber was veranlasste ihn bloß dazu, Nachforschungen über ein leeres Grab auf San Michele anzustellen?

Während ich nachsann, klingelte das Telefon. Die Questura. Mein Herz machte einen kleinen Sprung. Vanni wollte mir sagen, dass er etwas gefunden hatte. Ich würde aus der Sache rauskommen und könnte meine ganzen verrückten Theorien über Schwarze-Magie-Zirkel und satanische Kreise vergessen. Oder satanische Zirkel und Schwarze-Magie-Kreise.

«Guten Morgen, Nathan.»

«Vanni. Wie geht's dir? Du hast bestimmt gute Neuigkeiten?»

Er antwortete nicht.

«Keine guten Neuigkeiten?» Ich seufzte. «Okay, erzähl mir das Schlimmste zuerst.»

«Tut mir leid, Nathan. Ich glaube, es ist besser, du kommst vorbei.»

Vanni breitete die Fotos auf dem Tisch aus. Ein Gesicht, aus drei verschiedenen Perspektiven aufgenommen, gräulich-blau verfärbt, eine fiese Wunde auf der Stirn.

«Woher wusstest du, dass du mich anrufen musst?»

«Er hatte sein Portemonnaie bei sich. Sein Führerschein war noch lesbar. Daher wissen wir, dass er Brite war. Und als wir erst seinen Namen hatten, konnten wir auch sein B & B ausfindig machen.»

Ich nickte. Touristen mussten immer einen Identitätsnachweis in ihrer Unterkunft hinterlassen, damit diese Informationen im Fall der Fälle an die Polizei weitergegeben werden konnten. Ich betrachtete noch einmal das Gesicht. Weit aufgerissene Augen, offen stehender Mund. An seinem Ausdruck war nichts abzulesen. Weder Angst noch Schrecken. Nicht einmal Teilnahmslosigkeit. Nichts. Absolute Leere.

Jimmy Whale starrte mich mit ganz und gar leerem Blick an. Ich schauderte.

«Alles in Ordnung, Nathan?»

«Nicht wirklich.»

«Kann ich …?» Er ließ die Frage in der Luft hängen, griff nach einer Zigarre und hielt sie mir hin.

Ich winkte ab. «Ich würde verdammt gerne. Aber ich lasse es lieber. Ein Espresso wäre gut. Oder sollte ich lieber sagen, ein Espresso muss reichen?»

«Natürlich.» Er nahm den Telefonhörer ab und murmelte ein paar Worte hinein. Kurz darauf ging die Tür auf und ein junger Mann in *divisa* kam mit einem Tablett herein, auf dem sich zwei nicht zusammenpassende Tassen, eine Schachtel Zuckertütchen und zwei Plastiklöffel befanden. Er stellte es vor Vanni ab, nickte steif, drehte sich um und ging wieder hinaus.

«Das ist Giancarlo», sagte Vanni und schüttete Zucker in seine Tasse. «Netter Bursche, ein bisschen verkrampft vielleicht. Er ist seit einem halben Jahr bei uns, und so lange hat es auch gedauert, ihm beizubringen, dass er nicht salutieren soll, wenn er Getränke reinbringt.» Er rührte seinen Espresso um und leckte den Löffel ab. Dann sah er mich an. «Ich glaube, da fehlt noch was.» Er zog eine Schublade auf und nahm eine Flasche Grappa heraus. «Lass mich das rasch korrigieren.» Er schraubte den Deckel ab und füllte meine Tasse auf.

«Ein bisschen früh am Tag, oder?», fragte ich, mit noch immer leicht zitternder Stimme.

Er lächelte. «Wann ist es für Nathan Sutherland jemals zu früh am Tag?»

Ich erwiderte sein Lächeln. Mir war klar, was er machte. Er sah mir an, dass ich schockiert war, und gab mir ein bisschen Zeit. Das war eine der Eigenschaften, die einen guten Polizisten aus ihm machten.

Ich trank einen Schluck Espresso, schloss die Augen und spürte, wie mich die Wärme durchzog.

«Gut?»

«Na ja, es geht natürlich nichts über den ersten am Tag.»

«Natürlich nicht.»

Wir schwiegen einen Augenblick und tranken unseren Espresso. Dann zwang ich mich, noch einmal auf die Fotos zu schauen. Ich hatte schon öfter Tote gesehen. Häufig auch in Nahaufnahme. Aber dieser gespenstisch leere Blick war verstörend.

«Vanni, ich kenne den jungen Mann.»

Er hob die Brauen. «Ach ja?»

«Er kam am Montagmorgen zu mir ins Büro. Er war einem Schwindel aufgesessen. Nicht existentes Bed & Breakfast.»

«Oje. Fallen die Leute etwa immer noch darauf rein?»

«Sieht so aus.»

«Was weißt du über ihn?»

«Nicht viel mehr als du. Er hat mich nur um Hilfe gebeten. Natürlich konnte ich nicht viel tun. Na ja, mit ‹nicht viel› meine ich eigentlich …»

«Nichts?»

«Genau. Er war allerdings kein normaler Tourist. Er hatte ein Buch über die verlassenen Inseln der Lagune dabei und einige davon markiert. Poveglia zum Beispiel und ein paar andere. Sah aus, als würde er eine unerlaubte Inseltour planen.»

Vanni machte sich Notizen. «Gut. Das hilft vielleicht weiter. Danke.»

«Wo hat er übernachtet?»

«Eine billige Pension in Castello.»

«Und wo habt ihr ihn gefunden?»

«Gegen ein Uhr morgens kam ein Anruf rein. Einer der Pförtner aus dem Krankenhaus. Er hatte Spätdienst gehabt und wartete auf seinen Freund, der ihn mit seinem Boot bei Celestia abholen wollte. Er sah etwas in der Lagune treiben. Anfangs, ohne es richtig erkennen zu können, aber im Scheinwerferlicht des

Bootes war es dann besser auszumachen. War *er* besser auszumachen, sollte ich sagen.»

«Was ist passiert?»

Vanni zuckte mit den Schultern. «Wissen wir nicht genau. Die Autopsie wird uns mehr sagen. Vielleicht war er betrunken, vielleicht ist er einfach ausgerutscht und ins Wasser gefallen.»

«Und die Wunde an seinem Kopf?»

«Wer weiß? Auch da hilft die Autopsie sicher weiter.»

«Aber deiner Meinung nach?»

«Er war ein Fremder. Nichts für ungut, Nathan, aber wie oft beobachtet man, dass die, während sie auf ein Boot warten, zu dicht an den Rand des Pontons treten, um zu fotografieren? Wir haben November, es herrscht ein bisschen Seegang, er verliert das Gleichgewicht, stürzt ins Wasser und schlägt sich den Kopf an.» Er senkte die Stimme. «So kalt, wie die Lagune um diese Jahreszeit ist, hat es dann sicher nicht lange gedauert.»

Ich schüttelte den Kopf. «Entsetzlich.»

«In der Tat.»

Ich seufzte. «Na schön, ich kümmere mich. Ich forsche nach, ob es Angehörige gibt, die informiert werden müssen. Und dann organisiere ich die Rückführung der Leiche, sobald ihr sie freigebt.»

«Danke, Nathan.»

«Hast du denn irgendwas für mich? Irgendwas, das mir helfen könnte, seine nächsten Angehörigen schneller ausfindig zu machen?»

«Nicht das Geringste. Wie ich schon sagte, alles, was er bei sich hatte, war ein Portemonnaie. Sein Führerschein und ein Stapel Kassenzettel. Ach, und das hier ...» Er schob eine kleine Plastiktüte über den Tisch.

«Darf ich es rausnehmen?»

Er schüttelte den Kopf. «Lieber nicht. Es ist ein Beweisstück.»

In der Tüte befand sich ein Polaroidfoto. Verblichen und voller Wasserflecken, aber es war noch zu erkennen, was darauf war.

Eine verfallene Kapelle. Eine magere Christusfigur, die auf einen einfachen Altar mit einem schlichten Kreuz herabblickte.

«Weißt du, wo das ist?», fragte ich.

«Leider nein. Du?»

Ich hielt mir das Bild näher vors Gesicht, dann nahm ich meine Brille aus der Tasche. «Sorry, Vanni. Keine Ahnung. Darf ich wenigstens ein Foto davon machen?»

Er zuckte mit den Schultern. «Klar. Aber warum?»

«Ich kenne Leute, die es wissen könnten. Federica zum Beispiel.»

«Wenn du denkst, es ist wichtig.»

«Vielleicht. Vielleicht gibt es uns einen Hinweis darauf, warum Whale in den frühen Morgenstunden bei Celestia auf ein Boot gewartet hat. Es ist nicht unbedingt ein Ort, an dem sich um diese Uhrzeit Touristen aufhalten.» Ich nahm mein Smartphone heraus und machte ein Foto; dann stand ich auf. «Danke für den Kaffee, Vanni.»

Wir schüttelten uns die Hände. «Danke, Nathan. Ich melde mich, sobald wir die Leiche freigeben können.»

Ich musste noch ein bisschen Zeit totschlagen, bevor ich Fede bei der Querini Stampalia zum Mittagessen treffen würde, hatte aber keine Lust, in der Zwischenzeit in eine leere Wohnung zurückzukehren und mich mit Gramsci zu unterhalten. Stattdessen nahm ich von der Piazzale Roma aus eins der kleineren *vaporetti*, das ein Stück den Canal Grande hinunterfuhr, von dort aus in den Cannaregio-Kanal und dann in die Lagune selbst einbog, vorbei an Sant'Alvise, Madonna dell'Orto und den Fondamente Nove. Bei Ospedale stieg ich aus. Als Nächstes, das wusste ich, würde das Boot bei Celestia halten, aber ich wollte das letzte Stück zu Fuß gehen. Der Himmel war düster und grau, mit permanenter Regengefahr, und ich klappte meinen Kragen hoch, um mich vor dem scharfen Wind zu schützen, der von der Lagune herüberwehte.

Ich lief am Rand der *fondamenta* entlang und ließ die Füße über den Stein gleiten. Rutschig? Nur ein wenig. War er so spät am Abend vielleicht sogar gefroren gewesen? Ich war mir nicht sicher. Auf jeden Fall war es kalt gewesen, aber nicht so kalt. Ich lief bis ans Ende der *fondamenta*, wo eine Brücke zu einem Metallsteg führte, der an der Außenmauer des Arsenale entlangführte und über den man an der äußeren Seite des *centro storico* entlanglaufen konnte.

Vor der Haltestelle Celestia rauchte ein älterer Mann eine Selbstgedrehte. Ich lief an ihm vorbei auf den Ponton und sah hinaus. Der Ponton schaukelte auf den Wellen, und ich hielt mich am Rand der Kabine fest, während ich mich vorbeugte, um auf die Wasseroberfläche zu schauen.

«*Signore.*» Plötzlich spürte ich eine Hand auf der Schulter und zuckte zusammen. Ich drehte mich um. Es war der ältere Bursche, die Selbstgedrehte immer noch im Mundwinkel. Er lächelte und sprach mich auf Englisch an. «*Signore*, bitte treten Sie zurück. Das ist gefährlich. Wenn ein schnelles Boot vorbeikommt, fängt die Kabine so an zu schaukeln.» Er wackelte mit den Händen wie eine Marionette. «Und *klatsch* – schon landen Sie im Wasser. Sehr gefährlich.»

Ich erwiderte sein Lächeln. «Danke. Ich passe auf», sagte ich. Er grinste, klopfte mir noch einmal auf die Schulter und freute sich offenbar, dass er einem Besucher hatte helfen können. Ich ging wieder in die Wartekabine und setzte mich auf eine der Bänke. Dann nahm ich mein Handy aus der Jackentasche und betrachtete das Foto. Ein gequält dreinblickender Jesus. Ein schlichter Altar. Viel mehr war darauf nicht zu sehen. Der Boden war voller Steine und mit Unkraut überwuchert. Eine verlassene Kirche also, aber davon gab es in Venedig viele. Wenn jemand wüsste, wo das war, dann Federica. Die Fenster der Kabine waren beschlagen, und ich wischte eins mit dem Ärmel frei, um besser auf das graue, unruhige Wasser der Lagune blicken zu können.

Warum in Gottes Namen hatte Jimmy Whale beschlossen, in den eiskalten frühen Morgenstunden eines Novembertags an eine einsame *vaporetto*-Haltestelle am nördlichen Rand von Castello zu kommen? Ich sah auf das trübe Wasser hinunter, das an die Seiten des Pontons schwappte. Kalt. Wie viel kälter würde es wohl erst um Mitternacht sein? Ich schloss die Augen und stellte mir den schrecklichen Augenblick vor, in dem er stürzte. Wie das eisige Wasser ihm den Atem stocken ließ. Wie seine Hände vergeblich nach Halt am Rand der *fondamenta* suchten, die von Algen ganz glitschig war. Wie lange dauerte es wohl, bis man in diesem kalten Wasser tot war?

Ich schlug schaudernd die Augen auf und blickte auf die Lagune hinaus. Jenseits der Umrisse von San Michele war nichts zu sehen.

Der Toteninsel.

Ich war froh über den Regen. Er sorgte dafür, dass ich nicht länger den Wunsch verspürte, Zigaretten zu kaufen. Ich durchquerte Castello, bis ich zum Campo Santa Maria Formosa und zum Palazzo Querini Stampalia kam.

Der *palazzo* war bei Weitem nicht der schönste in Venedig, aber er war zu einem meiner liebsten geworden. Wenn ich etwas besonders Schwieriges zu übersetzen hatte und Gramscis Verlangen nach Aufmerksamkeit überhandnahm, kam ich hierher, um in der Bibliothek zu arbeiten. Oder zumindest lauschte ich über Kopfhörer Pink Floyd und gab mich meinen Tagträumen hin, während ich ab und zu etwas auf der Tastatur tippte, bis es Zeit zum Mittagessen war. Gleichermaßen kam Fede hierher, wenn sie Recherchen anstellen musste, nur ohne Pink Floyd.

Die Marciana-Bibliothek, deren offizieller Benutzer ich seit kurzer Zeit war, lag viel näher an der Straße der Mörder, aber die Querini Stampalia hatte einen großen Vorteil: Im Untergeschoss befand sich eine Bar.

Früher hätte ich den Aufzug hoch in die Bibliothek genommen, aber der neue – gesund lebende – Nathan entschied sich für die Treppe. Ich zog in Erwägung, zwei Stufen auf einmal zu nehmen, aber bis dahin musste ich mich erst noch hocharbeiten. Ich zog meine Karte durch das Lesegerät am Eingang und stieß mir das Schienbein am Drehkreuz, weil ich wie immer vergaß, dass es sich mit Verzögerung öffnete.

Den modernen Lesesaal mit den Computern ließ ich unbeachtet und ging direkt zur ursprünglichen holzvertäfelten Bibliothek durch, mit dem vertrauten Knarzen der Dielen unter meinen Füßen.

Fede saß mit dem Rücken zu mir in einem Stuhl mit geschwungener Lehne und tippte etwas auf ihrem Laptop, während sie gelegentlich innehielt, um etwas auf den vergilbten Seiten des kleinen ledergebundenen Bandes nachzulesen, der neben ihr lag. Ich sah mich rasch im Raum um. Es waren nur noch zwei andere Personen anwesend. Also küsste ich sie in den Nacken.

Sie schrie auf und setzte sich mit einem Ruck kerzengerade hin, wobei ihr Hinterkopf gegen meine Nase knallte und mir ein «Autsch!» entfuhr. Die Köpfe der anderen Bibliotheksbenutzer schnellten in die Höhe, und beide ließen ein erzürntes «Schscht!» los.

Fede wandte sich zu mir um und verdrehte die Augen.

«Was machst du?», zischte sie.

«Sorry.» Ich rieb mir die Nase. Wenigstens hatte sie nicht angefangen zu bluten. «Ich wollte nur romantisch sein.»

«Lass es. Das passt nicht zu dir.»

«Ist alles in Ordnung, *dottoressa*? Ich meinte, Lärm gehört zu haben.»

Die Sprecherin war eine Frau mittleren Alters, offenbar die Bibliothekarin.

«Alles bestens.» Sie deutete auf mich. «Das war nur mein verrückter Lebensgefährte.»

«Ich verstehe, *dottoressa*.»

Es folgte ein Moment Schweigen, während die anderen Leser sich, nun ja, wieder ihrer Lektüre zuwandten und die Bibliothekarin an ihren Platz zurückging, wobei die Dielen vorwurfsvoll unter ihren Füßen knarzten.

«Na, das war ja überhaupt nicht peinlich», murmelte ich.

«Deine Schuld, *caro mio*, weil du dieses Theater veranstaltet hast.»

«Ich weiß nicht», grummelte ich. «Da versucht man, eine großartige romantische Geste hinzulegen, und das Nächste, was passiert ...»

«... ist, dass man aus sämtlichen Bibliotheken Venedigs verbannt wird.»

Ich zog den Stuhl neben ihr hervor und zuckte zusammen, als er über den Boden schrammte.

«Also, hast du unlängst irgendwelche guten Bücher gelesen?»

«Das hier.» Sie wollte auf die aufgeschlagenen Seiten tippen, besann sich jedoch eines Besseren. «*Miracoli della gloriosa Vergine Maria*. Eine Inkunabel von 1475. Herausgegeben von Leonardus Achates, der ziemlich bedeutend sein soll.»

«Ich dachte nicht, dass dich so etwas interessiert.»

«Tut es auch nicht im Geringsten, aber vielleicht wird es irgendwann dazu kommen. Komm, lass uns gehen.»

«Gehen?»

«Mittagessen. Jetzt. Komm schon.» Sie sah sich im Lesesaal um. «Ich glaube nicht, dass sie uns vermissen werden. Also komm», wiederholte sie noch einmal, klappte ihr Laptop zu, hakte sich bei mir unter und zerrte mich fast Richtung Ausgang.

Fede schwenkte die letzten Eiswürfel in ihrem Spritz. «Ich weiß nicht, wo das ist», sagte sie, ohne noch einmal hinzusehen.

«Bist du sicher?», fragte ich.

«Sicher, dass ich es nicht weiß? Ja. Ich könnte nicht mal raten.»

«Nichts? Gar nichts, das uns einen Hinweis geben könnte?»

«Was sehen wir da? Einen leeren Altar. Nichts, was uns weiterführt. Eine Christusfigur. Fünfzehntes Jahrhundert vielleicht. Nach dem, was ich auf dem Foto erkennen kann, stammt sie aus einer venezianischen Schule, oder zumindest aus einer im Veneto aus der Zeit. Mehr kann ich dazu nicht sagen.»

«Mist. Ich hatte auf ein bisschen mehr gehofft.»

«Es gibt jemanden, der es sicher weiß.»

Mir wurde ganz anders. «Oh Gott. Dein Onkel.»

«Onkel Giacomo. Wir sollten ihn einladen. Komm schon, du hast schon ewig nicht mehr gekocht.»

«Ich weiß. Ich weiß.»

«Komm schon, er mag dich.»

«Na schön. Morgen dann. Ich tue mein Bestes.»

«Sehr schön, *tesoro*, koch etwas Köstliches, dann wird er sicher alle unsere Probleme lösen.»

«Hoffentlich», antwortete ich und verspeiste den Rest meines *panino*.

Sie strich mir kaum spürbar über die Wange und sah sich um. «Und jetzt muss ich mich wieder an die Arbeit machen. Was hast du vor?»

Ich blickte auf mein leeres Glas und dann zur Theke. «Der Spritz hier ist ausgezeichnet, weißt du.» Federica verengte die Augen. «Du musst aber doch vermutlich zurück ins Büro und anfangen, den Papierkram wegen des armen Jimmy Whale zu erledigen.»

«Was, glaubst du, hat er gestern Abend so spät da draußen gemacht? In der Gegend gibt es keine Restaurants. Wahrscheinlich kriegt man noch nicht mal irgendwo etwas zu trinken. Da ist um diese Uhrzeit nichts, was einen gewöhnlichen Touristen interessieren könnte.»

«Das ist der Punkt. Ich glaube nicht, dass er ein gewöhnlicher Tourist war. Offensichtlich wollte er versuchen, nach Poveglia zu kommen, und an ein paar andere abgelegene Orte. Vielleicht wollte er ein paar Nachtaufnahmen von San Michele machen?»

«Könnte sein. Na schön, ich muss los. Mach dir mal Gedanken, was du kochen willst.» Und damit drehte sie sich um, ging zurück zum Aufzug und überließ es mir, mich um den Speiseplan für den folgenden Abend und um Jimmy Whales Rückführung nach England zu kümmern.

25

«Fertig?»

Ludovica zittert, trotz der Hitze, und nickt. «Fertig.»

«Gabi?»

Ich kann es nicht leiden, wenn er mich Gabi nennt. Nur meine Mutter nennt mich so. Ich sitze am Rand der fondamenta und lasse die Beine im Wasser baumeln. Ich schaue über den Canal Grande zu dem Café gegenüber und muss irgendwie an Weihnachten denken. An den Duft von Gebäck und heißer Schokolade. Mutter, wie sie mit uns beiden hineingeht, während wir Tüten mit Geschenken tragen dürfen. Aber heute brennt die Sonne auf die fondamenta, sodass sie fast zu heiß ist, um mit nackten Beinen darauf zu sitzen. Und die Luft riecht nach Diesel und Zigaretten.

«Gabi? Gabs? Gabriele?» Er stupst mich an. «Träumst du schon wieder?»

Ich schüttele den Kopf.

«Was ist?»

«Nichts.»

Ludovica sagt etwas. Sie klingt langsam ungeduldig. «Komm schon, Gabriele, machen wir es jetzt alle zusammen?»

Andrea seufzt. «Ist doch egal, Ludii, lassen wir ihn einfach hier. Wir machen es alleine. Ist vielleicht zu viel verlangt. Er ist schließlich viel jünger als wir.»

«So viel jünger auch nicht. Und nenn mich nicht Ludii. Du weißt, dass ich das hasse.»

«Tut mir leid.» Er grinst. «Dann vielleicht Ludo?»

«Nein, hör auf!» Ihre Stimme wird ein bisschen lauter, und sie *sieht verärgert aus. Andrea grinst sie immer noch an. Dann sieht er zu mir. «Keine Sorge, Gabi. Wenn du nicht willst, musst du nicht.»*

«Ich will auch nicht. Es ist eine dumme Idee.»

Er nickt. «Also gut. Macht nichts.» Er zeigt auf das Café. «Wir treffen uns da drüben. Renn einfach über die Brücke auf die andere Seite. Mal sehen, ob du schneller bist als wir. Einverstanden?» Sein Tonfall hat sich verändert, als versuchte er wie ein Erwachsener zu klingen, der mit einem kleinen Jungen spricht.

Ich schüttele heftig den Kopf. «Nein, ist schon gut. Ich mach's.»

«Bist du sicher? Deine Mutter sagt, du bist ein guter Schwimmer.»

«Ich bin einverstanden.»

«Prima. Wir passen auf dich auf.»

Andrea schaut nach rechts. In der Ferne sind ein paar Gondeln zu sehen, aber nirgends vaporetti *oder Motorboote. Dann beugt er sich weit vor und schaut nach links unter die Rialtobrücke. «In Ordnung, wir sind so weit. Eins … Zwei. Drei. LOS!», ruft er, und wir springen in den Kanal.*

Kaum tauche ich aus dem Wasser auf, höre ich Erwachsene vom Rand rufen. «Dummköpfe!» – «Ignoranti!» – «Was macht ihr da?» Dann nähert sich ein Boot, die Hupe eines vaporettos *ertönt, eine Frau schreit. Ich schwimme, so schnell ich kann, spüre ein Brennen in der Brust. Die anderen sind vor mir, und einen Moment lang denke ich, meine Kraft reicht nicht, um rechtzeitig auf der anderen Seite zu sein. Dann legen sich Erwachsenenarme um mich und ziehen mich auf die* fondamenta.

Jemand kommt aus dem Café gerannt. Ich erkenne den Besitzer. Er sieht mich an. «Gabriele? Ludovica? Dio cane!*» Er hält einen Moment inne, weil es ihm peinlich ist, vor Kindern geflucht zu haben. «Was um Himmels willen macht ihr? Ihr hättet ums Leben kommen können. Wartet nur, bis eure Mamma wieder zu mir ins Café kommt! Ich werde ihr alles erzählen.»*

Andrea lacht. Er hat die Hände in die Hüften gestützt und strahlt den Mann an. «Geben Sie nicht ihnen die Schuld. Es war mein Fehler.»

Der Cafébesitzer sieht den Burschen einen Moment an, der da grinsend vor ihm steht und sich über die Sache lustig macht. Dann verpasst er ihm eine schallende Ohrfeige und geht zurück in sein Café.

Andrea lacht immer noch. Er legt die Arme um mich und Ludovica und drückt uns beide. Unsere Kleider sind patschnass. Die Sonne wird uns bald trocknen, aber der Gestank des Wassers wird bleiben. Mutter und Vater werden zornig sein.

Andrea zaust meine nassen Haare und will Ludovica einen Kuss geben, die schnell vor ihm zurückweicht. Er klopft ihr stattdessen auf die Schulter und lacht noch einmal. «Wir haben es gemacht! Wir haben es gemacht!»

26

Ich legte den Hörer auf und rieb mir das Ohr.

«Seine Exzellenz?», fragte Fede.

«Selbiger.»

«Wie geht es ihm?»

«Nicht so exzellent. Er hatte schon angenehmere Wochen. Zwei tote britische Staatsbürger, aber die Anzahl der Leichen stimmt nicht. Zumindest konnte er den Tag damit beginnen, jemanden ordentlich anzubrüllen. Mich, leider Gottes.»

Ich schloss die Augen und ließ den Kopf auf den Schreibtisch sinken. Fede strich mir über die Haare. «Du musst dir das nicht gefallen lassen. Du könntest ihm einfach die Meinung sagen? Und jemand anderen diesen Job machen lassen?»

«Ich weiß.» Ich seufzte. «Und ich habe schon darüber nachgedacht. Statt mich mit den beschissenen Problemen der Leute abzugeben, könnte ich meine eigentliche Arbeit machen. Ich könnte mehr Geld verdienen.»

«Aber ...»

«Aber ... aber manchmal sind diese Leute mit den beschissenen Problemen nette Menschen. Und deshalb ist es schön, ihnen helfen zu können. Und hin und wieder, muss ich zugeben, ist es sogar ein bisschen aufregend.»

«So wie jetzt.»

«Ist es so schlimm?»

«Es ist ein bisschen merkwürdig.» Sie lächelte. «Nicht wirklich schlimm, aber auf jeden Fall seltsam.»

«Es ist besser, als Rasenmäheranleitungen zu übersetzen. Es

ist besser, als an schlechten Drehbüchern zu arbeiten, die sowieso nie verfilmt werden.» Ich seufzte. «Abgesehen davon: Wenn ich den Job nicht mache, würde ihn jemand anderes machen. Und ich befürchte, der würde es nicht so gut hinbekommen.»

«Verstehe. Du fühlst dich also für einen Job verantwortlich, der offensichtlich unbezahlt ist und bei dem ein Mann, der nicht dein Chef ist, meint, er kann dich jederzeit anbrüllen?»

«Ja. Im Prinzip schon.»

«Einen unbezahlten Job, bei dem man es ständig mit unzufriedenen Touristen und trauernden Angehörigen zu tun hat?»

«Ja.»

«Weil der britische diplomatische Dienst ohne dich zusammenbrechen würde, oder so?»

«Richtig. Klingt das irgendwie komisch?»

«Mehr als komisch.» Sie schlüpfte in ihren Mantel. «Na schön, ich mach mich auf den Weg zur Arbeit. Glaubst du, der Geheimdienst Ihrer Majestät könnte dich lange genug freistellen, um etwas Fisch einzukaufen?»

«Ich denke schon. Wenn ein Notfall eintritt, können sie mir immer noch einen Hubschrauber schicken.»

«Gut. Dann kochst du also etwas Schönes für Onkel Giacomo?»

«Ich werde weder Zeit noch Mühe scheuen.»

«Großartig.» Sie gab mir ein Küsschen auf die Wange. «Bis später dann, *tesoro*.»

Ich hätte ein Boot nehmen können, doch ich entschied, dass ein ordentlicher Spaziergang zum Rialtomarkt am besten wäre, um das Gebrüll hinter mir zu lassen, das mir noch immer in den Ohren klang. Ich lief zum Campo Manin, dann über den Campo San Luca zum Campo San Salvador, wo ich Richtung Rialtobrücke abbog. Der Himmel war grau, aber zum Glück blieb es trocken. Der Winter, der richtige Winter, stand erst noch bevor. Trotzdem wurde es in der Stadt schon ruhiger, und ich konnte einfach über die Brücke gehen, ohne mich durchkämpfen zu müssen.

Man konnte auch anderswo in der Stadt Fisch kaufen, natürlich; zum Beispiel bei dem wunderbaren Fischhändler auf der Giudecca, wo der Fang des Tages so frisch war, dass er noch zuckte, oder an den Marktständen entlang des Cannaregio-Kanals, bei San Leonardo oder auf dem Campo Santa Margherita. Von der Straße der Mörder aus lag der Rialtomarkt jedoch am nächsten. Außerdem hatte es Jahre gedauert, eine gute Beziehung zu Marco und Luciano aufzubauen, und die würde ich nicht aufs Spiel setzen, um am anderen Ende der Stadt ab und zu mal einen Euro zu sparen.

Aber inzwischen lag eine gewisse Schwermut über dem Einkaufen hier. Es war nicht zu übersehen, dass es nicht mehr so viele Marktstände gab wie früher einmal. Selbst die Gemüsestände waren nun gezwungen, abgepackte «hausgemachte» Pasta anzubieten, und Tüten mit Gewürzen, drei für einen Zehner, in der Hoffnung, dass ein paar der vielen Touristen eine Pause beim Fotografieren einlegen und ein bisschen Geld ausgeben würden.

So wie Venedig starb, starb auch der Markt.

Wie lange würden Marco und Luciano wohl noch weitermachen können, fragte ich mich, in einer Stadt, in der die Einwohnerzahl stetig abnahm?

Ich lebte erst seit zehn Jahren in Venedig, doch selbst ich bemerkte ihren Niedergang. Jedes Jahr schien angesichts der steigenden Mieten und der sinkenden Umsätze ein weiterer Standbetreiber aufgeben zu müssen. Und denen, die noch blieben, musste es vorkommen, als wären sie nun Ausstellungsstücke in einem Museum, die von Besuchern fotografiert wurden.

«*Ciao*, Marco.»

«*Ciao*, Nathan.» Marco grinste mit seinem Zahnlückenlächeln und wollte mir die Hand schütteln. Da bemerkte er, dass seine

Hand noch ganz schwarz von Tintenfischtinte war, und wischte sie rasch an seiner Schürze ab, bevor er sie mir wieder hinhielt. Es wäre unhöflich gewesen, sie nicht zu nehmen, also schüttelte ich sie.

«Wie läuft's?»

Er breitete die Arme weit aus und deutete auf den halb leeren Markt. «Ruhig», sagte er, «wie du siehst.»

«Ich sehe Luciano nirgends.»

«Ach, der hat heute Vormittag frei. Ich und der Junge», er wies mit dem Daumen über die Schulter auf einen gelangweilt wirkenden Burschen, der dabei war, die Auslagefläche abzuwaschen, «sind genug. Wir brauchen nicht zu dritt zu sein.»

Ich schüttelte den Kopf. «Ach, Marco, was sollen wir bloß alle tun?»

«Keine Ahnung. Aber mehr Fisch zu essen, wär schon mal ein guter Anfang.»

Ich lächelte. Ich wusste, dass ich mit mehr von ihm weggehen würde, als ich eigentlich wollte, aber ich konnte es ihm nicht verübeln.

Ich kehrte mit drei riesigen Wolfsbarschen nach Hause zurück, kläräugig und praktisch noch flossenschlagend. Außerdem hatte ich ein Dutzend ausgenommene Sardinen gekauft, aber die konnten für eine andere Gelegenheit ins Gefrierfach wandern. Ich las noch einmal mein Rezept. Es war vielleicht ein bisschen ungewöhnlich und neu für mich, aber schließlich war dies auch ein besonderer Anlass. Ich würde Onkel Giacomo das beste Abendessen seines Lebens servieren.

Ich legte die Fische in den Kühlschrank und ging ins Büro, um meine Aufmerksamkeit Jimmy Whale zuzuwenden.

Ich füllte die Formulare aus, die seinen Tod dokumentierten, und wollte sie gerade einscannen und zur Auslandsbehörde mailen, da fiel mir auf, dass ich seine Reisepassnummer nicht hatte. Die Questura würde sie mir hoffentlich nennen können. Ich nahm das Telefon ab.

«Nathan?»

«*Ciao*, Vanni. Jimmy Whale, hast du seinen Pass? Ich muss dem Auslandsbüro die Nummer schicken.»

«Hab ich. Moment.» Ich hörte ihn am anderen Ende herumkramen. «Da ist sie. Hast du einen Stift?»

Ich notierte mir die Angaben. «Danke, Vanni. Dann war der Pass in seiner Pension?»

«Nein. Aber wir haben natürlich die Nummer. Hotels müssen über so etwas Buch führen, wie du weißt.»

«Ich weiß. Aber wurde er nicht bei seinen Sachen gefunden?»

«Nein.»

Ich stutzte. «Irgendwelches Geld?»

«Nein.»

«Kreditkarte?»

«Was versuchst du mir zu sagen, Nathan?», fragte Vanni in einem Tonfall, der vermuten ließ, dass er genau wusste, was ich zu sagen versuchte.

«Vanni, willst du mir erzählen, wir haben eine Person, die tot aus einem Kanal gezogen wurde, aber weder Geld noch Ausweispapiere noch Kreditkarte sind auffindbar? Und das Ganze wird trotzdem als Unfall behandelt?»

Vanni seufzte. «Die Sache wird überprüft, Nathan. Mehr kann ich dir im Moment nicht sagen. Es ist möglich, dass alles in einer seiner anderen Taschen steckte und fortgespült wurde.»

«Das glaubst du doch nicht wirklich?»

«Nein. Nicht wirklich.»

«Was ist mit dem Polaroidfoto?»

«Warte kurz.» Ich hörte ihn in Unterlagen blättern. «Das wurde in seiner hinteren Hosentasche gefunden.»

«Gut. Okay.»

Er seufzte wieder. «Ich melde mich, sobald ich mehr weiß, Nathan.»

«Ich freu mich drauf, Vanni.»

Ich legte auf und gähnte. Kaffee. Kaffee wäre gut. Gramsci folgte mir in die Küche, sprang auf die Arbeitsfläche und wartete ungeduldig. Ich kraulte ihn hinter den Ohren.

«Also, fetter Kater», sagte ich. «Mr. Whale wurde leblos aus einem Kanal gezogen. Weder bei ihm noch in seinem Hotelzimmer wird Geld gefunden.»

Er schnappte halbherzig nach meiner Hand.

«Und, wie du richtig zu bedenken geben willst, taucht auch keine Kreditkarte auf.»

Der Espressokocher begann zu brodeln.

«Außerdem keine Spur von einem Pass, und», ich schwenkte den Finger in der Luft, «es existiert, wie wir wissen, ein Markt für gestohlene Pässe.»

Er schnurrte. Nur Gramsci schaffte es, ein Schnurren wie eine Drohung klingen zu lassen.

«Wie ich sehe, stimmst du mir zu. Also war Mr. Whale einfach ein Pechvogel, oder», wir sahen einander an, «es steckt mehr dahinter.»

Er schnurrte weiter.

«Denn – wie wir ebenfalls wissen – auch ein Führerschein könnte gewinnbringend verkauft werden. Wenn es mit dem unglückseligen Mr. Whale also tatsächlich ein schlimmes Ende genommen hat, warum dann nicht auch den mitnehmen? Es sei denn, jemand wollte die Identifizierung der Leiche beschleunigen? Jemandem eine Nachricht zukommen lassen? Eine Botschaft? Oder, wahrscheinlicher noch, eine Warnung?»

Gramsci hörte auf zu schnurren und sah mich an.

«Ich glaube, du hast dir ein paar Extrapellets verdient.» Ich nahm seine Futterpackung aus dem Schrank und füllte seinen Napf auf. Er sprang von der Arbeitsfläche und begann zu fressen. Ich wog die Packung in den Händen. Wie zum Teufel bekam er die so schnell leer? Woran lag das nur? Stimmte vielleicht wirklich etwas nicht mit ihm? Ich schob den Gedanken weg.

Zu spät merkte ich, dass der Espressokocher überbrodelte und der sogenannte Stromboli-Effekt dafür sorgte, dass heißer, verbrannter Kaffee auf den Herd spritzte. Fluchend griff ich nach einem Küchenhandtuch, um die Schweinerei aufzuwischen, und fluchte noch lauter, als ich mich am Kochfeld verbrannte. Ich ließ ein paar Zentimeter Wasser in die Spüle laufen und stellte den Espressokocher hinein, wo er vor sich hin zischte.

Verschwendeter Espresso also, aber kein verschwendeter Nachmittag. Es gab viel Stoff zum Nachdenken.

27

«Herrje, ist das schön, euch wiederzusehen.» Giacomo Maturi küsste mich lächelnd auf beide Wangen, was ich bestmöglichst erwiderte.

«*Zio* Giacomo, schön, Sie zu sehen.»

«Es ist mir ein Vergnügen. Ein Vergnügen.»

Wir lächelten uns an und nickten, während der unglückliche Vorfall mit seinem geliebten *tabarro* – den ich ein halbes Jahr zuvor versehentlich in Brand gesteckt hatte – unausgesprochen in der Luft hing.

«Nehmen Sie Platz. Bitte. Ich hole uns etwas zu trinken.» Ich wandte mich an Fede. «Spritz à la Nathan?»

«Gerne.»

«Und Sie, *zio* Giacomo?»

Er hob die Augenbrauen. «Was ist, wenn ich fragen darf, Spritz à la Nathan?»

«Das ist ein Spritz ohne den langweiligen Anteil. Das heißt ohne das Wasser.»

Er grinste. «Oh ja. Das gefällt mir. Davon nehme ich auch einen.»

Ich mixte drei Spritz, nahm den Wolfsbarsch aus dem Kühlschrank und warf noch einen Blick aufs Rezept. Kompliziert. Vielleicht ein bisschen zu kompliziert. Aber es würde das beste Gericht aller Zeiten werden. Maturi würde sicher beeindruckt sein.

Ich nahm die Drinks mit ins Wohnzimmer, und wir stießen an. «Nun», sagte ich, «wie steht's in der Bank?»

Er runzelte kaum merklich die Stirn. «Ich bin in Rente gegangen.»

«Ach, das ist ja wunderbar. Gratuliere.» Fede stieß mich zwischen die Rippen.

«Vor einem Jahr.»

Ich schlug mir die Hand vor die Stirn. «Natürlich. Jetzt erinnere ich mich. Ist es tatsächlich schon so lange her?»

«Dass wir uns zum letzten Mal gesehen haben? Ja. Ungefähr.» Er nahm Federicas Hand und tätschelte sie. «Federica versucht immerhin, sich einmal im Monat mit ihrem alten *zio* zum Mittagessen zu treffen. Aber … nun ja, dass wir beide uns gesehen haben, ist in der Tat schon eine ganze Weile her, was?»

«Das stimmt. Es tut mir leid, *zio* Giacomo.»

«Hör auf, mich *zio* Giacomo zu nennen. Dann habe ich das Gefühl, du willst etwas von mir.»

Was freilich stimmte. Ich machte eine entschuldigende Handbewegung.

«Und hör auf, so mit der Hand zu wedeln. Was seid ihr Engländer bloß für Leute? Habt ihr so euer Empire aufgebaut? Indem ihr durch die Welt gezogen seid und euch entschuldigt habt?»

«Tut mir leid, ich …»

«Hör auf damit!»

Ich holte tief Luft. «Na schön, wäre *signor* Maturi besser?»

«Wie lange kennen wir uns jetzt schon, mein Junge?»

«Ungefähr drei Jahre.»

«Zu lange für *signor* Maturi also. Und *zio* Giacomo darf mich nur Federica nennen. Giacomo wäre gut.»

«Einverstanden. Dann also Giacomo. Du kannst mich natürlich jederzeit gerne Nathan nennen statt ‹mein Junge›.»

Er lächelte. «Nein. ‹Mein Junge› gefällt mir.»

«Na dann, auch gut. Damit fühle ich mich auf jeden Fall jünger.» Ich klatschte in die Hände. «Also, ich fange mit dem Kochen an, deshalb muss ich euch leider eine Weile alleine lassen.»

«Ach, wie schade.» Er legte die Stirn in Falten. «Warum denn?»

«Es handelt sich um ein aufwendiges Gericht. Deshalb erfordert es einige Präzision beim Zubereiten.»

«Präzision beim Kochen?» Er zog die Worte misstrauisch in die Länge.

«Ja. Es erfordert etwas Arbeit, aber ich bin sicher, dass es sich lohnt.»

«Hmm. Lass uns mal zusammen schauen, was meinst du?»

«Äh, ja. Natürlich.»

Wir gingen in die Küche. Federica sah uns angesichts dessen, was vielleicht nun folgen würde, leicht beunruhigt nach.

Ich nahm den Wolfsbarsch aus dem Kühlschrank, und er sah ihn anerkennend an. «*Rialto Mercato?*»

«Natürlich.»

Er seufzte. «Ach, du sagst ‹natürlich›. Alle sagen: ‹Natürlich kaufen wir unseren Fisch auf dem Rialtomarkt.› Aber wie viele von uns tun es wirklich? Zu welchem Stand gehst du?»

«Marco und Luciano.»

«Ich kenne sie. Gute Leute.» Er schüttelte den Kopf. «Es werden aber jedes Jahr weniger. Inzwischen ist es schwer vorstellbar, wie es einmal war, als ich noch ein junger Mann gewesen bin.»

«Traurig, nicht wahr?», sagte ich. Die Feststellung schien banal, doch Maturi klopfte mir auf die Schulter.

«Ja, du hast recht. Traurig ist das richtige Wort. Jeden Tag verschwindet etwas aus unserer Stadt – und sei es noch so klein, und täglich werden wir ein paar weniger.» Er rieb sich die Augen. «*Allora*, genug davon. Erzähl mir von deinem Präzisionskochen.»

«Also schön.» Ich lächelte ihn an. «Ich wollte sie in Rotwein dünsten und mit Kartoffelpüree mit Vanillearoma servieren.»

Maturi verstummte einen Moment. «Bist du völlig verrückt?», fragte er dann.

«Bitte?»

«Das kann nicht dein Ernst sein.» Er nahm einen der Barsche und schwenkte ihn vor mir hin und her. «Dieses wunderschöne Tier ist gestorben, um uns zu ernähren. Du solltest es zumindest mit Respekt behandeln. Wenn ich etwas mit Rotweingeschmack haben will, dann trinke ich Rotwein. Wenn ich etwas mit Vanillegeschmack haben will, dann esse ich ein Eis, keine Kartoffeln. Und was am allerwichtigsten ist: Wenn ich Gäste habe, dann koche ich etwas, das es mir erlaubt, mich mit ihnen zu unterhalten, statt mich in der Küche zu verstecken.»

«Tut mir leid. Ich wollte nur …»

«Und was habe ich zum Thema Entschuldigen gesagt?»

«Es tut m… hör zu», ich warf die Hände in die Luft, «könntest du wenigstens aufhören, mit dem Fisch vor meiner Nase herumzufuchteln?»

Er erstarrte, dann nickte er und legte – zu meiner großen Erleichterung – den Wolfsbarsch ab. Er holte tief Luft. «*Allora*. Was können wir machen? Kartoffeln hast du natürlich?»

«Habe ich.»

«Gut. Wasch sie bitte und bring sie her.» Er stellte den Ofen an, während ich die Kartoffeln unter dem Wasserhahn abspülte und betete, dass ich es nicht auf unangemessene oder unzulässige Weise tat. Er warf einen kurzen Blick darauf und nickte, als wollte er sagen, dass meine Kartoffelwaschfähigkeiten zufriedenstellend waren.

«Bratform.»

Ich kramte im Schrank unter dem Ofen, bis ich eine fand, und reichte sie ihm. Er schnitt die Kartoffeln in Viertel und gab sie in die Form.

«Olivenöl.»

Ich reichte ihm eine Flasche des zweitbilligsten Supermarktöls. Er warf einen Blick auf das Etikett und nickte zustimmend. «Gut. Sinnlos, Geld für teures Öl zu verschwenden, das man zum Braten benutzt.» Er goss einen ordentlichen Schuss über die Kartoffeln, streute eine ungesunde Menge Salz darüber und vermischte alles mit den Fingern. Dann stellte er die Form in den Ofen. «Wie gut kannst du Fisch säubern?»

«Ziemlich gut.»

«Schön. Besser als ich wahrscheinlich. Schneide einfach die Flossen ab. Wir verzichten auf diesen Filetierquatsch. Wenn ich Fisch essen will, dann soll er auch aussehen wie ein Fisch.»

Ich nahm die schärfste Schere, die ich hatte, und trennte die spitzen Flossen ab, wobei mir gelegentlich ein «Aua» entfuhr, wenn eine davon mich in den Daumen stach. Ich reichte die Fische Maturi, der auf jeder Seite drei parallele Schlitze einschnitt.

«Zitrone.»

Ich gab ihm eine und fragte mich, ob wir vielleicht besser OP-Masken tragen sollten.

«Knoblauch.»

Ich reichte ihm eine ganze Knolle, die er mit der Faust auseinanderschlug. Dann schnitt er jede Zehe in dünne Scheiben und schob sie mit einem spitzen Messer den Fischen ins Fleisch. Dann wiederholte er das Gleiche mit ein paar Zitronenspalten.

«Ich glaube, wir sind fertig.» Er sah auf seine Uhr. «19.32 Uhr.» Er öffnete den Ofen und legte die Fische auf die Kartoffeln. «Acht Uhr sollte hinkommen. Damit bleiben uns noch achtundzwanzig Minuten für einen weiteren von deinen Spritz à la Nathan und um mir von deinem Problem zu erzählen.»

«Unterhaltet ihr euch gut, Jungs?», kam Federicas Stimme aus dem Wohnzimmer.

«Bestens, *cara mia*!», rief ich zurück.

Maturi musste meinen Gesichtsausdruck gesehen haben.

«Ach, mein Junge, nimm's mir nicht übel. Es kommt nicht mehr so oft vor, dass ich zum Abendessen eingeladen werde. Und wenn es passiert, dann würde ich mich lieber mit meinem Gastgeber unterhalten, als ihn in der Küche eingesperrt zu sehen.»

Ich lächelte. «Das verstehe ich. Wirklich.»

«Vor allem, wenn er eine Schandtat mit Kartoffeln plant.»

Bestimmt hatte er ein bisschen gezwinkert, aber ich war mir nicht zu hundert Prozent sicher. Ich lächelte weiter, nur für alle Fälle.

Er sah auf die Uhr. «19.34 Uhr. Komm, Zeit für eine zweite Runde deines berühmten Getränks. Außerdem müssen wir uns mit Federica unterhalten.»

Auf dem Grätenteller in der Mitte des Tisches lagen drei Fischskelette. Es war ein köstliches Abendessen gewesen. Dennoch dachte ich ziemlich wehmütig daran, wie meine Filets in Rotwein wohl geworden wären. Aber *zio* Giacomo hatte seine Freude gehabt, und wir hatten uns länger unterhalten können.

Gramsci sprang auf den Tisch, schnupperte neugierig an den Gräten, wandte sich ab und hopste wieder auf den Boden.

«Merkwürdiger Kater», stellte Maturi fest.

«Ja. Das kann man sagen.»

«Interessiert sich nicht für Fisch?»

«Nicht für frischen Fisch zumindest. Würde jemand zwei Gassen weiter eine Dose Thunfisch öffnen, würde er durchdrehen. Aber wenn ich einen ganzen Steinbutt vom Markt mitbringe, rümpft er nur die Nase.»

Maturi strich sich über den Bauch und seufzte zufrieden. Dann wurde er ernst. «Also. Vielleicht sollten wir jetzt langsam zum Hauptgrund kommen, warum ich hier bin.»

Ich wollte gerade protestieren, wahrscheinlich unbeholfen, da antwortete Federica schon für mich. «Der Hauptgrund, warum du hier bist, *zio* Giacomo, ist, um uns ein wunderbares Abendessen zu kochen und um uns zu zeigen, wie klug du bist.»

Er drückte lächelnd ihre Hand. «Aber natürlich, liebe Federica. Also, wo fangen wir nun an?»

Ich holte mein Handy hervor und friemelte so lange daran herum, bis das Foto der Kapelle auf dem Display erschien. Dann reichte ich es Maturi.

Federica stützte den Kopf in die Hände.

Ihr Onkel hielt das Gerät fest, als wäre es eine Granate, aus der der Stift gezogen wurde.

«Was in aller Welt?»

«Ähm, ich hab mich nur gefragt, ob du uns etwas über die Aufnahme sagen könntest – wo das ist vielleicht? Weder Federica noch ich können es zuordnen.»

«Verstehe. Nun, ich fühle mich geschmeichelt durch eure Einschätzung meiner Fähigkeiten. Aber glaubt ihr wirklich, ich könnte das anhand eines Mini-Fotos auf einem Handy sagen?»

«Ah. Wäre es besser, wenn ich es ausdrucke?» Er nickte. «Bin gleich wieder da.»

Ich eilte ins Büro. Bitte, bitte, lass das WLAN funktionieren. Bitte, bitte, lass noch genug Toner übrig sein. Der Drucker surrte leise vor sich hin, während ich ungeduldig mit den Fingern trommelte. Dann fiel zum Glück die vollständig bedruckte Seite in meine Hand.

Ich nahm sie mit zum Esstisch und machte ein bisschen Platz vor Maturi, der mit viel Aufhebens seine Brille reinigte, bevor er sich das Foto ansah.

«Interessant», sagte er, nahm die Brille ab und tippte damit auf den Tisch. «Würde es dir etwas ausmachen, mir zu sagen, wo du das herhast? Oder geht es um geheime diplomatische Angelegenheiten?»

«Ein bisschen geheim ist es schon. Aber das ist kein Grund,

dass du es nicht wissen dürftest. Es stammt aus der Hosentasche eines britischen Staatsbürgers, der gestern Morgen tot aufgefunden wurde. Er war vom Ponton bei Celestia in die Lagune gestürzt.»

«Du meine Güte. Der arme Mann.» Er setzte seine Brille wieder auf und betrachtete das Foto noch einmal.

«Nun, irgendeine Vermutung?»

«Ich denke schon. Nichts in der Nähe von Celestia allerdings. Und auch kein Ort, den unser Tourist hätte besuchen können.»

Wir wussten beide, dass er den Augenblick in die Länge zog, um die größtmögliche Wirkung zu erzielen. «Komm schon, *zio* Giacomo. Spann uns nicht so auf die Folter.»

«Nun ja, ich könnte mich irren. Mit absoluter Sicherheit lässt es sich nicht sagen. Aber ich vermute, es ist Sant'Ariano. Die Knocheninsel.» Er lächelte. «Die Toteninsel, wenn euch das lieber ist.»

28

Giacomo war kein Mann, den man fragte: «Bist du sicher?»

Mein Glas Wein war auf halbem Weg zum Mund. Ich hielt inne, stellte es wieder ab und nickte so nachdenklich wie möglich.

«Glaubst du wirklich?»

Maturi zuckte mit den Augenbrauen. «Glaubst du, ich irre mich?»

Ich beschloss, ehrlich zu sein. «Ich habe keine Ahnung. Aber weshalb hältst du es für Sant'Ariano?»

«Wie gesagt, mit Sicherheit lässt es sich schwer sagen. Ich habe noch nie ein Foto von der Kapelle gesehen. Aber ich kenne Zeichnungen. Das hier sieht so ähnlich aus.»

Ich leerte mein Glas. «Okay. Das klingt plausibel. Darf ich dir nachschenken?»

«Danke.»

«Fede?»

«Ach, ich denke schon.»

«Ich mache rasch noch eine auf.» Ich ging in die Küche und goss etwas *vino sfuso* in eine Karaffe. Channing hatte die Toteninsel erwähnt, und ich hatte angenommen, er meinte die Friedhofsinsel San Michele. Aber jetzt hatte Maturi denselben Namen für Sant'Ariano benutzt.

Die trostloseste Insel der ganzen Lagune. Das verlassene Ossuarium Venedigs. In vergangenen Zeiten wurden, wenn kein Platz mehr auf dem Friedhof war, die Überreste der Toten nach zehn Jahren Liegezeit auf San Michele exhumiert und auf die

Knocheninsel in der sogenannten *laguna morta* gebracht und innerhalb der sie umgebenden Mauern deponiert. Weit entfernt von der Stadt, von Murano und Burano, selbst abseits der abgeschiedenen Insel Torcello gelegen, war dies der Ort, an dem Generationen von Venezianern schließlich wirklich ihre letzte Ruhe fanden.

Ich trug den Wein zurück ins Wohnzimmer. Maturi erhob sein Glas und stieß mit mir an.

«Na schön, Giacomo. Erzähl mir etwas über Sant'Ariano und dieses Foto.»

«Es ist wohl eine Art Ausschlussprinzip. Ich glaube, ich kann mit ziemlicher Sicherheit sagen, dass ich jede Kapelle im *centro storico* erkennen würde. Die hier erkenne ich nicht. Außerdem ist das kein Foto von Murano oder Burano. Da bin ich mir recht sicher. Die Christusdarstellung scheint mir aus dem sechzehnten Jahrhundert zu stammen. Das wiederum würde zur Konstruktion der Mauer rund um die Insel passen.»

Ich hüstelte. «Entschuldige, Giacomo, aber das übersteigt meinen Horizont. Ich weiß nicht viel über solche Dinge.»

Fede legte ihm die Hand auf den Arm. «*Zio* Giacomo, ich habe mein ganzes Leben in Venedig verbracht, und selbst ich weiß nicht viel über Sant'Ariano. Wie viele Menschen wissen so etwas schon?»

Maturi räusperte sich, schien jedoch ziemlich erfreut.

«Wir müssen viele Jahre zurückgehen. In die Zeit, als Torcello noch die wichtigste Insel der Lagune war. Auf der Insel Sant'Ariano – die ursprünglich wahrscheinlich Sant'Adriano hieß, nach dem Namen des Märtyrers – war ein Kloster entstanden. Nicht für die armen Unglückseligen, die kaum eine andere Wahl hatten, als eine Braut Christi zu werden. Nein, dort schickten die angesehensten Familien der Republik ihre Töchter hin.»

Federica schwenkte ihren Wein. «Die Glücklichen», sagte sie, bevor sie ihr Glas leerte und es mir zum Nachfüllen hinhielt.

«Das Kloster wurde verlassen und verfiel mit der Zeit, während auch Torcello selbst an Bedeutung verlor. Dafür gab es mehrere Gründe. Es kursierten Gerüchte über Ratten- und Schlangenplagen. Aber Krankheiten waren wohl eher der Grund. Dieser Teil der Lagune war malariaverseucht. Die Luft war feucht und stickig. Das waren die Hauptauslöser, die die Nonnen vertrieben.

Die Insel blieb jahrelang unbewohnt. Im sechzehnten Jahrhundert entschied der Senat dann, sie könnte immer noch einen Zweck erfüllen. Das war wohlgemerkt noch vor Napoleon. Zu dieser Zeit gab es die Friedhofsinsel San Michele noch nicht. Die Toten wurden in der Stadt selbst begraben.» Er schmunzelte. «Selbst da, wo du jetzt wohnst, mein Junge – nur fünfhundert Meter entfernt, am Campiello dei Morti. Der Platz der Toten. Hast du dich jemals gefragt, warum der Platz so viel höher ist als die Umgebung? Ein Friedhof, der bei *acqua alta* überflutet werden würde, wäre etwas unschön, oder?

Rund um die Insel errichtete man eine Mauer, und am Eingang wurde eine kleine Kapelle gebaut. Ein Jahrhundert später war alles, was von dem Kloster und der Kirche Sant'Adriano noch übrig gewesen war, dem Erdboden gleichgemacht. Weggeschafft als Baumaterial für die Errichtung der Redentore-Kirche.» Er schmunzelte wieder. «Viele Menschen erzählen von Sant'Ariano und glauben, sie wären niemals dort gewesen. Dabei ist die Wahrscheinlichkeit, dass sie unwissentlich schon über seine Steine gelaufen sind, gar nicht so gering.

Die Jahrhunderte vergingen. Mit jeder Woche stapelten sich die Knochen in der Mitte der Insel höher. Bis sie eine betrübliche Höhe von drei Metern erreicht hatten. 1933 fand das Ganze dann ein Ende. Die Boote mit ihrer traurigen Fracht kamen nicht mehr. Niemand endete mehr dort. Die Insel wurde sich selbst überlassen.»

«Heißt das, sie wurde einfach dem Verfall preisgegeben?»

«Nicht ganz. Ich glaube, in den Achtzigerjahren haben irgendwelche Arbeiten stattgefunden.» Er grinste. Für meine Begriffe genoss er es ein kleines bisschen zu sehr, seine Geschichte zu erzählen. «Es heißt – obwohl ich zugeben muss, dass ich das nie selbst beobachtet habe –, dass man bis in die Siebziger deutlich eine Schicht Knochen erkennen konnte, die über der Mauer herausschaute. Nicht direkt ein Anblick, dem man begegnen möchte, wenn man auf dem Weg zu einem Sonntagspicknick auf den benachbarten Inseln ist.»

«Um Gottes willen, nein. Dann haben sie die ...», ich versuchte, ein angemessen neutrales Wort zu finden, «‹Überreste› entfernt?»

«Nichts, was so aufwendig gewesen wäre. Der Grund und sein grausiges Gut wurden planiert, damit sie hinter der Mauer verschwanden. Der Hauptzugang wurde zugemauert und der Kapellenausgang durch ein Tor verschlossen.»

«Bist du jemals dort gewesen?»

«Um Himmels willen, nein. Warum sollte ich? Da gibt es nichts Spannendes zu sehen, nichts jedenfalls, was man nicht von einem Boot aus sehen könnte.»

«Nicht einmal die Kapelle?»

Er tippte mit seiner Brille auf den Tisch. «Die könnte, muss ich zugeben, interessant sein. Das hier», er deutete auf das Foto, «ist vermutlich eine der wenigen Aufnahmen, die wir davon haben. Also ja, das könnte eine gewisse Faszination ausstrahlen.»

«Kennst du jemanden, der schon einmal dort gewesen ist?»

Er schüttelte den Kopf. «Nein, ich vermute, das wäre zu gefährlich. Die Mauern sind höchstwahrscheinlich einsturzgefährdet. Ganz abgesehen davon, was sich dahinter verbirgt. Falls die Geschichten über die Ratten und die Schlangen stimmen, die man sich erzählt, wäre es eine unangenehme Erfahrung, gelinde ausgedrückt.»

«Die Leute versuchen es trotzdem», sagte Federica. «Nicht oft. Aber manchmal liest man in der Zeitung, dass jemand festgenommen wurde, weil er dort an Land gehen wollte.»

«Oh ja. Gewisse Besucher zieht die Insel verständlicherweise an. Diejenigen mit einer Vorliebe fürs Makabre. Dieselben, die Märchen über Vampire auf Poveglia hören und beschließen, dass sie unbedingt dorthin müssen.»

Federica lächelte mich an. «Leute, die zu viele Horrorfilme schauen, vielleicht?»

«Unter Umständen», antwortete Maturi. «Ich verstehe es jedenfalls nicht. Wahrscheinlich gibt es dort wenig zu sehen, und man verlässt die Insel voller Wehmut. Dasselbe Gefühl, das mich manchmal angesichts eines enttäuschenden *tramezzinos* überkommt. Nein, ich kann mir etwas Besseres vorstellen, um einen Nachmittag zu verbringen.» Er räusperte sich. «Also, wolltet ihr mir jetzt vielleicht mitteilen, dass ihr ein übertrieben aufwendiges Dessert vorbereitet habt?»

Ich lächelte. «Im Gegenteil. Es gibt nur ein bisschen Käse.»

Er lachte. «Langsam machst du Fortschritte, mein Junge.»

Nach dem Käse und ein paar mittelmäßigen Gläsern Grappa machte Maturi sich auf den Heimweg.

Fede legte den Arm um mich. «Gut gemacht, *tesoro*.»

«Habe ich es halbwegs hinbekommen?»

«Du warst fantastisch.»

«Fantastisch? So würde ich es eher nicht bezeichnen. Ich habe deinen Onkel zum Abendessen eingeladen, um ihn dann für uns kochen zu lassen.»

«Er kocht gerne, und er spielt gerne den Gastgeber.»

«Ich komme mir vor wie nach einem Boxkampf.»

«Aber du weißt doch, wie er ist. Und er mag dich, wirklich.»

«Ich mag ihn auch. Also, trotz allem. Er ist nie langweilig, das muss man zugeben, und es war ein sehr aufschlussreicher Abend.»

«Mmm. Und was unternehmen wir jetzt?»

«Ich weiß es nicht. Ich hab schon langsam angefangen zu glauben, dass dieser ganze Schwarze-Magie-Quatsch, nun ja, bloß Quatsch ist. Jetzt bin ich mir nicht mehr sicher. Ich muss noch mal mit Rayner reden. Vielleicht wissen seine Kleriker-Kumpel etwas. Aber abgesehen davon», ich schüttelte den Kopf, «war es zwar interessant, aber ich bin mir nicht sicher, ob es uns weiterbringt.»

«Dann komm ins Bett. Morgen früh sehen wir bestimmt klarer.»

«Abwasch?»

«Der kann bis morgen warten. Komm.»

Sie nahm meine Hand, zog mich ins Schlafzimmer und überließ die Fischgräten der Gnade eines Katers, der keinen Fisch mochte.

29

Ich stand in der Küche und schüttelte den Kopf über Gramsci, der nicht aufhörte, seinen leeren Futternapf anzustupsen. Ich nahm meinen Kaffee mit ins Schlafzimmer und setzte mich auf die Bettkante. «Das wird jetzt sicher lächerlich klingen», begann ich.

Sie gähnte und streckte sich. «Aha. Wird es denn wichtig sein?»

«Ich weiß nicht. Es geht um Gramsci ...»

«Oh.» Sie rollte sich auf die andere Seite und zog sich das Kissen über den Kopf. Ich zählte bis fünf, dann riss ich es weg.

«He!»

«Ernsthaft. Ich mache mir Sorgen um ihn. Er war einmal der Spitzenprädator, und jetzt watschelt er nur noch durch die Gegend. Ich verstehe das nicht.»

«Ist das alles? Na schön, dann gebe ich ihm einfach morgens weniger zu fressen.» Sie drehte sich wieder um.

«Danke. Ich hoffe, dass das alles ist.» Da begriff ich, was sie da gerade gesagt hatte. «Moment.» Ich riss das Kissen wieder weg.

«Hör auf damit!»

«Hast du gesagt, du gibst ihm weniger Futter? *Du* fütterst ihn?»

Sie gähnte. «Sicher. Als erste Amtshandlung morgens. Ich koche Tee oder Kaffee, füttere den Kater und lege mich noch ein bisschen ins Bett.»

«Bevor ich aufstehe?»

«Natürlich. Wir genießen schließlich nicht alle den Luxus, zu Hause zu arbeiten.»

«Aber ich füttere ihn, wenn ich aufstehe!»

«Wirklich?»

«Ja! Das ist es! Sein teuflisches kleines Hirn hat herausgefunden, dass er zweimal Frühstück kriegt, wenn er alles auffrisst, bevor ich in die Küche komme! Deshalb wird er zu einem feisten, fetten Kater. Verflucht und zugenäht! Und das ist auch der Grund, warum er nett zu dir ist!»

«Ach ja? Wie enttäuschend.»

Ich fuhr mir mit den Händen durch die Haare. «Ist dir klar, was das bedeutet?»

«Wir geben ihm ein bisschen weniger Futter?»

«Du verstehst das nicht. Es geht nicht darum, ihm ein bisschen weniger Pellets zu geben. Ich musste das schon mal machen. Es ist wie Gene Hackman auf kaltem Entzug in *French Connection 2*.»

Fede rollte sich auf die andere Seite, zog sich das Kissen über den Kopf und hielt die Ecken fest. In der Küche fing Gramsci an zu maunzen. Ich stand seufzend auf. Das würde nicht leicht werden.

Es war ein langer Vormittag. Die Recherche nach weiteren Informationen über Sant'Ariano erschien mir fast angenehm, nachdem ich mich vorher mit einem Kater abgeben musste, der sich aufführte, als wäre er kurz vorm Verhungern.

Federica hatte gesagt, dass es gelegentlich zu Festnahmen gekommen war, weil versucht wurde, auf der Insel an Land zu gehen. Im Netz waren ein paar neuere Artikel zu finden sowie ein paar Berichte von Leuten, die vergeblich versucht hatten, jemanden zu finden, der sie dorthin brachte. Außerdem gab es einige Fernaufnahmen von der Insel. Sie sah nicht so spektakulär aus, wie ich vielleicht gehofft hatte. Klein, flach, überwuchert und bis auf die kleine Kapelle und die Mauer, die sie umgab, ohne Besonderheiten, wirkte sie eher enttäuschend im Verhältnis zu den gespenstischen Vorstellungen, die der Name heraufbeschwor.

Eines der Fotos zeigte ein Schild, das an der bröckelnden Mauer angebracht war, allerdings war die Aufschrift zu klein, um sie auf der Internetseite erkennen zu können. Ich speicherte es als Foto und zoomte so nah wie möglich heran. Ich konnte die Worte «Ossario di S. Ariano» lesen, aber viel mehr nicht. Ich setzte meine Brille auf und sah noch einmal näher hin. «Ossario di S. Ariano … Arciconfraternità di San Cristoforo e della Misericordia di Venezia.» Nicht weit davon entfernt war ein hölzernes Schild am verrottenden Anlegesteg aufgestellt. *Divieto di ormeggiare* war darauf zu lesen. Anlegen verboten.

Zu meiner Enttäuschung gab es keine Nahaufnahmen der Kapelle. Ich sah alle verfügbaren Fotos und Videos durch; die meisten versprachen mehr, als sie hielten, weil es sich um kaum mehr als Aufnahmen von der Insel aus größerer Entfernung handelte.

Mit einer Ausnahme. Ein verwackeltes YouTube-Video, das offensichtlich mit einer Headcam aufgenommen worden war. Zu hören war nichts, bis auf ein paar gemurmelte Worte auf Englisch.

Ich beobachtete, wie die Insel langsam näher kam und wie die Kamera auf dem «Anlegen verboten»-Schild verweilte. Dann lief der unsichtbare Kameramann außen um die Mauer herum. Es gab keinen richtigen Weg, alles war völlig überwuchert.

Der unbekannte Besucher betrat die Kapelle. Ich stoppte das Video, um das Foto auf meinem Handy zu öffnen. Es war zweifelsfrei derselbe Ort. Die Christusfigur war ganz verblasst und voller Wasserflecken, während sich von den Wänden praktisch der ganze Putz gelöst hatte, eine Folge jahrhundertelanger Feuchtigkeit und Vernachlässigung. Eine sinnvolle Restaurierung war hier sicher nicht mehr möglich.

Hinter dem Altar schien sich ein weiterer Raum zu befinden, der auf beiden Seiten des Altarraums durch Eisentore abgesperrt war. Der Kameramann ging ein wenig nach rechts. Er streckte die Hand aus und rüttelte daran. Es bewegte sich nicht. Er rüttelte noch einmal, fester jetzt, doch immer noch ohne Erfolg. Die Videoaufnahme wackelte, weil er enttäuscht den Kopf schüttelte, während er leise fluchte.

Er ging auf die andere Seite des Altars und wiederholte das Ganze. Dieses Mal bewegte sich das Tor kaum merklich. Wieder wackelte das Bild, während derjenige mit der Schulter gegen das Tor drückte und es sich kurz darauf schrammend öffnete.

Dahinter befand sich ein kleiner, nichtssagender Raum mit Überresten von weißem Putz an der roten Backsteinwand. Ein paar Stufen führten offenbar zum Inneren der Insel. Der Zugang war jedoch durch ein weiteres Gittertor verschlossen. Ich weiß nicht, was ich erwartet hatte. Vielleicht etwas wie aus einem Albtraum à la Lovecraft, ein Bosch-mäßiges Bild der Hölle, wo Würmer an den Überresten lang Verblichener nagten. Stattdessen war nichts weiter zu sehen als dichter Baumbewuchs und Gestrüpp. Der Kameramann streckte die Hand aus und rüttelte an dem Tor. Es bewegte sich nicht. Er versuchte es noch einmal, bevor die Kamera nach unten schwenkte, um ein schweres, völlig verrostetes Vorhängeschloss an einer Kette zu zeigen. Erneut verwackelte das Bild, weil er offensichtlich den Kopf schüttelte. «Zwecklos», war alles, was ich verstehen konnte, weil er nur vor sich hin brummelte.

Die Kamera schwenkte herum, während er vorsichtig wieder zurück in die Kapelle lief. Dort ging er auf die Knie und fuhr mit den Fingerspitzen über den Boden. Er stand wieder auf und wischte sich den Schmutz von den Händen. Dann beugte er sich etwas nach vorn, um ein deutlicheres Bild des Fußbodens aufnehmen zu können. Anschließend bewegte er sich etwas rückwärts und hob die Hände vors Gesicht. In denen er eine Fotokamera hielt.

Eine Polaroid SX70.

Jimmy Whale.

Er sagte wieder etwas. «Na schön, das Licht ist nicht perfekt, aber mal sehen, wie es wird.» Er trat ein paar Schritte zurück und drückte auf den Auslöser. Man hörte das vertraute Surren und Klicken einer Sofortbildkamera. Er faltete sie wieder zusammen und hielt das Foto in die Höhe.

«Geht so. Nicht genug Licht. Ich werde noch einmal wiederkommen müssen. Es gibt zwar nicht so viel zu sehen, wie ich gehofft hatte. Aber es hat sich trotzdem gelohnt.» Er hielt kurz inne. «Also, ich hoffe, unser gemeinsamer Besuch auf der Toteninsel hat euch gefallen. Ich versuche, in den nächsten Tagen noch ein paar weitere Infos auf die Website zu stellen. Jetzt fahre ich erst einmal zurück nach Venedig, um heiß zu duschen und einen Spritz zu trinken. Danke fürs Zuschauen.»

Er drehte sich um, verließ die Kapelle und lief über den Trampelpfad am Rand der Insel zurück. Am Ende des Anlegestegs war ein Boot zu erkennen. Der einzige Insasse hielt sich die Hand vors Gesicht. «Idiot!», rief er. «Ich hab dir doch gesagt, du sollst mich nicht filmen. Willst du, dass ich dich hierlasse?»

«Sorry, Mann», entschuldigte sich der mit der Kamera. «Ich stell sie aus, ja?» Es ertönte ein Klick auf der Tonspur, dann wurde das Bild schwarz.

Ich spulte dreißig Sekunden zurück und ließ das Stück noch einmal in Zeitlupe laufen. Wieder sah ich, wie der Bootsführer sein Gesicht verdeckte. Ich stoppte das Video und zoomte das Bild näher heran. Der Name an der Bootswand war zu erkennen. Marcuccio. Kein verbreiteter Name im Veneto. Gut. Das hieß, es würde nicht allzu schwierig sein, ihn aufzuspüren. Und *signor* Marcuccio, so schien es, war ein Mann, der sich überreden ließ, Touristen auf die verbotenen Inseln der Lagune zu bringen.

Ich sah mir das YouTube-Icon näher an. Lange Haare, Hippie-Look. Er war es eindeutig. Jimmy Whale. Ich öffnete die «Über mich»–Rubrik.

James Whale (nicht der Regisseur). Geisterjäger. Inselerkunder. Folgt meinem YouTube-Kanal und erhaltet exklusive Aufnahmen von Europas geheimnisvollsten Orten.

Ich scrollte nach unten, für den Fall, dass die Kommentare nützlich sein könnten. Viele gab es nicht zu lesen, dennoch langweilte mich recht schnell die übermäßig häufige Verwendung des Wortes «geil». Sah man von der historischen Bedeutung der Insel einmal ab, was blieb da schon? Eine bröckelnde Mauer, eine verfallene Kapelle und ein völlig überwuchertes Inneres. «Geil» schien mir da doch ein bisschen zu weit zu gehen.

Ich scrollte weiter. Unter den Geil-Bekundungen fanden sich zwei differenziertere Kommentare. Einer war unter dem Namen «Anonimo Veneziano» gepostet worden.

«Darf ich mal anmerken, dass das die idiotischsten Kommentare sind, die ich je auf dieser Website gelesen habe? Sant'Ariano ist kein Ort, um dumme Touristen zu beglücken. Fast jeder Venezianer hat einen Verwandten, dessen Überreste dort liegen. Zeig etwas Respekt! Außerdem ist es da gefährlich. Die Mauern sind einsturzgefährdet. Was, wenn ein Unfall passiert? Glaubst du etwa, der Typ in dem Boot wartet auf dich?

Im August 1980 sind drei Kinder nach Sant'Ariano gefahren. Nur eins davon kam zurück. Denk an sie, und sei nicht so ein verdammter Trottel. Halt dich von der Toteninsel fern.»

Der andere, «Unknown User», kam direkt auf den Punkt. «Bleib von Sant'Ariano weg. Es ist gefährlich.»

Drei Kinder? Nicht nur zwei? Und Gabriele war angeblich in der Nähe von Torcello ertrunken. Derselbe Teil der Lagune zwar, aber nicht so nah beieinander, um die beiden Inseln verwechseln zu können. Hatte es mehr als einen Unfall in dem Jahr gegeben? Im selben Monat?

«Fede?», rief ich. Sie streckte den Kopf durch die Tür. «Du hast doch von der Sache mit dem kleinen Loredan gehört? Als du noch ein Kind warst, meine ich?»

Sie nickte. «Hab ich dir doch gesagt. Alle in der Schule haben es gehört. Er war mit seiner Schwester irgendwo bei Torcello unterwegs, als es passierte. Er fiel von Bord und ertrank.»

«War denn noch jemand bei ihnen?»

Sie runzelte die Stirn und schüttelte den Kopf. «Ich glaube, es wurde nur von den beiden berichtet. Gabriele und Ludovica.»

Ich drehte mein Laptop zu ihr um. «Komm doch mal kurz und sieh dir das an.»

Sie las die Kommentare, einschließlich dem von Veneziano.

«Schwer einzuschätzen. Aber, ehrlich gesagt, denke ich, er hat sich einfach geirrt. Wir reden schließlich von etwas, das vor vierzig Jahren geschehen ist.»

Ich drehte das Laptop wieder zu mir und trommelte mit den Fingern auf den Tisch. «Ich bin nicht wirklich überzeugt, weißt du?»

«Da bin ich mir sicher, Mr. Holmes. Ich lass dich mal in Ruhe weiterermitteln.»

«Nein, Moment noch. Moment noch. Ich hab kürzlich noch etwas gefunden. Als ich nach Informationen über Hugo Channing gesucht habe. Da tauchte ein Foto von ihm und seinem Geschäftspartner auf. Aus demselben Jahr, vielleicht sogar demselben Monat wie der Unfall. Mir fällt gerade der Name nicht mehr ein.» Ich tippte etwas auf der Tastatur. «Da haben wir's. Darko Kastellic.»

Sie schüttelte den Kopf. «Sagt mir nichts.»

«Er hatte einen Sohn namens Andrea. Es existiert ein Foto von ihnen allen auf Channings Boot, nicht lange vor dem Unfall.»

Sie lachte. «Den kenne ich auch nicht. Tut mir leid, *caro*, ich bin heute keine besonders gute *dottoressa* Watson.»

«Ich frage mich nur ... was, wenn an diesem Tag zwei Kinder ertrunken sind? Wie *Anonimo* behauptet.»

«Ich halte es immer noch für wahrscheinlicher, dass er sich einfach vertan hat. Wir hätten doch sonst sicher von dem anderen Jungen gehört?»

«Vermutlich.» Ich wandte mich wieder dem Laptop zu und suchte nach «Andrea Kastellic». Nichts. Die Zeitungsarchive, die man online finden konnte, reichten selten so weit zurück, aber ich wusste, dass es im Internet das Foto gab, auf dem zu sehen war, wie die Channings den toten Gabriele nach Hause bringen. Es war also zumindest möglich, dass auch andere Aufzeichnungen, andere Fotos existierten.

Ich versuchte es noch einmal. «Andrea Kastellic. Gabriele Loredan.» Nichts. Keinerlei Verbindung zwischen den beiden Jungen, und doch bewies die Aufnahme auf Channings Boot, dass es eine gegeben hatte.

Noch ein Versuch: «Andrea Kastellic. Gabriele Loredan. Hugo Channing. Cosima Loredan» gab ich in den Computer ein, in der Hoffnung, dass irgendetwas auftauchen würde.

Das tat es. Pinterest diesmal. Fotos aus einem Promi-Magazin der späten Sechzigerjahre. «Hugo Channing und Darko Kastellic genießen einen Martini in der legendären Harry's Bar.» Ich klickte darauf. «*Geschäftspartner am Tag, Freunde am Abend. Hugo Channing und Darko Kastellic feiern einen weiteren Vertragsabschluss mit einem Drink in Venedigs berühmtestem Promi-Treffpunkt.*»

Es fanden sich noch weitere Artikel und Fotos dieser Art. Im

Idealfall hätte ich mir die Geschichte ihrer Geschäftsbeziehungen nicht aus irgendwelchen spanischen Illustrierten zusammensuchen müssen, aber etwas anderes hatte ich nicht.

Kastellic, ein gebürtiger Slowene, hatte den größten Teil seines Lebens in Triest verbracht, wo er im Transportgeschäft zu Geld gekommen war. Er hatte während der ganzen Sechzigerjahre mit Hugo zusammengearbeitet, doch dann hatte ihre Partnerschaft ein plötzliches Ende genommen. Das andere Foto, auf das ich stieß, zeigte sie jedoch 1980 wieder zusammen. Was immer zu dem Bruch zwischen den beiden geführt hatte, schien da wieder behoben worden zu sein.

Die Siebziger waren schwierige Jahre für Kastellic gewesen. Nach seinem Zerwürfnis mit Channing hatten eine Reihe falscher Unternehmensentscheidungen und eine gewisse Vergesslichkeit in Sachen Steuerzahlungen dazu geführt, dass er am Ende des Jahrzehnts Bankrott anmelden musste. In den frühen Achtzigern zog er sich aufgrund «familiärer Schwierigkeiten» in den Ruhestand zurück.

Wie alt wäre er wohl jetzt? Falls er überhaupt noch lebte? Ich öffnete das Online-Telefonbuch von Triest.

Kastellic, D. Via Margherita Hack 85.

Es könnte ein anderer Kastellic sein, sagte ich mir. Oder vielleicht ein Verwandter. Trotzdem war es etwas, das ich überprüfen sollte. Ich wählte die angegebene Nummer. Ich ließ es ewig klingeln und wollte gerade wieder auflegen, als es in der Leitung knisterte und sich jemand meldete. «Pronto!»

«Spreche ich mit Darko Kastellic?» Schweigen in der Leitung. Ich versuchte es noch einmal. «Könnte ich bitte mit *signor* Darko Kastellic sprechen?»

«Wer ist da?»

«Mein Name ist Nathan Sutherland. Ich bin der britische Honorarkonsul in Venedig.»

«Ja?» Er verweilte bei dem Wort, mit von Argwohn erfüllter Stimme.

«Ich würde gerne mit Ihnen sprechen, wenn ich dürfte. Wenn Sie mir vielleicht fünf Minuten Ihrer Zeit schenken würden?»

«Worüber?»

Ich holte tief Luft. «Es ist leider eine etwas heikle Angelegenheit. Ich möchte Sie auf keinen Fall aufregen, aber ich frage mich, ob ...»

«Sie sind Journalist, richtig?», fiel er mir ins Wort.

«Ich bin kein Journalist, das versichere ich Ihnen. Ich sagte doch, dass ich ...»

«Ich hab's Ihnen schon einmal gesagt. Ich spreche nicht mit Journalisten. Hören Sie gefälligst auf mich.» Seine Stimme bebte. «Rufen Sie mich nicht mehr an. Das nächste Mal verständige ich die Polizei.»

Er legte auf. Also hatte ihn offensichtlich schon ein Journalist angerufen. Ein ganz bestimmter wahrscheinlich. Ich spielte mit meinem Handy und überlegte, ob ich ihn noch mal anrufen sollte. Nein. Lieber nicht. Schließlich war er ein alter Mann und wünschte aus gutem Grund, nicht an die Ereignisse erinnert zu werden, die vierzig Jahre zurücklagen. Aber vielleicht, nur vielleicht, würde er mit mir persönlich sprechen.

Ich holte Guys Visitenkarte hervor und tippte damit auf den Schreibtisch. Sicher würde es sich lohnen, noch einmal mit ihm zu sprechen. Ich sah auf die Adresse, die er auf der Rückseite notiert hatte. Hotel Da Ponte, San Zulian. Nicht allzu weit weg.

Eins musste ich vorher allerdings noch überprüfen. Es war natürlich sehr gut möglich, dass dieser Anonimo Veneziano sich einfach vertan hatte. Trotzdem war es einen Versuch wert, mit ihm zu sprechen. Ich klickte sein Profil an, aber es war keine E-Mail-Adresse hinterlegt. Wenn ich mich mit ihm in Verbindung setzen wollte, würde ich meine Kontaktdaten in einem öffentlichen Forum angeben müssen. Der Gedanke gefiel mir nicht, aber Jimmy Whales Kanal schien nicht sonderlich stark frequentiert zu werden. Das Schlimmste, was passieren konnte, war, dass man meinen Post für unzureichend geil einstufen würde. Ich hinterließ eine Nachricht mit der Bitte, sich bei mir zu melden, gab meine private E-Mail-Adresse an, nicht die des Konsulats, und drückte auf «Senden».

Ich sah auf die Uhr. Jetzt war keine Zeit dafür, aber ich hatte ein neues Projekt für die Zukunft.

«Fede?»

«Ja, *tesoro?*»

«Ich statte unserem Journalistenfreund einen Besuch ab. Was hältst du demnächst von einem kleinen Ausflug nach Triest?»

30

Das Hotel Da Ponte war für venezianische Verhältnisse modern und offenbar kürzlich auf eine Weise neu eingerichtet worden, die vermuten ließ, dass die Lobby imposanter war als die eigentlichen Zimmer. Ein junger Mann in Kochuniform lungerte telefonierend und rauchend vor dem Haupteingang herum. Zwei Gäste warteten darauf, sich anzumelden. Ich warf einen Blick auf die ausgehängten Zimmerpreise. Nicht billig, beim besten Willen nicht, aber für diesen Teil der Stadt im Rahmen. Ein Portier kam, um den Neuankömmlingen die Koffer nach oben zu tragen, und der Mann hinter dem Empfangstresen wandte sich lächelnd mir zu.

«Guten Morgen, *signore*, wie kann ich Ihnen helfen?»

«Guten Morgen. Sind Sie hier der Chef?»

Er tippte lächelnd auf sein Namensschild, auf dem «Geschäftsführer» eingraviert war.

«Ah, gut. Hervorragend. Ich glaube, bei Ihnen wohnt ein Gast namens Guy Flemyng.» Ich buchstabierte seinen Nachnamen für ihn.

«Ach ja, mein Herr. Der englische Gentleman.» Das grenzte es wahrscheinlich auf ungefähr fünfzig Prozent seiner Gäste ein. Das «englisch» jedenfalls. Er hob sein Telefon ab. «Was darf ich ihm sagen, wer nach ihm fragt?»

«Mein Name ist Nathan Sutherland. Er hat mich kürzlich aufgesucht. Wir haben eine Verabredung. Nun ja, so etwas in der Art.»

Er wählte die Nummer. Wir lächelten uns an und nickten, bis

er kurz mit den Schultern zuckte und auflegte. «Tut mir leid, *signore*, er ist offenbar nicht auf seinem Zimmer.»

Mist. «Ach. Das ist schade. Könnte es sein, dass er vielleicht gerade ein frühes Mittagessen einnimmt?»

«Ich rufe für Sie im Restaurant an, *signore*.» Wieder lächelten und nickten wir, während er in den Telefonhörer sprach. Er legte auf. «Leider nein.»

Ich trommelte mit den Fingern auf den Tresen. Natürlich könnte ich es einfach dabei belassen. Es war gut möglich, dass er einfach in der Stadt unterwegs war und jeden ausfragte, der ihm zuhörte. Dennoch bestand die Möglichkeit, dass es eine Verbindung zwischen ihm und dem Mann gab, der vor drei Tagen tot aufgefunden wurde. Ich musste mit ihm sprechen.

Der Geschäftsführer sah über meine Schulter zu zwei Gästen, die gerade ankamen.

«Hören Sie, es tut mir wirklich leid, Ihnen solche Umstände zu machen, aber könnten Sie mir wenigstens sagen, ob sein Zimmer heute Morgen gereinigt wurde?»

Er seufzte, ein wenig übertrieben, und fuhr mit dem Finger über eine Liste mit Zimmern und Namen. Dann schüttelte er den Kopf. «Mr. Flemyng scheint heute länger zu schlafen.»

Flemyng, fiel mir ein, sah so aus, als würde er schon mal ein Gläschen mehr trinken. Trotzdem – ich sah auf meine Armbanduhr –, inzwischen war es ein Uhr mittags. «Könnten wir vielleicht raufgehen und kurz bei ihm anklopfen? Es ist wahrscheinlich wichtig.»

Nun war der Mann sichtlich genervt. «Tut mir leid, *signore*, aber darf ich fragen, worum es eigentlich geht?»

Ich holte meine Visitenkarte heraus. «Ich bin der britische Honorarkonsul in Venedig. Es ist meine Pflicht, den Untertanen Ihrer Majestät beizustehen, die in dieser Stadt Hilfe brauchen könnten. Mr. Flemyng hat mich kürzlich aus diesem Grund kontaktiert.» Maximale Unverfrorenheit. Das funktionierte meistens.

Er suchte nach einem Weg, mir Fragen zu stellen, ohne unhöflich zu wirken. «Und welche Art Hilfe benötigte der Gentleman, *signore?*»

«Das darf ich Ihnen nicht sagen.» Ich zögerte kurz. «Vertrauliche Information, tut mir leid. Diplomatische Gründe.»

Er sah einen Moment schweigend auf meine Visitenkarte, dann Richtung Eingang, vor dem immer noch der junge Koch stand und rauchte. «Alvise!», rief er. «Komm einen Augenblick her.»

Alvise zuckte zusammen, ließ seine Zigarette fallen und trat sie aus.

«*Sissignore?*»

«Alvise, was habe ich Ihnen übers Rauchen vor der Tür gesagt? Wenn Sie rauchen wollen, dann gehen Sie nach hinten. Ein qualmender Koch vor dem Eingang macht keinen guten Eindruck.»

«'tschuldigung, Chef.»

«Ist sowieso 'ne schlechte Angewohnheit.»

Der junge Mann grinste. «Alle großen Köche rauchen, *capo.*»

«Wenn Sie einmal einer dieser legendären Meisterköche geworden sind, dann erlaube ich Ihnen, vor dem Eingang zu rauchen. Vorerst würde ich Sie bitten, diesen Gentleman hier hinaufzubegleiten. Lassen Sie ihn kurz nachschauen, ob der Gast in Zimmer 301 schon wach ist.»

«Klar, Chef. Gibt's einen besonderen Grund?»

«Diplomatische Gründe, Alvise. Mehr darf ich Ihnen nicht sagen.» Er wandte sich um und warf einen Blick in Flemyngs Schlüsselfach, aber es war leer. Daraufhin kramte er in einer Schublade unter dem Tresen und beförderte einen Schlüssel zutage. «Den werden Sie vielleicht brauchen.»

Er warf ihn Alvise zu, der ihn auffing und mir ein Daumenhoch zeigte. «Dann mal los.»

Er führte mich im Eiltempo drei Treppen hoch, und ich war froh, dass sich meine Brust nicht mehr so eng anfühlte wie früher. Flemyngs Zimmer befand sich am Ende des Flurs. Ein «Bitte nicht stören»-Schild baumelte an der Türklinke. Wir blieben davor stehen, und Alvise sah mich an.

«Also, was machen wir jetzt?»

«Sie haben doch den Hauptschlüssel?»

«Ja, aber ich dachte, wir würden einfach die Tür aufbrechen?»

«Die Tür aufbrechen? Ich bin der Honorarkonsul, nicht James Bond.» Ich klopfte. Dann hämmerte ich an die Tür. Dann nickte ich Richtung Alvise. «Lassen Sie uns nachsehen.»

Er deutete einen Diener an und öffnete die Tür. «Nach Ihnen, Mr. Bond.»

Das Zimmer war klein, gut eingerichtet, und es war professionell durchsucht worden. Jemand hatte sämtliche Schubladen herausgezogen und den Inhalt systematisch auf dem Bett ausgebreitet. Bilder waren von den Wänden genommen worden. Jemand hatte die Minibar geleert. Die Schranktüren standen offen, und der Gästesafe war natürlich leer.

Ich ging ins Badezimmer. Die Spiegelschranktür stand offen, und der Inhalt des Schranks lag im Waschbecken. Vom Spülkasten war der Deckel abgenommen worden.

Alvise pfiff durch die Zähne. «Das wird dem Chef nicht gefallen.»

«Wahrscheinlich nicht.»

«Meine Scheiße, wer war das?» Er drehte sich um und ging Richtung Tür.

«Wo wollen Sie hin?»

«Ich bringe ihm so schonend wie möglich bei, dass so ein Mistkerl von Gast sein Zimmer verwüstet hat.»

«Warten Sie einen Moment.»

«Irgendwer wird das wieder in Ordnung bringen müssen. Und das bin hoffentlich nicht ich.»

«Warten Sie. Sehen Sie sich doch mal um. Es wurde nichts zerstört, die Sachen sind alle noch heil. Sie wurden sorgfältig auseinandergenommen und untersucht, Stück für Stück. Sind zurzeit alle Zimmer belegt?»

«Glaub schon. Wir haben eigentlich immer viel zu tun. Sogar in dieser Jahreszeit.»

«Da haben Sie's. Wer immer das getan hat, war sorgsam darauf bedacht, keinen Lärm zu machen. Das war kein betrunkener Gast, der sein Zimmer demoliert hat. Kennen Sie Mr. Flemyng?»

«Nicht wirklich. Meine Freundin arbeitet hier an der Bar. Als sie gestern nach Hause kam, hat sie erzählt, er wäre gegen sieben da gewesen, um was zu trinken. Hat ihr zwanzig Euro Trinkgeld gegeben.»

«Äußerst großzügig, dieser Mr. Flemyng.»

«Normalerweise wäre ich eifersüchtig gewesen, wissen Sie. Aber ich dachte mir, es ist bloß so ein alter Kerl, der nett sein will.» Er sah mich an. «Nichts für ungut.»

«Wissen Sie, Alvise, ich glaube, Sie waren mir sympathischer, als Sie mich für eine Art Spezialagenten gehalten haben. Kommen Sie.» Ich hielt ihm meinen Ellbogen hin. «Sie können mir die Treppe runterhelfen.»

Er grinste und schob seinen Arm unter meinen. «Dann lassen wir hier einfach alles so?»

«Aber ganz sicher. Das ist definitiv etwas, worum die Polizei sich kümmern sollte. Wir versuchen jetzt mal, die Sache Ihrem Chef zu erklären.»

* * *

Vanni und ich saßen vor dem Hotel Da Ponte; dick eingepackt, damit er rauchen konnte.

«Also», sagte ich. «Ich habe einen britischen Staatsbürger, dessen Grab leer ist, einen zweiten, der tot ist, und einen dritten, der verschwunden ist. Weißt du, was das heißt?»

Vanni zuckte mit den Schultern. «Dass Briten von Natur aus Pechvögel sind?»

«Es bedeutet, dass mir eine weitere schwierige Unterhaltung mit dem Botschafter bevorsteht. Außerdem geht hier irgendetwas Merkwürdiges vor sich. Guy Flemyng hat es sich offenbar zur Aufgabe gemacht, durch die Stadt zu laufen und jedem, der ihm Gehör schenkt, Fragen über ein leeres Grab auf San Michele zu stellen.»

«Du hast doch gesagt, er sei Journalist, Nathan. Fragen zu stellen, gehört zu deren Job.»

«Stimmt schon. Aber es gibt auch eine Verbindung zwischen ihm und Jimmy Whale.»

«Inwiefern?»

«Ich habe ein Video auf YouTube entdeckt. Jimmy ist nach Sant'Ariano rausgefahren. Einer der Burschen, die einen Kommentar hinterlassen haben – ein gewisser *Anonimo Veneziano* –, behauptet, im August 1980 seien zwei Kinder vor der Insel ertrunken. Er muss sich auf den Loredan-Fall beziehen. Alles andere wäre ein zu großer Zufall.»

Vanni zog an seiner Zigarre und wandte sich ab, um den Rauch auszuatmen.

«Du brauchst das nicht zu tun, weißt du.»

«Ich versuche nur, rücksichtsvoll zu sein.»

«Das musst du nicht.»

Er lächelte. «Meinetwegen. Aber wer immer unser anonymer Kommentator ist, er muss sich offenbar irren. Es gibt keinen Nachweis, dass ein zweites Kind beteiligt gewesen ist. Und in unseren Akten steht, dass Gabriele im Kanal zwischen Mazzorbo und Torcello ertrunken ist. Nicht bei Sant'Ariano.»

Ich schüttelte den Kopf und trank einen Schluck von meinem Kaffee. «Nur dass das keinen Sinn ergibt. Es war mitten im Sommer. Die Schulen hatten noch Ferien. In der Nähe sind zwei *vaporetto*-Haltestellen. Wenn es dort passiert wäre, hätte es jemand gesehen. Irgendwer hätte zu Hilfe kommen können.»

Vanni nickte. «Ich weiß, Nathan. Aber», er zuckte mit den Schultern, «so steht es in den Akten.»

«Vanni», ich suchte einen Moment nach den richtigen Worten, «ist es vielleicht möglich, dass diese Akten, sagen wir, *korrigiert* wurden?»

«Mit *korrigiert* meinst du *abgeändert*, Nathan?»

Ich zögerte. «Ja. Ich denke, das meine ich.»

Vanni zog heftig an seiner Zigarre und rieb sich die Augen. «Heutzutage wäre das äußerst schwierig.»

«Und vor vierzig Jahren?»

Er seufzte. «Weniger. Was willst du mir sagen, Nathan?»

«Nichts. Aber ich verstehe. Danke, Vanni.»

Wir schwiegen eine Weile und tranken den Rest unseres Kaffees. Ich hielt es für taktisch klug, das Thema zu wechseln. «Hat der Geschäftsführer dir irgendwas erzählt?»

«Er war hilfsbereit, ohne hilfreich zu sein. Mr. Flemyng ist wohl ein angenehmer Gast gewesen. Er hat keine Umstände gemacht. Und nein, niemand hat nach ihm gefragt. Bis heute Morgen schien alles völlig normal.»

«Also, was denkst du?»

«Ich denke, Mr. Flemyng wacht vielleicht gerade mit einem Riesenkater irgendwo auf und fragt sich, wo er ist und was er vergangene Nacht gemacht hat.»

«Möglicherweise. Aber glaubst du das wirklich?»

Vanni schüttelte den Kopf. «Nein.»

«Und was nun?»

«Wir lassen das Zimmer von der Spurensicherung checken.

Ich weiß allerdings nicht, was wir da erwarten sollen. Was haben wir letzten Endes schon? Ein durchsuchtes Hotelzimmer.»

«Und einen verschwundenen britischen Staatsbürger.»

Vanni hob den Zeigefinger. «*Möglicherweise* verschwunden.» Er seufzte. «Na schön. Ich glaube, wir können hier nichts mehr tun.»

«Und was unternehmen wir dann jetzt?»

«Wir warten. In der Regel tauchen die Leute wieder auf. In der Zwischenzeit nehmen wir eine Vermisstenanzeige auf. Wenn er bis heute Abend nicht wieder da ist, setzen wir uns mit Interpol in Verbindung. Viel mehr können wir nicht tun.» Er drückte seinen Zigarrenstummel aus. «Was wirst du jetzt unternehmen?»

«Ich? Ich *muss* nichts unternehmen. Nicht, solange mich nicht irgendwelche Verwandte kontaktieren. Es ist nicht mein Job, Nachforschungen anzustellen.»

«Also, wie gesagt, was wirst du unternehmen?»

«Nachforschungen anstellen natürlich.»

Vanni lächelte und klopfte mir auf die Schulter.

31

Am folgenden Vormittag rief mich Michael Rayner an. Die Frage nach satanischen Zirkeln in Venedig, erzählte er mir, habe im ökumenischen Kirchenrat nichts ergeben. Tatsächlich hatte die unausgesprochene Frage in der Luft gehangen, ob ihr geschätzter Freund aus England womöglich nicht mehr ganz richtig im Kopf sei. Ich merkte ihm an, dass er darüber nicht erfreut war, und bot ihm als Wiedergutmachung an, im Weihnachtsgottesdienst etwas aus der Bibel zu lesen. Es erschien mir nicht der richtige Augenblick, um Sant'Ariano ins Spiel zu bringen.

Ich blätterte in meinem Kalender zurück. Seit meinem Gespräch mit Victor war eine Woche vergangen. Das bedeutete mit ziemlicher Sicherheit, dass er nichts gefunden hatte.

Ich kritzelte Guy Flemyngs Namen auf ein Stück Papier und zeichnete einen Kreis darum. Was hatte ich noch? Ich schrieb die Worte «San Michele», «Toteninsel» und «Zirkel» rund um seinen Namen. Dann fügte ich «Lucarelli» hinzu und schrieb mehrere Fragezeichen dahinter. Anschließend ergänzte ich «Jimmy Whale» und verband alles der Vollständigkeit halber mit Pfeilen.

Gramsci maunzte, aber ich schüttelte den Kopf. «Das kannst du nicht haben, fetter Kater. Es könnte nützlich sein.» Ich zerknüllte einen überflüssigen Brexit-Survival-Guide und warf ihn ihm zu. Er schlug ihn quer durchs Zimmer und sauste hinterher, um ihn zu apportieren.

Es hatte den Anschein, als stünde Guy Flemyng im Zentrum des Ganzen, ein Mann, der eine volle Woche damit verbracht hatte, Gott und die Welt und sogar mich nach dem leeren Grab auf San Michele zu befragen. Ein Mann, der es offensichtlich genoss, dabei von Ludovica Loredan gesehen zu werden. Und ein Mann, der inzwischen verschwunden war.

Doch nun tauchte Jimmy Whale auf und verkomplizierte die Sache. Der arme Jimmy Whale mit seiner Obsession für unerforschte Orte und verlassene Inseln; und mit seinem Foto von Sant'Ariano. Der Toteninsel, die Hugo Channing nur wenige Tage zuvor erwähnt hatte.

Was tun? Alles auf sich beruhen lassen und darauf warten, dass es sich irgendwann von selbst erledigte? Ich schüttelte den Kopf. Dass Botschafter Maxwell mich anbrüllte, war ich gewohnt. Doch jetzt kam der Tod eines britischen Staatsbürgers hinzu. Es war zumindest meine Pflicht, so viele Informationen wie möglich darüber zu liefern.

Sant'Ariano. Es schien, als hätte Hugo Channing irgendeine Verbindung zu diesem Ort. Fürchtete er sich womöglich sogar davor? Jimmy war dorthin gefahren, um ein Filmchen für seinen YouTube-Kanal zu drehen. Guy hingegen hatte die Insel nie erwähnt.

Lucarelli? Ich schüttelte den Kopf. Über ihn wusste ich gar nichts. Ich konnte nicht einmal sicher sein, ob Ludovica bei ihm geklingelt hatte. Und Dario – beziehungsweise Darios Kumpel – würde mir irgendwann mehr über ihn sagen können.

Blieb noch der Zirkel. Was hatte Channing gesagt? Gabriele hätte nicht dort sein dürfen. Und er hatte Victor erwähnt. Was immer oder wo immer dieser Zirkel gewesen war, Victor Rutherford war dort gewesen.

Ich lehnte mich auf meinem Stuhl zurück und verschränkte die Hände hinter dem Kopf. Ich schloss die Augen. Es schien, als hätte ich es gerade so hinbekommen, die Freundschaft mit meinem Vorgänger wieder zu kitten. Auf gar keinen Fall wollte ich riskieren, dass sie wieder in die Brüche ging. Mit ziemlicher

Sicherheit für immer. Aber es sah aus, als wäre er der Einzige, der mir helfen könnte.

Mir blieb wohl keine andere Wahl. Ich schlug die Augen auf, nahm den Telefonhörer ab und wählte Rutherfords Nummer, bevor ich Zeit hatte, es mir anders zu überlegen.

Er meldete sich prompt. «Nathan?» Das war ein gutes Zeichen. Offensichtlich hatte er meine Nummer eingespeichert, und dass er so schnell ranging, bedeutete zumindest, dass er mich nicht gesperrt hatte.

«Guten Morgen, Victor. Wie geht's?»

«Es geht mir gut, Nathan. Könnte ich richtig in der Annahme liegen, dass Sie sich fragen, ob ich etwas über diese unglückliche Angelegenheit auf San Michele herausgefunden habe?»

«Das stimmt.» Ich zögerte. «Haben Sie?»

Er schmunzelte. «Ich bedaure es wirklich sehr. Aber leider nein. Ich habe wirklich alle Unterlagen durchgesehen, die ich hatte, aber es war nichts zu finden. Was also meinen entfernten Vorgänger betrifft: Nun ja, wie ich mir schon dachte, keine Spur von ihm.»

Ich seufzte. «Das dachte ich mir schon. Aber ich glaube, ich habe vielleicht etwas herausgefunden.»

«Ach ja?» In seiner Stimme lag Neugier, aber sie klang weiter herzlich. Nicht, als wolle er sich verteidigen.

«Ich habe kürzlich Hugo Channing getroffen. Also, ich habe seine Tochter besucht, aber er war auch da.»

«Du meine Güte, wie geht es ihm?»

«Er ist in einem bedauernswerten Zustand, der Ärmste. Er scheint komplett das Gedächtnis verloren zu haben. Er weiß nicht, wo er ist, und scheint sich gar nicht mehr daran zu erinnern, dass er jemals in Italien gelebt hat. Trotzdem war da so ein merkwürdiger Moment – ich versuchte ihn gerade zu beruhigen –, als ich ihm erzählte, dass ich der Honorarkonsul bin und ihm helfen würde. Aber wie ich schon sagte, er ist verwirrt. Er hielt mich offenbar für Sie. Und dann wurde er ganz unruhig. Er dachte, er wäre mit Ihnen bei irgendeinem Zirkel. Er fing an zu rufen, Gabriele sollte nicht dort sein. Er dürfe nicht bei diesem Zirkel sein. Er müsste auf der Toteninsel sein. Wissen Sie vielleicht, was das alles zu bedeuten hat?»

«Die Toteninsel. San Michele vermutlich.» Er lachte. «Klingt ziemlich theatralisch, was? Aber Hugo hatte schon immer eine pathetische Ader.»

«Victor, es ist bloß so ein Gedanke, aber könnte er vielleicht Sant'Ariano gemeint haben?»

«Hmm. Unwahrscheinlich, würde ich annehmen. Das ist vermutlich nicht sehr weit von der Stelle, wo sein Sohn ertrunken ist, aber es ist kein Ort, den er jemals aufgesucht hätte.»

«Und der Zirkel?»

«Ich kann mir nicht vorstellen, was in aller Welt das sein soll.» Er hielt kurz inne. «Ah, Moment. Es sei denn, er meint den *Circolo?*»

«Den was?»

«Den *Circolo Italo-Britannico.* Sind Sie da nie gewesen?»

«Nein. Erzählen Sie mir davon.»

«Das ist eine Gruppe britischer Auslandsitaliener und italienischer Anglophiler. Sie treffen sich einmal in der Woche, um sich einen Vortrag über ein ansprechendes Thema anzuhören und sich dann bei einem Glas Prosecco zu unterhalten.»

Ich lachte, beinah erleichtert. «Natürlich. Das ergibt Sinn. Ludovica hat mir erzählt, dass er sich nicht mehr ans Italienische erinnert. Das ist also alles. Er bildet sich alle möglichen schrecklichen Satanskulte ein. Hexerei. Und so etwas.»

Victor lachte auch. «Du meine Güte. Nein, für eine furchtbar satanische Truppe halte ich sie beim *Circolo* wirklich nicht. Zu etwas Teuflischerem als einem Glas Prosecco zu viel kommt es dort bestimmt nicht. Und selbst das wahrscheinlich nur bei der Weihnachtsfeier.»

«Mir scheint, ich werde nie zu solchen Veranstaltungen eingeladen.»

«Ach, das glaube ich nicht, Nathan. Sie sollten jedenfalls einmal Kontakt mit ihnen aufnehmen. Sie könnten einen Vortrag halten. Das Leben als Konsul und so weiter. So etwas gefällt ihnen.»

«Gratis Prosecco? Vielleicht überlege ich es mir. Gibt es auch Häppchen?»

«Mit ziemlicher Sicherheit.»

«Dann ist die Sache entschieden. Sind Sie dort immer mit Hugo hingegangen?»

«Nun ja, ich habe ihn dort recht häufig getroffen. Er war eigentlich immer da. Ich war bei ihm, als es passierte, wissen Sie? Als er diesen schlimmen Schlaganfall hatte.»

«Darüber weiß ich, ehrlich gesagt, nicht viel.»

«Schreckliche Sache. Es sollte auch noch ein Abend zu seinen Ehren sein. Einige von uns stellten sich gerade für ein paar Fotos auf, die wichtigen Größen und», er lachte leise angesichts der Erinnerung, «ich, aus irgendeinem Grund. Gott weiß, warum. Und plötzlich sackte der arme Kerl einfach so zusammen, war danach nie wieder derselbe.» Seine Stimme nahm einen betroffenen Ton an. «Nach dem, was Sie sagen, geht es ihm nicht besser.»

«Nein. Eher schlechter. Ein ziemlich trauriger Anblick.» Ich hielt kurz inne. «Danke, Victor. Es war gut, dass wir miteinander gesprochen haben, wissen Sie?»

«Das fand ich auch, Nathan. Danke Ihnen.»

«Sehen wir uns vielleicht irgendwann hier in Venedig?»

«Ach, Nathan, ich würde gerne kommen. Aber ich bin mir nicht sicher, ob meine Knie das noch mitmachen. Aber vielleicht sehen wir uns einmal hier?»

«Vielleicht», sagte ich, dachte aber: Wahrscheinlich nicht. «Ich hoffe es.»

«Das wäre schön. Auf Wiederhören, Nathan.»

«Auf Wiederhören, Victor.»

Ich legte auf. Dann wandte ich mich meinem Computer zu und suchte nach dem *Circolo Italo-Britannico*.

32

«Mr. Sutherland?» Der Sprecher war ein gut gekleideter Mann, schätzungsweise Ende sechzig, mit kaum merklichem venezianischem Akzent.

«Der bin ich.» Wir schüttelten uns die Hände. «*Signor Trevisan*, nehme ich an?» Er nickte lächelnd. «Wir haben telefoniert. Sehr freundlich von Ihnen, hierherzukommen.»

«Aber gerne. Dürfte ich nur fragen, bevor wir anfangen, ob wir vielleicht Englisch sprechen könnten?»

«Natürlich.»

«Um meine Aussprache zu verbessern.»

«Also, nach dem, was ich gehört habe, ist Ihr Englisch nahezu perfekt, nur …»

Er deutete eine kleine Verbeugung an. «Zu liebenswürdig. Ganz so perfekt ist es nicht. Die Gelegenheit, es hier zu praktizieren, ist einer der Gründe, warum ich unseren kleinen *Circolo* so schätze.» Er breitete die Arme aus, um die Pracht des Raumes zu demonstrieren.

Ich war noch nie im Palazzo Pesaro Papafava gewesen, möglicherweise weil man bei seinem Namen unweigerlich ins Stottern geriet. Im Erdgeschoss befand sich ein Museum, das Casanova gewidmet war, eine gut gemeinte Ausstellung, der es – soweit ich es beurteilen konnte – deutlich an etwas mangelte, das dem Mann persönlich gehört hatte.

«Sie wollten über Mr. Channing sprechen?»

«Das ist richtig. Meines Wissens war er hier Mitglied?»

«Das ist er immer noch. Selbstverständlich ist er nicht mehr in der Lage zu kommen, aber es wäre taktlos gewesen, ihm die Mitgliedschaft zu entziehen.»

«Und seine Frau und seine Tochter?»

«Ich glaube nicht, dass sie sehr häufig hergekommen sind. Das war eher Mr. Channings Vorliebe.»

«Ich habe gehört, dass er hier seinen Schlaganfall hatte?»

«Das stimmt.» Er wurde ernst. «Darf ich Sie fragen, woher Sie das wissen, Mr. Sutherland?»

«Mein Vorgänger hat es mir erzählt. Victor Rutherford.»

«Ah, ich erinnere mich an ihn. Ein reizender Mann. Wie geht es ihm?»

«Es geht ihm sehr gut. Es war schön, wieder einmal mit ihm zu sprechen.»

«Nun, bitte richten Sie ihm meine besten Grüße aus.»

«Das mache ich. Versprochen.» Ich versuchte, die Unterhaltung auf mein eigentliches Anliegen zu lenken. «Gehe ich, äh, recht in der Annahme, dass Sie Buch über die Veranstaltungen hier führen?»

Er lächelte. «Nun, Mr. Sutherland, Sie werden überrascht sein. Das tun wir in der Tat. Wir besitzen eine Art Archiv. Kommen Sie mit.» Er führte mich aus der *sala grande* in einen Nebenraum, in dem sich hohe Stapel Stühle befanden. Er klopfte auf einen hölzernen Aktenschrank. «Das ist es. Leider nicht ganz vollständig, aber es ist eine recht akzeptable Dokumentation der Aktivitäten des *Circolo* der letzten fünfzig Jahre. Wir sind vielleicht nur ein Gesellschaftsverein, aber wir sind nicht ganz uninteressant. Wir hatten Luigi Nono hier, kurz bevor er starb. Einmal Emilio Vedova. 1973 hat uns Prinzessin Margaret zu einer Veranstaltung beehrt, wurde mir erzählt.»

«Donnerwetter. An dem Abend haben Sie wohl ein Extrakontingent Prosecco gebraucht, was?» Er sah mich verwirrt an. «Sorry. Kleiner Scherz. Sehr klein. Haben Sie vielleicht irgendwelches Material zu dem Abend, an dem Mr. Channing den Schlaganfall hatte?»

Leichter Argwohn blitzte in *signor* Trevisans Blick auf, aber er war offensichtlich viel zu höflich, um mich zu fragen, warum ich das wissen wollte.

«Hören Sie. Ich will ehrlich zu Ihnen sein. Ich habe ein leeres Grab auf San Michele und einen Toten, den ich nach England zurückführen muss. Kurz gesagt. In Wirklichkeit sind die Dinge noch etwas komplizierter. Aber es könnte eine Verbindung zu etwas bestehen, das in der Vergangenheit hier im *Circolo* passiert ist. Als Hugo Channing seinen Schlaganfall hatte. Könnten Sie mir da weiterhelfen? Bitte.»

Der argwöhnische Blick wurde von einem bestürzten abgelöst, aber er nickte und zog eine Schublade an dem Schrank auf. Er sah die Dokumentenmappen durch, die sich darin befanden.

«Da haben wir es. Die Saison 2011–2012.»

«Was war das für eine Veranstaltung?»

«Eigentlich war es keine. Also keine richtige. Eher eine Feier zum Abschluss der Saison. Im Sommer gehen die meisten Leute ihre eigenen Wege, wissen Sie? Viele unserer englischen Freunde fahren nach Hause. Und zahlreiche unserer italienischen Mitglieder haben einen Zweitwohnsitz in den Bergen. Und was den Rest von uns betrifft», er lachte verhalten, «wir fahren zum Lido oder verkriechen uns in unserer Wohnung, stellen die Klimaanlage an und hoffen auf Regen.»

Ich lauschte dem *pioggerella*, der an die Scheiben prasselte. «Scheint im Moment schwer vorstellbar.»

«In der Tat, nicht wahr? Also, lassen Sie uns mal sehen.» Er blätterte den Inhalt der Mappe durch. «Da haben wir's. Sie kommen wahrscheinlich besser hier herüber.» Er winkte mich an einen Tisch und breitete den Inhalt darauf aus.

Fotografien. Einige in Schwarz-Weiß, der größte Teil in Farbe. Fröhlich lächelnde Menschen, die meisten in derselben Pose, Gläser mit Prosecco vor der Kamera erhebend. Trevisan seufzte. «Heutzutage wird es immer schwieriger, ein richtiges Archiv zu führen. Immer weniger Leute benutzen richtige Fotoapparate.»

Ich überflog die Aufnahmen und blieb lächelnd bei einer hängen. Victor Rutherford, die Hand auf Trevisans Schulter gelegt und lachend, als hätte er gerade einen Witz zum Besten gegeben. Neben ihnen stand, auf einen Stock gestützt und ein Glas in der Hand, ein weißhaariger Mann. Das Alter hatte ihn gekrümmt, aber er war trotzdem zu erkennen. Hugo Channing. Auch er lachend.

«Das ist ein sehr schönes Foto», sagte ich.

Trevisan lächelte. «Nicht wahr? Das war das letzte Mal, dass ich Hugo gesehen habe, wissen Sie. Nun ja, ich habe ihn noch ein paarmal im Krankenhaus besucht, aber das war auf jeden Fall das letzte Mal, dass ich ihn noch als ihn selbst erlebt habe.»

«Was ist passiert?», fragte ich, so behutsam wie möglich.

«Es kam ganz plötzlich. Kaum ein paar Minuten, nachdem dieses Foto aufgenommen wurde. Wir haben gelacht und gescherzt, wie Sie sehen. Den Blick auf das Fenster am Ende der *sala grande* gerichtet, das zur Scuola Grande della Misericordia hinausführt. Im einen Moment war er noch so, wie Sie ihn hier sehen, im nächsten war er erstarrt. Er bewegte sich einfach nicht mehr. Er sagte absolut nichts. Sackte einfach wortlos zu Boden, bevor irgendjemand von uns etwas tun konnte.»

«Schrecklich.»

«Ja, wirklich. Der arme Mann.»

«Haben Sie Kontakt zu seiner Familie?»

«Leider nein. Mit Cosima, seiner Frau, war ich recht gut bekannt, aber ich habe sie seit Jahren nicht mehr gesehen. Ludovica kannte ich nicht näher.»

«Sie macht auch den Eindruck, als wäre es eher schwierig, sie näher kennenzulernen.»

«Vielleicht. Niemand von uns weiß, was Trauer mit einem Menschen macht, bis sie uns selbst einmal trifft. Sie schienen sich in sich selbst zurückgezogen zu haben. Ihr Leben dreht sich seitdem, soweit ich weiß, nur noch um Hugo.»

«Ich hatte den Eindruck, dass es das schon immer getan hat.» Er wirkte leicht verärgert, also wechselte ich das Thema. «Sie haben Richtung Fenster geschaut, sagen Sie?» Er nickte. Ich warf einen weiteren Blick auf die Aufnahmen. Wieder sah ich nichts weiter als Menschen in beinah identischen Körperhaltungen. Feiern, nahm ich an, waren wohl immer gleich.

Dann stutzte ich. Ich legte den Finger auf eins der Schwarz-Weiß-Fotos und zog es an den Rand des Tisches, um es deutlicher sehen zu können.

Trevisan lächelte. «Das ist sicher von Mr. Gormley. Er macht etwas professionellere Fotos, wissen Sie. In Schwarz-Weiß, sagt er immer, erzielt man die realistischeren Aufnahmen.»

Ein Mann stand abseits der anderen und blickte direkt in die Kamera. Rundes Gesicht, Lockenkopf. Er trug einen Bart, aber ich erkannte ihn trotzdem.

«Guy Flemyng», murmelte ich.

«Tut mir leid, den Namen kenne ich nicht.»

«Ein Journalist, der letzte Woche Kontakt mit mir aufgenommen hat – und mit Ludovica Loredan übrigens auch. Haben Sie ihn nie getroffen?»

Trevisan schüttelte den Kopf.

«Dann war er hier kein Mitglied?»

«Oh, nein. Aber das ist nichts Ungewöhnliches. Wir haben oft Besucher. Es kann gut sein, dass er der Gast eines unserer Mitglieder war.»

«Könnten Sie vielleicht herausfinden, wessen?»

Er lachte. «Lieber Mr. Sutherland, das dürfte schwierig werden. Etliche unserer Mitglieder sind, wie soll ich sagen, in etwas fortgeschrittenem Alter, und es ist durchaus möglich, dass einige in den vergangenen Jahren bereits an einen besseren Ort weitergezogen sind.»

Ich seufzte. Es war ein Schuss ins Blaue gewesen. «Schon klar, ich verstehe. Hätten Sie etwas dagegen, wenn ich ein Foto hiervon mache?»

«Nur zu.»

Ich holte mein Handy hervor und schaltete die Kamera ein. Guy blickte mich aus dem Bild heraus an, als würde ich ein Verbrecherfoto aufnehmen.

Ich steckte das Handy wieder in meine Jackentasche. «Schön. Ich glaube, das ist alles. Danke. Sie haben mir sehr geholfen.»

«Gern geschehen. Sie sind also Mr. Rutherfords Nachfolger? Sie sollten uns einmal besuchen.» Er lächelte. «Oder besser noch, wir würden uns freuen, wenn Sie einmal einen Vortrag halten würden. Wir würden gerne etwas von jemandem im diplomatischen Dienst hören.»

«Das ist sehr freundlich von Ihnen, aber ich bin mir nicht sicher, ob ich wirklich ein Diplomat bin. Und ich habe bestimmt nichts wirklich Interessantes zu erzählen.»

Er grinste und tätschelte mir den Arm. «Wenn das, was ich höre, zutrifft, bin ich mir da nicht so sicher, Mr. Sutherland.» Ich lächelte verlegen.

Wir schüttelten uns die Hände, und ich ging die Treppe hinunter zum Ausgang, vorbei an den Besuchern, die überlegten, ob der Eintrittspreis sich lohnte, um sich Exponate anzusehen, die aller Wahrscheinlichkeit nach niemals Giacomo Casanova gehört hatten.

Ich lief durch Cannaregio. Die Strada Nova war nun fast frei von den Touristenmassen, die sie im Hochsommer verstopften, aber der Geruch nach billigen Kosmetikläden und Fast Food verlor sich nie. Bis zum Abendessen hatte ich noch gar nicht gedacht, aber es wäre schade gewesen, nicht bei Alla Vedova halt für ein Fleischbällchen zu machen.

«Buongiorno.» Der junge Mann hinter der Theke lächelte und verengte in blasser Erinnerung an einen Gast, der vielleicht zweimal im Jahr sein *bacaro* betrat, die Augen.

«Ein kleines Glas Rotwein und ein Fleischbällchen, bitte.»

«Natürlich.» Er langte in die Vitrine und nahm die letzte *polpetta* heraus.

«Moment. Warten Sie kurz. Ist das etwa das letzte?»

Er nickte.

«Wenn das so ist, nehme ich zwei.» Er schien verwirrt. «Hören Sie, das eine – so köstlich es ohne jeden Zweifel ist – kann niemals so gut sein wie eins, das gerade frisch aus der Fritteuse kommt. Wenn ich zwei nehme, müssen Sie mir also ein frisches machen.»

«Hmm. Das ist clever.»

«Nicht wahr?»

«Ich hab noch eine bessere Idee. Warum bestellen Sie nicht drei?»

«Ähm, ich weiß nicht, ob ich drei überhaupt schaffen würde.»

«Ich denke, das würden Sie.»

«Aha.»

«Aber das ist nicht der Punkt. Ich bin ziemlich hungrig. Wenn Sie drei bestellen, würde ich das eine nehmen», er deutete auf die Vitrine, «und ich gebe Ihnen dafür den Wein umsonst.»

«Na schön. Dürfen Sie das denn?»

Er schüttelte den Kopf. «Auf keinen Fall. Aber ich arbeite hier nur vorübergehend. Springe für meinen Bruder ein. Also sollen wir's machen?»

Ich lächelte. «Ja, natürlich machen wir's.»

Er grinste und nahm sich das letzte Fleischbällchen, bevor er in der Küche verschwand. Fünf Minuten später kam er mit einer Platte dampfender *polpette* wieder zurück. Er legte zwei Papierservietten auf einen Teller und platzierte zwei frische Fleischbällchen darauf. Ich nahm eins und ließ es beinah wieder fallen, weil ich mir durch das Papier die Finger verbrannte.

Er erhob sein Fleischbällchen, und ich erhob meins im Gegenzug auch. Wir taten so, als würden wir anstoßen. Ich biss in meins hinein. Durch die knusprig-krosse Kruste in die köstlich-pikante Füllung. Ich vergaß jedes Mal, wie gut sie waren. Warum kam ich bloß nur zweimal im Jahr hierher? Wenn ich Mitglied im *Circolo* werden würde, könnte ich jeden Montagabend vorbeikommen ...

Mein Handy klingelte und unterbrach meinen Tagtraum.

«Fede?»

«*Ciao, caro.* Bist du zu Hause?»

«Nein. Ich überprüfe gerade noch ein paar Dinge», ich suchte nach den richtigen Worten, «im San-Michele-Fall.»

«Gut. Ich wollte dich nur wissen lassen, dass es bei mir heute Abend spät wird.»

«Anstrengender Tag?»

Sie seufzte. «Nicht so große Fortschritte, wie ich gehofft hatte. Also muss ich noch ein paar Stunden bleiben.»

«Wir könnten uns treffen, wenn du willst. Und ein frühes Abendessen in der Nähe einnehmen?»

«Das ist eine nette Idee. Aber nach dem Essen und einem Spritz würde ich keine Lust mehr haben weiterzuarbeiten.»

«Du könntest einfach auf den Spritz verzichten.»

«Mach dich nicht lächerlich.»

Ich lachte. «Na schön. Keine Sorge. Ich halte etwas bereit, wenn du zurückkommst. Bis irgendwann dann.»

«Wann immer das sein wird. *Ciao, caro.*»

Ich legte auf. Dann erhob ich mein Glas und stellte fest, dass der Inhalt sich irgendwie verflüchtigt hatte.

«Wissen Sie was, vielleicht schaffe ich doch ein drittes Fleisch-bällchen.»

Mein Gegenüber grinste. «Ich mach Ihnen einen Vorschlag, warum machen Sie nicht zwei draus?»

33

Zitternd schüttelte ich den Regen von meinem Mantel und stellte das Thermostat auf höchste Stufe. Ich sah auf die Uhr. Es war sechs und schon seit einer Stunde dunkel. Federica würde noch eine Weile brauchen, also hatte ich jede Menge Zeit zum Kochen. Ich hatte noch meine ausgenommenen Sardinen im Gefrierschrank, aber ein Dutzend kleine Fische zu füllen, reizte mich nicht wirklich. Ich brauchte etwas, das an diesem kalten Abend schön wärmte.

Ribollita. Die klassische toskanische Suppe, um altbackenes Brot und übrig gebliebenes Gemüse zu verwerten. Vielleicht nicht gerade das venezianischste Gericht der Welt, aber perfekt für dieses Wetter.

Cannellini-Bohnen. Eine Dose Tomaten. Beides wartete im Schrank auf eine Gelegenheit wie diese. Schwarzkohl, Sellerie und Karotten fanden sich in der «Übrig-gebliebenes-Gemüse-Schublade» im Kühlschrank. Zwiebeln und Knoblauch lagen im «Noch-gut-zu-gebrauchen-Gemüsefach».

Ich ging ins Wohnzimmer zurück, wo Gramsci zusammengerollt auf dem Sofa lag, um seine begrenzten Energiereserven während seiner, von ihm als bestimmt ungerecht empfundenen, Hungerkur zu schonen. Er maunzte und sah mich so flehentlich, wie er konnte, an, mit dem Resultat, dass er eigentlich nur bedrohlich wirkte.

«Ach, fetter Kater.» Er maunzte wieder. «Ja, du hast recht, das ist Bodyshaming, was? Tut mir leid. Ich wollte dich jedenfalls fragen, was wir auflegen sollen. Gute Musik zum Kochen an einem kalten Abend?» Er erhob sich und sprang auf die Armlehne des Sofas. «Also, die Zweit-Betreuungsperson wird frühestens in ein oder zwei Stunden zurück sein. Wir könnten also, wenn uns der Sinn danach steht, etwas richtig Deprimierendes spielen.»

Ich fuhr mit dem Finger an der CD-Reihe entlang. «*The Final Cut* vielleicht?» Ich schüttelte den Kopf. «Nein. Zu pessimistisch, selbst für uns, an einem Abend wie diesem. Dann frühe Tull oder frühe Hawkwind? Ein bisschen italienischer Prog?» Er sprang wieder aufs Sofa und rollte sich zusammen. «Keine dezidierte Meinung, also? Ehrlich gesagt, bin ich mir auch nicht ganz sicher.»

Ich kratzte mich am Kopf und betrachtete die CD-Reihe. Nichts schien mir wirklich passend. Vielleicht war es eher ein Klassikabend?

Wenn P für Pink Floyd stand, dann stand R für Lou Reed. Und für Ramones. Und Rachmaninoff.

Natürlich. *Die Toteninsel.*

Ich steckte die CD in den Player und stellte die Musik an. Ein ostinater Bass ertönte aus den Lautsprechern und schwoll wellenförmig an. Ich setzte meine Brille auf, um die Hülle der CD besser ansehen zu können. Das Gemälde darauf, das ebenfalls den Namen *Die Toteninsel* trug, stammte von Arnold Böcklin. Ein Ruderer steuerte mit einem Boot auf eine kleine, mit einem Zypressenhain bewachsene Felseninsel zu, und sein einziger Passagier war eine Gestalt in einem weißen Kapuzengewand. Ich dachte an die Fotos von Sant'Ariano zurück: flach, überwuchert und ohne irgendwelche interessanten baulichen Merkmale. Die Realität verblasste gegenüber Böcklins schauerhafter Vision.

Ich war ziemlich sicher, dass sich irgendwo in meiner Sammlung ein alter Boris-Karloff-Film verbarg, der genau von diesem Bild inspiriert worden war. Vielleicht blieb noch Zeit, ihn anzuschauen, bevor Fede nach Hause kam? Ich war mir nicht sicher, ob es irgendwie von Nutzen sein könnte, aber einen Versuch war es wert.

Ich hielt die Musik an, um sie mir noch einmal von vorne richtig anzuhören, und ging wieder in die Küche. Federica würde nicht begeistert sein, wenn sie mich faul vor dem Fernseher antraf. Zuerst musste das Abendessen zubereitet werden. Ich stellte einen Topf auf den Herd, gab einen ordentlichen Schuss Olivenöl hinein und kochte ein *soffrito* aus Zwiebeln, Karotten, Sellerie und Knoblauch.

Ich warf einen Blick auf den Schwarzkohl. Noch in Ordnung. Ich hatte ihn rechtzeitig gerettet. Man konnte sogar zwei Mahlzeiten daraus machen. Ich riss das Büschel auseinander und legte die eine Hälfte in den Kühlschrank zurück. Ich zog die «Übrig-gebliebenes-Gemüse-Schublade» auf und besann mich dann eines Besseren. Das verdiente auf jeden Fall ein Upgrade zum «Noch-gut-zu-gebrauchen-Gemüse».

Ich trennte die Blätter von den Stielen und hielt sie unter fließendes Wasser, um sie von Erdresten zu befreien. Mein *soffrito* war in der Zwischenzeit fast fertig. Ich gab die Tomaten und die Bohnen dazu und rührte alles gut um, bevor ich es zum Köcheln brachte.

Ich riss den Kohl in kleinere Stücke und gab sie, immer eine Handvoll nach der anderen, in den Topf. Ich hatte noch ein halbes altbackenes Ciabatta vom Vortag übrig, das ich in Stücke riss und beiseitelegte, um es später hinzuzufügen.

«Ich glaube, meine Arbeit ist erledigt, Mieze!», rief ich ins Wohnzimmer hinüber. Gramsci, inzwischen im Tiefschlaf, reagierte nicht. «Nur noch eine Sache zu erledigen.» Ich nahm ein Stück Parmesan aus dem Kühlschrank und rieb eine ordentliche Menge auf einen Teller, um ihn über die Suppe zu streuen, sobald sie fertig war. Dann schnitt ich die Rinde ab und warf sie zum Würzen in den Topf. Während ich anschließend die Käsereste aufaß, goss ich mir ein Glas Rotwein ein.

Ich deckte den Topf ab und stellte die Hitze herunter. Jetzt konnte es vor sich hin köcheln, bis Federica nach Hause kam. Nachdem ich mit Rachmaninoff und Böcklin fertig war, wurde es Zeit für Val Lewtons und Boris Karloffs Version von *Die Toteninsel*. Fede würde bald zurückkommen, aber der Film, der noch aus einer Zeit stammte, als Filme noch eine vernünftige Länge hatten, dauerte kaum länger als eine Stunde. Vielleicht würde das reichen.

Es klingelte. Normalerweise kam hier keiner an einem Freitagabend vorbei. Ich hob den Hörer der Türsprechanlage ab und hoffte, dass es nur jemand war, der versehentlich geklingelt hatte, oder Fede, die ihren Schlüssel vergessen hatte. Dafür war es aber doch sicher zu früh?

«*Signor* Sutherland?» Ein Italiener. Keine Konsulatsangelegenheit also.

«Ja. Kann ich Ihnen helfen?»

«Ich würde gern ein paar Minuten mit Ihnen sprechen.»

«Ist es wichtig? Falls nicht, könnten wir vielleicht einen Termin vereinbaren und …»

«Es ist wichtig, ja», fiel er mir ins Wort. «Dringend sogar.»

Ich fluchte leise. «Kommen Sie herauf», sagte ich dann freundlich und betätigte den Türöffner.

Ich erkannte ihn sofort. Das letzte Mal, als wir uns getroffen hatten, hatte er Abendgarderobe getragen. Jetzt hatte er einen billigen Anzug an, und sein Hemdkragen stand offen, obwohl eine zerschlissene Krawatte darumgebunden war. Das passte besser zu ihm. Er roch nach feuchtem, abgestandenem Zigarettenrauch, was ich unangenehm fand. Wortlos hängte er seinen Mantel auf.

«Können wir uns setzen?»

Ich nickte. «Sicher.»

Ich führte ihn ins Büro, wo er Platz nahm. Er nahm ein Päckchen Zigaretten heraus, legte es auf den Schreibtisch und legte ein Feuerzeug darauf.

«Es wäre mir lieber, wenn Sie nicht rauchen würden», sagte ich.

«Ich rauche nicht», antwortete er.

Ich zwang mir ein Lächeln ins Gesicht. «Ich habe gerade damit aufgehört.»

«Gratulation.»

Mein Besucher schien ein Mann der wenigen Worte und nicht erpicht darauf, freiwillig Informationen preiszugeben. Ich kam auf den Punkt. «Also, was kann ich für Sie tun, *signor* ...?»

«Nichts.»

«Ich verstehe nicht.»

«Das ist es, was Sie für mich tun sollen. Nichts.»

Meine Kopfhaut begann zu kribbeln. Federica würde bald zurück sein. Wie bald wohl? Ich versuchte, einen verstohlenen Blick auf meine Uhr zu werfen.

«Halb acht. Ich vermute, Ihre Lebensgefährtin wird bald nach Hause kommen.»

«Sie scheinen ziemlich viel über mich zu wissen, *signor* ...?»

Er machte eine Handbewegung, damit ich still war. «Nathan Sutherland, Übersetzer, britischer Honorarkonsul in Venedig. Habe ich recht?»

«Das haben Sie.»

«Zwei Berufe. Sie müssen viel zu tun haben.»

«In der Tat.»

«Dann machen Sie mal eine Pause. Gewinnen Sie ein wenig Abstand.»

«Von was?»

«Von einem leeren Grab auf San Michele. Sie sind ein viel beschäftigter Mann. Verbringen Sie Ihre Zeit woanders.»

«Das kann ich leider nicht.»

«Nicht?»

«Nein. Die Leiche eines britischen Staatsbürgers hätte dort begraben sein müssen. Es ist meine Pflicht, zumindest den Versuch zu unternehmen herauszufinden, was passiert ist.»

«Was vor langer Zeit passiert ist, Mr. Sutherland. Sie werden jetzt nichts mehr finden.»

«Ach nein?»

«Nein.»

«Sie scheinen sich ziemlich sicher zu sein.»

«Das bin ich.»

«Nun ja, vielleicht haben Sie recht. Es gibt andere Dinge, um die ich mich kümmern muss.»

Er lächelte. «Sehr gut. Da bin ich mir sicher.»

Ich beugte mich kaum merklich vor. «Oh ja, das muss ich. Zum Beispiel darum, die Leiche eines Briten in die Heimat zurückzuführen, der kürzlich ertrunken ist. Bei Celestia.»

Er schüttelte den Kopf. «Ich habe es in der Zeitung gelesen. Schrecklich.»

«In der Tat. Merkwürdig nur, dass er mit dem Foto einer verlassenen Kapelle auf der Insel Sant'Ariano in der Tasche gefunden wurde. Und ich frage mich, warum. Das wird, wie Sie sich sicher denken können, einige Zeit in Anspruch nehmen.» Ich hielt einen Moment inne. «Ziemlich viel meiner Zeit wahrscheinlich.»

Mein Besucher schloss die Augen und nickte.

«Ich verstehe. Zeit, die vielleicht anderswo besser investiert wäre.»

«Glauben Sie?»

Nun beugte er sich vor. «Oh ja. Das glaube ich. Ich glaube, Sie sollten sich nicht so viel Mühe machen.»

«Nun ja», antwortete ich, «ein bisschen Mühe macht mir nichts aus.»

Gramsci sprang auf den Tisch, um mich besser beschützen zu können, oder wahrscheinlich eher, um zu beobachten, was vor sich ging. Er rutschte mit den Pfoten über das Blatt Papier, auf das ich mir kurz zuvor die Notizen gemacht hatte.

Mein Besucher ließ den Blick darübergleiten. «Sie scheinen wirklich intensiv an der Sache zu arbeiten, Mr. Sutherland.» Er streckte den Arm aus und berührte Gramsci leicht am Rücken. Gramscis Schwanzhaare stellten sich kaum merklich auf.

«Hübscher Kater», sagte der Mann. «Wie heißt er? Oder ist es eine sie?»

«Gramsci», antwortete ich.

«Sie sind wohl Kommunist?»

«Weiß ich nicht. Das muss ich noch rausfinden.»

«Das gefällt mir nicht.» Er lehnte sich auf seinem Stuhl zurück. «Ich mag keine Leute, die nicht den Mut haben, zu ihren Überzeugungen zu stehen.»

Gramsci drehte sich schnurrend zu mir um, und seine Augen verengten sich.

«Kluger Kater. Sie sollten auf ihn hören.» Seine Hand schnellte nach vorn, und er packte seinen Hals. Er hielt Gramsci vor sich in die Höhe, der vergeblich mit den kleinen Beinen strampelte.

Ich sprang auf. «Sie Mistkerl. Schwein. Lassen Sie ihn los oder ich …»

«Was wollen Sie tun, Mr. Sutherland? Eine Bewegung, und ich breche ihm das Genick.»

«Dann bringe ich Sie um, Sie Schwein.»

«Wirklich? Oder soll ich einfach warten, bis Ihre Freundin nach Hause kommt?»

«Sie …»

«Schwein. Ja. Langweilen Sie mich nicht.»

Ich hechtete über den Schreibtisch und griff nach Gramsci, aber er zog ihn schnell weg.

«Hören Sie auf. Okay, hören Sie einfach auf. Was wollen Sie?»

«Alles, was ich will, Mr. Sutherland, ist, dass Sie die Sache fallen lassen. Und dann werden Sie und Ihre hübsche Freundin und Ihr entzückender Kater nie wieder von mir hören.» Er streckte mir Gramsci entgegen.

«Ich werde …»

Er legte einen Finger auf die Lippen. «Sie werden gar nichts tun, Mr. Sutherland. Und jetzt setzen Sie sich.» Gramsci strampelte immer noch, während ein entsetzliches, halb ersticktes Fiepen aus seiner Kehle drang.

Ich setzte mich.

«Besser. Beruhigen wir uns jetzt?»

«Ich bin ruhig. Lassen Sie ihn einfach runter.»

«Na schön.» Ohne auch nur eine Sekunde den Blick von mir zu wenden, schleuderte er Gramsci mit einer schnellen Bewegung quer durchs Zimmer. Ich hörte einen dumpfen Schlag und ein Jaulen, das mir immerhin sagte, dass er noch lebte. Ich wollte mich auf ihn stürzen, doch bevor ich dazu kam, hatte mein Besucher den Schreibtisch umgeworfen. Ich stürzte nach hinten und krachte mit dem Kopf gegen den Heizkörper. Mir wurde schwindelig, Schmerz schoss mir durch die Beine, als der schwere Tisch auf meinen Schienbeinen landete. Ich zwang mich, die Augen offen zu halten.

Mein Angreifer sah von oben auf mich herab. Mir schwirrte der Kopf, trotzdem konnte ich noch immer Gramsci in der Ecke jaulen hören.

«Es wäre wirklich nett, noch zu bleiben und auf Ihre Freundin zu warten, aber ich habe zu tun. Denken Sie darüber nach, was ich gesagt habe, Mr. Sutherland.» Er wartete. «Ich höre nichts.»

Ich gab mir Mühe zu sprechen. «Ich werde darüber nachdenken», presste ich keuchend hervor.

«Sehr gut. Nun, damit ist wohl alles gesagt.» Er wandte sich zum Gehen, während ich versuchte, den Schreibtisch von mir zu hieven. Doch dann drehte er sich noch einmal um, beugte sich herunter und verpasste mir einen Schlag ins Gesicht.

Und dann gingen die Lichter aus.

Jemand hielt mich. Strich mir über den Kopf. Langsam schwamm der Raum wieder in Sicht.

«Alles ist gut, mein Liebling. Alles ist gut.»

Federica.

Sie beugte sich über mich, ihre Haare berührten mein Gesicht. Sie hatte gerötete Augen.

«Fede?»

«Schsch. Schon gut. Kannst du dich bewegen?»

«Ich glaub schon.»

«Gut. Ich versuche, den Schreibtisch von dir runterzubekommen. Kannst du mir helfen?»

Ich nickte und wünschte, ich hätte es nicht getan. «Autsch.» Ich richtete mich zu einer sitzenden Position auf. Dann schaffte ich es mit Fedes Hilfe, den Schreibtisch von meinen Beinen zu schieben.

«Kannst du stehen?»

«Ich glaub schon.» Ich rappelte mich hoch. «Autsch», wiederholte ich.

«Komm. Komm und setz dich.»

Ich humpelte durchs Zimmer und sackte aufs Sofa.

«Was macht dein Kopf?»

Ich rieb ihn mir. «Tut weh.» Ich nahm die Hand wieder weg. «Kein Blut. Das ist vermutlich ein gutes Zeichen.» Dann rieb ich mir die Schienbeine. «Wie sehe ich aus?»

«Könnte besser sein. Es wäre sicher gut, ein paar Tage lang keine Klienten zu empfangen. Also, lass hören, welche deiner Körperteile tun nicht weh?»

«Meine Schultern sind, glaube ich, okay.»

«Gut.» Sie rieb mir die Schultern. «Dann erzähl mal. Erzähl mir alles.»

«Ich hatte einen merkwürdigen Besucher.» Ich berichtete ihr, was passiert war. «Wie spät ist es?»

«Viertel vor acht.»

«Nicht später? Gott sei Dank hast du ihn verpasst.» Ich seufzte. «Verflucht, jetzt würd ich gern eine rauchen.»

«Ich weiß. Aber das wirst du nicht tun.»

Ich schüttelte den Kopf. «Autsch. Nein, werd ich nicht. Ein Drink wäre noch besser.»

«Nicht gleich. Wir lassen erst deinen Kopf näher anschauen. Und dann rufst du Vanni an.»

«Du hast recht.» Ich stand auf und streckte mich. Mein Kopf und meine Beine schmerzten heftig, aber alles schien noch funktionsfähig zu sein. Trotzdem wäre es vernünftig, zur *pronto soccorso* zu fahren, für alle Fälle.

«Gut, ich rufe ein Krankenboot.»

Wieder schüttelte ich den Kopf und bereute es sofort. «Ich brauche kein Krankenboot.»

«Nathan, du hast dir den Kopf angeschlagen und wurdest ins Gesicht geschlagen. Auf keinen Fall gehen wir zu Fuß zum Krankenhaus.» Sie griff nach ihrem Handy. «Ich rufe sie jetzt an.» Sie deutete auf das Sofa. «Setz dich hin. Leg dich hin. Mach, was immer dir guttut.»

Ich legte mich aufs Sofa und schloss die Augen. Etwas plumpste auf meine Brust, und Pfoten scharrten. Ich schlug die Augen wieder auf. Gramscis Gesicht war nur ein paar Zentimeter entfernt, und sein Blick bohrte sich in meinen.

«Das ist nicht so gut gelaufen, was, Miezekater?» Er antwortete natürlich nicht. «Ich denke, wir hätten uns beide besser schlagen können. Wir haben kein besonders gutes Bild abgegeben.»

Er lag auf meiner Brust, fuhr die Krallen aus und grub sie in mein Hemd.

«Aber weißt du was, das nächste Mal kriegen wir das Schwein. Oder?»

Er schlug mit dem Schwanz, während er leise und bedrohlich schnurrte. Und trotz meines schmerzenden Kopfes konnte ich mir ein Lächeln nicht verkneifen.

34

Ed hörte die Tür des Brasilianischen Cafés zuschlagen. «Morgen, Nat.»

«Morgen, Ed.»

Dann erhob er sich hinter dem Tresen, wo er gerade herumgewerkelt hatte, und sah mir ins Gesicht. «Heiliger Strohsack! Was hast du denn angestellt?»

«Unzufriedener Kunde.»

«Du machst Scherze.» Er wurde ernst. «Ehrlich, Mann, warst du bei der Polizei?»

«Ja.»

«Und?»

«Ich hab ihnen eine Beschreibung geliefert. Und einen Namen. Oder zumindest eine begründete Vermutung.»

«Du solltest auch zum Arzt gehen.»

«Schon erledigt. Fede hat gestern Abend dafür gesorgt, dass ich zur *pronto soccorso* fahre.»

«Alles okay so weit?»

«Ja. Wird allerdings noch ein paar Tage wehtun.» Ich stellte eine große Papiertüte mit Schmerzmitteln auf die Theke. «Das hier hab ich gerade aus der *farmacia* geholt. Alles, was ich brauche, um die nächste Zeit zu überleben. Der Arzt sagt, ich soll ein bisschen auf Koffein verzichten. Also, wie steht's mit einem Espresso?»

«Koffeinfrei?»

«Ganz bestimmt nicht.»

«Ist das vernünftig, Nat?»

«Sehr vernünftig. Wenn ich mir zu Hause einen koche, kriege ich Ärger mit Federica.»

Er lachte. «Na schön. Aber verrate ihr nichts. Und komm später noch mal vorbei. Ich hab ein paar Drinks für dich hinterm Tresen.»

«Mach ich. Ich treffe mich nachher mit Dario.» Ich grinste. «Alkohol soll ich übrigens auch meiden.»

«Dann sehe ich euch beide später. Bist du sicher, dass es dir gut geht, Nat?»

«Ja, alles okay. Ein paar Prellungen, aber das wird schon wieder.» Er schob meinen Espresso über die Theke, und ich klopfte ihm auf die Schulter. «Hör mal, ich überlege gerade. Der Kerl, der mir gestern Abend 'ne Abreibung verpasst hat. Ende vierzig vielleicht, kahl rasierter Schädel. Dreitagebart. Stank nach billigen Zigaretten. Hast du irgendwen, der so aussah, in den letzten Tagen hier herumschleichen sehen?»

Ed zögerte einen Moment und kratzte sich am Kopf. «Ehrlich gesagt, Nathan, abgesehen von der Frisur, hätte diese Beschreibung in den letzten fünf Jahren meistens auf dich passen können.»

«Oh, danke. Vielen Dank auch.» Ich kippte meinen Espresso herunter und fühlte mich augenblicklich besser.

Er lächelte mich an. «Bis später, ja? Das mit den Drinks hab ich ernst gemeint.»

«Wie geht's dir inzwischen?», fragte Federica, als ich durch die Tür trat. «Ed hat versprochen, mich zu einem Drink einzuladen. Ein Negroni für eine brutale Tracht Prügel scheint mir kein allzu schlechter Tausch zu sein. Und dann wäre da noch das.» Ich leerte den Inhalt meiner Tüte auf den Tisch. «Paracetamol. Ibuprofen. Und das gute alte Aspirin. Alles, was man zum Schmerzstillen braucht.»

«Du warst bei den Brasilianern?», fragte sie und verengte die Augen.

«Nur auf einen Koffeinfreien.»

Sie versuchte vergeblich, streng auszusehen, und nahm mich in den Arm. «Du bist so ein schlechter Lügner. Bitte ändere dich nie.»

Mein Handy klingelte. Ich warf einen Blick darauf und sank aufs Sofa. Eine britische Nummer. Eine, die ich nicht kannte. Ich ahnte, was das bedeutete.

«Alles in Ordnung?»

Ich schüttelte den Kopf. «Nein, aber da muss ich rangehen.» Ich tippte auf «Annehmen» und nahm meine seriöseste Stimme an. «Nathan Sutherland, Honorarkonsul.»

Es dauerte eine halbe Stunde, bis ich wieder auflegen konnte. Federica setzte sich neben mich und legte ihren Kopf auf meine Schulter. Wir schwiegen einige Minuten, dann lehnte ich meinen Kopf an ihren und schloss die Augen.

Sie rieb mir über den Rücken. «Alles in Ordnung?»

Ich versuchte vergeblich, meine Stimme ruhig zu halten. «Nicht wirklich.»

Sie wartete einen Moment, bis sie begriff, dass ich nicht weitersprechen würde. «Wer war es?»

«Seine Mutter. Jimmys Mutter.»

Wieder schwiegen wir. «Willst du reden?»

«Ja. Es war größtenteils der übliche Kreislauf. Fassungslosigkeit natürlich. Aus der schnell Leugnen wurde. *Sind Sie sicher? Könnten Sie sich nicht irren? Ist das etwa ein Scherz?* Dann Wut. *Wann kann ich den Leichnam meines Sohnes haben? Warum muss ich so lange warten? Gibt es sonst noch jemanden, mit dem ich sprechen kann?* Und dann Depression. Nur dass es keine Depression war. Es war einfach eine Frau, die am anderen Ende der Leitung hemmungslos schluchzte. Bis zur Akzeptanz kamen wir nicht mehr.

Weißt du, was das Schlimmste war? Ich glaube, es war ihre Stimme. Sie klang, als wäre sie innerlich zerbrochen. Es war, als würdest du zuhören, wie jemand direkt vor dir altert.

Sie war stolz auf ihn, weißt du. Er wohnte noch zu Hause. Hat in einem Supermarkt gearbeitet und sein ganzes Geld für Reisen und seine Fotoausrüstung gespart. Er schrieb Bücher, hat sie mir erzählt. Man findet sie bei Amazon. Stillgelegte Bahnhöfe in London und Paris. Verlassene Kirchen in Venedig. Und jetzt eines über die gespenstischen Inseln der Lagune.» Ich holte tief Luft. «Sie war so unglaublich stolz auf ihn.» Mir versagte die Stimme.

«Ach, *caro*. Es tut mir leid.»

«Es tut dir nicht so leid, wie es diesem Schwein leidtun wird.»

«Du weißt doch gar nicht, ob Jimmy Whale ermordet wurde, Nathan. Nicht mit Sicherheit.»

«Noch nicht vielleicht. Aber ich werde es verdammt noch mal rausfinden.» Ich strich vorsichtig über die Wunden und Blutergüsse in meinem Gesicht, und wir saßen einen Moment schweigend da, während ich ein paarmal tief durchatmete.

«Also, sag schon, was könnte dafür sorgen, dass es dir besser geht?»

Ich bekam ein zaghaftes Lächeln hin. «‹Eine Zigarette› ist vermutlich die falsche Antwort?»

«Stimmt.»

«Okay. Antwort B lautet: den Fall zu lösen.»

«Na also. Das werden wir tun. Nach dem Mittagessen.» Sie stand auf, ging zur Tür und zog ihren Mantel über. «Komm.»

«Wo gehen wir hin?»

«Keine Ahnung. Ist egal. Wir gehen einfach raus und bringen dich auf andere Gedanken. Dann essen wir zu Mittag, irgendwo anders als bei den Brasilianern, und wenn du brav bist, erlaube ich dir sogar, einen Prosecco dazu zu trinken.»

«Ich dachte, ich soll eine Weile auf Alkohol verzichten. War da nicht was mit Beeinträchtigung der Wahrnehmungsfähigkeit?»

Fede sah mich einen Moment an und lächelte kaum merklich. «Ich glaube, das können wir riskieren.»

35

Dario schüttelte den Kopf. «Nat, Junge, du siehst nicht gut aus.»

«Danke, Dario. Das haben heute schon einige zu mir gesagt, weißt du?» Ich blickte mich im Brasilianischen Café um. Ein paar der Stammgäste drehten sich hastig weg und fingen an zu tuscheln. Ich stand auf und machte mich bemerkbar. «Ich bin noch da, wisst ihr? Stimmt, ich wurde überfallen. Ich wurde zusammengeschlagen. Es macht mir aber nichts aus, darüber zu reden.»

Verlegenes Schweigen. Ich setzte mich wieder.

«Dir geht's nicht gut, stimmt's?»

«Na ja. Es ging mir schon besser.»

«Tut mir leid. Ich hätte diesen Kerl früher überprüfen sollen. Mein Kumpel Franco hat sich schon gestern gemeldet. Ich dachte, es könnte warten, bis wir das nächste Mal ein Bier zusammen trinken. Wenn ich dir Bescheid gegeben hätte ...» Er geriet ins Stocken, und ich boxte ihn sanft in die Schulter.

«Schon gut, Dario. Mach dir keine Gedanken. Red weiter, was hast du rausgefunden?»

Er holte ein zusammengefaltetes Stück Papier hervor und breitete es vor uns aus. Es war die Fotokopie eines Artikels aus dem *Gazzettino*, fünf Jahre alt. Trotzdem erkannte ich das Gesicht sofort.

«Der Typ heißt Lucarelli, wie du gesagt hast.»

«Ich hab's gewusst. Mistkerl. Ich hab's gewusst.»

«War früher mal Polizist. Kein besonders guter.»

Ich las den Artikel durch. Giorgio Lucarelli aus Mestre. Wegen laufender Ermittlungen vom Polizeidienst suspendiert. Bestechung und Korruption. Außerdem in den Handel mit gestohlenen Pässen und Personalausweisen verwickelt.

«Ungefähr ein halbes Jahr später wurde er entlassen», fuhr Dario fort. «Anschließend, sagt Franco, hat er sich als Privatdetektiv selbstständig gemacht.»

«Braucht man dafür nicht eine Lizenz oder so?»

«Eigentlich schon. Aber in Wirklichkeit reicht ein Schild an der Tür und eine Visitenkarte mit einer Art offiziellem Logo und der Aufschrift ‹Privatdetektiv› drauf, und schon kann's losgehen.»

«Und was für Aufträge übernimmt er so?»

«Hast du ein Problem mit verspäteten Zahlungen? Sind deine Kunden im Verzug? Dann ist Lucarelli dein Mann.»

«Also nicht direkt ein Privatermittler?»

«Nein. Eher ein Geldeintreiber. In letzter Zeit soll er auch den Sicherheitsdienst für Hotels übernommen haben. Bei Veranstaltungen und so, weißt du?»

«War eins davon vielleicht das Ca' Sagredo?»

«Keine Ahnung. Ich kann versuchen, es in Erfahrung zu bringen.»

«Mach dir keinen Kopf deswegen. Es könnte nur helfen, eins und eins zusammenzuzählen. Reizender Mann übrigens, nach dem, was du erzählst.» Ich fasste an den Bluterguss an meinem Kopf und zuckte zusammen. «Gestohlene Pässe, sagst du?»

«Ja. Hat das was zu bedeuten?»

«Vielleicht. Jimmy Whale. Der junge Mann aus England, der bei Celestia ertrunken ist. Sein Reisepass ist verschwunden.»

«Mmm.» Er trank einen Schluck von seinem Bier. «Was unternehmen wir also?»

«Was meinst du mit ‹wir›?»

«Vally und Emily sind noch ein paar Tage länger weg. Bis ich die Wohnung richtig in Ordnung gebracht habe. Also hab ich Zeit, dir zu helfen.»

Ich leerte mein Glas. «Okay. Was hältst du davon: Wir nehmen den Bus rüber nach Mestre, statten diesem Arschloch einen Besuch ab und schlagen ihn so lange grün und blau, bis er uns die Wahrheit sagt?»

Dario schüttelte den Kopf. «Nein.»

«Nein? Erklär mir, warum nicht.»

«Weil wir nicht zu den Leuten gehören, die so was machen. Wir sind die Guten.»

Ich schloss die Augen und nickte. «Ach, du hast recht. Ist allerdings verdammt schwer, was?»

«Das Rauchen und das Motorradfahren aufzugeben, ist auch schwer, *vecio*. Und trotzdem schaffen wir es.»

Ich musste lächeln. «Meine Herren, ich fass es nicht. Wann ist ein weiser alter Mann aus dir geworden?»

«Ich hab aber recht, oder?»

«Ja. Hast du. Das heißt, ich muss nach Triest.»

«Triest? Warum?»

«Weil da ein Mann wohnt, mit dem ich sprechen muss. Über San Michele und Sant'Ariano, und über etwas, das dort vor fast vierzig Jahren passiert ist.»

«Und deine Arbeit?»

«Morgen hab ich eigentlich Sprechstunde, die könnte ich aber ausfallen lassen.»

«Ich kann für dich einspringen, wenn du willst?»

Ich zögerte einen Moment. «Das ist nett von dir, aber ...»

«Nach dem letzten Mal?»

«Genau. So wie ich zugerichtet bin, kann ich sowieso mal ein paar Tage freinehmen. Ich will schließlich niemanden erschrecken. Und was die Übersetzung von diesem schrecklichen Drehbuch betrifft – na ja, ein paar Tage Pause würden mir da, ehrlich gesagt, auch guttun.»

«Okay, verstehe. Und was hat Sant'Ariano mit der Sache zu tun?»

«Der Engländer, der ertrunken ist, war am Tag vorher dort. Und jemand hat eine Nachricht auf seinem YouTube-Kanal hinterlassen. Darin werden zwei Kinder erwähnt, die 1980 dort in der Nähe ertrunken sind. Zwei Kinder, nicht eins. Gabriele Loredan. Und jemand, der Andrea Kastellic geheißen haben könnte. Da besteht also eine Verbindung, ich hab bloß noch keine Ahnung, welche. Bist du schon mal auf Sant'Ariano gewesen?»

Er schüttelte den Kopf. «Freunde von mir waren mal da. Nur so als Mutprobe, weißt du, als wir noch Kinder waren. Ich erinnere mich, dass sie schwer eins aufs Dach gekriegt haben, als ihre Eltern dahintergekommen sind.»

«Du warst also noch nie dort?»

«Nein. Schien mir zu gefährlich.» Er grinste. «Selbst für mich. Warst du schon mal in Triest?»

«Ist das erste Mal. Federica war aber schon öfter da. Sie kommt mit und passt auf mich auf.»

«Muss sie nicht arbeiten?»

«Sie nimmt sich einen Tag frei. Ein bisschen liegt es auch daran – na ja, es ist mir lieber, dass wir zusammen sind und außerhalb von Venedig –, falls dieser Lucarelli sich entschließt, uns noch einen Besuch abzustatten.»

«Klar, Nathan. Das verstehe ich.» Seine Miene hellte sich auf. «He, Vally und Emily sind noch bei *nonno* und *nonna*. Ich könnte sie anrufen, wenn du willst? Sie freuen sich sicher, wenn ihr bei ihnen übernachtet, dann könnt ihr einen richtigen Kurztrip draus machen.»

«Danke, aber», ich rieb mir übers Gesicht, «ich befürchte, ich würde einen schlechten Eindruck hinterlassen. ‹Nett, Sie kennenzulernen, ich bin Darios Freund und der Honorarkonsul in Venedig. Ach ja, und ich bin gerade zusammengeschlagen worden.›»

Dario lachte. «Verstehe. Aber lass mich wissen, wenn ich irgendwas tun kann, ja?»

«Das mache ich. Danke.»

«Okay. Ich glaube, wir brauchen noch ein Bier.» Er gab Ed ein Zeichen, indem er zwei Finger hob. «Weißt du, Nat, du solltest noch mal zur Polizei gehen. Erzähl Vanni, dass du jetzt weißt, wer dieser Kerl ist. Überlass ihm die Sache.»

«Du hast recht. Und das werde ich auch tun. Aber wir sind jetzt schon nah dran, und wer immer dieser Mann in Triest ist, er redet vielleicht eher mit mir als mit der Polizei. Und dann können wir diese ganze San-Michele-Sache endlich zu Grabe tragen.»

Er lächelte über den kleinen Wortwitz. «Und was ist mit diesem Journalisten, Flemyng?»

«Verschwunden. Keine Ahnung, wo oder warum oder ob er immer noch jeden ausfragt, der bereit ist, ihm zu antworten.»

«Und Mr. Whale?»

«Es klingt erbärmlich, aber ich ertappe mich dabei, dass ich hoffe, er ist wirklich ins Wasser gefallen und ertrunken. Denn die Alternative ist viel komplizierter, als es mir lieb wäre …»

36

Fede und ich saßen in einem Café an der Piazza Unità d'Italia und versuchten, mit dem Schlottern aufzuhören.

«Ich habe dich gewarnt», sagte sie.

«Du hast gesagt, es könnte ein bisschen kalt und windig sein. Mit so was hatte ich nicht gerechnet.» Ich riss mit meinen eiskalten Fingern ein Tütchen Zucker auf und kippte den Inhalt in meinen Kaffee. Dann rührte ich so gut ich konnte um, während meine zitternde Hand den Löffel gegen die Tasse klappern ließ. Ich atmete das Kaffeearoma ein und fühlte mich ein kleines bisschen besser. Dann trank ich einen Schluck und genoss die Wärme, die sich von meiner Zunge über meinen Hals bis in meinen ganzen Körper ausbreitete. Ich lehnte mich auf meinem Stuhl zurück und seufzte.

«Der Kaffee ist hervorragend.»

«Das stimmt. Ich fand schon immer, dass sie den in Triest besonders gut hinbekommen. Wahrscheinlich der österreichische Einfluss. In Venedig behalte ich diese Ansicht natürlich lieber für mich.»

«Das kann ich verstehen.» Ich wischte mit meinem Mantelärmel das Kondenswasser von der Fensterscheibe und sah hinaus auf die Piazza. Der Himmel war dicht bewölkt und die Stadt in ein blaues Halbdunkel getaucht. Die Zugreise hatte kaum mehr als zwei Stunden gedauert. Während des ersten Teils der Fahrt, der durch die nichtssagende Ebene des Veneto führte, hatte ich größtenteils gedöst. Federica hatte mir geraten, für den letzten Teil meinen Wecker zu stellen, auf dem wir nach Friaul-

Julisch-Venetien hinauffuhren und die Reise uns entlang des Golfs von Triest führte.

Schließlich wurde ich von meinem Handy geweckt, das uns informierte, dass wir gerade Italien verlassen und nach Slowenien gekommen waren. Zwei Minuten später teilte es mir mit, dass wir die Grenze zurück passiert hatten. Und wieder. Und noch einmal. Ich musste lächeln. Die Stadt hatte ihre Zugehörigkeit oft gewechselt, einmal gehörte sie zu Frankreich, dann zu Italien, dann zu Jugoslawien und schließlich, nach sieben Jahren als Stadtstaat nach dem Krieg, wieder zu Italien. Es war kein Wunder, dass mein bescheidenes Handy durcheinandergeriet. Ich musste allerdings zugeben, dass der Blick über den Golf es selbst an diesem trüben Tag wert war, geweckt zu werden.

Kurz bevor wir den Bahnhof verlassen wollten, hatte Fede mir die Hand auf den Arm gelegt und mich zurückgehalten. Sie zog sich eine Wollmütze auf und wickelte sich einen Schal um die untere Gesichtshälfte, sodass nur noch ihre Augen zu sehen waren.

Ich drängte zum Ausgang, aber wieder hielt sie mich zurück.

«Hmpf!»

«Wie bitte?»

Sie zog den Schal herunter. «Willst du etwa so rausgehen?»

«Äh, ja.»

«Ohne Kopfbedeckung, ohne Schal? Ich hab dir gesagt, du sollst Mütze und Schal mitbringen.»

«Ich besitze einen Schal. Irgendwo. Heute Morgen konnte ich ihn aber nicht finden. Und Wollmützen habe ich schon immer gehasst.» Sie verengte die Augen. «Das heißt natürlich nicht, dass sie an dir nicht gut aussehen würden. Aber ich hab einen Regenschirm dabei.» Ich förderte einen kleinen Taschenschirm zutage.

Sie schüttelte resigniert den Kopf und zog den Schal wieder

übers Gesicht, bevor sie Richtung Ausgang wies. Ich schob die Tür auf und trat nach draußen.

Der Windstoß traf mich mitten auf die Brust und drückte mich mit Wucht rückwärts gegen Fede. Sie musste wohl darauf vorbereitet gewesen sein, denn sie fing mich auf und schob mich auf die Piazza hinaus. Durch tränende Augen erkannte ich Fußgänger, die in mehrere Schichten Gore-Tex gepackt waren, sich zusammengekrümmt gegen den Wind stemmten und, so gut sie konnten, die Straße entlangbewegten. Mein Mantel flatterte und peitschte um mich, während ich mich abmühte, ihn zuzuknöpfen. Ich schaffte es, meinen Schirm aufzuspannen und ungefähr fünf Sekunden gegen den heftigen Wind zu halten, bis er mir aus der Hand gerissen wurde und über die Straße hüpfte, ein Auto zum Ausweichen und lautem Hupen veranlasste, bevor er sich in die Luft erhob und über dem Golf von Triest verschwand.

Federica schob ihren Arm unter meinen und führte beziehungsweise zog mich weiter, während wir uns eine gefühlte Ewigkeit durch den Wind kämpften, bis wir die Piazza Unità d'Italia erreichten, wo sie mich – als sie merkte, dass ich mich langsam blau verfärbte – ins nächste Café bugsierte.

Ich merkte, dass sie mit mir sprach. «Schade um deinen Schirm», sagte sie.

«Der ist inzwischen wahrscheinlich halb in Slowenien.» Mein Atem hatte das Fenster wieder beschlagen lassen, und ich wischte es erneut mit dem Ärmel ab. Pompöse österreichische Architektur in einer Stadt am äußersten Rand Italiens an der Grenze zum ehemaligen Ostblock. Eine Stadt weder hier noch da.

«Also, was denkst du?»

«Ich denke, es ist kalt.»

«Und?»

«Nass.»

«Und?»

«Stürmisch.»

«Und abgesehen davon?»

Ich zuckte mit den Schultern. «Wahrscheinlich ist es ganz ... nett?»

Sie lachte und trank einen Schluck Kaffee. «Du siehst es nicht von seiner besten Seite. Wenn die Sonne scheint, ist es wirklich schön.»

«Dario wollte letztes Jahr mit mir herkommen, weißt du noch? Iron Maiden haben hier gespielt.»

«Wolltest du nicht hin?»

«Die mochte ich, ehrlich gesagt, noch nie besonders. Anfangs hat mich ein bisschen das schlechte Gewissen geplagt. Ich dachte, ich hätte ihn begleiten und ihm Gesellschaft leisten sollen. Aber jetzt», ich lächelte, «hab ich das Gefühl, gerade noch mal Glück gehabt zu haben.»

«Es ist eine schöne Stadt. Wirklich. Wir müssen im Frühjahr noch einmal wiederkommen.»

«Wir müssen?»

«Ja, ich will nicht, dass du einen falschen Eindruck gewinnst. In den Wintermonaten muss man eben auf den Wind vorbereitet sein. Ach, und auf die Tatsache, dass es eigentlich immer bergauf geht, egal wo du hinwillst.»

Ich lächelte. «Also, daran bin ich gewohnt. Ich hab mal in Edinburgh gelebt, erinnerst du dich?» Mein Blick wanderte zu meiner linken Hand. Ich konnte immer noch, gerade so, erkennen, wo der Ring an meinem Ringfinger gesessen hatte. Sie bemerkte meine Kopfbewegung und streckte lächelnd die Hand aus, um ihren Finger an meinem zu reiben. «Also, hast du dir überlegt, was du zu *signor* Kastellic sagen willst?»

«Keine Ahnung. Es wird vielleicht nicht einfach werden.» Ich hatte am Vortag noch einmal versucht, ihn anzurufen, und er hatte fast sofort wieder aufgelegt, nachdem er gebrüllt hatte, er würde nicht mit Journalisten reden. «Es stand nichts über die Familie in den Zeitungen, oder? Nicht im Zusammenhang mit Gabrieles leerem Grab?»

Sie schüttelte den Kopf. «Nein.»

«Merkwürdig. Warum sagt er dauernd, er will nicht von Journalisten belästigt werden, wenn sie ihn offenkundig gar nicht belästigen? Oder meint er vielleicht einen ganz bestimmten? Guy natürlich.»

«Das ergibt Sinn. Vielleicht hat Guy genau wie du etwas über seinen Sohn herausgefunden?»

«Vielleicht.»

«Guy», sie hielt kurz inne, «der jetzt vermisst wird.»

«Ja. Das kam mir auch in den Sinn.» Ich versuchte, das Thema zu wechseln. «Danke noch mal, dass du mitgekommen bist.»

«Ich dachte, es könnte vielleicht hilfreich sein, falls du mit jemandem reden musst. Angesichts der Tatsache, dass du aussiehst, als wärst du in eine Schlägerei verwickelt gewesen.»

«Ich *bin* in eine Schlägerei verwickelt gewesen.»

Sie lächelte und berührte – sanft – mein Gesicht, bevor sie einen Stadtplan auf dem Tisch ausbreitete. «Wir sind hier. Via Margherita Hack. Es dürfte nicht weiter als zehn Minuten zu Fuß sein.»

«Bergauf?»

«Natürlich.»

Ich blickte nach draußen, wo der Regen über den Platz peitschte, und erschauerte. «Dann mal los», sagte ich.

Ich hinterließ ein paar Euro auf der Theke, und wir machten uns auf den Weg in den Sturm.

«Das ist es?»

Federica nickte.

«Hübsch.»

Kastellics Haus, ein moderner Bungalow im Vergleich zu den stattlicheren Gebäuden aus der Habsburgerzeit, die um ihn herum standen, war bescheidener, als ich erwartet hatte.

Und obwohl er unweigerlich am Berg stand, ging es doch wieder nicht allzu sehr bergauf, und die Tatsache, dass sich Geschäfte in der Nähe befanden, ließen mich zu dem Schluss kommen, dass *signor* Kastellic eine kluge Wahl für sein Rentenalter getroffen hatte.

«Na schön. Schreiten wir zur Tat.» Ich sah Fede an. «Ähm, vielleicht ist es das Beste, wenn du irgendwie so viel wie möglich vor mir stehst? Zumindest bis wir ihn dazu gebracht haben, mit uns zu reden.» Ich stellte mich hinter sie, und sie klingelte an der Tür.

Es wurde nicht geöffnet. Wir warteten und warteten, aber niemand kam.

«Bist du sicher, dass es geklingelt hat?»

«Ziemlich sicher.»

«Lass es uns noch mal versuchen.» Ich langte über ihre Schulter, um erneut auf den Klingelknopf zu drücken, doch sie musste drinnen Bewegung gehört haben, schlug meine Hand weg und setzte ihr reizendstes Lächeln auf.

«Ja?» Der Sprecher war ein älterer Mann, silbergraue Haare und abgemagert, mit dunklen Ringen unter den Augen, die mich annehmen ließen, er könnte etwas mehr Schlaf gebrauchen.

«*Signor* Kastellic?», fragte Federica.

Er musterte uns beide von oben bis unten und schüttelte den Kopf. «Ich spreche nicht mit Journalisten», sagte er. Er wollte die Tür wieder zuschlagen, doch Federica streckte die Hand aus und hielt sie auf.

«Soll ich anfangen zu schreien? Wollen Sie sehen, was die Nachbarn denken, wenn sie mitbekommen, wie ein alter Mann in seinem eigenen Haus bedroht wird? Was wird die Polizei wohl erst denken?»

«Bitte. Wir sind nicht von der Presse.»

«Dann von der Polizei? Mit der rede ich auch nicht.»

«Wir sind keine Polizisten. Und auch keine Journalisten. Versprochen», sagte ich. «Hören Sie, falls das irgendeinen Unterschied macht, ich bin der britische Honorarkonsul in Venedig. Ich habe Sie vor Kurzem angerufen.»

«Was?» Seine Stimme war immer noch voller Argwohn, aber wenigstens versuchte er nicht mehr, uns die Tür vor der Nase zuzuknallen.

«Mein Name ist Nathan Sutherland. Wie gesagt, ich bin der Konsul in Venedig.» Ich nahm meine Visitenkarte heraus und zeigte sie ihm.

«Ich verstehe nicht. Was hat das mit mir zu tun?»

«Vielleicht nichts. Vielleicht sehr viel. Es geht um den Tod eines britischen Staatsbürgers», sagte ich.

«Dann muss ich also mit Ihnen sprechen?»

«Nein, das müssen Sie nicht. Aber wir haben einen ziemlich langen Weg auf uns genommen, um Sie aufzusuchen. Und es ist kalt und windig, und ich bin völlig durchnässt und kurz davor zu erfrieren. Bitte.»

Sein Blick wanderte von mir zu Federica und wieder zurück. Dann nickte er. «Na schön. Dann kommen Sie lieber herein.»

«Nehmen Sie bitte Platz.»

Ich sah mich in der Hoffnung um, etwas zu finden, das als Sitzgelegenheit dienen konnte. Doch in dem Zimmer war kein Zentimeter nutzbarer Platz zu finden. Überall stapelten sich Bücher; schwankende Stapel staubiger Hardcover, Taschenbücher und Bildbände, italienische *gialli* mit gelbem Rücken, Pageturner und Bestseller vergangener Jahre, deren Titel inzwischen größtenteils vergessen und deren Cover vom Alter verblasst waren.

Auch die Wände waren kaum zu sehen, verbargen sich hinter

chaotisch angeordnet aufgehängten Fotos. Hätte man all das herausgenommen, wäre der Raum wahrscheinlich doppelt so groß gewesen.

Ich fand etwas, das einmal eine Chaiselongue hätte gewesen sein können und mit alten Ausgaben der *New York Review of Books* bedeckt war. Ich unternahm einen halbherzigen Versuch, sie zur Seite zu schieben, als er meine Hand fortschlug, sie wegnahm und alle zusammen auf einen Stapel ledergebundener Bände der Geschichte von Triest legte. Der Stapel schwankte bedenklich, doch Kastellic nickte zufrieden und signalisierte, dass wir uns jetzt setzen könnten.

Wir nahmen Platz. Vorsichtig.

«Wie ich sehe, lesen Sie gern», sagte ich und kam mir sofort lächerlich vor, weil ich das Offensichtliche ausgesprochen hatte.

Er starrte mich an. «Sie sehen schrecklich aus», sagte er.

«Ich fühle mich auch schrecklich.»

«Was ist Ihnen zugestoßen?»

«Würden Sie gerne hören, dass ich gegen eine Tür gelaufen bin?»

«Die Wahrheit wäre mir lieber.»

«Na schön. Ich wurde von einem Mann bedroht und zusammengeschlagen, der mich dazu bringen wollte, keine weiteren Nachforschungen über das leere Grab von Gabriele Loredan auf San Michele anzustellen.» Ich beobachtete ihn genau, aber er zeigte kaum eine Reaktion, als ich Gabrieles Namen erwähnte.

«Und was hat das mit Ihnen zu tun?»

«Gabriele war britischer Staatsbürger, trotz seines Namens. Ich bin der britische Konsul und versuche festzustellen, was damals genau passiert ist.»

«Und was hat das alles mit mir zu tun?»

«Ich glaube, das wissen Sie, *signor* Kastellic.» Er sagte nichts. «Gabriele war Hugo Channings Sohn. Der Sohn Ihres damaligen

Geschäftspartners.» Er schwieg weiter. «Außerdem ist Gabriele am selben Tag ertrunken ...» Ich hielt kurz inne und versuchte, meinen Satz so umzuformulieren, dass er nicht so gefühllos klang. «Ich meine, es gab einen Unfall, bei dem ...»

«Bei dem was?»

«Bei dem auch Ihr Sohn Andrea ertrank.»

Er stützte sich an einem Tisch ab und brachte einen Bücherstapel zum Wackeln. «Wovon sprechen Sie?»

«Entschuldigen Sie. Das war ungeschickt von mir. Ich habe versucht, die richtigen Worte zu finden.»

«Sie sind doch ein Journalist, stimmt's? Ich hab Ihnen gesagt, Sie sollen mich in Ruhe lassen.»

«*Signor* Kastellic, da muss eine Verwechslung ...»

«Das ist keine Verwechslung. Ich sollte die Polizei rufen. Auf der Stelle. Das war vor ein paar Tagen, richtig? Einen alten Mann anzurufen und ihm zu sagen, dass sein Sohn tot sei. Für so etwas kann man ins Gefängnis kommen.»

«*Signor* Kastellic. Ich schwöre Ihnen, dass ich das nicht war.»

Sein Blick war voller Argwohn. «Warum sollte ich Ihnen das glauben?»

«Sie haben doch meine Visitenkarte gesehen. Sie können bei der britischen Botschaft anrufen, wenn Sie wollen. Sie werden sich für mich verbürgen», log ich.

Er deutete auf Federica. «Und sie?»

Fede erstarrte. «Sie ist hier, weil sie besser Italienisch spricht», antwortete ich. «Hauptsächlich aber, weil sie in solchen Situationen immer diplomatischer ist.»

«Ich finde, sie könnte undiplomatischer nicht sein.»

Ich fuhr mir mit den Fingern durch die feuchten Haare. «Es tut mir sehr leid, was passiert ist, *signor* Kastellic. Aber es wäre wirklich hilfreich, wenn Sie mir sagen könnten, warum Sie jemand angerufen hat, um ... um Ihnen das zu sagen, was er gesagt hat.»

«Ich weiß es nicht. Es gibt so einige Gestörte auf der Welt.»

«Tut mir leid.»

«Das sagten Sie bereits.» Er schüttelte den Kopf. «Ich verstehe nicht, woher dieser Unsinn überhaupt kommt. Mein Sohn ist nicht tot. Er lebt inzwischen in Argentinien.»

«Was?»

Er nahm ein gerahmtes Foto zur Hand und strich mit den Fingern darüber. «Das ist er.» Er reichte es mir. Die Schwarz-Weiß-Aufnahme eines jungen Mannes kurz vorm Erwachsenwerden in einem Juventus-Turin-T-Shirt. Lockenköpfig, mit einem Ansatz von Schnurrbart grinste er in die Kamera.

Ich lächelte Kastellic an. «Ein gut aussehender Bursche.»

«Das ist er immer noch. Kein Junge mehr, natürlich.» Er nahm mir das Foto aus der Hand und stellte es wieder auf den Tisch. «Ist es noch zu früh, um Ihnen einen Tee anzubieten? Wie man hört, trinken die Briten ihren Tee immer um fünf Uhr.»

«Das ist sehr freundlich. Ich bevorzuge Kaffee, falls das …»

«Ich kann keinen Kaffee mehr trinken.»

«Tee wäre schön, vielen Dank.»

«Und die *signorina*?» Er sah Fede nicht an.

«Tee wäre reizend, danke schön», antwortete sie mit zuckersüßer Stimme.

«Ich bin gleich wieder da», sagte er und steuerte Richtung Tür. «Nichts anrühren, während ich weg bin.»

Fede wartete, bis er das Zimmer verlassen hatte, bevor sie trocken lachte. «*Signorina*. So hat mich seit Jahren keiner mehr genannt.» Ich erhob mich. «Was hast du vor?», flüsterte sie.

«Ich will mich nur mal kurz umsehen. Keine Sorge. Ich bin vorsichtig.» Ich umschiffte die Bücherstapel und ging zur Wand, um mir die Fotos anzusehen. Mein Blick blieb auf dem Bild eines jungen Mannes in Militäruniform hängen, der vor einer Kirche stand. «Wo ist das?», fragte ich.

Fede reckte den Hals. «San Spiridione, glaube ich.»

«Richtig, *signorina*.» Von uns unbemerkt war Kastellic wieder ins Zimmer gekommen. «Die serbisch-orthodoxe Kirche in Triest. Das ist mein älterer Bruder Ivan. Er gehörte zu den Partisanen. Eine Woche nachdem das Foto aufgenommen wurde, wurde er erschossen.»

«Das tut mir leid.» Ich überflog weiter die Fotos an der Wand. Mir war klar, dass das ein bisschen unverschämt war, aber ich wusste nicht, wie viel Zeit er uns gewähren würde. Plötzlich fiel mein Blick auf ein Foto, von dem ich annahm, dass es auf Channings Boot gemacht worden war. Cosima im weißen Badeanzug, unglaublich schön mit ihrer dunklen Louise-Brooks-Frisur. Channing, mit nacktem Oberkörper (hatte er etwa die ganzen Sechziger ohne Hemd verbracht?) und Sonnenbrille. Und daneben ein großer Mann in weißem Poloshirt und legerer Hose, die schwarzen Haare nach hinten gekämmt und in die Kamera grinsend.

«Ich war ein schneidiger Bursche, was?», sagte Kastellic.

«In der Tat», murmelte ich. «Sie haben alle sehr gut ausgesehen.»

«Ich nehme an, Sie haben mit ihnen gesprochen. In Anbetracht dessen, was passiert ist. Wie geht es ihnen?»

«Cosima geht es gut. Immer noch eine sehr schöne Frau. Aber Hugo ist sehr krank.»

«Ach ja?» Er neigte den Kopf. «Erzählen Sie mir mehr.»

«Er leidet unter Demenz. Er weiß nicht mehr, wo er ist. Er hat nur wenige Erinnerungen daran, wer er ist oder wer er war. Ich glaube, seine Tochter erkennt er gerade noch. Aber das ist alles.»

Kastellic schloss die Augen und nickte. Dann schlug er die Augen wieder auf und sah mich an. Er lächelte.

«Gut», sagte er.

37

Ich bekam eine Gänsehaut und schüttelte den Kopf. «*Signor
Kastellic*, ich glaube, Sie verstehen nicht richtig.»

«Oh doch, das tue ich. Ich verstehe vollkommen.»

«Wenn Sie ihn sehen könnten, wäre es Ihnen unmöglich, kein
Mitleid mit ihm zu haben.»

«Ich habe kein Mitleid mit ihm. Ich freue mich für ihn.» Er
schüttelte den Kopf. «Sie verstehen das natürlich nicht. Wie sollten Sie auch? Sie sind noch zu jung. Wir sind die Summe unserer Erinnerungen, heißt es. Was, wenn es Dinge gibt, die wir am
liebsten vergessen würden?

Ich erinnere mich noch an den Tag, als der Unfall passierte. An Ludovica, die schon eine junge Frau war, aber durch den
Schrecken wieder zum Kind wurde. An Cosima, die versuchte,
tapfer zu sein, sich für ihre Tochter zusammenzunehmen. Und
dann an die beiden, Hugo und Cosima, wie sie mit ihrem Boot
hinausfuhren. Ihren Sohn zum letzten Mal nach Hause brach-
ten.» Er holte tief Luft und schloss die Augen. «Also, ja, ich freue
mich für ihn, wenn er sich nicht mehr daran erinnert, dass er
einmal einen Sohn hatte. Verstehen Sie das jetzt?»

«Ich glaube schon», antwortete ich.

«In diesem Sommer habe ich ihn zum letzten Mal gesehen.
Wir hatten uns schon in den Sechzigerjahren kennengelernt,
wissen Sie? Ich war nur ein Geschäftsmann. Ein guter, ja, aber
nur ein Geschäftsmann. Er war anders. Mit seinem Rennstall
und seiner glamourösen Frau und seinem Palazzo in Venedig.

Aber wir haben uns gut verstanden. Das war das Merkwürdige. Wir wurden Partner. Transporte. Import und Export. Das war immer meine Branche. Dann freundeten wir uns an. Fuhren zusammen in Urlaub. Skifahren im Winter. Segeln im Sommer. Schöne Zeiten.»

Er sprach nicht weiter. Ich wartete eine angemessene Zeit lang, bevor ich etwas sagte. «Und was ist passiert?», fragte ich.

Kastellic nahm ein anderes Foto von der Wand und strich mit den Fingern darüber. Eine strahlende Cosima mit einem Baby im Arm; und daneben Kastellic.

«Es ist natürlich ein Klischee, aber ich habe nie richtig verstanden, was sie an ihm fand. Ja, er war Millionär, aber sie war wunderschön und kam aus einer adeligen Familie. Ich denke, sie hatte etwas Besseres verdient. Sie erschien mir immer so viel intelligenter als er.

Meine Ehe mit Andreas Mutter ging in den späten Sechzigerjahren in die Brüche. Cosima und ich, nun ja, wir standen uns eine Weile sehr nah. Ich hatte gehofft, sie würde Hugo verlassen. Meine Partnerschaft war mir nicht mehr wichtig. Ich hatte genug Geld. Aber tief in meinem Herzen wusste ich, dass sie es nicht tun würde. In der Hinsicht war sie sehr traditionell. Und so wurden unsere gemeinsamen Urlaube immer weniger. Mein Sohn war schon immer mit Ludovica befreundet. Und ich glaube, er sah so etwas wie einen Mutterersatz in Cosima. 1980 besuchten wir sie, um den Sommer mit ihnen zu verbringen. Um sie vielleicht zum letzten Mal zu sehen. Alle Freunde wieder vereinigt. Und dann fuhren Gabriele und seine Schwester eines Tages mit dem Boot raus. Und kehrten nie zurück.

Andrea und ich hatten den Tag zusammen verbracht. Vater-und-Sohn-Zeit, wissen Sie? Ich glaube, sie gaben uns die Schuld. Nahmen an, wenn Andrea da gewesen wäre, hätte Gabriele gerettet werden können. Nach der Beerdigung reisten wir ab – ein letztes Mal.» Seine Stimme versagte, und er tupfte sich die Augen trocken. «Jetzt bin ich ganz allein, Mr. Sutherland. Schon seit Andrea nach Argentinien gegangen ist. Ich freue mich nicht nur für Hugo. Ich glaube, ich beneide ihn sogar.»

Ich wartete, bis das Schweigen zu erdrückend wurde. «Dieser Journalist, mit dem Sie gesprochen haben, Mr. Kastellic, hieß der Guy Flemyng?»

Er schüttelte den Kopf und sah jetzt alt und müde aus. «Er hat mir keinen Namen genannt. Oder wenn doch, dann erinnere ich mich nicht mehr daran.»

«Wissen Sie noch, worüber Sie gesprochen haben? Es könnte wichtig sein.»

«Wir haben über gar nichts gesprochen. Ich habe ihm gesagt, er soll sich zum Teufel scheren. Nur nicht so freundlich.»

«Was hat er Sie gefragt?»

«Er hat mir erzählt, er würde ein Buch über Channing schreiben. Klang wie anzüglicher Unsinn. Sonne, Sex, Skandal. So etwas in der Art.» Er streckte sich und gähnte. «Ich muss mich jetzt ausruhen. Würden Sie bitte gehen?»

«Das verstehe ich, *signor* Kastellic.» Ich sah zu Fede und bekam leichte Gewissensbisse, weil ich sie komplett aus der Unterhaltung ausgeschlossen hatte. «Federica?»

Sie stand wie gebannt vor der riesigen Menge an Fotos, die an den Wänden hingen.

«Fede?», wiederholte ich. «Ich glaube, wir sollten gehen.»

Sie drehte sich um und hatte ein breites Lächeln im Gesicht. «Natürlich. Tut mir leid, ich bin gerade mit den Gedanken ganz woanders.» Sie hielt ein Bild von Andrea in den Händen. «Wirklich ein gut aussehender junger Mann.» Dann stellte sie das Bild wieder an seinen Platz. «Schöne Fotos. Das war sehr freundlich von Ihnen, *signor* Kastellic.»

Er rückte das Foto zurecht und schob es einen Zentimeter nach rechts. «Danke, *signorina*.» Dann brachte er uns zur Tür.

Ohne dass er uns die Hand anbot, verabschiedeten wir uns in den strömenden Regen.

«Gab es nichts mit Raumtemperatur?», grummelte ich, als Fede mit zwei kleinen Flaschen Prosecco und zwei Plastikbechern aus dem Speisewagen zurückkam.

«Etwas anderes war nicht drin, *caro*. Damit müssen wir vorliebnehmen.»

Ich nahm eine der Flaschen und rollte sie in meiner Hand. «Die ist immer noch wärmer, als ich mich fühle, weißt du?» Ich lehnte mich in meinem Sitz zurück, schraubte den Plastikkorken heraus und goss die Hälfte des Inhalts in meinen Becher. Wir stießen, so gut es ging, an.

Der Golf von Triest verschwand in der Ferne, und der Zug fuhr langsam in die nördliche Ebene des Veneto hinunter. «Also, was sollte das alles?», fragte ich.

«Was alles?»

«Dieses ganze Wirklich-ein-gut-aussehender-junger Mann-so-schöne-Fotos-Gerede?»

«Ach. Du meinst, während er dir einen Haufen Lügen aufgetischt hat?»

«Du glaubst ihm nicht?»

«Natürlich nicht. Du etwa?»

Ich zuckte mit den Schultern. «Ich weiß nicht. Ich hatte das Gefühl, dass er wirklich aufgewühlt war.»

Fede verdrehte die Augen. «Manchmal verzweifle ich an dir.»

«Na schön. Dann erzähl mir, warum, *dottoressa*.»

«Es gibt überhaupt keine anderen Fotos von Andrea.»

«Was? Es muss welche geben.»

«Nein. Nicht ein einziges. Es sei denn, du zählst die Babyfotos mit. Was die betrifft, kann man es nie so genau wissen. Die sehen für mich alle gleich aus.»

«Bist du sicher?»

Fede blitzte mich über den Rand ihres Plastikbechers hinweg an. «Nathan, eine von uns geht einer Arbeit nach, bei der sie sich täglich den ganzen Tag intensiv Bilder anschauen muss. Und einer von uns nicht. Da war kein einziges anderes Foto von ihm. Andrea ist nicht in Argentinien. Er liegt auf dem Grund der Lagune.»

«Oha.» Ich trank den Rest meines Proseccos.

«Ich habe recht, stimmt's?»

«Das hast du.»

«Bin ich nicht eine geniale Freundin?» Ich wollte sie küssen, doch sie schob mich weg und hob den Finger. «Äh-äh. Bin ich das?»

«Immer.» Ich lächelte, und dann gab ich ihr einen Kuss. «Warum lügt er dann?»

«Er ist inzwischen ein alter Mann. Vielleicht versucht er auf seine seltsame Art, Cosima vor etwas zu schützen. Wenn du rausfindest, vor was, dann haben wir den Fall gelöst. Was denkst du über Mr. Flemyng?»

«Das ist etwas merkwürdig. Kastellic anzurufen und ihm zu sagen, dass sein Sohn tot ist, erscheint mir nicht der richtige Weg, ihn dazu zu ermuntern, mehr zu reden.»

«Vielleicht wollte er ihn provozieren? Nur um irgendeine Reaktion zu erhalten.»

«Ja, aber warum?»

«Das kommt wohl mit auf die Muss-noch-geklärt-werden-Liste, Mr. Holmes.»

«Hmm. Aber alles steht miteinander in Verbindung. Auf die eine oder andere Weise. Irgendetwas ist vor vierzig Jahren in der Lagune passiert. Ludovica weiß davon. Kastellic weiß davon. Flemyng weiß davon. Und Sant'Ariano ist der Schlüssel.»

«Und was nun?»

Ich drehte meine Miniflasche Prosecco auf den Kopf und sah zu, wie der klägliche Rest des Inhalts in meinen Becher tröpfelte. «Nun, jetzt gehe ich in den Speisewagen und hole noch zwei hiervon. Und morgen werde ich mich auf den Weg machen müssen, um mit jemandem über ein Boot zu sprechen.»

38

Mutter und Vater sind wütend, natürlich, als sie von der Sache an der Rialtobrücke hören. In den nächsten Tagen nimmt Mutter uns mit auf den Lido, um am Strand zu spielen. Vater braucht Zeit, um mit Andreas Vater zu sprechen. Wir müssen sehr artig sein und dürfen ihn nicht ablenken. Außerdem ist es gut, dass Andrea bei uns ist, sagt sie, gut, dass Ludovica und ich einen Freund haben.

Wir haben schon den ganzen Sommer mit Andrea verbracht. Ich habe es jetzt satt. Ich hab es satt, und es langweilt mich. Ich will zu Hause bleiben, in meinem Zimmer liegen und lesen, aber Vater und Mutter sagen, ich muss rausgehen.

Langsam hasse ich Andrea. Es gefällt mir nicht, wie er zuerst Ludovica und dann mich anschaut und grinst, als wäre ich bloß ein dummer kleiner Junge.

Aber morgen fährt er nach Hause. Dann dauert es immer noch ein paar Wochen, bis die Schule wieder anfängt. Kostbare Wochen, in denen ich in meinem Zimmer liegen und fumetti lesen kann.

Wir sind im cortile unseres Palazzos und lehnen am vera da pozzo. Der rosa Marmor kühlt unsere Schultern. Durch das Wassertor können wir das schimmernde Wasser des Kanals sehen, dessen kleine Wellen grünblaue Spiegelungen an die Wände werfen.

Wir sollten mit dem Boot rausfahren, sagt Andrea. Wir sollten zusammen ein letztes Abenteuer unternehmen.

Ich sage ihm, dass wir das nicht dürfen. Vater wird böse mit uns sein.

Er lacht und sagt, ich sei ja so ein Hosenscheißer. Angst vor Daddy.

Er streicht über Ludovicas nackte Schulter. Dann sieht er von ihr zu mir und wieder zurück. Und dann lacht er wieder.

Ludovica lacht mit, und einen Moment lang hasse ich sie beide.

Er hört auf und versucht, ernst auszusehen, erwachsen. Tut mir leid, sagt er. Es ist nicht deine Schuld. Du bist eben noch so jung.

Andrea ist, so viel weiß ich, fünf Jahre älter als ich. Gerade einmal fünf Jahre. Für ein Kind scheint das aber wie eine Ewigkeit. Ich balle die Fäuste und grabe die Fingernägel in meine Handflächen. Er will, dass ich mich wie ein kleiner Junge fühle.

Ich bin nicht zu jung, sage ich ihm. Ich bin schon oft mit dem Boot rausgefahren.

Ludovica sieht mich an, sagt aber nichts. Ich schaue ihr direkt in die Augen. Sehr oft, sage ich. Und zwar alleine. Ohne dich. Sie antwortet nicht. Ich glaube, sie lächelt kurz.

Gut, sagt Andrea. Abgemacht. Du, tapferer Kapitän, darfst uns im Boot rausfahren.

Zu unserem letzten großen Abenteuer.

Die Bar al Canton im nördlichen Teil Castellos kannte ich bis dahin nicht. Der Bereich hinter der Theke wurde von einem Gemälde des Comichelden Corto Maltese, Zigarette im Mundwinkel, beherrscht, während die Wände antifaschistische Aufkleber und Plakate von Demonstrationen gegen die weithin verhassten gigantischen Kreuzfahrtschiffe zierten. In einem riesigen Fernseher lief eine gewagte Sendung mit verrückter venezianischer Skamusik.

Ich sah auf die Uhr und las noch einmal die Nachricht auf meinem Handy. Er müsste inzwischen eigentlich hier sein. Die Frau hinter der Theke erwiderte mein Lächeln.

«*Ciao.*»

«*Ciao.*»

«Kann ich Ihnen helfen?», fragte sie auf Englisch.

«Das hoffe ich. Ich warte auf jemanden. Er soll hier Stammgast sein.»

«Ah. Wie heißt er?»

«Na ja. Das weiß ich leider nicht.» Anonymus, dachte ich, würde wahrscheinlich zu unnötiger Verwirrung führen.

«Keine Sorge, *caro*. Etwas zu essen, etwas zu trinken?»

«Ja, ich denke schon, danke.» Ich ließ den Blick gerade über das ausliegende Gebäck in der Vitrine schweifen, als ein kalter Windstoß mich traf, weil die Tür aufging.

«*Ciao, Gianni!*» Die Frau strahlte. «Ist das hier dein neuer Freund?»

Ich sah zu der riesenhaften grauhaarigen Gestalt in der wasserdichten Jacke hinüber. «Das hoffe ich.» Ich streckte die Hand aus. «Darf ich Sie Gianni nennen? Oder würden Sie *signor* Anonimo bevorzugen?»

Er zermalmte grinsend fast meine Hand, auf eine sicher freundlich gemeinte Art. «Gianni ist in Ordnung, danke. Mr. Sutherland, richtig?»

«Nathan reicht völlig. Darf ich Sie zu einem Drink einladen?»

«Klar.» Er fuhr sich durch die Haare und wandte sich an die *barista*. «*Un'ombra, cara.*»

Rotwein. Ich blickte nach draußen. Die Kinder waren noch auf dem Schulweg. Aber ich lebte schon lange genug in Venedig, um nicht überrascht zu sein, wenn um diese Uhrzeit schon alkoholische Getränke zu sich genommen wurden. Ich war noch nicht – ganz – so weit und entschied mich für einen *caffè corretto*. Was war schließlich selbstverständlicher als ein Schuss Grappa im Frühstückskaffee?

«Waren Sie schon öfter hier?»

Ich schüttelte den Kopf. «Heute zum ersten Mal.»

«Ich komme schon seit über dreißig Jahren her. Gute Adresse. Antifaschistisch, wissen Sie?»

Ich warf noch einen Blick auf die Plakate und Aufkleber und lächelte. «Wäre ich nie drauf gekommen. Also, wie sind Sie auf dieses Video gestoßen?»

«Ich betreibe einen Bootsverleih hier in der Gegend. Vor ein paar Tagen marschierte ein junger Engländer bei mir auf den Hof. Fragte, ob ich ihn nach Sant'Ariano bringen könnte.» Er schüttelte wieder den Kopf. «Dummer Junge. Von der Sorte sind im Lauf der Jahre ein paar bei mir aufgetaucht. Jedenfalls stand was über das Grab von diesem kleinen Loredan in den Zeitungen. Da musste ich daran denken, was an diesem Tag passiert ist.»

«Moment mal. Ich verstehe nicht, was Sant'Ariano damit zu tun hat.»

«Weil es da doch passiert ist, mein Freund.»

«Aber in den Berichten steht etwas von Torcello-Mazzorbo?»

Er lachte, ein tiefes, grollendes Raucherlachen. «Ja. Das haben sie den Leuten erzählt. Blödsinn. Ich hab jedenfalls gedacht, dieser Bursche wäre vielleicht ein Journalist oder so. Hab kurz recherchiert und dasselbe gefunden wie Sie. Ich dachte, ich hinterlasse ihm eine Warnung.»

«Dann ist es wirklich gefährlich dort?»

Er zuckte mit den Schultern. «Vielleicht. Wozu das Risiko eingehen? Auf jeden Fall bin ich Venezianer. Ich hab Angehörige irgendwo da drin. Mir gefällt der Gedanke nicht, dass irgendwelche *stranieri* – nichts für ungut – auf ihnen rumtrampeln.»

«Das verstehe ich.» Ich schwieg kurz, um einen Schluck von meinem Kaffee zu trinken. «Die offizielle Version lautet, dass nur zwei Kinder auf dem Boot gewesen sind. Waren es wirklich nur zwei?»

«Nein.» Er nahm eine Dose Tabak aus der Tasche und fing an, sich eine Zigarette zu drehen. «Das ist auch Blödsinn, mein Freund.»

«Ich verstehe nicht.»

«Hören Sie. Ich war damals in dem Teil der Lagune zum Fischen unterwegs. Und an dem Nachmittag, sage ich Ihnen, hab ich drei junge Leute auf einem Boot Richtung Sant'Ariano steuern sehen. Drei, verstehen Sie?»

Ich setzte an, um etwas zu antworten.

«Wollen Sie jetzt ‹Sind Sie sicher?› fragen?» Ich nickte. «Lassen Sie's. Das Boot war ein Riva. Schickes Teil. So was erkennt man. Und es waren drei Kinder an Bord. Drei. Und ich bin nicht der Einzige, der sie gesehen hat.»

«Aber warum wurde nicht darüber berichtet?»

Er rieb Daumen und Finger seiner linken Hand aneinander, während er mit der rechten weiter seine Zigarette drehte. «Kohle, verstehen Sie? An dem Tag waren noch andere draußen in der Lagune. Erst reden sie mit der Polizei und sagen, *ja, da waren drei Kinder auf dem Boot.* Und später plötzlich, *na ja, die Sonne hat mich geblendet. Vielleicht waren's nur zwei. Und wenn ich so drüber nachdenke, es war ganz sicher näher bei Torcello.*» Er lachte wieder. «Mistkerle, mir hat nie jemand Geld angeboten.»

«Aber Sie haben geschwiegen?»

Er zuckte mit den Schultern. «He, wenn mich wer fragt, sage ich, es waren drei Kinder.» Ein Grinsen breitete sich auf seinem Gesicht aus. «Aber mich fragt ja keiner.»

Ich trank meinen Kaffee aus und trommelte mit den Fingern auf der Theke. Er, fiel mir auf, hatte sein Glas Wein geleert. «Möchten Sie noch eins?»

Er schüttelte den Kopf. «Ich muss noch arbeiten, wissen Sie. Noch irgendwas?»

«Vielleicht. Kennen Sie einen *signor* Marcuccio?»

«Gewissermaßen. Er hat ein Haus nicht weit von hier. In der Nähe von Celestia.»

«Wäre er jemand, der mit dem Boot nach Sant'Ariano rausfährt?»

Er sah mich kurz an und grinste wieder. «Das weiß ich nicht.» Dann klopfte er mir auf die Schulter. «Danke für den Wein.» Er ging zur Tür, drehte sich noch einmal um und rieb wieder Daumen und Zeigefinger aneinander. «Ich weiß es nicht», sagte er noch einmal.

Ich winkte ihm kurz und lächelte, bevor ich zu meinem Portemonnaie griff. Corto Maltese blickte auf mich herab. «*Venezia sarà la mia fine. Venedig ist mein Ende.* Oder *Venedig ist mein Tod,* stand in seiner Sprechblase. Wem sagst du das, Corto, dachte ich und schob einen Geldschein über die Theke.

* * *

Signor Marcuccio besaß eine kleine Bootswerkstatt nicht weit von der Haltestelle Celestia. Ein Boot stand auf einer Rampe, während in der Werkstatt dahinter allerlei Außenbordmotoren und andere Maschinenteile auf Werkbänken warteten. Angestellte hatte er offensichtlich keine. Er hatte graue Haare und einen Oberlippenbart und lag gerade auf dem Rücken und inspizierte den Bootsrumpf. Ich hüstelte, um seine Aufmerksamkeit zu erlangen.

«Kann ich was für Sie tun?» Wie erwartet kein venezianischer Akzent.

«Das hoffe ich.»

Er stand auf und zündete sich eine feuchte Zigarette an. Seit ich damit aufgehört hatte, schien plötzlich jeder, dem ich begegnete, zu rauchen.

«Was brauchen Sie? Ich bin ziemlich beschäftigt um diese Jahreszeit. Viel schlimmer wird's jedenfalls nicht mehr.»

«Wirklich? Das hätte ich nicht gedacht.»

«Sie würden staunen.» Er stieß den Daumen in Richtung des Bootes. «Um diese Zeit will kein Mensch mit dem Boot raus in die Lagune. Nicht, wenn es sich vermeiden lässt. Also bringen sie sie alle zum Überholen her. Wenn Sie den Rumpf gereinigt haben wollen», er tippte an die Bootswand, «kann ich Sie morgen einschieben. Für irgendwelche Reparaturen am Motor müssen Sie ein paar Tage warten.»

«Danke, aber darum geht es nicht. Ich interessiere mich mehr dafür, ein Boot zu mieten.»

Er sah mich an. «Ziehen Sie um? Na schön, das könnte noch ein paar Tage länger dauern. Da muss ich erst vorbeikommen, mir die Sache ansehen und einen Kostenvoranschlag machen. Dann muss ich ein paar *ragazzi* anheuern.»

«Nein. Ich würde nur gern ein Boot mieten.»

Er schüttelte den Kopf. «Dann sind Sie hier falsch, Mister. Solche Dienstleistungen biete ich nicht an.» Er zog an seiner Zigarette, trat den Stummel mit der Ferse aus und hinterließ eine Tabakspur auf der nassen Rampe. «Sie sprechen gut Italienisch. Aber Sie kommen nicht von hier, stimmt's?»

«Genauso wenig wie Sie», antwortete ich lächelnd.

«Apulien. Bin vor zehn Jahren hergezogen.» Er schüttelte den Kopf. «Nicht gerade meine klügste Entscheidung.»

«Tut mir leid, das zu hören.»

«Keine Ahnung, was ich mir gedacht hab. Ein Apulier, der 'ne Bootswerkstatt für Venezianer betreibt? In meinem nächsten Leben versuch ich's mit was Einfacherem. Kühlschränke an Eskimos verkaufen, vielleicht.» Er lachte.

«Verstehe. Ich kann mir vorstellen, dass es nicht leicht ist.» Ich wartete kurz ab. «Sind Sie sicher, dass ich kein Boot von Ihnen mieten kann?»

«Ganz sicher.» Er deutete auf das Boot neben sich. «Ich hab nur das eine. Kann nicht riskieren, dass irgendwas damit passiert. Was, wenn jemand es kaputt macht oder nicht zurückbringt?»

«So was kommt vor?»

«Allerdings. Meistens junge Leute, die Unsinn damit anstellen. Den Stress brauche ich nicht. Aber ich sag Ihnen was: Wenn ich noch eins zum Vermieten hätte, hätte ich diese Woche ganz schön was verdienen können.»

Ich versuchte, meine Stimme so gleichgültig wie möglich klingen zu lassen. «Ach ja?»

«Ja. Ich hatte zwei Anfragen. Was ist bloß los? Dauernd sage ich den Leuten, nein, ich bin keine Bootsvermietung. Wenn ihr ein Ausflugsboot mieten wollt, dann geht woanders hin.» Er warf einen Blick zum grauen Himmel hinauf. «Am besten in ungefähr fünf Monaten.»

Noch zwei andere. «Erinnern Sie sich an ihre Namen?»

«Nee. Wahrscheinlich hab ich auch nicht danach gefragt.»

«Würden Sie sie wiedererkennen?» Ich zog einen Umschlag aus meiner Tasche und nahm die Ausdrucke heraus, die ich gemacht hatte. Einer von Jimmy Whale, den ich von seiner Website hatte, und einer von Flemyng beim *Circolo*.

Er schüttelte langsam den Kopf. «Ich bin mir nicht sicher.»

Ich seufzte innerlich. Mit so etwas hatte ich gerechnet, deshalb war ich vorbereitet.

«Wären Sie sich vielleicht für zwanzig Euro sicher?»

Er grinste. «Ich verlange kein Geld, Kumpel, ich brauch bloß meine Brille, das ist alles.»

Ich merkte, wie ich rot wurde. «Tut mir leid.»

Er klopfte mir auf die Schulter. «Sie leben schon zu lange in Italien, Engländer.» Er griff in die Brusttasche seines Overalls, nahm eine Brille heraus und wischte sie an seinem Ärmel ab. «Wollen wir mal genauer hinsehen.» Ich reichte ihm die Ausdrucke. Er hielt sie abwechselnd nah ans Gesicht und schob sie weiter weg, als würde er Posaune spielen. «Ich muss mal wieder zum Augenarzt», sagte er. «Aber den hier kenne ich», er deutete auf Flemyng, «obwohl er keinen Bart hatte. Bei dem anderen bin ich mir nicht sicher. Ist keine besonders gute Aufnahme.»

Das stimmte. Das Foto, ein Selfie, zeigte Jimmy, wie er in die Kamera grinste, während sein Gesicht halb von der Polaroid SX70 verdeckt war. «Ich weiß. War die beste, die ich finden konnte. Es könnte aber sein?»

«Ja. Vielleicht.»

«Beide haben Sie gefragt, ob Sie sie nach Sant'Ariano bringen können, stimmt's?»

Seine Augen weiteten sich. «*Cazzo*», fluchte er, bevor er nach einer weiteren Zigarette griff.

«Ich habe recht, oder?»

Er fingerte mit seinem Feuerzeug herum und versuchte vergeblich, seine Selbstgedrehte anzuzünden. Aus alter Gewohnheit suchte ich in meinen Taschen, merkte aber, dass ich ihm nicht helfen konnte. Schließlich hatte er Erfolg und fing an zu rauchen.

«Ja», sagte er.

Ich sagte nichts, und wir schwiegen, bis er die Überreste seiner Zigarette auf die Rampe warf.

«Sie haben mir Geld angeboten, wissen Sie. Geld, das ich eigentlich gut brauchen konnte.»

«Und?» Ich hatte das Gefühl, dass er wollte, dass ich fragte.

Er schüttelte den Kopf. «Nein. War die Sache nicht wert. Ich halt mich mit dem Laden hier gerade so über Wasser», er fuhr sich mit dem Finger über die Kehle, «wenn mein Boot beschlagnahmt wird, dann war's das. Game over.»

«Verstehe.» Der nächste Schritt erforderte etwas höhere Diplomatie. Ich wünschte, Federica wäre da gewesen. Ich nahm einen weiteren Ausdruck aus dem Umschlag. Ein Screenshot aus dem YouTube-Video. «*Signor* Marcuccio. Ich würde Ihnen gerne etwas zeigen.»

Er hielt das Bild dicht an sein Gesicht, dann ließ er es sinken und sah mich scharf an.

«An der Bootswand steht der Name ‹Marcuccio›», sagte ich. «Das ist kein venezianischer Name. In den *pagine gialle* findet sich auch kein anderes Unternehmen mit diesem Namen.»

Er rieb sich die Stirn und kniff die Augen zusammen, als hoffte er, das Bild wäre verschwunden, wenn er sie wieder aufschlug. «Das ist nicht mein Boot», sagte er nach längerem Schweigen.

«Ich verstehe nicht.»

«Früher hatte ich mal zwei. Vor einem Jahr hab ich eins davon verkauft. Bloß, um hier über die Runden zu kommen, verstehen Sie. Das da ist das einzige, das noch übrig ist. Der Mistkerl hat meinen Namen nicht überstrichen. Er könnte allen möglichen Unsinn damit anstellen.»

«Sieht aus, als täte er das. Hören Sie, dann kennen Sie ja sicher den Namen des Besitzers?»

Er schüttelte den Kopf. «Ein Bursche namens Boscolo, drüben in Chioggia. Aber ich bin nicht der Einzige, der gerade schlechte Zeiten durchlebt. Vor einem halben Jahr ist er pleitegegangen. Inzwischen könnte sonst wer das Boot haben.»

«Und der betreibt ein illegales Geschäft damit, Touristen raus nach Sant'Ariano zu bringen. Mit einem Boot, das Ihren Namen trägt.»

«*Cazzo!*», fluchte er wieder. «Woher haben Sie das?»

«Aus dem Internet.»

«Wie viele Leute haben es gesehen?»

«Nicht viele. Ein Dutzend vielleicht. Aber der Mann, der das Boot gemietet hatte, wurde vor ein paar Tagen tot aufgefunden. Wahrscheinlich wird es nicht lange dauern, bis die Polizei sich für die Sache interessiert.»

Er lehnte sich an das umgedrehte Boot und schlug rhythmisch mit dem Kopf an den Rumpf. «Hören Sie», sagte er dann, und seine Stimme klang erschöpft, «das hier ist alles, was ich noch habe. Das Boot und die Werkstatt. Wenn die Polizei herkommt, wenn sie das Boot beschlagnahmen, wenn auch bloß für ein paar Wochen, dann bin ich ruiniert.» Er fuhr sich mit den Händen durch die Haare. «Ich bin zu alt, um noch mal von vorne anzufangen. Was soll ich nur tun?»

«Ich weiß nicht recht. Aber», ich holte tief Luft, «Sie könnten mir vielleicht helfen. Eventuell können wir das Problem zusammen lösen.»

«Wie denn?»

«Sie könnten mich nach Sant'Ariano bringen.»

Er schüttelte den Kopf. «Vergessen Sie's.»

«Sie haben nichts zu verlieren. Früher oder später wird die Polizei sich das Video ansehen und hier auftauchen.»

Er atmete tief durch. «Na schön. Ich sag nicht, dass ich es mache. Aber angenommen, ich tu's, warum interessieren Sie sich dafür?»

«Ich bin der britische Honorarkonsul. Der Tote war britischer Staatsbürger. Ich versuche herauszufinden, was ihm zugestoßen ist.»

«Und um das herauszufinden, müssen Sie nach Sant'Ariano?»

«Keine Ahnung. Vielleicht.»

Marcuccio schüttelte den Kopf. «Das ist eine dumme Idee.»

«Ich weiß. Aber eine andere habe ich nicht. Was denken Sie?»

«Ich denke, ich bin genauso verrückt wie Sie. Aber einverstanden, ich mach's. Nur nicht jetzt.» Er blickte sich um. «Es ist noch viel zu früh. Zu viele Boote da draußen, zu viele *vaporetti*. Man würde uns sehen. Geben Sie mir Ihre Nummer, ich ruf Sie später an.»

Ich gab ihm meine Visitenkarte, und wir schüttelten uns die Hände.

- 40 -

«Du wirkst zufrieden», stellte Federica fest.

«Das sollte ich. Ich habe gerade mit dem glücklosesten Unternehmer Venedigs darüber verhandelt, ein Boot zu mieten.»

«Mit Erfolg?»

«Ich glaube schon. Ich erwarte jeden Moment seinen Anruf.» Mein Handy klingelte, und ich lächelte. «Jetzt, genauer gesagt.»

«Mr. Sutherland?»

«Am Apparat.»

«Ich hab nachgedacht. Wollen Sie das immer noch machen?»

«Sicher.»

Er antwortete mit einem hohlen Lachen. «Ich hatte gehofft, Sie hätten Ihre Meinung vielleicht geändert.»

«Das kann ich nicht. Das ist eine Angelegenheit, die ich unbedingt klären muss. Und vielleicht lösen wir Ihr Problem gleich mit.»

«Das ist der einzige Grund, warum ich es mache.» Er holte tief Luft. «Na schön. Sie wissen, dass ich bei Sant'Ariano nicht anlegen darf.»

«Natürlich.»

«Aber ich kann Ihnen vielleicht zwanzig Minuten Zeit da geben, höchstens. Wird Ihnen das reichen?»

«Das muss es wohl. Wann soll ich bei Ihnen sein?»

«Zehn Uhr heute Abend. Wenn es richtig dunkel ist. Wenn auf der Lagune weniger los ist. Früher riskier ich es nicht.»

«Bis dann. Und danke. Ehrlich.»

Ich legte auf und steckte das Handy wieder in meine Tasche.

Dann sah ich Federicas Gesichtsausdruck, und mein Lächeln gefror.

«Hab ich etwas falsch gemacht?», fragte ich, so unschuldig wie möglich.

Ihre Miene blieb unverändert. «Bist du verrückt? Bist du völlig übergeschnappt?» Ich setzte an, um zu antworten. «Nein. Nein, sag nichts. Alles, was ich von dir hören will, ist ein Ja oder ein Nein. Hast du ernsthaft vor, heute Abend nach Sant'Ariano rauszufahren?»

«Ja.»

«Und wann wolltest du mir das sagen?»

«Äh ... ungefähr jetzt.»

«Na schön.» Sie rieb sich über die Nase. «Erstens ist es verboten, dort anzulegen. Und so wie sich *signor* ...»

«Marcuccio.»

«*Signor* Marcuccio anhört, weiß er das auch ganz genau.»

«Er braucht nicht wirklich beteiligt zu sein. Er muss mir nur ein bisschen Zeit dort verschaffen.»

«Also gut. Nehmen wir an, das tut er. Was glaubst du, da zu finden?»

«Ich habe keine Ahnung. Irgendeinen Beweis, der mit den Ereignissen vor vierzig Jahren in Verbindung gebracht werden kann. In dem Video klang es, als hätte Jimmy irgendwas entdeckt. Er sagte, er müsse noch mal wiederkommen.»

«Jimmy – Mr. Whale – ist womöglich ermordet worden, Nathan.» Darauf wusste ich keine Entgegnung.

Sie seufzte und sah auf ihre Uhr. «Na schön. Zeit für einen Prosecco. Ich würde ja einen Negroni vorschlagen, aber angesichts der Umstände wäre das vielleicht unklug. Dann kannst du Abendessen kochen. Danach haben wir noch jede Menge Zeit bis zehn.»

«Klar.» Ich stutzte. «Moment mal. ‹Wir›?»

«Ja.» Sie verschränkte die Arme. «Entweder komme ich mit

dir, oder ich sitze zu Hause und beobachte, wie die Schatten länger werden, während ich mich frage, ob mein verrückter Lebensgefährte schon in einem düsteren Grab auf einer verlassenen Insel liegt. So faszinierend das klingen mag, da bleibt mir kaum eine Wahl. Oder willst du mir etwa widersprechen?»

«Nein.»

«Gut. Prosecco, bitte. Dann Abendessen. Und es sollte besser gut sein.»

«Sie haben mir nicht gesagt, dass Sie zu zweit sind», sagte Marcuccio.

«Spielt das eine Rolle?»

Er schüttelte den Kopf. «Nein. Kein Problem. Reichlich Platz für uns alle.» Sein Blick wanderte von mir zu Federica und wieder zurück, und er grinste. «Ihr Lebensgefährte entführt Sie aber zu einem merkwürdigen Rendezvous, *signora*.»

«Es ist kein Rendezvous. Und die Bezeichnung ‹Lebensgefährte› hängt im Moment am seidenen Faden.»

«Hatten Sie jemals ein Boot?», wandte er sich an mich.

«Nein. Hab noch nie eins selbst gefahren. Ich weiß noch nicht mal, ob das das richtige Verb ist.»

«Wie steht's mit Ihnen, *signora*?»

«Mein Onkel besitzt eins. Ein Riva aus den Sechzigerjahren.»

«Schönes Boot. Früher habe ich die restauriert. Vor vielen Jahren, als ich noch ein junger Mann war. Ich war schon immer gern auf dem Wasser.» Er blickte über die Lagune und schüttelte den Kopf. «Dann wurde es mein Beruf, und, nun ja, seitdem ist es nur noch Arbeit.»

«Augenblick mal», sagte ich. «*Zio* Giacomo besitzt ein Boot?»

«Gewiss. Es ist sein ganzer Stolz. Er hat versprochen, uns einmal mitzunehmen. Wir sollten aber wohl lieber bis zum Frühjahr damit warten.»

Ich sah aus dem Fenster. Es hatte aufgehört zu regnen, und der Himmel war aufgeklart. Draußen in der *laguna morta* würde nur das Mondlicht scheinen. «Aber du weißt, wie man ein Boot ... steuert? Ist das das richtige Wort?»

«Natürlich.»

«Gibt es dann, ähm, irgendeinen Grund, warum wir nicht *zio* Giacomos Boot geborgt haben?»

«Wie ich schon sagte, es ist sein ganzer Stolz. Außerdem dachte ich, du wolltest etwas Unauffälliges. Hast du jemals ein Riva gesehen? Wenn sich Sophia Loren auf dem Bug räkeln würde, könntest du kaum mehr Aufmerksamkeit erregen.»

Marcuccio hustete und sah auf seine Uhr. «Kommen Sie. Lassen Sie uns die Sache hinter uns bringen.»

Wir gingen nach draußen, und er sprang ins Heck des Bootes, bevor er sich auf den Steuersitz niederließ. Federica folgte als Nächste, und dann ließ ich mich ein bisschen weniger elegant von der *fondamenta* hinab.

Marcuccio ließ den Motor an, und wir fuhren Richtung Lagune. «Besser, wir gehen es langsam an», sagte er. «Lieber nicht auffallen. Wäre kein guter Zeitpunkt, um wegen Geschwindigkeitsüberschreitung angehalten zu werden.»

Der strahlend helle Mond stand hoch am Himmel, und es war fürchterlich kalt, und noch kälter, als wir in die offene Lagune steuerten. Dennoch lag ein breites Lächeln auf Federicas Gesicht. Ich erinnerte mich an die Unterhaltung mit *zio* Giacomo – *Venedig besteht nicht nur aus der Stadt, mein Junge. Venedig ist auch die Lagune.* Und trotz allem merkte ich, dass auch ich lächelte.

Selbst an einem kalten Novemberabend war es rund um Murano wahrscheinlich, dass Bootsverkehr herrschte. Marcuccio nahm deshalb die Route über Le Vignole und dann an Sant'Erasmo und San Francesco del Deserto vorbei. Um Burano herum, wo die bunten Häuser im Licht der Straßenlampen leuchteten.

Dann vorbei an Torcello und in die eigentliche tote Lagune. Während wir an einer Ansammlung kleiner Inseln vorbeifuhren, auf einer davon ein einsames, verfallenes Gebäude, eine andere mit einem verblichenen Schild am Ufer, auf dem «Jagen verboten» stand, drosselte Marcuccio den Motor. Und dann lag sie vor uns. Die flache Insel Sant'Ariano.

«Hier müssen wir aufpassen», sagte Marcuccio. «Es gibt Untiefen. Sandbänke. Wenn man um diese Uhrzeit die ausgewiesene Fahrrinne verlässt und auf Grund läuft, hat man ein Problem. Ein Riesenproblem. Stellen Sie sich vor, hier einsam und alleine festzusitzen. Niemand kommt zu Hilfe. Und das um diese Jahreszeit.» Er schauderte und drehte den Gasgriff noch weiter zu. Hinter Sant'Ariano erhob sich die größere Insel La Cura, und dahinter sah man die Lichter der Villa Santa Christina, die inzwischen der Familie Swarovski gehörte.

Der Motor lief im Leerlauf, während wir direkt vor der Toteninsel auf der Lagune schaukelten.

«Na schön. Sie haben zwanzig Minuten.» Er gab ein bisschen Gas und ließ das Boot sanft ans Ende des Anlegestegs gleiten. Dann stellte er den Motor aus, warf ein Seil um einen der Poller und vertäute uns.

«Ich gehe voraus», sagte Fede.

«Warte mal. Warum du?»

«Der Steg ist in keinem guten Zustand. Ich bin leichter als du. Wenn er nicht hält, ist es besser, wenn ihr beide versucht, mich aus dem Wasser zu ziehen, als andersherum.»

Dagegen konnte ich nichts einwenden. Sie streckte die Hand aus und rüttelte probehalber an dem Anlegepfosten. «Scheint zu halten.» Sie kletterte auf den Steg und machte ein paar Schritte. «Gut. Er ist zwar ein bisschen morsch, aber wenn du dich am Rand hältst, sollte es gehen.»

«Klingt gut, dieses Wort: ‹sollte›.»

Ich folgte ihr nach, und wir liefen bis ans Ufer. Der Trampelpfad unter unseren Füßen war grasüberwachsen und rutschig. Immerhin, dachte ich, war hier das Wasser flach, falls man ausglitt.

Wir sahen die Lichter Torcellos in der Ferne leuchten. Hin und wieder schob sich eine Wolke vor den Mond, aber mithilfe unserer Taschenlampen war es hell genug.

«Zwanzig Minuten, okay? Keine Minute länger», sagte Marcuccio.

Ich nickte. «Zwanzig Minuten.»

Er stellte den Motor aus und wandte seine Aufmerksamkeit dem Drehen einer neuen Zigarette zu. Fede und ich waren auf der Toteninsel uns selbst überlassen.

41

Wir liefen auf dem Pfad vor der Mauer entlang, bis ich uns weit genug weg glaubte, um nicht gehört zu werden.

«Also», sagte Federica, «was machen wir jetzt?»

«Ich will mich bloß mal umsehen. Sonst nichts. Nur schauen, ob mir etwas merkwürdig vorkommt. Ob ich Vanni vielleicht irgendetwas liefern kann, das ihn überzeugt, Leute hierherzuschicken, die sich richtig umsehen.»

«Und was glaubst du, was du findest? Ich kann es mir denken, aber sag es mir trotzdem.»

«Andrea Kastellics Überreste in einem namenlosen Grab.»

«Aufgrund dieses Videos von Mr. Whale?»

«Nicht nur das. Wir wissen, dass Andrea den Sommer mit Gabriele und Ludovica verbracht hat. Wir haben einen Zeugen – Mr. Anonimo –, der schwört, dass drei Kinder auf dem Boot waren, und dass Geld geflossen ist. An Zeugen, vielleicht die Presse, womöglich sogar in Richtung Polizei. Hier in der Gegend ist die Lagune flach. Eine weitere Leiche wäre schnell angespült worden.»

«Und was nun? Sollen wir etwa anfangen zu buddeln?»

«Das habe ich eigentlich nicht vor. Aber wenn es sein muss.»

«Denkst du, das könnten wir überhaupt? Gott weiß wie tief graben?»

«Das müssen wir nicht. Wir suchen ja nicht nach einem Sarg zwei Meter unter der Erde. Wenn hier irgendetwas ist, dann wird es ein ganz flaches Grab sein. Und angesichts der langen Zeit ist der Körper inzwischen skelettiert.» Ich grinste. «Das musste ich nachschauen.»

«Und was, wenn jemand vorbeifährt?»

«Unwahrscheinlich um diese Uhrzeit. Falls doch, dann ist es zumindest nicht die Polizei. Und wenn es sonst jemand ist, nun ja. Würdest du anhalten und nachsehen, wer nachts auf Sant'Ariano an Land gegangen ist?»

«Nein. Aber ich könnte die Polizei anrufen und sie bitten, es zu überprüfen.»

«Da ist was dran. Wir sollten uns also beeilen.» Ich zögerte kurz. «Angeblich wimmelt es hier von Ratten und Schlangen, stimmt's?»

«Ja. Warum?»

«Ach. Nur so. Komm.»

Wir setzten unseren Weg über den Pfad schweigend fort, nur die Wellen waren zu hören, die ans Ufer klatschten, bis wir die baufällige Kapelle erreichten.

Federica blieb stehen. «Du solltest vorangehen.»

«Ich? Warum ich?»

«Na ja, das war deine Idee. Abgesehen davon stehst du auf so etwas.»

«Nur in Filmen, wie gesagt.» Ich hielt inne. «Warum flüsterst du?»

«Um meinen Respekt zu zeigen.» Sie stupste mich an. «Geh weiter.»

Im Inneren der Kapelle war es noch kälter, und es roch nach feuchtem Laub. Der abgemagerte Christus sah mit leerem Blick auf uns herab. Ich schaute nach rechts, dann nach links.

«Okay. Lass uns da drüben nachsehen.» Ich ging voran, durch die angrenzende Kammer und die Treppe hinauf zum Eingang des eigentlichen Ossuariums. Ich legte die Hand an das eiserne Tor und rüttelte daran. Als ich es fester in meine Richtung zog, schrammte es etwas über den Boden.

«Da unten ist etwas, Nathan. Leuchte mal mit der Taschenlampe her.» Fede bückte sich und hob etwas auf. Ein Vorhänge-schloss.

«Durchgerostet?»

Sie schüttelte den Kopf. «Nein, da war jemand mit einem Bol-zenschneider dran.»

«Das muss in den letzten paar Tagen passiert sein. Auf Jimmys Video war es noch verschlossen.»

Ich zog noch einmal an dem Tor, und es gelang mir, es so weit aufzuziehen, dass wir hindurchgehen konnten.

Das Licht der Taschenlampe fiel auf dichtes Gestrüpp und dornige Büsche. Im Lichtkegel bewegte sich etwas, und ich sprang erschrocken zurück. Fede fing mich auf.

«Alles in Ordnung?»

«Ja. Tut mir leid. Irgendwas hat mir nur gerade einen Schre-cken eingejagt.»

Ich bewegte mich ein Stückchen weiter ins Unterholz, wäh-rend ich genau darauf achtete, wo ich hintrat. Etwas knirsch-te unter meinem Fuß. «Gott», flüsterte ich. Fede legte mir die Hand auf die Schulter. Ich machte noch einen Schritt, als mir etwas über die Stirn schrammte.

«Autsch!» Der Schreck war so groß, dass ich wieder zusam-menzuckte und nicht in der Lage war, stumm zu bleiben.

«Was ist?»

Als ich mir über die Stirn strich, klebte Blut an meinen Fin-gern.

«Nichts Schlimmes. Nur Dornen.»

Ich machte noch einen Schritt vorwärts und blieb dann stehen. «Ich komme nicht weiter. Es ist einfach zu dicht.» Ich leuchtete mit der Taschenlampe umher. «Aber weißt du was? Ich glaube, jemand war vor uns hier. Man sieht, dass irgendwer versucht hat, sich einen Weg freizuschlagen.»

«Jimmy Whale?», fragte Federica.

«Vielleicht. Obwohl sein Video zeigt, dass er so weit nicht gekommen ist. Es ist möglich, dass er wieder zurückgekehrt ist und keine Gelegenheit mehr hatte, das Video hochzuladen. Wer immer es war, weit ist er nicht gekommen. Das ist ein richtiger Urwald hier.»

Ich leuchtete rund um meine Füße. Wieder hörte ich etwas in einiger Entfernung. Ein Huschen oder Schlängeln? Ich versuchte, nicht darüber nachzudenken. Erneut machte ich einen Schritt vorwärts, und wieder knirschte etwas unter meinem Fuß. Ich blickte nach unten.

Knochen.

Überall Knochen. Arme, Beine, Finger, Rippenknochen, Schädel. Ich leuchtete weiter in die Dunkelheit vor mir, schwenkte die Taschenlampe nach links und rechts. Wo immer mein Blick hinfiel, war der Boden mit menschlichen Überresten bedeckt.

«Gott», flüsterte ich.

Federica ergriff meinen Arm. «Nathan, hier gibt es nichts zu sehen. Nichts außer alldem.»

«Du hast recht. Das ist verrückt. Wir sollten nicht hier sein. Komm, lass uns gehen. Dreh dich vorsichtig um, ich folge dir nach draußen. Und pass auf, wo du hintrittst.»

Wir bewegten uns langsam zurück zu der Kammer hinter dem Altarraum. Ich schloss die Augen, legte die Hände auf die Knie und atmete tief durch. Federica strich mir über den Rücken. «Geht es dir gut, *caro*?»

Ich schüttelte den Kopf. «Nicht wirklich.» Ich richtete mich auf und holte noch ein paarmal tief Luft. «Irgendwie habe ich das Gefühl, es ist nicht richtig, an diesem Ort zu sein. Aber auf dem Rückweg möchte ich mir noch die Kapelle näher anschauen.»

«Da gibt es nichts zu sehen, Nathan», wiederholte sie.

«Ich weiß nicht. Ich denke an Jimmys Video. Lass uns einen Blick in den Altarraum werfen.»

Wir setzten unseren Weg bis zur Kapelle fort, und ich sank vor dem Altar auf die Knie. Einen Augenblick überlegte ich, was Pfarrer Rayner wohl denken würde, wenn er mich in dieser Position sehen könnte, und musste beinah lächeln. Ich richtete die Taschenlampe nach unten und fuhr mit den Fingern über den Boden.

«Hier wurde gegraben, oder?», fragte ich und sah Federica an.

Sie nickte. «Was willst du jetzt tun, Nathan?»

Ich blickte zu Christi ausgezehrtem Gesicht hinauf und schauderte. «Nichts.»

«Bist du sicher?»

«Absolut. Ich glaube nicht, dass es hier irgendwas zu finden gibt. Ich glaube, was immer – wer immer – hier begraben war, wurde weggebracht.» Ich erhob mich. «Ich glaube, es wurde dorthin transportiert.» Ich deutete auf die Kammer und das Ossuarium. Dann nahm ich mein Handy und machte ein paar Fotos. Das Licht war nicht gut, aber es würde reichen müssen. «Keine Ahnung, ob das genug für Vanni ist, aber einen Versuch ist es wert.»

Federica tätschelte mir den Arm. «Gut. Dann lass uns gehen.» Plötzlich verstärkte sich ihr Griff. «Verflixt. Was ist das?»

Ich wollte etwas antworten, doch da hörte ich es auch. Ein Motor wurde angelassen.

Ich warf einen Blick auf meine Uhr. Wir waren höchstens fünfzehn Minuten hier. «Das darf doch nicht wahr sein. Das darf einfach nicht wahr sein.» Ich rannte nach draußen, preschte über den Trampelpfad, rutschte im glitschigen Schlamm aus. Einen kurzen Moment dachte ich, ich würde in die Lagune fallen, aber Fede fing mich auf.

Vor uns sah ich, wie Marcuccios Boot sich vom Anlegesteg entfernte.

«He, du Idiot!» Ich rannte auf den Steg, der bedenklich unter mir wackelte. «Kommen Sie zurück, Sie Scheißkerl!»

Marcuccio drehte sich kurz um, aber ich konnte seinen Ge-sichtsausdruck nicht erkennen. Dann wandte er sich wieder nach vorn, und das Boot setzte seine Fahrt fort.

«Scheißkerl!», rief ich ihm nach. Dann ging ich über den Steg zu Federica zurück.

Sie klopfte mir auf die Schulter. «Ihn zu beschimpfen, war vielleicht nicht die klügste Idee, Nathan?»

«Kann sein. Sorry. Aber warum zum Teufel hat er uns hier zu-rückgelassen?»

«Vielleicht hat er jemanden oder etwas kommen hören. Ein weiterer Grund, nicht herumzuschreien.» Sie seufzte. «Also, was machen wir jetzt?»

«Wir sollten versuchen, irgendwen anzurufen, der ein Boot hat. Glaubst du, *zio* Giacomo würde uns abholen?»

«Das würde er. Aber könntest du dieses Gespräch bitte füh-ren?»

«Ich kann mir kaum etwas Angenehmeres vorstellen.» Ich holte mein Handy hervor. «Nur dass hier kein Empfang ist.» Ich hielt das Gerät in die Luft und schwenkte es hin und her, in der Hoffnung, wenigstens ein Balken würde aufleuchten.

«Na schön. Ich versuch mal meins.» Sie klopfte sich auf die Jacke. «Es ist in meiner Handtasche. Die habe ich auf dem Altar liegen lassen.» Sie ging wieder den Pfad entlang zurück. Dann drehte sie sich noch einmal um, während ich mein Handy weiter in verschiedene Himmelsrichtungen hielt. «Kann ich dich einen Moment alleine lassen?»

«Ich denke schon.» Ich streckte den Arm, so hoch ich konnte, und legte den Kopf in den Nacken. «Ich glaube, gleich hab ich was.»

Sie schüttelte den Kopf und lief weiter Richtung Kapelle.

Plötzlich durchzuckte mich ein Stechen im oberen Rücken, also senkte ich den Arm und steckte das Handy wieder weg. Ich rieb mir den Nacken und drehte ihn unter Schmerzen nach links und rechts. Großartig. Willkommen im mittleren Lebensalter, Nathan.

Ich wollte gerade hinter Federica hergehen, als ich hörte, wie sich ein Boot näherte. Marcuccio. Ich seufzte vor Erleichterung. Was er auch gesehen hatte, musste wohl inzwischen weg sein, also kam er zurück. Ich lief ans Ende des Anlegestegs und winkte.

«Ahoi!» Sagte man das überhaupt noch?

Jetzt konnte ich das Boot deutlicher erkennen und stellte mit einem unguten Gefühl fest, dass es nicht Marcuccios war. Trotzdem war es immerhin ein Boot. Ob es nun der Polizei oder einer Privatperson gehörte, wir müssten uns dumm stellen. Ich dachte an Federicas Kommentar zu dieser Idee. Okay, *ich* müsste mich dumm stellen.

Das Boot kam näher, und der Scheinwerfer am Bug strahlte mir jetzt ins Gesicht. Ich hob die Hand und beschirmte meine Augen. Es war nicht die Polizei. Gut. Das vereinfachte die Sache etwas.

Ich winkte noch einmal. «Tut mir leid!», rief ich. «Ich habe eine große Dummheit gemacht.»

Der Bootsführer stellte den Scheinwerfer aus, drosselte den Motor und glitt im Leerlauf weiter, bis er nah genug zum Festmachen war. Er sprang auf den Steg und lief in meine Richtung. Jetzt konnte ich sein Gesicht sehen. Meine Augen hatten Mühe, sich an das schwache Licht zu gewöhnen, aber ich erkannte seine Gesichtszüge. Kahl geschoren und mit einem billigen Regenmantel bekleidet, der zu seiner billigen Jacke passte, kam Lucarelli auf mich zu.

Er zog eine Pistole aus der Tasche.

«Das haben Sie in der Tat, Mr. Sutherland», sagte er.

42

«Guten Abend, *signor* Lucarelli», sagte ich. «Mit Ihnen hatte ich hier nicht gerechnet.»

«Das kann ich mir vorstellen.»

«Soll ich die Hände heben?»

«Das wäre gut.»

Ich hob die Hände hoch und sagte «Autsch», weil mein Nacken wieder schmerzte.

«Immer noch zu eifrig bei der Arbeit?»

«Das hört leider nie auf. Man könnte es wohl Überstunden nennen.»

Ich riskierte einen Blick nach rechts und gab mir Mühe, es wie ein Zusammenzucken vor Schmerz aussehen zu lassen. Keine Spur von Federica. «Woher wussten Sie, dass ich hier bin?»

«Marcuccio vermietet Boote, und es ist ihm egal, wohin sie fahren. Ich hab dafür gesorgt, dass es sich für ihn lohnt, wenn er mich anruft, falls irgendwer nach Sant'Ariano fragt.»

Marcuccio hatte nicht erwartet, dass wir zu zweit sein würden. Wir waren fast die ganze Zeit mit ihm zusammen gewesen. Es war durchaus möglich, dass er Federica gegenüber Lucarelli nicht erwähnt hatte.

«Mist.» Ich schüttelte den Kopf. «Er schien mir ein netter Kerl zu sein, wissen Sie? Er hat mir sogar ein bisschen leidgetan.»

«Sie haben eine miserable Menschenkenntnis, Mr. Sutherland.»

«Nicht immer. Und mein Kater nie.» Mir fiel auf, dass seine

Hände ziemlich zerkratzt waren, und ich dachte an das Innere des Ossuariums zurück. «Wie ich sehe, haben Sie auch ziemlich hart gearbeitet.»

Er lächelte. «Und was meinen Sie, habe ich gemacht?»

«Es ist kein schöner Gedanke. Aber ich glaube, Sie haben die Leiche eines jungen Mannes namens Andrea Kastellic aus einem flachen Grab exhumiert und die Überreste irgendwo ins Ossuarium gebracht.»

«Sehr gut.»

«Ein schmutziger Job.»

«Nicht so schlimm, wie Sie vielleicht denken. Aus der Leiche ist schon vor etlichen Jahren ein Skelett geworden. Mich durch die vielen Knochen zu wühlen, war das Schwierigste.» Er hielt sich kurz die Hände vors Gesicht und schüttelte den Kopf.

«Die werden Sie sicher irgendwie versorgen wollen.»

«Stimmt. Sobald ich nach Hause komme.»

Ich zögerte einen Moment. «Ludovica ist wahrscheinlich niemand, der sich die Hände schmutzig macht», sagte ich dann.

Er schüttelte den Kopf. «Ich verstehe nicht», antwortete er. Dann lächelten wir uns an.

«Sie sind ein guter Angestellter, stimmt's? Bei der Tagung im Ca' Sagredo ist sie Ihnen zum ersten Mal begegnet, richtig? Sie muss Sie für jemanden gehalten haben, der einen Job für sie erledigen kann. Anfangs war ich mir nicht sicher. Soweit ich weiß, hat sie wirklich eine Freundin in einem Hochhaus in der Via Piave. Also, verraten Sie mir, warum musste sie persönlich bei Ihnen erscheinen? Ich würde gerne glauben, dass es an Ihrem Charme und Ihrem guten Aussehen lag – oder vielleicht eher daran, dass die Polizei Ihre Telefonleitung abhört?»

Er schüttelte den Kopf. Und lächelte ununterbrochen weiter. «Ich habe keine Ahnung, wovon Sie reden, Mr. Sutherland. Glauben Sie, was Sie wollen. Sie verschwenden meine Zeit. Warum begleiten Sie mich nicht einfach?» Er deutete mit der Pistole auf das Boot. «Kommen Sie.»

«Ich dürfte nicht vielleicht die Hände runternehmen?», fragte ich.

Lucarelli schüttelte den Kopf. «Reden Sie keinen Unsinn. Ach, eh ich's vergesse.» Er drehte ein wenig den Kopf, um zur Kapelle zu schauen, hielt sich eine Hand seitlich an den Mund und rief: «Kommen Sie raus, *bella signora*!»

Oh, Mist.

Keine Antwort und keine Spur von Federica.

«Sie haben fünf Sekunden, dann schieße ich Ihrem Freund eine Kugel in den Kopf. Fünf, vier, drei, zwei ...»

Federica trat aus der Kapelle. Lucarelli machte eine übertriebene Verbeugung. «*Signora*. Schade, dass wir uns kürzlich verpasst haben.» Er winkte mit der Waffe. «Hier herüber, bitte. Damit wir alle schön beisammen sind.»

«Ich fasse es nicht, dass du bis zwei gewartet hast!», zischte ich.

«Tut mir leid. Ich dachte, er blufft.»

«Wahrscheinlich bist du nicht durchgekommen?»

«Doch, bin ich.» Sie strahlte Lucarelli an. «Die Polizei wird bald hier sein.»

Er lächelte genauso strahlend. «Das glaube ich nicht. Der nächste *carabinieri*-Posten ist auf Burano. Wenn sie kommen würden, dann wären sie schon längst hier. Er legte einen Finger auf die Lippen. «Seien Sie einen Moment still.» Dann hielt er sich die Hand hinters Ohr und tat so, als würde er lauschen. «Nein, ich höre nichts.» Er schwenkte die Pistole vor uns. «Kommen Sie schon. Lassen Sie uns fahren.»

Fede und ich wechselten einen Blick. Ich schüttelte den Kopf.

«Sehr vernünftig. Sie könnten natürlich versuchen, mich zu überwältigen. Ich gestehe, ich kann nicht besonders gut mit einer Waffe umgehen. Aber zumindest einen von Ihnen könnte ich treffen. Wollen Sie das riskieren? Nein, lieber nicht?» Er sah auf seine Uhr. «Es wird langsam spät. Sie zuerst, *signora*, bitte.» Wieder machte er eine Verbeugung. Ich wusste zugegebenermaßen recht wenig über Lucarelli, abgesehen davon, dass er gelegentlich zu Gewalttätigkeit neigte, aber auf seine kleinen Scherze schien er besonders stolz zu sein. «Sie müssen das Boot steuern, *signora*. Soweit ich weiß, können Sie das? Ich sitze mit Mr. Sutherland hinter Ihnen.»

Fede ließ den Motor an, während Lucarelli mir ins Heck des Boots folgte. «Wir fahren einfach immer geradeaus, ja? Ganz ruhig und gemütlich. Wie ein paar Freunde, die im Mondschein eine Bootstour machen und niemanden wecken wollen.»

Wir fuhren an La Cura und an Santa Christina vorbei, wo in der Villa die Lichter brannten und der Klang von Musik übers Wasser zu uns drang.

«Die Swarovskis scheinen Gäste zu haben. Wir wollen wahrscheinlich nicht kurz vorbeischauen? Auf einen Absacker-Spritz oder so?»

Lucarelli legte den Kopf zur Seite. «Hören Sie eigentlich nie auf, Witze zu reißen?»

«Keine Ahnung. Hören Sie irgendwann auf, Leute zu verprügeln?»

Er schlug mir mit dem Pistolenlauf auf die Stirn. Ich schrie auf, krümmte mich zusammen und wartete darauf, dass meine Sicht wieder klar wurde. Dann wischte ich mir übers Gesicht, damit mir das Blut nicht mehr in die Augen tropfte. Als ich auf der Suche nach einem Taschentuch die Hand in die Tasche schob, trafen meine Fingerspitzen auf das ovale Messingnamensschild für Darios Wohnung. Ich zog es so vorsichtig wie möglich hervor und verdeckte es mit dem Taschentuch, während ich das Blut von der Wunde tupfte.

Lucarelli packte mich am Kragen und zog mich näher zu sich, wobei er mir die Waffe an die Schläfe hielt. «Hör zu, du Stück Scheiße. Niemand wird kommen. Verstehst du das? Niemand wird kommen und euch jemals finden.»

Wir ließen Santa Christina hinter uns und kamen in einen offeneren Teil der nördlichen Lagune. Den tiefsten Teil. Vor uns sah man die Lichter der *terraferma*, und man hörte den Verkehr der entfernten *autostrada*.

«Na schön. Das ist weit genug. Anhalten.»

Federica drosselte den Motor, und wir trieben fast reglos auf dem Wasser und lauschten den entfernten Geräuschen der Autos auf dem Festland und dem leisen Brummen des Bootsmotors.

«Motor abstellen.»

Federica rührte sich nicht.

Lucarelli seufzte, stand auf und richtete die Waffe auf mich. «Ich bin müde. Ich will zu Hause vor dem Fernseher sitzen und mir nicht mitten in der Lagune die Eier abfrieren. Ich gebe Ihnen wieder fünf Sekunden. Fünf, vier, drei, zwei ...»

Ich hörte Lucarellis Pistole klicken, aber das Geräusch wurde vom Dröhnen des Motors übertönt, als Federica plötzlich den Gasgriff voll aufdrehte und das Steuerrad nach links riss. Die Beschleunigung war nicht allzu groß, aber die Fliehkraft reichte, um uns in unseren Sitzen zurückzuschleudern. Ein Schuss explodierte in der Luft, und ich sah, wie Lucarelli mit der Pistole für einen zweiten auf mich zielte. Fede riss das Steuerrad zuerst in die eine, dann in die andere Richtung, der Motor heulte auf, und Lucarelli ließ die Waffe fallen und versuchte, sich aufrecht zu halten. Ich streckte den Arm nach der Waffe aus und schaffte es, sie über den Rand zu schubsen. Lucarelli trat mir auf die Finger, und ich schrie vor Schmerz, als Fede das Boot wieder abrupt herumriss und er aus dem Gleichgewicht geriet. Ich umklammerte das Namensschild und schlug damit auf ihn ein, so fest ich konnte. Einmal. Zweimal. Dreimal. Dann hörte ich ein befriedigendes Knacksen seines Kieferknochens, bevor er über Bord in die eiskalte Lagune stürzte.

Federica stoppte den Motor. Meine Ohren klingelten noch vom lauten Dröhnen, aber ich hörte Lucarellis Schreie. Und kurz darauf nur noch die Stille der Lagune und das entfernte Rumpeln des Verkehrs.

«Siehst du ihn? Nathan, siehst du ihn irgendwo?»

Ich schaute über Bord. Er schwamm, das Gesicht nach unten, nur ein paar Meter entfernt im Wasser. «Ich sehe ihn.»

«Wir können ihn nicht hierlassen.»

«Ich glaube doch.»

Sie boxte mich in den Arm. «Nein, können wir nicht. Zu der Sorte Menschen gehören wir nicht. Komm.»

Wir hievten ihn an Bord, wo er Wasser ausspuckte und reglos liegen blieb. Ich blickte mich nach etwas um, womit wir ihn fesseln konnten, doch dann kam ich zu dem Schluss, dass er nicht in der Verfassung war, um noch irgendwelchen Ärger zu machen.

Ich zog Federica an mich und versuchte, an eine von Darios Knochenbrech-Umarmungen heranzukommen.

«Alles okay?»

Sie nickte. «Du siehst allerdings ein bisschen mitgenommen aus.»

Ich wischte mir über die Stirn und betrachtete meine blutverschmierten Finger. Meine Knöchel fingen auch an zu brennen. «Wieder zur *pronto soccorso*?»

«Ich denke schon. Du erarbeitest dir langsam einen gewissen Ruf.»

Ich lachte, nur leicht hysterisch, und umarmte sie noch einmal. «Du bist ein absoluter Superstar, weißt du das?»

«Ich weiß. Warum gehst du eigentlich noch irgendwo ohne mich hin?»

«Zwei! Einfach unglaublich, dass du wieder bis zwei gewartet hast.»

«Tut mir leid, *caro*. Die ersten drei Sekunden habe ich gebraucht, um mir zu überlegen, was ich machen soll. Für diese Sache werden wir Ärger bekommen, oder?»

«Wahrscheinlich.» Ich sah zu Lucarelli. «Aber nicht so viel wie er.» Mein Handy machte «Pling». «He, was sagst du dazu? Ich hab Empfang.»

Wir sanken, immer noch lachend, auf dem Boot zusammen, und ich wählte Vannis Nummer.

43

Vanni rauchte eine seiner billigen Zigarren, die – für mein erschöpftes und nikotinhungriges Hirn – eine alte kubanische aus der Sammlung Fidel Castros oder Winston Churchills hätte sein können.

«Nun, Nathan», sagte er, «als du mir gesagt hast, du würdest ein paar Nachforschungen anstellen, habe ich naiverweise angenommen, du würdest Konsulatsakten durchsehen. So was in der Art. Stattdessen meintest du ‹einen Kampf auf Leben und Tod auf einer verbotenen Insel zu haben›. Ich frage mich, wie ich das nur missverstehen konnte.»

Mir fiel nicht viel mehr zu sagen ein als «Tut mir leid».

«Und um noch eins draufzusetzen, rufst du mich mitten in der Nacht an, um mir mitzuteilen, dass ihr irgendwo mit einem bewusstlosen Ex-Polizisten an Bord in der Lagune treibt.»

«Das kommt so ungefähr hin. Ich wusste nicht, wen ich sonst anrufen sollte.» Bevor ich ein weiteres «Tut mir leid» einfügen konnte, signalisierte er mir, still zu sein.

«Also, wie geht es Lucarelli?», fragte ich.

«Hm. Es geht so, in Anbetracht der Umstände.» Er schmunzelte. «Weißt du, dass du es geschafft hast, ihm den Kiefer zu brechen, Nathan?»

Ich rieb mir die blutunterlaufenen Knöchel und brachte ein Lachen hervor. «Ach ja? Hat er irgendwas gesagt?»

«Kein Wort. Bis sein Anwalt nicht da ist, macht er den Mund nicht auf.»

«Typisch. Wir hätten den Mistkerl auch ertrinken lassen können, weißt du? Glaub nicht, dass ich nicht drüber nachgedacht habe.»

Vanni kniff die Augen zusammen, als litte er Schmerzen. «Nein, nein. Das wäre nicht die Lösung gewesen. Das hätte die Sache nur verkompliziert.»

«Meinst du etwa, man hätte mich dann wegen Mordes angeklagt?»

«Sagen wir, dann hätten wir eine unangenehme Unterhaltung führen müssen. Und unangenehme Unterhaltungen sind etwas, das ich gern vermeide.»

«Und was jetzt?»

«Geh nach Hause. Schlaf dich aus. Schone deine Knöchel.»

«Keine Sorge. Ich hatte nicht vor, sie noch mal zu trainieren. Ist das alles?»

«Wie meinst du das?»

«Was die Tatsache betrifft, dass wir beide auf Sant'Ariano waren.»

«Ach ja. Vermeidet das möglichst in Zukunft. Ich muss dir noch eine Standpauke halten. Vielleicht kann ich das mal irgendwann bei einem Mittagessen tun. Du zahlst natürlich.»

«Natürlich.» Ich räusperte mich. «Außerdem haben wir eine Art tätlichen Angriff begangen. Obwohl ich eigentlich nicht weiß, warum ich dich daran erinnere.»

«Ah, na ja, das könnte etwas unschön werden, aber mit ein bisschen kreativer Aktenführung kann ich das wahrscheinlich umschiffen. Weißt du, wir haben eine Reihe interessanter Gegenstände in *signor* Lucarellis Besitz gefunden.»

«Zum Beispiel?»

«Einen Reisepass.»

«Jimmy Whales?»

«Genau den.»

«Und was passiert jetzt mit ihm?»

«Überlass das mal uns. Wir hören schon eine Zeit lang sein Telefon ab. Hauptsächlich wegen des Verdachts auf Handel mit gestohlenen Pässen. Wir können etliche Anklagepunkte gegen ihn vorbringen. Ein paar davon haben bestimmt Erfolg. Jedenfalls glaube ich nicht, dass er so schnell irgendwohin gehen wird.»

«Und was ist mit Marcuccio? Lucarelli hat behauptet, er hätte Geld angenommen, um Touristen nach Sant'Ariano zu bringen.»

«Ob wir in der Sache etwas beweisen können, weiß ich nicht. Aber vielleicht lohnt da ein Anruf bei der *Guardia di Finanza*. Klingt, als würden die vielleicht *signor* Marcuccios Buchführung gerne mal überprüfen.» Er grinste. «‹Ich habe mein Boot an einen Mann namens Boscolo in Chioggia verkauft.› Boscolo. Meine Güte. Der allerhäufigste Nachname in Chioggia überhaupt. Ernsthaft, Nathan?»

«Okay, okay. Ich hab eine miserable Menschenkenntnis. Ich kann nicht immer Gramsci mitnehmen, damit er mir seine Meinung mitteilt.» Ich wechselte das Thema. «Wie auch immer, was ist mit der Verbindung zu den Loredans? Ludovica?»

Er schüttelte den Kopf. «Nathan, ich weiß, dass das so eine Art fixe Idee von dir ist, aber lass es dir gesagt sein: Es gibt keinerlei Beweis für eine Verbindung zwischen ihnen. Und auch keinen dafür, dass sie etwas Ungesetzliches getan hat.» Er seufzte. «Ich bin ehrlich zu dir. Es besteht kaum eine Aussicht, dass wir in der Sache tätig werden.»

«Was, wenn Lucarelli gegen sie aussagt?»

«Das ist was anderes. Sollte er das tun, sehen wir weiter.»

Ich schloss die Augen und strich mir über die Fingerknöchel. «Auf San Michele befindet sich ein leeres Grab. Auf Sant'Ariano ein zweites. Ein britischer Tourist wurde ermordet, weil sein ungewöhnliches Hobby ihn zur falschen Zeit zum falschen Ort geführt hat. Das lasse ich nicht auf sich beruhen, Vanni.»

«Wir auch nicht, Nathan.»

«Aber du glaubst nicht, dass ihr irgendetwas erreicht, oder?»

Er antwortete nicht.

Ich stand vor der *Questura* und hatte das dringende Verlangen nach einem *panino*, einem Drink und einer Zigarette. Zwei dieser Dinge würden mir nicht guttun. Ich würde zur Straße der Mörder zurückkehren, Federica berichten, dass wir – abgesehen von einer Verabredung mit Vanni, damit er uns eine Standpauke halten konnte – offenbar ungeschoren davonkamen und das vielleicht mit einem Abendessen im Restaurant feiern könnten. Woraufhin ich mich sehr, sehr lange schlafen legen würde.

Das Handy vibrierte in meiner Tasche. Eigentlich war ich versucht gewesen, es auszuschalten, aber ich konnte nicht riskieren, irgendetwas zu verpassen, was mit Jimmy Whales Rückführung nach England zu tun hatte.

«*Pronto.*»

«Hallo, Nathan.»

«Guy?»

«Genau der. Wie geht es Ihnen?»

«Nicht besonders. Wegen Ihnen. Wo haben Sie gesteckt?»

«Lange Geschichte. Ich hatte zu tun. Spionieren Sie mir nach?»

Mich überkam ein Anflug von Ärger. «Ich will nicht hoffen, dass Sie mir nachspionieren, Guy.»

«Keineswegs. Wenn Sie aber Ihre E-Mail-Adresse auf einer öffentlichen YouTube-Seite hinterlassen oder auf das LinkedIn-Profil von jemandem klicken ... Wussten Sie nicht, dass so was protokolliert wird?»

«Das weiß ich.»

«Ich reise bald ab, Nathan. Ich weiß nicht, ob ich hier noch viel tun kann. Aber es wäre schön, Sie noch einmal zu treffen.»

«Oh, ganz meinerseits, Guy. Ich glaube, wir haben einander viel zu erzählen. Also, sagen Sie mir wo.»

Mit Ausnahme der Bar im *Ospedale* kannte ich mich an den Fondamente Nove nicht aus, was Restaurants und Bars betraf. Mir war kalt, und ich war müde, und mir taten alle Knochen weh, aber die Ansage war absolut klar gewesen. Er würde mich hier treffen, und zwar nur noch einmal und dann nie wieder. Es war ein allerletzter Versuch.

Die *Bar Tintoretto* war anscheinend einmal ein Lieblingslokal des großen Malers gewesen; eine Begebenheit, die dadurch ruiniert wurde, dass das Originalgebäude dreihundert Jahre zuvor abgebrannt war. Sein Ersatz hatte in den vergangenen dreißig Jahren als Waschsalon gedient, bevor er in etwas verwandelt worden war, das man nur als frühbarockes Erlebnislokal bezeichnen konnte. Die *Bar Tintoretto* mit ihrer lauten, elektronisch verstärkten Klassikmusik und den billigen Reproduktionen der *Bergung des Leichnams des heiligen Sankt Markus* würde nie zu einer Bar werden, die mich an einem nassen Nachmittag quer durch die Stadt locken würde.

Trotzdem war ich dankbar, aus der Kälte zu kommen, und blickte mich um, während ich mir den Regen aus den Haaren strich. Nicht sonderlich viele Kunden um diese Uhrzeit. Später würden es vielleicht mehr werden, aber ich hätte nicht darauf gewettet. Dieser Teil der Stadt lag weit entfernt von den Studentengegenden. Ebenso wenig war es ein Viertel, in dem sich nach Einbruch der Dunkelheit viele Touristen aufhielten. Es schien mir aber auch nicht das Lokal, das Einheimische ansprechen würde. Für wen auch immer es gedacht war, es war auf jeden Fall ein Nischenmarkt.

«*Signore?*»

Ich lächelte den Barmann an. «*Spritz bitter.*»

Er warf ein paar Eiswürfel in ein Glas und fing an, meinen Drink zu mixen. Ich blickte mich noch einmal um und schüttelte den Kopf. Ich fragte mich, wie lange es wohl dauern würde, bis es dem Besitzer leidtäte, dass er jemals den Waschsalon aufgegeben hatte.

Der Barista schob meinen Spritz über die Theke. Er hatte einen hellen, fast leuchtend orangen Farbton.

«Entschuldigung. Ich hatte einen mit Campari bestellt.»

Er runzelte die Stirn. «Sie sagten Spritz, bitte.»

«Ich sagte Spritz *bitter*. Nicht *bitte*. Ich bin kein Deutscher.»

«Trinken Sie keinen Aperol?»

«Der ist mir zu süß, sorry.»

Er schnappte sich das Glas, kippte den Inhalt weg und murmelte etwas über meinen Akzent. Dann füllte er das Glas zur Hälfte mit Weißwein und goss das Minimum an Campari dazu, bevor er eine bedauerlich große Menge Sprudelwasser beifügte und mir das Glas wieder über die Theke schob. Ich trank einen Schluck. Der widerlich-süße Geschmack des Aperol klebte noch an den Rändern. Er sah mich an, als wollte er mich provozieren, etwas zu sagen. Ich war nicht in der Stimmung für irgendeine Auseinandersetzung und zwang mich zu einem Lächeln.

«Mr. Sutherland? Nathan?»

«Hallo, Guy. Ich freue mich, Sie noch lebendig zu sehen. Auch wenn Sie mich gestalkt haben.»

«Nun, so sehen Sie das vielleicht. Für mich hat es den Anschein, als hätten Sie mich gestalkt.» Er lächelte. «Ich brauche einen Drink.» Sein Blick fiel auf mein Glas. «Wollen Sie auch noch einen?»

«Hiervon nicht, nein.» Ich winkte dem Barmann. «Ich hätte gerne eine Flasche von Ihrem zweitteuersten Prosecco, bitte. Und zwei Gläser.» Der Barmann antwortete mit einem vernichtenden Blick. «Ich darf eigentlich nichts trinken. Und Prosecco fällt nicht wirklich darunter», erklärte ich.

Guy musterte mich von oben bis unten. «Sie sehen ziemlich mitgenommen aus.»

«Ja, wie ich schon sagte, wegen Ihnen.»

«Das tut mir leid. Kommen Sie, setzen wir uns.» Er führte mich zu einem Ecktisch mit Blick auf die Lagune und San Michele.

«*Cin cin.*» Wir stießen an. «Wir haben eine Menge Zeit wegen Ihnen verschwendet. Die Polizei und ich. Vermisstenanzeigen und so was.»

«Ich hielt es für das Beste zu verschwinden. Zumindest für ein paar Tage, nachdem ich gesehen hatte, dass mein Hotelzimmer durchsucht worden war. Ich habe mir einfach ein anderes Hotel genommen, wo ich ein bisschen Geld rübergeschoben habe, damit ich mein *documento* nicht vorzeigen musste.»

«Deshalb konnte niemand Sie finden. Verraten Sie mir vielleicht, was das für Hotels sind, die so etwas machen?» Er schüttelte den Kopf. «Und Ihr Zimmer, war das vielleicht zufällig das Werk eines gewissen *signor* Lucarelli?»

«Das nehme ich an. Wir sind uns bereits kurz im Ca’ Sagredo begegnet, wie Sie wissen. Ich war nicht scharf darauf, noch mehr Zeit mit ihm zu verbringen.»

«Wonach hat er gesucht?»

Guy griff in seine Manteltasche und zog einen dicken weißen Umschlag heraus. «Mein Buch. Beziehungsweise die Grundlage dafür. Es wäre sowieso sinnlos gewesen. Natürlich existieren Sicherheitskopien.»

«Es sei denn, er hätte auch Sie umgebracht, natürlich. Soweit ich weiß, hätte Google Ihre Geheimnisse dann für immer und ewig bewahrt.» Ich trank einen Schluck von meinem Spritz, zuckte zusammen, schob das Glas weg und wandte meine Aufmerksamkeit dem Prosecco zu. «Offenbar haben Sie Jimmy Whales Video über Sant’Ariano gesehen. Ich nehme an, der zweite Kommentar stammte von Ihnen.»

«Ich wollte ihn abschrecken. Ich wusste, dass auch andere sich dafür interessieren würden.»

«Nur dass es leider zu spät war. Jimmy hat ein Boot gemietet, um noch einmal dorthin zu fahren, spätabends dieses Mal. Aber er kam nicht so weit. Lucarelli fing ihn bei Celestia ab ...»

«Es tat mir leid, das zu hören. Ich wollte nicht, dass jemand anderes Schaden nimmt.»

Ich nickte. «Das glaube ich Ihnen.» Mein Blick wanderte auf die Lagune hinaus, und ich deutete auf die Bronzeskulptur, die vor San Michele im Wasser zu schwimmen schien. Zwei Gestalten in einem Boot, von denen eine auf die Insel deutete. «Ich habe selten Anlass, in diese Gegend hier zu kommen», sagte ich. «Es ist kein Stadtteil, den ich gut kenne. Aber das da hat es mir schon immer angetan.»

Guy schüttelte den Kopf. «Ich weiß nichts darüber.»

«*Dantes Boot*. Von einem Künstler namens Georgij Fraguljan. Armenier, glaube ich. Es war schon da, als ich nach Venedig gezogen bin. Bloß brauchte ich Jahre, um herauszufinden, was es eigentlich darstellt. Anfangs dachte ich, es wäre Christus, der den heiligen Markus zu seiner letzten Ruhestätte führt. ‹*Pax tibi Marce, evangelista meus, hic requiescet corpus tuum.*› Doch dann fand ich heraus, dass es Vergil sein soll, der Dante den Weg in die Unterwelt weist. Ich glaube, meine erste Interpretation gefiel mir besser.» Ich hielt kurz inne. «Als Sie aus Venedig fortgingen, gab es die Skulptur sicher noch nicht?»

«Lange nach meiner Zeit, tut mir leid.» Er hatte ohne zu überlegen geantwortet, doch dann füllte sich sein Blick mit Argwohn. Wir sagten nichts weiter, saßen nur da und lauschten dem elektronischen Vivaldi-Remix. Schließlich brach er das Schweigen. «Was wollen Sie mir sagen, Nathan?»

Ich ignorierte die Frage. «Schön da draußen, nicht? Selbst bei diesem Wetter. So friedvoll zurzeit.» Ich füllte unsere Gläser auf. «Und wir haben viel zu besprechen. Also. Kommen wir zu Gabriele.»

44

Er schloss einen Moment die Augen und nickte kaum merklich. Dann lächelte er.

«Wie sind Sie darauf gekommen?»

«Ich habe eine Weile gebraucht. Ich glaube, der erste Hinweis war dieses ganze ‹Vorgeben, nicht Italienisch zu sprechen›. Den Friedhof San *Michelle* zu nennen. Das war ein bisschen zu übertrieben, um den Engländer im Ausland zu spielen. Vor allem, als ich gehört habe, dass Sie Pfarrer Rayner bei einer Übersetzung geholfen haben. Und dann fiel mir ein, dass Sie sagten, Sie würden italienische Zeitungen lesen.»

«Verstehe.»

«Aber ausschlaggebend war, dass ich ein Foto von Ihnen in den Archivbeständen des *Circolo* gesehen habe. Da begann all das, was Hugo zu mir gesagt hatte, plötzlich Sinn zu ergeben. ‹Gabriele – er sollte nicht hier beim Zirkel sein.› Vermutlich könnten Sie jetzt behaupten, das hätte mir Ihr Vater gesagt.»

«Hugo Channing ist nicht mein Vater, Nathan. Das wissen Sie doch sicher inzwischen.»

«Ich verstehe. Zumindest versuche ich es zu verstehen.» Ich füllte sein Glas auf. «Also, wie ich schon sagte, reden wir.»

Er nickte langsam. «Wo soll ich anfangen, Mr. Sutherland. Vermutlich könnte man sagen, alles begann mit einem Traum. Es war immer derselbe Traum ...»

Andrea sagte, er wolle die Insel der Knochen sehen. Die Toteninsel.
Ich antwortete, er wäre verrückt.

Er lachte mich aus und sagte, ich hätte bloß Angst. Angst vor den Schlangen und den Ratten und den anderen Krabbelviechern.

Und vor den Geistern.

Ich habe wirklich Angst, aber er lacht mich aus, und jetzt lacht Ludovica auch. Er sieht uns wieder beide an. Dann sagt er nichts mehr.

Einen Moment lang hasse ich ihn so sehr, dass ich am liebsten losheulen würde. Ich presse die Augen zu und atme tief durch, und als ich sie wieder aufschlage, fahren wir Richtung Sant'Ariano.

Ich steuere das Boot an Torcello vorbei in die tote Lagune. Die Mauer auf der Insel besteht aus alten roten Backsteinen. Der Anlegesteg ist aus morschem Holz, aber ich mache das Boot fest, und wir gehen an Land. Wir sitzen am Ufer, unsere Rücken an die Mauer gelehnt.

Ich schließe die Augen. Andreas Hand liegt auf Ludovicas Schulter. Sein Gesicht nähert sich ihrem, um sie zu küssen. Sie weicht zurück, schlägt ihm auf die Hand und sagt «Nein». Dann lacht sie verlegen, um die peinliche Stimmung aufzulösen.

Andrea nickt. Er starrt einen Moment auf seine Füße, fährt sich mit der Hand durch die Locken. Dann schaut er noch einmal von mir zu Ludovica und wieder zu mir.

Ich frage ihn, warum er uns dauernd so ansieht.

Sein Grinsen wird breiter.

Weil ihr euch überhaupt nicht ähnlich seht, antwortet er.

Ich weiß, dass das stimmt. Wenn sie denken, ich höre nicht zu, tuscheln die Leute darüber, wie schön Ludovica mit ihren dunklen Augen und ihren hohen Wangenknochen ist. Niemand hat jemals Mutter oder Vater auf der Straße angehalten, um ihnen zu sagen, wie hübsch doch ihr Sohn sei. Nur Andreas Vater hat einmal so etwas zu mir gesagt. Ludovicas Haare sind schwarz und voll und glatt. Meine sind lockig. Wie die von Andrea.

Wie die von Andrea.

Er starrt uns immer noch an. Grinst immer noch.

Ludovica spuckt auf den ausgetrockneten Erdboden. «Du bist ein Idiot, Andrea.»

«Und deine Mutter ist eine Nutte.»

Die Worte treffen mich wie ein Schlag.

Ludovica stürzt sich auf ihn, ohrfeigt ihn. Er packt sie und dreht ihren Arm auf den Rücken, sodass sie vor Schmerz aufschreit. Ich springe auf, aber er stößt mich wieder hinunter, und mein Kopf schlägt an die Mauer. Ich würde am liebsten heulen, aber ich lasse nicht zu, dass er mich schwach werden sieht. Ich halte mir den Arm vors Gesicht. Ludovica schreit immer noch.

«Weißt du, Ludovica, wenn du erwachsen bist, wenn deine Eltern erst gestorben sind? Dann musst du alles mit mir teilen. Also sei lieber nett zu mir.»

Ludovica zappelt und windet sich in seinen Armen. Er zieht sie an sich und küsst sie mitten auf den Mund. Ich sehe Blut an ihren Lippen, während sie versucht, sich zu befreien. Sie schreit jetzt noch lauter.

«Sei lieber nett zu mir.» Er lacht.

Irgendjemand wird sie hören, denke ich. Jemand wird kommen. Ich reiße die Augen auf und schaue aufs Wasser, das in der Mittagssonne glänzt. Da ist niemand. Um diese Uhrzeit ist keine Menschenseele in diesem Teil der toten Lagune.

«Die Hälfte von allem gehört dann mir.» Er dreht sich um und sieht mich lachend an. «Der Bastard kriegt nichts.»

Wir weinen jetzt beide. Ich versuche, ihn zu schlagen. Er lässt Ludovica los und packt mich. Jetzt zappele ich in seinen Armen und versuche mich zu befreien. «Dummer Junge. Dummes Kind. Kleiner Hurensohn. Puttana troia.»

Meine Mutter.

Ausgeschlossen.

Und doch, wenn ich in sein Gesicht schaue, in seine dunklen Augen, sehe ich nur meine eigenen.

Er schleudert mich zu Boden. Der Hass schnürt mir die Kehle zu, ich kann kaum noch atmen, kaum noch etwas sehen. Alles, was ich will, ist, ihn zu schlagen, ihm wehzutun, ihn umzubringen. Er macht eine schmutzige Bewegung mit den Händen. Ich krieche auf dem Boden herum, suche nach etwas, um ihn zu schlagen. Ein Stein?

Das Blut dröhnt mir in den Ohren, übertönt Ludovicas Schreie. Dann Stille. Andrea sieht auf mich herab, doch sein Blick ist jetzt leer. Sein Gesicht ist von der Stirn bis zum Kinn gespalten.

Er kippt auf den kahlen Erdboden. Und Ludovica und ich sind allein auf der Insel der Knochen.

«Ich sah den blutigen Stein in Ludovicas Hand. Ich weinte. Das war der einzige Laut. Sie war hysterisch gewesen, doch dann war ihr klar geworden, dass sie die Erwachsene sein musste. Sie drehte sich um und warf den Stein in die Lagune. Dann sah sie Andrea an. Mit ihm könnten wir das nicht machen, sagte sie mir. Das Wasser sei zu flach. Die Leiche würde innerhalb von Stunden gefunden werden. Wir würden ihn in der Kapelle verstecken. Da würde niemand je nachsehen. Dann würden wir nach Hause fahren und Mutter und Vater sagen, was passiert war, und sie würden dafür sorgen, dass alles gut wird. Das glaubt man doch, wenn man noch ein Kind ist? Man glaubt immer, die Eltern könnten alles wieder in Ordnung bringen.»

Ich schüttelte den Kopf und antwortete nichts.

«Dann sagte sie, sie würde nach Hause fahren und sie holen, aber ich müsste dableiben und aufpassen. Für den Fall, dass jemand käme. Wenn das passieren würde, müsste ich irgendetwas tun, um Andreas Leiche zu verstecken. Irgendetwas, um sie abzulenken.

Ich bat sie, mich statt ihrer fahren zu lassen, aber sie antwortete, sie hätte zu viel Angst. Sie wisse, dass ich das könnte. Ihr tapferer kleiner Bruder. Also setzte ich mich in die Kapelle, um auf Andrea aufzupassen, während sie mit dem Boot zurück nach Hause fuhr.

Ich weiß bis heute nicht, ob sie schon wusste, was sie tun würde, als sie losfuhr. Aber als sie die Gegend zwischen Mazzorbo und Torcello erreichte, fing sie an zu schreien. Sie wurde von der Polizei aufgelesen und nach Hause gebracht. Ihr kleiner Bruder sei, während er Faxen gemacht hatte, in die Lagune gefallen, sagte sie.

Ich saß stundenlang da. Mutterseelenallein. Abgesehen von Andrea. Ich sprach mit ihm, hoffte, er würde aufwachen. Die Schatten wurden länger, und die Dunkelheit brach herein. Ich hörte die Geräusche der Ratten. Der Ratten und noch schlimmerer Dinge. Ich presste die Augen zu und sagte meine Gebete auf. Ich sagte, dass es mir leidtue wegen Andrea und dass es ein Unfall gewesen sei, und ich betete und betete, dass Ludovica in Sicherheit wäre und bald jemand kommen würde.

Anfangs hatte ich Angst, als ich die Motorengeräusche der Boote auf dem Wasser hörte. Doch dann wurde mein Name gerufen. Es war Mutter. Sie war gekommen, um mir zu helfen, um mich zu retten, um dafür zu sorgen, dass alles wieder gut werden würde. Es waren zwei Boote. Ich verstand nicht, warum. In einem saßen Mutter und Vater, und in dem anderen saßen zwei Männer, von denen ich wusste, dass sie für Vater arbeiteten. Sie kamen in die Kapelle, und Vater sah auf Andrea herab und nickte. Er wandte sich an die zwei Männer und sagte, sie wüssten, was sie zu tun hätten. Dann nahm Mutter mich auf den Arm und trug mich zum Boot. Schlaf jetzt, Gabi, sagte sie. Morgen sieht schon alles anders aus.

Ich hörte die Geräusche des Bootes und des Wassers und fühlte mich sicher. Und froh. Ich schlief während des ganzen Rückwegs und weiß noch, wie ich nach oben getragen und ins Bett gesteckt wurde.»

«Augenblick mal», sagte ich. «Das war der Moment, als das

Foto gemacht wurde. ‹Die Channings bringen ihren Sohn zum letzten Mal nach Hause›. Das Foto, das am nächsten Tag in jeder italienischen Zeitung abgedruckt war.»

Gabriele nickte. «Ich lag im Bett, bis das Geschrei anfing. Ich zog mir die Decke über den Kopf, aber das reichte nicht. Ich musste wissen, was los war. Also öffnete ich meine Zimmertür und schlich mich hinaus. Den Korridor entlang bis zur Wohnzimmertür. Sie stand einen Spaltbreit auf. Sie haben ihr Wohnzimmer gesehen, nehme ich an?» Ich nickte. «Das Bild an der Decke. Luzifer stürzt vom Himmel? Ich erinnere mich noch, wie es mir als kleiner Junge Furcht einjagte. Und ich erinnere mich an Darko Kastellic, wie er vor Mutter und Vater stand und ihnen genau sagte, was er von ihnen erwartete und was sie als Preis für sein Schweigen zahlen müssten. Ich erinnere mich noch, wie ich von seinem Gesicht in das des Teufels geschaut habe und dachte, dass ich keinen Unterschied mehr sehe.

Ich hörte Mutter und Hugo noch bis tief in die Nacht streiten. Darüber, dass er es kaum ertrug, mich anzusehen. Dass er wegen ihres unehelichen Kinds mit Darko die Hälfte seines Besitzes verloren hätte. Dass ich eine Last für ihn sein würde, bis einer von uns stirbt.

Am nächsten Morgen sagte Mutter mir, ich müsse tapfer sein. Ich würde etwas Gutes tun. Ich müsste fortgehen, nur für eine Weile. Vater, erklärte sie mir, kenne Leute in England, bei denen ich wohnen könnte. Und Schulen, die ich besuchen sollte.

Ich ging zur Schule. Lernte. Besuchte die Universität. Nahm eine ordentliche Arbeit an. Aber mit den Jahren wurden die Briefe und das Geld von zu Hause immer weniger. Ich glaube, ich war vielleicht achtzehn, als ich begriff, was sie getan hatten. Dass sie mich verschwinden ließen. Dass ich nie mehr nach Venedig zurückgeholt werden würde, dass ich meine Mutter nie wiedersehen sollte.»

«Aber wie konnte sie dieser Sache nur zustimmen?»

«Hugo hatte ihr gesagt, wenn sie es nicht täte, würde er sich scheiden lassen, und sie würde keins ihrer Kinder je wiedersehen. Das Gesetz wäre auf seiner Seite gewesen. Er war der Geschädigte. Er wollte nicht, dass irgendwer sonst als seine geliebte Ludovica sein Erbe bekommt.

Es wäre so einfach gewesen, einen leeren Sarg zu begraben und vorzugeben, meine Leiche wäre in die Adria gespült worden. Aber jetzt hatten alle das Foto von Cosima Loredan gesehen, wie sie ihren vermeintlich toten Sohn ins Haus trägt. Also musste Geld fließen, damit die richtigen Leute wegschauten. Der Gerichtsmediziner, vielleicht sogar Ihr Vorgänger. Und die Leute, die *Anonimo Veneziano* erwähnte. Auch sie mussten bezahlt werden. *Es war ein sonniger Tag, ich bin mir nicht mehr sicher, was ich gesehen habe.* So was in der Art. Und so kam es, dass Mutter und Vater ihre Rollen auf einer Scheinbeerdigung spielten.

Erst da verstand ich, warum Darko Kastellic uns so häufig besuchte. Er wollte Geld. Die gute Beziehung war schon Jahre zuvor in die Brüche gegangen. Seine Geschäfte liefen nicht mehr. Aber er wusste, dass sein unehelicher Sohn als Loredan aufwuchs. Das verschaffte ihm Macht. Und der Unfall verlieh ihm die absolute Macht. Die Hälfte von allem, damit er den Mund hielt.»

«Sie haben ihn angerufen.»

«Ich wollte seine Stimme hören.»

«Sie haben ihm gesagt, Sie würden ein Buch schreiben. Dass Sie zu den Ereignissen vor vierzig Jahren recherchieren würden. Sollte ihm das nur Angst machen?»

«Ich weiß es ehrlich nicht. Vermutlich wollte ich ihn zu einer Reaktion provozieren, irgendeiner Reaktion.»

«Ich habe ihn getroffen. Er ist natürlich inzwischen alt, aber sein Verstand ist noch klar. Sie könnten ihn aufsuchen.»

Gabriele schüttelte den Kopf. «Warum sollte ich das tun?»

«Er ist Ihr Vater.»

Er lachte, als wäre diese Vorstellung tatsächlich lustig. «Er war nie ein Vater für mich. Ich war nur etwas, das er benutzen konnte. Er hat seine eigenen Kinder instrumentalisiert, um Geld von Hugo zu erpressen.»

«Mein Gott.» Ich schüttelte den Kopf.

Er lachte wieder. «Ach, Nathan. Ich fürchte, der Allmächtige ist in meinem Leben nicht sehr präsent. Zwischen uns herrscht ziemliche Funkstille.»

«Warum sind Sie zurückgekommen? Warum gerade jetzt?»

«Ich habe so lange gewartet, wie ich es riskieren konnte. Ich wusste, dass es dem alten Herrn gesundheitlich nicht gut geht. Ich wollte sichergehen, dass ich meinen Anteil von seinem Geld bekomme.» Er strich über den Umschlag. «Hier drin ist die ganze Geschichte, Nathan. Ich werde alles beweisen. Meine DNA lässt sich überprüfen. Es lässt sich nachweisen, dass ich der Sohn von Cosima Loredan und Darko Kastellic bin.»

«Das wird nichts nützen, Gabriele. So funktioniert das hier nicht mit dem Gesetz. Wenn Sie nicht Hugos Sohn sind, erben Sie nichts. Dann fällt alles an Cosima und Ludovica.»

«Ludovica wird für mein Schweigen bezahlen. Um ihrer Eltern willen.» Er lächelte mich an. «Deshalb habe ich so viel Aufhebens darum gemacht, dabei gesehen zu werden, wie ich jedem Fragen stelle. Ich dachte, jedes Mal, wenn sie mich dabei sieht, wie ich mit Ihnen oder dem Priester rede, bekommt sie ein bisschen mehr Angst. Bis sie so weit ist.» Er schüttelte den Kopf. «Offensichtlich macht man meiner Schwester nicht so leicht Angst. Aber ich werde mein Geld bekommen, Nathan. Wenn nicht, lasse ich alles auffliegen. Diese ganze schmutzige Angelegenheit.» Er schaute auf mein Glas. «Sie haben Ihren Prosecco kaum angerührt.»

«Ich hätte nie gedacht, dass ich das einmal sage, aber mir ist nicht wirklich danach.»

«Jetzt kennen Sie die Wahrheit, Nathan. Alles, ich war ehrlich zu Ihnen. Nun möchte ich, dass Sie etwas für mich tun.»

«Ach ja? Ich habe schon einige Prügel wegen Ihnen eingesteckt, Gabriele.» Ich fasste mich ans Gesicht und zuckte zusammen. «Aber sprechen Sie weiter. Sagen Sie mir, worum es sich handelt.»

«Seien Sie einfach dabei. Wenn ich Ludovica treffe. Ein letztes Mal.»

«Dem hat sie zugestimmt?»

«Ich habe ihr versprochen, dass sie danach nie mehr etwas von mir hört oder sieht.»

«Wo soll das Treffen stattfinden? In ihrem Palazzo?»

Er schüttelte den Kopf. «Nein. Sie will nicht riskieren, dass Mutter mich sieht. Es musste an einem neutraleren Ort sein.» Er grinste, aber wieder einmal lag keine Belustigung in seinem Blick. «An meiner letzten Ruhestätte.»

- 45 -

Ich sah den Mann, den ich immer noch als meinen Vater betrachtete, nur noch bei einer weiteren Gelegenheit.

Ich war seit vielen Jahren nicht mehr in Venedig gewesen. Es schmerzte, wenn Ladenbesitzer und Baristas meinen Akzent nicht erkannten und dachten, ich wäre ein Tourist. Es war nicht mehr dieselbe Stadt, die ich verlassen hatte. Ich fühlte mich ihr nicht mehr zugehörig.

Anfangs hatte ich Angst. Wie würde der alte Mann reagieren? Ich war mit dem Plan hergekommen, ihn im Kreise aller seiner wichtigen Freunde der venezianischen High Society zu konfrontieren. Das, wusste ich, wäre sein größter Albtraum. Kindisch vielleicht, aber ich hatte die Szene im Geist immer wieder vor mir gesehen. Schließlich verließ mich der Mut, und ich stand einfach nur da, während um mich herum gefeiert wurde. Ich war noch nie ein besonders mutiger Mensch gewesen. Zumindest damit hatte Hugo Channing recht.

Nein, ich konnte ihm dort nicht gegenübertreten. Vielleicht später. Vielleicht würden wir zusammen zu seinem Palazzo – meinem Zuhause – gehen.

Und dann sahen wir uns, vom jeweils entgegengesetzten Ende des Saals aus. Er sah mich an, ich sah ihn an. Ich blickte in seine Augen, und all die Jahrzehnte zurück.

Der Junge taugt nichts ...

Er ist schwach ...

Ich kann es nicht länger ertragen, ihn anzusehen ...

Er muss verschwinden. Das musst du doch verstehen? Niemand braucht es zu erfahren. Ich habe die Hälfte von allem verloren. Das ist der einzige Weg, um uns zu retten ...

Er starrte mich wortlos an. Und dann sackte er zu Boden.

Natürlich rannten sofort alle zu ihm. Ich schlüpfte inmitten der Aufregung unbemerkt hinaus, lief die Treppe hinunter und nach draußen ins Freie.

Nun fragen Sie sich vielleicht, wie ich mich fühlte? Es wäre einfach zu behaupten, dass ich Hass empfand, Wut. Oder vielleicht sogar Liebe. Dass ich das Verlangen spürte, ihn zu umarmen, die Jahre zurückzudrehen, damit alles wieder gut sein würde. Aber die Wahrheit ist schlicht und einfach, dass ich nichts fühlte. Absolut nichts.

Vielleicht ähnele ich Ludovica mehr, als alle glauben?

Jetzt sind wir nur noch zu dritt.

Unsere Schritte hallen lauter. Die Zimmer sind dunkler, die Schatten länger.

Das Haus ist stiller, natürlich, ohne Gabriele. Ohne ... meinen Bruder?

Mutter und Vater versichern mir, es müsse so sein. Niemand spricht über Sant'Ariano. Gelegentlich, wenn sie glauben, ich höre nicht zu, tuscheln sie. Wenn sie mich dann bemerken, verstummen sie und schauen mich an. In den ersten Wochen, den ersten Monaten, höre ich Mutter nachts weinen.

Inzwischen weint sie nicht mehr.

Jetzt gibt es nur noch uns drei. Alles ist, wie es sein soll. Andreas Vater ist fort. Gabriele ist fort. Wir werden sie nie wiedersehen.

Sie sprechen immer noch mit mir, als wäre ich ein Kind. Gabriele hätte nur für eine Zeit lang fortgehen müssen, sagen sie, aber ich weiß, dass wir ihn nie wiedersehen werden. Ich sehe es in ihrem Blick. Ich weiß, dass sie wissen, was an jenem Tag passiert ist. Ich bin wohl eine junge Frau, die von Glück reden kann. Stets Daddys Liebling. Deshalb werde ich für sie da sein, immer. Für Mutter. Für Vater. Ich werde nicht zulassen, dass irgendetwas sie verletzt. Nie mehr.

Und seit Sant'Ariano habe ich nicht mehr geweint.

Gabriele und ich waren die Einzigen, die bei *Cimitero* ausstiegen. Bald schon würde der Friedhof seine Pforten schließen, und es waren nur noch wenige Menschen vor Ort.

Wir liefen durch das Tor, das den katholischen Bereich vom *Reparto Evangelico* trennte. Niemand war zu sehen, bis auf eine schwarz gekleidete Frau in der Nähe des vermeintlichen Grabs Gabriele Loredans.

«Guten Abend, Mr. Sutherland.» Falls sie überrascht war, verbarg sie es gut.

«*Signora* Loredan.»

Sie wandte sich an meinen Begleiter. «Hallo, Gabriele.»

«Ludovica.»

«Warum ist Mr. Sutherland hier?»

Gabriele wollte antworten, doch ich signalisierte ihm zu schweigen. «Nur als Begleitung, Ludovica.» Ich blickte auf die länger werdenden Schatten. «Es wird schon langsam spät. Zeit für Sie, eine Unterhaltung zu führen, die Sie schon vor Jahrzehnten hätten führen sollen.» Ich zog mich in den Schutz der Trentinaglia-Kapelle zurück. «Ich warte einfach hier. Nehmen Sie sich Zeit, sich auszusprechen.» Ich legte die Hand auf das Baugerüst, merkte, dass es nachgab und trat schnell einen Schritt zurück.

Ludovica sah Guy – beziehungsweise Gabriele – an und lächelte. «Du willst natürlich Geld. Reicht dir ein Scheck?»

Er schüttelte den Kopf. «Nein. Das reicht keineswegs. Ich will alles. Den Anteil, der mir zusteht. Wenn der alte Herr stirbt.»

«Das wird nicht passieren, Gabriele. Dir steht kein Anteil zu. Du gehörst nicht zu dieser Familie.»

«Dann wende ich mich an die Presse. Und an die Polizei. Ich werde ihnen alles erzählen.»

Sie hob eine Braue. «*Was* erzählen, Gabriele?»

«Das von dir, und Andrea, und Mutter und Vater. Und was auf Sant'Ariano passiert ist.»

«Ach, Gabriele.» Sie trat auf ihn zu und wollte ihm über die Wange streichen, aber er wich zurück. «Du bist müde. Du musst dich ausruhen. Geh zurück in dein Hotel. Wir reden morgen. Oder, wenn dir das lieber ist, gebe ich dir jetzt ein bisschen Geld. Ein paar Hunderter, für dein Hotel und deinen Rückflug.»

«Das wird nicht reichen, Ludovica. Die Hälfte von allem. Genau wie bei Darko Kastellic.»

«Gabriele, ich habe dich nicht weggeschickt. Mutter und Vater – *mein* Vater – waren das. Es war das Einzige, was sie tun konnten.»

«Sie haben mich fortgeschickt, um dich zu beschützen, und um mich zu bestrafen. Für etwas, das ich nicht getan habe. Es war klar, dass Hugo sich um dich kümmern würde und nicht um mich. Den unehelichen Sohn einer Nutte. Ich bin in einem Land voller Fremder aufgewachsen. Und jetzt bin ich wieder hier und will mein Leben zurück.»

«Das kann ich dir nicht geben, Gabi. Niemand kann das. Tut mir leid.»

Gabriele holte tief Luft. «Dann weißt du, was ich tue.»

Sie lächelte. «Ich verstehe. Dann tu, was du tun musst.» Sie holte ihr Handy hervor, entsperrte es und hielt es ihm hin. «Nimm es. Nur zu.» Er schien unsicher, und seine Hände zitterten, als er es nahm. «Gut. Gut gemacht, Gabi. In der Kontaktliste stehen eine ganze Reihe Journalisten. Von *La Nuova. Il Gazzet-*

tino. La Repubblica. Vielleicht vom *Corriere*, ich weiß nicht mehr genau. Das spart dir Zeit. Na los. Ruf jemanden an.»

Gabriele sah auf das Display und atmete schwer.

«Das willst du doch, Gabi, oder?»

Seine Hände zitterten immer noch.

«Mach den Anruf, kleiner Bruder. Bring nach vierzig Jahren die Wahrheit ans Licht.» Und nach einer kurzen Pause: «Brich Mutter das Herz.» Sie verweilte bei jedem einzelnen Wort. «Ich höre sie jeden Abend, weißt du, wenn sie ihr Gebet aufsagt. Sie betet immer, dass du ein gutes Leben hast und glücklich bist.»

Gabriele schüttelte den Kopf. Er weinte.

«Mach diesen Anruf, dann wird alles bekannt. Keine Lügen mehr. Jeder wird über uns Bescheid wissen und über das, was passiert ist. Jeder. Journalisten werden unseren Palazzo belagern. Das Telefon wird nicht stillstehen. Natürlich werden alle mit Mutter reden wollen. Der schmutzigste, dunkelste Augenblick unserer Familiengeschichte wird für alle aufgedeckt. Und Mutter wird erfahren, dass du – du, Gabriele – das für Geld getan hast. Genau wie dein Vater. Ob sie dann wohl noch für dich beten wird?»

«Nein.» Mit erstickter Stimme presste er das Wort heraus und sank auf die Knie.

Ludovica ging zu ihm und nahm ihm behutsam das Handy aus der Hand. «Du gehörst nicht zu dieser Familie, Gabi. Du hast noch nie dazugehört.» Sie nickte in Richtung des Grabsteins. «Das ist der Grund, warum ich dich hier treffen wollte. Da gehörst du hin. Du bist nichts weiter als ein Schatten.»

Sie ließ ihre Hand noch einen Augenblick auf seiner Schulter ruhen, dann wandte sie sich zu mir. «Mr. Sutherland, würden Sie Gabriele zurück in sein Hotel bringen. Bitte sorgen Sie dafür, dass sich jemand um ihn kümmert.»

Ich rührte mich nicht.

«Du kannst jetzt gehen, Gabriele. Mr. Sutherland wird dich begleiten.»

Ich schüttelte den Kopf. «Das glaube ich eher nicht, Ludovica.»

Sie lächelte. «Das glauben Sie nicht? Was glauben Sie denn dann, Mr. Sutherland?»

«Ach, in diesem Moment glaube ich, dass ich, sobald ich den Friedhof verlasse, direkt zur Polizei gehen und ihnen alles erzählen werde. Im Gegensatz zu Gabriele habe ich nichts zu verlieren, verstehen Sie. Ich denke, ehrlich währt am längsten.»

Sie blitzte mich an. «Und was wollen Sie denen sagen, Mr. Sutherland?»

«Ich berichte ihnen von einem Todesfall, der vor fast vierzig Jahren passiert ist, und von einem flachen Grab auf Sant'Ariano. Die Spurensicherung wird die Überreste der Leiche als Andrea identifizieren. Sein Vater lebt noch, sie können die DNA überprüfen. Und sie werden beweisen können, dass er eines gewaltsamen Todes gestorben ist.»

Sie lächelte weiter. «Sie bluffen.»

«Ach ja? Die Polizei ermittelt. Wir werden sehen, was sie zu sagen haben.»

«Sie werden gar nichts sagen. Weil sie nichts finden werden.» Sie wandte sich wieder an Gabriele. «Inzwischen liegt Andrea irgendwo im Inneren von Sant'Ariano. Da befinden sich Zehntausende, wenn nicht Hunderttausende Skelette. Wie wollen sie ein einzelnes davon auf einer Insel identifizieren, die aus Knochen besteht?»

Ich zuckte mit den Schultern. «Keine Ahnung. Aber eins weiß ich: Ich werde dafür sorgen, dass jede Zeitung des Landes die Story bringt. Wenn Gabriele es nicht tun kann, dann tu ich es. Ihre Mutter wird mit dem Wissen ins Grab gehen, dass jedes schmutzige kleine Geheimnis Ihrer Familiengeschichte ans Licht kommt. Alles.»

«Dann werde ich Sie durch alle Instanzen sämtlicher Gerichte des Landes verklagen und Sie vernichten.»

Ich lachte. «Wir sind in Italien. Da werden Sie lange warten müssen.»

Sie senkte die Stimme. «Ich könnte Sie einfach ... *aufhalten*. Wenn ich das wollte.»

«Noch ein namenloses Grab auf Sant'Ariano?»

«Wenn Sie wollen. Soweit ich weiß, gäbe es auch noch andere Plätze.»

«Nur dass es nicht dazu kommen wird. Ihr Freund Lucarelli ist gerade damit beschäftigt zu erklären, wie er an einen Reisepass eines britischen Staatsbürgers kommt, der vor einer Woche ertrunken in der Lagune gefunden wurde. Sie haben ihn beauftragt, auf jeden Briten zu achten, der versuchen würde, nach Sant'Ariano zu gelangen, stimmt's? Und der arme Jimmy Whale war bei seinem gewohnten Hobby zufällig zur falschen Zeit am falschen Ort.»

«Aber wie Sie wissen, lässt sich eine Verbindung zwischen mir und *signor* Lucarelli nicht beweisen. Absolut keine.»

«Überlegen Sie, Ludovica. Haben Sie ihn jemals angerufen? Vielleicht nur einmal? Wussten Sie, dass die Polizei sein Telefon abgehört hat? Und als Sie bei ihm waren, haben Sie da etwas zurückgelassen – irgendetwas, das zu Ihnen zurückverfolgt werden könnte? Die Polizei stellt sicher, während wir uns gerade unterhalten, seine Wohnung auf den Kopf.»

«Sie werden nichts finden. Weil es nichts zu finden gibt», erwiderte sie. Allerdings hatte sich Zweifel in ihre Stimme geschlichen. «Tut mir leid, aber Gabriele – Guy – hat Ihre Zeit verschwendet.»

«Vielleicht habe ich das.» Gabriele erhob sich langsam. «Ja, ich wollte mein Geld. Ehrlich gesagt, könnte ich es gut gebrauchen. Aber vor allem wollte ich mein Leben zurück. Ich wollte meine

Familie zurück. Und jetzt», er wandte sich ihr zu und schüttelte den Kopf, «frage ich mich, warum ich überhaupt jemals wieder Teil dieser Familie sein wollte.»

Er ging zu ihr und legte ihr die Hand auf die Wange. «Meine große Schwester. Daddys Liebling. Ich war so eifersüchtig auf dich. Aber vielleicht war ja ich der Glückliche. Ich habe ein Leben gelebt. Vielleicht war es nicht das, das ich wollte, aber ich habe ein Leben gelebt. Und du – du hast deine Tage hier verbracht und geduldig auf Mutter gewartet und rund um die Uhr Vater umsorgt. Sieh doch, was es aus dir gemacht hat. Du bist gleichgültig. Gefühlskalt. Ein emotionaler Krüppel. Es hat dich innerlich aufgefressen. Von dir ist fast nichts mehr übrig.»

«Bastard.» Ihre Stimme bebte.

«Ja, das wissen wir. Behalte das Geld, Ludovica. Behalte deine Geheimnisse.» Er hielt kurz inne. «Wie alt sind Mutter und Vater inzwischen? Wie lange wird es noch dauern, bis du ganz allein bist? Bis der Klang deiner Schritte das Einzige sein wird, was du noch hörst.» Ein schreckliches Lächeln huschte über sein Gesicht, und einen kurzen Moment erkannte ich eine Ähnlichkeit zu seiner Schwester. «Allerdings wirst du nun immer nach meinen horchen. Eines Morgens, wenn du allein bist, nachdem Mutter und Vater tot sind, wirst du aufwachen und dein Gesicht in allen Zeitungen sehen. Jeden Abend, bevor du schlafen gehst, wirst du dich fragen, ob das die letzte Nacht sein wird, in der dein Geheimnis sicher ist. Du hast recht. Ich werde Mutter nicht wehtun. Aber dir werde ich wie ein Schatten folgen, bis zu dem Tag, an dem du stirbst. Du wirst mich niemals loswerden, Ludovica.»

«Bastard», wiederholte sie. Sie ohrfeigte ihn, zog ihm ihre Fingernägel über die Wange, dass es anfing zu bluten.

«Ich werde dich nicht schlagen, Ludovica. Das weißt du.»

«Du musst, du unehelicher Balg. Oder ich bringe dich um.»

Sie hob das Bruchstück eines Grabsteins auf und holte aus. Gabriele wich zurück, rutschte aus und fiel ins nasse Gras. Ludovica stand über ihm, kurz davor, ihm den Kopf zu zerschmettern.

Ich stürzte mich auf sie, hielt ihren Arm fest. Sie trat einen Schritt zurück und bohrte mir ihren Absatz ins Schienbein. Der Schmerz ließ mich meinen Griff einen Moment lockern. Das reichte. Sie befreite ihren Arm, rammte mir ihren Ellbogen ins Gesicht und stieß mich rücklings zu Boden. Gabriele hatte sich hochgerappelt und stolperte nach hinten, während sie wieder ausholte. Ich packte sie erneut und versuchte, ihre Arme festzuhalten.

«Ludovica. Hören Sie auf damit. Wir können das irgendwie regeln.»

«Können wir nicht», antwortete sie mit erstickter Stimme. «Die einzige Möglichkeit, das zu regeln, ist, dass Gabriele dahin zurückgeht, wo er hingehört.»

«Das kann ich nicht, Ludii. Das weißt du.»

«Dann muss ich euch umbringen. Alle beide.» Sie riss sich los, um sich wieder auf Gabriele zu stürzen. Sie schlug ihn ins Gesicht, und er stolperte rückwärts gegen das Baugerüst an der Trentinaglia-Kapelle. Sie packte ihn, schleuderte ihn dagegen. Und knallte seinen Kopf an den Pfosten. Wieder. Und wieder.

«Ludii ...»

Und wieder ...

Die ganze Konstruktion geriet ins Schwanken. Dann stürzte sie mit einem ohrenbetäubenden Getöse über ihnen ein.

Ich rannte hin und versuchte, die Stahlstreben wegzuschieben. Ludovicas Augen standen weit offen, ihr Blick war erstarrt. Gabriele, aus dessen Mund und Nase Blut rann, versuchte zu sprechen, aber dann verdrehte er die Augen und rührte sich nicht mehr.

«Ludovica», sagte ich. «Mein Gott, Ludovica, was haben Sie getan?»

Ich hörte Stimmen hinter mir und drehte mich zum Haupttor um. Ein paar Leute, die vom Lärm angezogen worden waren, wollten nachsehen, was los ist.

«Rufen Sie ein Krankenboot! Schnell! Bitte!», rief ich. Das Krankenhaus lag nur ein paar Minuten entfernt auf der anderen Seite der Lagune, aber ich wusste, dass es zu spät war.

47

Vanni blätterte den Stapel Schriftstücke durch, der vor ihm lag, dann schob er sie zusammen und steckte sie in einen braunen Umschlag. Er nickte, räusperte sich zufrieden und griff nach einer Zigarre. Er ließ das Feuerzeug aufschnappen und hielt inne.

«Macht es dir was aus?», fragte er.

Ich schüttelte den Kopf. «Gibt's nicht irgendein Zitat von Chandler über den Zustand, sich seinen Lastern aus der Ferne hinzugeben oder so ähnlich? Nur zu.»

Er zündete sich die Zigarre an und lehnte sich mit leuchtenden Augen auf seinem Stuhl zurück. «Kluger Mann, dieser Chandler.» Er schloss die Augen und rauchte einen Moment schweigend, dann beugte er sich wieder vor. Er trommelte mit den Fingern auf den Umschlag.

«Wir können das bald zu den Akten legen. Gut gemacht, Nathan, saubere Arbeit.»

«Das Gefühl habe ich nicht, Vanni. Kein glückliches Ende.»

Er seufzte. «Du bist kein Polizist, Nathan. Wir haben es immer mit Enden zu tun. Wenn sie glücklich sind, ist das eine Zugabe.»

«Wie du schon sagst, ich bin kein Polizist. Ich bin …»

«… der Honorarkonsul. Ich weiß. Aber selbst du kannst nicht immer alles in Ordnung bringen.»

«Verlorene Pässe. Gestohlene Brieftaschen. Das ist was anderes. Hier sind drei Menschen gestorben.»

«Ich weiß. Wenn es dir hilft, für uns ist es auch nicht immer einfach.»

Ich schwieg, sah ihm beim Rauchen zu und versuchte, nicht zu tief zu inhalieren. Unten an der *fondamenta* gab es eine *tabaccheria*, die offen hatte und ... Ich schüttelte den Kopf.

«Alles okay, Nathan?», fragte Vanni.

«Ja, ja. Ich kämpfe nur gerade mit meinem inneren Schweinehund.»

«Alles unter Kontrolle, will ich hoffen.»

«So einigermaßen.» Ich wartete einen Moment. «Was passiert mit Cosima?»

Er zuckte mit den Schultern. «Ich weiß nicht. Wir könnten ein Ermittlungsverfahren gegen sie einleiten. Sie war an einer Reihe von Straftaten beteiligt. Etliche Polizeibeamte müssen bestochen worden sein. Und der zuständige Untersuchungsrichter wahrscheinlich. Der bestätigt hat, dass die Leiche sich im Sarg befand, als er geschlossen wurde.»

«Und, werdet ihr?»

«Wenn's nach mir geht, nicht. Solange es zumindest so aussieht, als versuchten wir das Gesetz anzuwenden, genügt mir das.» Er zögerte einen Moment. «Ein paar der Beamten leben noch und genießen ihren Ruhestand. Sie haben Freunde. Vermutlich besteht kein großes Interesse an weiteren Nachforschungen.»

Ich schüttelte den Kopf. Vanni war ein guter Polizist. Ein guter Mensch. Aber manchmal war mir sein Zynismus zu viel.

«Außerdem», fuhr er fort, «was würde es bringen? Sie ist inzwischen eine alte Frau, die schon ein halbes Leben mit diesem Wissen lebt. Sie hat vor Jahrzehnten ihren Sohn verloren. Sie hat gerade ihre Tochter verloren. Sie hat einen Ehemann, der nicht mehr weiß, wer er ist. Wir könnten das Gesetz anwenden, aber wäre das Gerechtigkeit?»

Ich zuckte mit den Schultern. «Schwere Frage. Pfarrer Rayner würde vermutlich etwas über ‹Die Rache ist mein› dazu sagen.»

«Auch ein kluger Mann, Pfarrer Rayner. Ich habe mich gefragt, was mit dem Erdloch auf San Michele passiert?»

«Darüber habe ich mit dem *padre* gesprochen. Er meint, es wäre angemessen, Gabriele dort zur letzten Ruhe zu betten. Richtig, dieses Mal.»

Vanni nickte. «Ich verstehe.»

«Aber», fuhr ich fort, «wahrscheinlich wird das vorerst nicht passieren. Nicht, bis die Untersuchung abgeschlossen ist und die Leiche freigegeben wurde. Und vermutlich müsste Cosima ihre Zustimmung geben. Es gibt alle möglichen Hürden zu überwinden. Eigentlich ist er britischer Staatsbürger. Das heißt, ich werde auch mit einbezogen.»

«Du kriegst das schon hin. Du und Pfarrer Rayner. Und dann hat die Sache ein Ende.»

«Aber kein glückliches.»

«Nein.» Er lächelte traurig. «Aber wie gesagt, manchmal ist irgendein Ende das Beste, worauf wir hoffen können.»

Wir verabschiedeten uns. Ich verließ die *Questura* und lief die *fondamenta* entlang. Vor der *tabaccheria* blieb ich stehen. Dann schüttelte ich den Kopf und lief weiter. Und klappte zum Schutz vor dem frühen Morgenniesel den Kragen meines Mantels hoch.

48

«Sie wollten mich sprechen?», fragte ich.

Cosima nickte. Zum ersten Mal, seit ich sie kannte, sah sie so alt aus, wie sie war. «Ich dachte, das sind Sie mir vielleicht schuldig.»

«Da haben Sie recht. Was auf San Michele geschehen ist, hätte natürlich nicht passieren dürfen. Ich bin Zeuge des Ganzen geworden.»

«Ich weiß. Der *commissario* war sehr hilfsbereit.» Als ich eine Braue hochzog, schüttelte sie den Kopf. «Nein, nicht so. Es ist kein Geld geflossen. Dieses Mal nicht. Vielleicht wollte er einer alten Frau gegenüber nur ein wenig Mitgefühl zeigen.»

«Sie müssen nicht ins Gefängnis, wissen Sie?»

Ich war mir nicht sicher, ob sie mich gehört hatte. Ihr Blick wanderte zu Hugo, der wieder in seinem Rollstuhl schlief.

«Cosima, Sie sollten sich nicht um ihn kümmern müssen. Nicht ganz allein.»

«Das muss ich nicht. Ich stelle *badanti* an. Das hätten wir schon lange tun sollen. Aber Ludovica ...» Sie ließ den Satz unbeendet.

«Was werden Sie jetzt tun?», fragte ich.

Sie schwieg einen Moment. «Ich werde dafür sorgen, dass Hugo versorgt ist, natürlich», antwortete sie mit brüchiger Stimme. «Jetzt gibt es nur noch uns beide.» Sie blickte zum Esstisch hinüber, auf dem zwei Kerzen brannten. «Aber vielleicht nicht mehr lange.»

«Warum haben Sie mich hergebeten?»

«Ich dachte, Sie wollen vielleicht die Wahrheit erfahren, Mr. Sutherland. Von Angesicht zu Angesicht. Keine Lügen dieses Mal. Nur Antworten.»

«Ich bin mir nicht sicher, ob sie mich interessieren. Vielleicht will ich gar nicht wissen, wie Sie damals mit den Zeugen verfahren sind, die drei Kinder auf dem Boot gesehen haben, nicht nur zwei. Wie Sie Andrea in der Kapelle begraben haben. Wie die Polizei und den Gerichtsmediziner ruhiggestellt.»

«Hugo sagte immer, wenn man genug Geld über ein Problem kippt, dann löst es sich von selbst. Und genau das haben wir getan. Plötzlich schien es, als hätten Zeugen sich geirrt. Es waren immer nur zwei Kinder auf dem Boot gewesen. Nachdem noch mehr Geld an die richtigen Leute geflossen war, wurde ein leerer Sarg auf San Michele begraben und mein Sohn nach England ausgeflogen, um ein neues Leben zu beginnen.» Sie hielt inne. «Halten Sie mich für ein Monster, Mr. Sutherland?»

Ich schüttelte den Kopf. «Nein. Ich glaube, das war keiner von Ihnen.» Ich sah zu Hugo hinüber. «Ihr Mann war der Einzige, der mir die Wahrheit gesagt hat, wissen Sie das? Alle anderen – Sie, Ludovica, Kastellic, selbst Gabriele – haben die ganze Zeit nur gelogen. Wie konnten Sie das nur so viele Jahre lang durchhalten? Erschien es Ihnen irgendwann wie die Wahrheit?»

Sie antwortete nicht.

«Was passiert ist, tut mir leid. Ich hoffe, das verstehen Sie.»

«Sie brauchen sich nicht zu entschuldigen, Mr. Sutherland. Nicht mehr.»

«Werden Sie zurechtkommen?»

Sie lächelte wieder, und einen kurzen Moment sah ich Ludovica in ihr. «Das werde ich. Genau wie meine Tochter habe ich schon sehr lange nicht mehr geweint.»

Der alte Mann regte sich in seinem Stuhl. «Ludovica?»

Cosima eilte an seine Seite, kniete sich neben ihn und strich

ihm über die Haare. «Alles ist gut, Liebling. Ich bin jetzt hier.»
Hugo Channing lächelte und tätschelte ihr die Hand. Cosima
wandte sich mir zu. «Sie können jetzt gehen.»

Ich nickte und zog meinen Mantel an. An der Tür blieb ich
noch einmal stehen und drehte mich zu ihnen um. Hugo saß lächelnd in seinem Rollstuhl und streichelte die Hand seiner lang
vergessenen Frau. Ich setzte langsam meinen Weg die Treppe hinunter fort und durch den *cortile*, der dicht mit Moos bewachsen
war und nach Feuchtigkeit roch.

Ich schloss die Eingangstür hinter mir und trat einen Schritt
zurück, um an dem schmalen Stück venezianischer Gotik em-
porzuschauen, das von innen durch einen grün gefärbten Lichtschein erleuchtet wurde. Dann wandte ich mich um und ging
davon. Ein zehnminütiger Fußweg, dann würde ich bei Federica sein, und bei Gramsci, und es würde Abendessen geben und
alberne Diskussionen darüber, welche Musik wir auflegen. Und
morgen würde ich zur Giudecca rüberfahren, zu viel Wein trinken und Geld bei einer lange überfälligen Runde *scopa* verlieren.

Nach der Hälfte des Abends ging uns der Prosecco aus, also schickte Valentina Dario und mich zum Weinhändler. Mit schweren Plastiktüten voller *vino sfuso* in den Armen liefen wir Richtung San Giacomo dell'Orio zurück.

«Meinst du nicht, wir haben ein bisschen zu viel gekauft, Dario?»

Er zuckte mit den Schultern. «Falls ja, dann kannst du immer noch morgen wiederkommen.»

«Dario, ich bin mir nicht sicher, ob Valentina im Sinn hatte, dass wir zusammenziehen, als du vorgeschlagen hast, nach Venedig zurückzukehren.»

Er lachte. «Wahrscheinlich nicht.» Er drehte sich einmal im Kreis und erfreute sich an der Kirche, den Läden und den Bars, und an den paar kahlen Bäumen auf dem *campo*. «Sieh dir das alles an! Stell dir vor, nur noch ein paar Jahre, dann wird Emily hier draußen mit den anderen Kindern spielen.»

«Vielleicht nicht gerade an einem kalten Novemberabend», antwortete ich zitternd.

Er lächelte, dann packte er mit seiner freien Hand meinen Arm, weil ihm etwas ins Auge gefallen war. «Die Bar an der Ecke. Hast du die schon ausprobiert?» Ich schüttelte den Kopf. «Müssen wir unbedingt machen. Ich weiß noch, dass ich als junger Mann da mal gewesen bin. Spitzen-*cichèti*.»

«Das könnte sich vermutlich inzwischen geändert haben?»

«Trotzdem müssen wir sie mal testen. Wir brauchen eine neue Stammkneipe. In Tonis Bar werden wir nicht mehr so oft sein können.»

Ich blieb wie angewurzelt stehen. «Dario, willst du damit etwa sagen, wir gehen weiterhin zu Toni?»

«Klar. Warum nicht?»

«Du wohnst jetzt in Venedig. Hier gibt es Hunderte, vielleicht Tausende Bars. Wir können draußen sitzen und zusehen, wie die Sonne hinter San Giacomo dell'Orio untergeht. Warum sollten wir zurück nach Mestre fahren und uns an eine stark befahrene Straße setzen?»

Er grinste. «Wenn du lange genug bleibst, bringen sie dir manchmal Häppchen.»

Ich lachte. «Ich geb's auf. Ehrlich. Außerdem, wenn wir eine Bar brauchen, haben wir die Brasilianer.»

«Nein. Das reicht nicht. Das ist deine Bar. Wir brauchen *unsere* Bar.»

Als wir den Platz überquerten, kamen wir an einem Lokal vorbei. Die Luft war vom Duft nach frittiertem Fisch erfüllt. «Das ist ein gutes Restaurant», sagte ich.

«Riecht man.»

«Wir müssen einmal hingehen. Alle fünf. Im Frühjahr.»

«Das machen wir.» Er atmete tief durch. «Ist ein merkwürdiges Gefühl, weißt du? Nach Hause zu kommen.» Er drehte sich um und blickte über die Schulter zurück. «Hier wird Emily aufwachsen.»

«Nicht schlecht, was?»

«Ganz und gar nicht schlecht.» Er holte seinen Schlüssel aus der Jackentasche. «Komm. Die Mädels werden sich wundern, wo wir bleiben. Am Ende glauben sie noch, wir hätten unterwegs für einen Drink haltgemacht.»

«Das wäre dir natürlich nie in den Sinn gekommen.»

Er lachte wieder und blieb stehen, um das glänzende halbrunde Messingschild an der Tür zu bewundern, auf dem die Namen «Costa-Visintin» eingraviert waren.

Später, viel später entschied Dario, dass er in Stimmung für ein bisschen Genesis und *The Lamb Lies Down on Broadway* sei. Zu diesem Zeitpunkt beschlossen wir, dass es an der Zeit war zu gehen.

«Wir sollten Emily wecken. Damit sie sich verabschieden kann.»

Vally – inzwischen war sie endlich Vally statt Valentina für mich – verdrehte die Augen. «Nein. Das sollten wir nicht.»

«Doch, das sollten wir. Es ist unser erster gemeinsamer Abend wieder in Venedig. Den soll sie in Erinnerung behalten.»

«Na schön, versprichst du, aufzustehen und dich um sie zu kümmern, wenn sie um drei Uhr früh wach wird?»

«Klar verspreche ich das.» Kurzes Schweigen, während wir ihn alle ansahen. «Ich verspreche es, okay?» Er ging ins Kinderzimmer und kam mit Emily zurück, winzig, im Schlafoverall und völlig verpennt.

«Sag Gute Nacht, Emily.»

Emily winkte mit ihrem Händchen grob in unsere Richtung, wie eine gelangweilte Schauspielerin, die in der Oscarnacht ihre Fans grüßt. Dann streckte Dario sie Valentina entgegen, die den Kopf schüttelte. «Nimm du sie, Nathan.»

«Ich?»

«Ja.» Sie lächelte. «Ich denke, das solltest du tun.»

Dario gab sie mir, und sie schmiegte sich klaglos in meine Arme. Sie roch nach Seife und Babypuder. Ich hatte keine Ahnung, was in aller Welt ich tun sollte. Und dann erinnerte ich mich an den kleinen Jungen in dem Palazzo an den Zattere, dessen Eltern ihn niemals so angelächelt hatten, wie Dario und Vally Emily anlächelten. Ich gab ihr einen Kuss auf den Kopf. «Ach, Emily», sagte ich. «Was bist du doch für ein Glückspilz.» Dann gab ich sie Dario zurück. «Liegt es an mir, oder ist es hier drin ein bisschen staubig?»

«Wir sehen uns morgen, *vecio*, okay? Wir müssen noch unsere neue Stammkneipe finden.»

Vally stieß ihn sanft in die Brust. «Morgen nicht. Morgen hast du zu tun. Es ist noch viel in der Wohnung zu erledigen. Außerdem wirst du wahrscheinlich am Vormittag ein bisschen Schlaf nachholen müssen. Du kannst übermorgen mit Nathan spielen gehen.»

Wir umarmten uns und sagten Gute Nacht.

«Familien, was?», bemerkte Federica, als wir unter uns waren.

«Ich weiß. Tolstoi hätte dazu bestimmt etwas zu sagen.»

«Bist du glücklich, *caro*?»

Ich nickte, sagte aber nichts.

«Ich glaube, du hast diesen Abend gebraucht, stimmt's?»

«Na ja, ich war nicht in der Stimmung zu kochen.»

Sie durchschaute mich natürlich. «Das habe ich nicht gemeint, das weißt du.»

«Natürlich nicht.» Ich blieb stehen, breitete die Arme aus und drehte mich einmal im Kreis. «Sieh dir das alles an. Venedig legt sich zur Ruhe. Und seit heute wohnt eine Familie mehr in dieser Stadt.»

Sie lächelte mich an. «Du bist ein bisschen betrunken, stimmt's?»

«Bin ich. Bist du sauer?»

«Nein», sagte sie und legte den Kopf auf meine Schulter. «Ich bin froh, dass du glücklich bist. Und ja, es gibt eine Familie mehr in Venedig, *grazie al cielo*. Wir brauchen noch weitere davon.»

«Familien, was?», wiederholte ich. «Was sind wir eigentlich?»

«Wie meinst du das?»

«Na ja, ich meine, sind wir eine Familie?»

«Ich weiß nicht. Als was würdest du uns bezeichnen?»

«Schwer zu sagen. Ein Kollektiv vielleicht.»

«Das Ravagnan-Sutherland-Kollektiv?»

«Das gefällt mir. Klingt irgendwie nett.» Ich zögerte kurz, und dann sprudelten die Worte heraus. «Und was, wenn wir aufhören, ein Kollektiv zu sein, und eine Familie werden? Oder was, wenn wir uns nicht mehr Kollektiv nennen, sondern anfangen, uns Familie zu nennen? Oder was, wenn …»

Federica stoppte mich und legte mir ihren Zeigefinger auf die Lippen. «Und jetzt weiß ich, dass du richtig betrunken bist.»

Ich küsste ihre Fingerspitze. «Oje. Und bist du sauer?»

Es war dunkel, aber ich glaube, ihre Augen leuchteten. «Nein. Ich bin nicht sauer. Aber ich denke nicht, dass dies eine Unterhaltung ist, die ein betrunkener Nathan führen sollte.»

«Oh.» Meine Schultern sackten nach unten. «Morgen dann?»

«Morgen bist du verkatert.»

«Dann am Montag?»

«Montag bist du doch mit Dario verabredet. Ich glaube, es ging darum, ‹eine neue Stammkneipe zu finden›.»

«Stimmt.» Ich überlegte einen Moment. «Aber wir werden diese Unterhaltung führen?»

Sie zog mich an sich und küsste mich auf die Lippen. «Ja, ich denke, das werden wir, *caro*.»

Und mit diesen Worten hakte sie sich bei mir ein, und wir liefen über den dunklen Platz in die Nacht.

– GLOSSAR –

ACTV: das öffentliche Verkehrsunternehmen in Venedig

allora: also

Argento, Dario: italienischer Regisseur von Horror- und Kriminalfilmen, u. a. *Suspiria, Rosso – Farbe des Todes* und *The Bird with the Crystal Plumage*

bacaro: typisch venezianische Bar, in der gewöhnlich eine Auswahl an *cichèti* angeboten wird

badante: Pflegekraft, häusliche Krankenschwester

Bava, Mario: italienischer Regisseur von Horror- und Kriminalfilmen, u. a. *Schwarzer Sonntag, Blutige Seide* und *Gefahr: Diabolik*

brioche: in Venedig – Croissant

carabinieri: Polizei, Polizisten

cazzo: heftiges Schimpfwort

cellulare: Handy

cara/caro: meine Liebe/mein Lieber

cichèti/ciccheti: traditionelle Häppchen, die in venezianischen Bars serviert werden

compagno: Genosse, Kamerad

Conad: italienische Supermarktkette

cortile: Innenhof

crepi: die passende Antwort auf *in bocco al lupo*

denuncia: eine Beschwerde bei der Polizei

dio cane!: gottverdammt!

divisa: Uniform

defunti: Tote, Verstorbene

fondamenta: befestigter Uferstreifen

fumetti: Comics (Bücher, Hefte)

frutti di bosco: Waldbeeren

Il Gazzettino: italienische Regionalzeitung, erscheint in Venetien und Friaul-Julisch-Venetien

grandi signore: vornehme Damen

in bocca al lupo: viel Glück

incunabolo: Inkunabel

intercettazione: Telefonüberwachung

macchiatone: Kaffeegetränk, irgendwo zwischen Espresso und Cappuccino

mammone: Mamasöhnchen

marinaio: «Schaffner» an Bord eines *vaporettos*

messa in scena: Inszenierung, alles, was für eine Szene im Bild arrangiert wird

Montgomery, Elizabeth: amerikanische Schauspielerin, am bekanntesten für ihre Rolle in der Fernsehserie *Verliebt in eine Hexe*

I morti: Allerseelen

nonno/nonna: Großvater/Großmutter

La Nuova: Zeitung in Venedig und dem Veneto

Ognissanti: Allerheiligen

pagine gialle: italienische Entsprechung zu den Gelben Seiten

piano nobile: Hauptetage eines Palazzo, in Venedig typischerweise der erste Stock

porta: Tür

portego: Salon oder Empfangsraum im piano nobile

poverino: armes kleines Ding

pronto: typische Begrüßung am Telefon (hallo)

pronto soccorso: Notdienst/Notaufnahme im Krankenhaus

puttana troia: Schimpfwort – Schlampe, Hure

Questura: Polizeipräsidium

ragazzi/ragazze: Jungen/Mädchen

Reparto Evangelico: protestantischer Teil auf der Friedhofsinsel San Michele

signorina: Fräulein

soffritto: fein geschnittenes, gedünstetes Gemüse als Basis für Suppe oder Soße

soprintendenza: Aufsichtsbehörde des Ministeriums für Kulturgüter und kulturelle Aktivitäten in Italien

Steele, Barbara: britische Schauspielerin, Ikone des italienischen Horrorfilms der Sechzigerjahre

scopa: beliebtes italienisches Kartenspiel

tabarro: klassischer venezianischer Umhang, aus einem Stoffstück hergestellt

tessera sanitaria: Krankenversicherungskarte

terrazzo: typischer venezianischer Fußboden aus Marmor- oder Granitplättchen, die mit Zement vermischt und glatt poliert werden

torrefazione: Kaffeerösterei, Kaffeegeschäft

tramezzino: belegte/gefüllte Weißbrotscheiben

vaporetto: öffentliches Verkehrsmittel/Wasserbus in Venedig

vietato fumare: Rauchen verboten

Ich schließe wie immer mit dem Dank an meinen Agenten John Beats; an Colin Murray, meinen Lektor; an Krystyna, Rebecca, Jess, Andy und alle bei Constable; und natürlich an meine geliebte Frau Caroline, deren Geduld sämtliche Grenzen viel weiter übersteigt, als ich es verdiene.

– ANMERKUNGEN UND DANK –

Italienische Frauen nehmen bei der Heirat nicht den Namen ihres Ehemanns an, Kinder jedoch bekommen normalerweise den Nachnamen des Vaters. Deshalb stehen auf Namensschildern an Haustüren gewöhnlich die Nachnamen von Ehemann und Ehefrau. Also «Costa-Visintin» für Dario und Valentina.

Die Insel Sant'Ariano habe ich aus einiger Entfernung gesehen, aber ich habe sie nie betreten. Unser Nachbar, der ganz versessen darauf ist, uns in seinem Boot mit hinaus in die Lagune zu nehmen, pfiff durch die Zähne und schüttelte den Kopf, als ich sie erwähnte. Es wäre besser, dort nicht hinzufahren.

Die Beschreibung der Schauplätze im Buch entspricht der Wirklichkeit, mit Ausnahme des Palazzo Loredan an den Zattere und des Hotel Da Ponte, die es beide nicht gibt. Auch die T* toretto Bar ist meine Erfindung, angesichts des Umstands, es in der Nähe des *Ospedale* kein Lokal gibt, in dem man essen oder trinken kann.

Bei meinen Recherchen zu dem Buch waren mir *I* donate della Laguna veneziana/The Abandoned Island* tian Lagoon* (St. Marks Press) von Giorgio und Ma* sehr nützlich.

Mein Dank gilt allen, die mir geschrieben * sagen, wie sehr ihnen Nathans Abenteuer * bedeutet mir wirklich viel.

Herzlichen Dank an Tobias Schum* Fischer und alle bei Rowohlt; und n* volle Übersetzerin Birgit Salzmann